Zafer Köse, 1970 yılında Bursa'da doğdu. 1992'de Marmara Üniversitesi Teknik Eğitim Fakültesi'nden mezun oldu.

Cumhuriyet, *Vatan*, *Birgün*, *Radikal*, *Sol*, *Yurt* gazetelerinde ve internetteki Sol Kültür, İlerihaber, İnsanokur, Kitapeki, Sevdalım Hayat yayınlarında kitaplar üzerine yazdı. Ayrıca, deneme ve öyküleri *Sanat Cephesi*, *Bavul*, *Maviada*, *Nikbinlik*, *Bağlaç*, *Edebiyat Nöbeti* dergilerinde yayınlandı.

Evin Yolu kitabındaki bir öyküsü "Sınır Tanımayan Kelimeler" (Words Without Borders) oluşumu için İngilizceye çevrildi.

Kuş Sesleriyle Direnenler, *Yıllarca*, *Fabrika Yolu*, *Sarsılmak*, *Son Ozan Livaneli*, *Evin Yolu*, *Söz İstiyorum* adlı kitapları vardır.

Livaneli'nin Penceresinden

Batı'nın Kibri ile Doğu'nun Cehli Arasında

LİVANELİ'NİN PENCERESİNDEN
Batı'nın Kibri ile Doğu'nun Cehli Arasında

Nehir söyleşi: Zafer Köse
Editör: Aslı Güneş

1. baskı / Temmuz 2019
Her 2000 adet bir baskı olarak kabul edilmektedir.
21. baskı / Ekim 2019 / ISBN 978-605-09-6353-3
Sertifika no: 11940

Kapak tasarımı: Serkan Yolcu
Kapak fotoğrafı: Fethi Karaduman
Baskı: Yıkılmazlar Basın Yayın Prom. ve Kağıt San. Tic. Ltd. Şti.
Evren Mah. Gülbahar Cad. No: 62 / C Güneşli - Bağcılar - İSTANBUL
Tel: (212) 515 49 47
Sertifika no: 11965

Doğan Egmont Yayıncılık ve Yapımcılık Tic. A.Ş.
19 Mayıs Cad. Golden Plaza No. 3, Kat 10, 34360 Şişli - İSTANBUL
Tel. (212) 373 77 00 / Faks (212) 355 83 16
www.dogankitap.com.tr / editor@dogankitap.com.tr / satis@dogankitap.com.tr

Livaneli'nin Penceresinden

Batı'nın Kibri ile Doğu'nun Cehli Arasında

Nehir söyleşi:
Zafer Köse

Doğan Kitap

İçindekiler

Teşekkür

Her kitaba olduğu gibi bu çalışmaya da çok kişinin emeği geçti.

Sevgili dostum Zafer Köse ile yıllardır var olan düşünce alışverişimiz, onun beni bir yılı aşan bir süre içinde farklı yelpazelerde konuşturmasıyla sonuçlandı.

Orhan Güvenen, Necati Yağcı, Özdem Sanberk gibi dostlarla yıllardır Türkiye üzerine yaptığımız sohbetler de izler bıraktı.

Kitaplarımı, yazılarımı en yakından bilen ve bu konuda çalışmalar yapan Selçuk Avar ve hem avukat hem de dost olarak hep yanımda duran Durmuş Cevlan'ın katkıları da büyük oldu.

Nükhet Karabayraktar her zamanki gibi, hayatı kolaylaştırma diye niteleyebileceğim işlevini sürdürdü.

Cem Erciyes böyle bir nehir söyleşi fikrinin heyecanla arkasında durdu.

Aslı Güneş ise editörlüğün ötesinde içeriğe yaptığı entelektüel katkılarla kitabı zenginleştirdi.

Hepsine sonsuz teşekkürler.

Zülfü Livaneli

Sunuş

Zamanının ötesinde bir entelektüel

Ankara'da Zülfü Livaneli Kültür Merkezi'nin açılışı sırasında kürsüye çıkan Yunanistan eski Başbakanı Yorgo Papandreu "Livaneli'nin konuşmasına, onun birleştirici diline ve sözlerine bugün her zamankinden daha fazla ihtiyaç var" demişti. Papandreu'nun o gün müzikten yazına, pek çok sanatsal alana büyük katkıda bulunmuş yaratıcı bir zihin ve dünya çapında ilerici hareketlere omuz veren bir aydın olarak tanımladığı Zülfü Livaneli bu özellikleriyle Türkiye'de ve dünyada iyi tanınan, çok da sevilen bir isim.

Amerika'nın Harvard, Princeton gibi üniversitelerinde konuşmacı; merkezi Paris'te bulunan, Elie Wiesel'in başkanlığını yürüttüğü Evrensel Kültür Akademisi'nin üyesi; dünyada "Barış Kültürü" için çalışmış UNESCO'nun İyi Niyet Büyükelçilerinden biri, hatta UNESCO Genel Direktörü Federico Mayor'un özel danışmanlığını yapmış bir isim. Venedik'te Dünya Sanat Forumu'nun kurucuları arasında yer almış, Mikis Theodorakis'le birlikte Türkiye-Yunanistan Dostluk Derneği'ni kurmuş, Gorbaçov ve Cengiz Aytmatov'un girişimiyle başlatılan Issık Göl Forumu'nun kurucuları arasında yer almış uluslararası bir aydın.

ABD PEN'in davetlisi olarak bu ülkede konuşmalar yapmış, Missouri Southern State University'de romanlarının İngilizce çevirileri okutulmuş, St. Petersburg'da açılan Rus-Türk Kültür Merkezi'nin başkanlığını üstlenmiş, bu ülkede farklı kentlerde çok ilgi çeken okur buluşmalarına katılmış uluslararası bir yazar.

Şarkıları, filmleri ve kitaplarıyla milyonlarca insanın hayatında önemli bir yer tutuyor. Yarım asra yakın bir zaman boyunca hep daha iyi bir dünya tahayyülünü destekleyen, modern Türkiye hedefini savunan, demokrasi ve insan haklarından yana tavır alıp her kesimden ezilenlerin yanında duran tavrıyla Türkiye'nin simgelerinden biri oldu.

Ömrü boyunca farklı kültürlere, coğrafyalara açık olmuş, dostlar kadar ve belki de daha çok kitaplar arasında zamanını geçirmiş Zülfü Livaneli'nin sahip olduğu o müthiş birikim belli ki sanatın pek çok dalında ürün verebilmesinin temel sebeplerinden biri. Hem de her alanda beğenilen, öne çıkan, sevilen işler üretebilmesinin... Livaneli'nin yaşadığımız dünyaya dair en önemli sözleri, bugüne kadar verdiği eserlerde saklı. Ama bunun da ötesinde günümüz dünyasını şekillendiren toplumsal, tarihsel, kültürel gelişmelerin ve değişimlerin ayırdında olan, kendi çağını öncesi ve sonrasıyla özümsemiş, özgün düşünceler üretmiş bir entelektüelden söz ediyoruz. Dolayısıyla Livaneli'nin yazdığı her satır kadar, söylediği her sözün de önemli ve değerli olduğunu biliyoruz.

Doğan Kitap olarak, Zülfü Livaneli'nin bu engin birikimini okurlarıyla paylaşacağı yeni bir kitap yapalım istedik. Özellikle tarihinin önemli dönüm noktalarından birinde büyük çalkantılar yaşayan Türkiye'nin tam da bugünlerinde Livaneli'nin anlatacaklarının hepimize iyi geleceğini düşündük.

Zafer Köse, Livaneli ile birçok kez buluştu ve bu kitabın ortaya çıkmasını sağlayan uzun söyleşiyi gerçekleştirdi.

Tarihten kültüre, siyasetten sanata ve felsefeye, bir entelektüelin düşünce dünyasını oluşturan bilgi ve görüşlerin nasıl şaşırtıcı detaylarla zenginleştiğini ve okuyanın ufkunda yeni pencereler açabildiğini gösteren değerli bir çalışma ortaya çıktı. *Livaneli'nin Penceresinden* adlı bu nehir söyleşinin günümüzü aşan bir rehber olarak uzun yıllar okunacağını biliyoruz. Çünkü bir başka uluslararası aydının, Federico Mayor Zaragoza'nın söylediği gibi Livaneli, zamanın ötesinde "bir Rönesans insanıdır."

– 1 –
Kabilenin içinden, kabileye karşı "düşünmek"

"Bizim halk sözlerimizde aradım taradım, düşünmek üzerine iyi bir söz hiç söylenmemiş. Başka konularda çok çeşitli sözler vardır, birbirine zıt yaklaşımlar dile getirilir, ama bu konuda hep aynı tutum, hep olumsuz bir tavır dikkat çekiyor. 'Nasrettin Hoca'nın hindisi gibi düşünme', 'Karadeniz'de gemilerin mi battı, ne düşünüyorsun?', 'Ayağını sıcak tut, başını serin, düşünme derin.' Düşünmeyi olumlayan bir yaklaşım yok. Bu geleneğe göre her filozof bir 'arpacı kumrusu.'

Türkiye'nin meşhur Doğu-Batı çelişkisi de buna dayanıyor. 'Düşünüyorum o halde varım' diyen bir kültürün karşısına düşünceyi olumsuzlayan bir yaklaşımla çıkamazsın. Mümkün değil. Kökenini bu topraklardan alan Batı düşünce geleneği insan aklını yücelterek gelişmiş. Orayla sağlıklı iletişim için düşünme uğraşında bir aşama gerçekleştirmek, bir eşik aşmak gerekiyor. Kısacası bir zihniyet devrimi."

Zaferciğim, bugün 18 Ağustos 2018. Yalova'dan kalktın buraya, Gündoğan'a, bizim yazlığa geldin. Sağ ol. Oturduk, ses kaydını açtık, hem ince belli bardaklarda çayımızı içiyoruz hem de sohbet ediyoruz.

Kabul ettiğiniz için teşekkür ederim.

Aslında bu sohbet sözü çok önemli. "Sohbet"in tam karşılığı yok Batı dillerinde. Mesela *conversation* veya benzer sözcükler, hiçbiri karşılamıyor. Sohbet bize ait bir şey. Burada, bu topraklarda, bu iklimde niye felsefe çok gelişmiş? Çünkü insanlar sohbet etmişler. Sokrates'ler, Platon'lar, diğerleri, yürüye yürüye konuşmuşlar, soru sormuşlar ve yanıtlar aramışlar, düşünmüşler. Hatta yanıt bile aramadan, sadece soru aramak için sohbet etmişler, karşılıklı sorularla birbirlerinin zihnindeki soruları çoğaltmışlar. Bu önemli; cevap bulmaktan çok soruyu çoğaltmak önemli. Platon ve diğer filozoflar Atina'da Akademos Korusu denilen yerde dolaşarak sohbet ettikleri için çeşitli dillerdeki akademi kelimesi doğmuş.

Düşünmek zaten çok önemli bir konu. Bir de böyle sohbet biçiminde olunca, yöntem olarak karşılıklı sorularla düşününce, işin boyutu değişiyor. Sohbet aslında bir sanat. Bizde eskiden "sohbet koyultmak" denirdi. Konuştukça, ama sorular arayarak, düşünerek konuştukça konular derinleşiyor, bazen başka kollara, alanlara gidiyor, koyulaşıyor.

Aslında bu yaşa, bu düşünceye gelince artık bakıyorum da dünyadaki birçok şey, "her şey" diyeceğim de çok kesin olur diye söyleyemiyorum, ama söyleyeyim, her şey bir ruh durumu. Olguların, kavramların anlamı senin o anda bulunduğun ruh durumuna, o sıradaki algılamana göre değişiyor. Algı meselesi! "Algı"nın kapıları nereye açılıyor, nasıl algılıyorsun? Buradan da Montaigne'in o meşhur sözüne geliyorum; nasıldı? "Bana, doğru gelen hiçbir düşünce yoktur ki aynı zamanda yanlış gibi de gelmesin." Bu, müthiş bir şey.

Bakış açısını değiştirdiğin anda algıların, gördüğün gerçekler değişiyor. Ayrıca, aynı açıdan, aynı yerden bakarken bile öyle kesin doğrular, durağan formüller yok ortada. Uzakdoğu'da bir mağaranın önündeki suda taşlar vardır. Dışardan bakınca altı, mağaradan bakınca yedi taş sayarsın.

Bak, şimdi konuşurken, Tennessee Williams'ın yaklaşımını da hatırladım. Williams, "İnsanlar birbirlerini kendi egolarındaki çatlaklardan görürler" der. Ona göre, bu çatlaklardan bakılarak yaşanan hayat, yanlış anlaşılmalar bütünüdür.

***Elia ile Yolculuk* kitabınızda Tennessee Williams'ın bu yaklaşımına yer vermiştiniz.**

Elia Kazan'ın sahneye koyduğu *İhtiras Tramvayı* oyununu izleyip de pek beğenmeyince, Kazan ile Williams arasında gelişen iletişimi anlatırken bu konuya değinmiştim. Williams'ın baktığı açıdan görülüyor ki, mutlak bir şey yoktur. Zaten buralarda, bu topraklarda binlerce yıl önce üzerinde düşünülmeye başlanmış temel konuların hâlâ tartışılması biraz da bu nedenle değil mi?

Varlık nedir? Tanrı nedir, evrenin tanımı? Böyle aşırı genel konularla fazla uğraşmamak lazım. Bir kişinin evrenin sırrını çözmesi, Himalayalar'daki bir karıncanın Wall Street Borsası'nın işleyişini anlaması kadar imkânsızdır. Bu konular karşısında insan ve kafası o kadar küçük ki. Sonsuzluk içinde kaybolmamak için şairlere, tasavvufa bakmak gerekiyor.

Ayrıca, düşünce belirtirken şunu da unutmamak gerekir: Ortega Y Gasset'nin meşhur sözü var ya, "Ben kendimle çevremden oluşuyorum" diye, çok önemli, belki bazen kendimle çevremin "ortalamasıyım" diye de anlamak gerek bunu. Toplum bir yere doğru çekiyor bizi. Bu hep böyle olmuştur. Yazar da sanatçı da düşünür de toplumun içindeki bir bileşen. Karşılıklı bir etkileşim yaşanır elbette ve en az yazar kadar, toplum da gidilen yönde belirleyici olur.

"Düşüncesiz" yazılar

Öyleyse yazar da okur da karşılıklı olarak birbirinin kaynağı demektir. Özellikle yeni yetişen insanlar ve yeni ortaya çıkan yazarlar açısından bu durum daha belirleyici olsa gerek. Yeni yazarlar, yeni kültür ortamı nasıl bir kaynaktan besleniyor sizce?

Son zamanlarda beni en çok üzen şeylerin başında bu var. O kadar basit şeyler tartışıyoruz ki. Sen bir çalışmanda benim için "Küçük tartışmalara mahkûm edilen adam" diye bir şey yazmıştın. Bir yandan zaten küçük konular üzerinde duruluyor, gerçi konunun küçüğü pek olmaz da ele alış biçimiyle konular daraltılıyor: Döviz ne oldu, falanca gitti mi geldi mi, efendim laiklik öyle mi oldu, yok AKP böyle mi yaptı, yok Cumhurbaşkanı şunu mu dedi falan gibi... Her biri hayatın gerçekliğiyle ilişkilendirilebilecek de olsa, öyle yapılmıyor, bütün bunlar giderek daha düşük bir düzeyde tartışılıyor. Tartışma da denemez, hızla kanaat belirtmeler, öfke veya destek bildirmeler, ayaküstü yorum yapmalar... Yazılar da öyle yazılıyor. Artık piyasadaki o yazılara ne kadar yazı denebilirse! Çünkü paragraf da kullanılmıyor, tek tek cümleler, alt alta şiir görünümüyle yazılıyor. İnsanların ancak bunu okuyabildiği ileri sürülüyor. Ama uzun süre insanlara böyle davranılırsa, sonunda ancak bu düzeyi anlayabilecek hale gelirler.

Toplum bileşik kaplar gerçeğine uygun biçimde belli bir noktaya kadar geriledi. Bunları söylerken gerçekten yüreğime hançer sokuluyor gibi oluyor; "de" veya "ki" bağlaçlarının yazılırken hal eki olanlarla karıştırılması, iyi okullardan mezun bazı insanların hâlâ "yanlız" yazması, "süpriz" demesi. Böyle bir şey gördüğüm zaman birden okuduğum yazıdan soğuyorum, devam etme isteğim sönüyor. Artık her yazıya, bu kadar basit hatalarla karşılaşacağım korkusuyla başlıyorum.

Bu kadar tepki duymamam gerek, gözden kaçmış basit bir hatadan dolayı bir yazının değeri gözümden hemen düşmemeli, biliyorum, ama o kadar yaygın ki! Karşıma öyle çok çıkıyor ki! Oysa bunları konu etmiyor olmalıydık. Dil kullanımının birçok inceliği var. Düşünceyi berraklaştırmak açısından, duyguyu hissettirmek açısından öyle değil de şöyle bir cümle kurmak gibi, başka türlü anlatım meseleleri tartışılmalı. Böyle sözlük düzeyinde, ilkokul bilgisi düzeyinde hatalar o kadar yaygın ki artık sinirlerim bozuluyor. Anadilindeki en basit kuralları öğrenmeye zahmet etmeden, görüş, kanaat bildirmeye hevesli ne çok insan var! Bunların bir kısmı da akademisyen titri taşıyor.

Fikir geliştirmek, düşünmek, elbette çok önemli. Bazılarının buna hakkı yoktur diyemez kimse. Ama böyle bir şey yapmaya kalkışan herkes, öncelikle bu uğraşın hakkını vermeli. Birazcık zahmete katlanmalı. Anlatmaktan çok anlamaya uğraşmalı, öğrenmeye, okuyup dinlemeye öncelik vermeli.

Anlamak... "Beş Satırla"da Nâzım'ın vurguladığı gibi, en büyük bahtiyarlıklardan biri. Sizin sesinizle kayda geçen hali de bir başka güzel!

Ah, teşekkür ederim. Çok önemli, çok güzel bir şiir. Ne kadar uzun yıllar önce kaydetmiştim onu. Dur bakalım, nasıldı...

Annelerin ninnilerinden
spikerin okuduğu habere kadar,
yürekte, kitapta ve sokakta yenebilmek yalanı,
anlamak, sevgilim, o, bir müthiş bahtiyarlık,
anlamak gideni ve gelmekte olanı.

Bu dizeler elbette daha kapsamlı bir konuyu işliyor ama anlamaya çalışmak, hayatta çok belirleyici. Hep dikkatimi çekmiştir, anlaşılmamaktan yakınanlar, genellikle anlamaya çalışmayanlardır. Aynı şekilde, düşüncelerinin çok benzersiz, çok üstün olduğunu sananlar da çoğunlukla düşünsel çalışmalarla en yüzeysel biçimde ilgilenenler arasından çıkıyor. Düşünce üretenlere uzak durur onlar.

İnsanın bütün mücadelesi, kültür alanındaki bütün uğraşları, sonuçta bu anlama ve öğrenme çabasına dayanıyor. Bir yandan teknolojik gelişmelerle kendi yaşam koşullarını iyileştirmek, doğaya hâkim olmak gibi konulardaki mücadelesinin yanı sıra, insanı hayvanlardan ayırma mücadelesi bu. Diğer hayvanlardan demek lazım, çünkü insan da bir *mammal*, bir memeli hayvan tabii. Ben dünyadaki kültür mücadelesini, şiirleri, felsefe kitaplarını, edebiyatı, resmi, bütün sanatları bunun içinde görüyorum. İnsanı hayvandan ayırma çabası, aslında insan ruhunu yüceltme mücadelesine karşılık geliyor.

Ne yazık ki biz o yücelme dönemlerinden birinde yaşamıyoruz. Tam tersine, şu anda kapitalizm insan ruhunu yücelten kültür ürünlerine müthiş bir düşmanlık içinde. Mal satmak için, piramidin en altındaki, daha doğrusu, bütün insanlardaki ortak hayvansal ihtiyaçlara hitap ediyor.

E, insan da bir hayvan olduğuna göre, kuşkusuz biyolojik ihtiyaçları var. Sağ kalma güdüsü var; doyma, barınma, üreme, güvenlik arama... Piyasa insan ruhunu yüceltmekle niye uğraşsın, en alttaki hazır taleplere eğilir. Milyarlarca insan et sever, karnını doyurmak ister; eti, soğanlı salçalı köfteyi, ekmeğin içine koyup veriyor. İlkel insan ne sever? Seks sever, onun filmini yapıyor. Şiddet sever, şiddeti veriyor. Şekerli meyankökü şerbeti içiriyor. Bunlar iyidir diyor, senin için başka önemli bir konu yok, başka meselelerle uğraşma diyor. Bunların yeterli olduğunu anlatıyor ve bunun övgüsünü de yapıyor.

Pazar için, daha çok satmak, satışı garantiye almak için üreten bir sistem. E, bu ekonomik sistemin doğal sonucu dünyanın standartlaşması oluyor. Buradan bir uçağa binip on saat uçuyorsun, Tayland'a gidiyorsun örneğin, bakıyorsun aynı filmleri seyrediyor insanlar. Aynı mağazadan alışveriş yapıyor. Kültürel, yerel zenginlikler kayboluyor.

Eskiden insanlar dünyanın diğer bölgelerinden habersizdi. Büyük çoğunluk doğduğu yerde ölürdü. Karşıdaki tepenin arkasını bilmezlerdi, dünyayı oraya kadar sanırlardı, öyle algılarlardı. Dadaloğlu, "Ben dünyayı Osmanlı'nın sanırdım, meğer dünya dört sultanlık yer imiş" diyor. Osmanlı'nın dışında da bir dünya var diye şaşırırken, hayalinin geldiği yer de o kadar, dört sultanlık.

Nasıl bir ironidir ki ulaşım ve iletişim araçlarının kısıtlı olduğu dönemlerde insanların, toplulukların birbirlerine dair merak ve ilgileri daha çoktu. Belki de asıl ve gerçek küreselleşmeyi dünya '68'lerde yaşadı. Şili'nin tırnağı acısa Türkiye'de duyulurdu. Dünyada olan bitene karşı ilgimiz asla gelip geçici değildi. Vietnamlının ne yaşadığı bilgimiz dahilindeydi. Şimdi öyle mi? Ancak büyük felaket haberleriyle gündeme geliyor dış dünya. Göstereceğimiz ilgi de felaketin büyüklüğüyle doğru orantılı. Sözgelimi bir yerde bomba patladı, ne kadar çok ölü olursa o kadar ilgi gösteriyoruz. Globalleştikçe yerelleşiyor, içimize kapanıyoruz. Dünyanın her tarafında milliyetçi muhafazakârlığın hüküm sürmesini de buna bağlamak lazım belki de...

Bu tektipleşme ve manipülasyon, aynı zamanda kitle iletişiminin vardığı boyutun bir sonucu, değil mi?

Kitle iletişimi konusu piyasadan bağımsız değil ki. Bu vahşi düzenin birçok bilimsel gelişmeyi, büyük kolaylıklar sağlayabilecek onca üretimi iktidarların hizmetine sunması gibi, iletişim teknolojisi de geliştikçe kapitalizme hizmet eden bir güce dönüştü. İktidarların bir bileşeni haline geldi. İktidar dediğim, biliyorsun, sadece siyasal yapılar değil, üretim sisteminin ileri gelenleri.

Kapitalizm ve kitle iletişimi eliyle, tarih boyunca yüceltilmeye çalışılmış, çeşitli Rönesanslardan geçmiş insanın tekrar hayvanlaşması süreci yaşanıyor. İnsana biyolojik ihtiyaçlardan ibaret bir canlıymış gibi yaklaşılıyor.

Bunu söylerken biraz çekinmemin nedeni, bizde hayvan sözcüğünün küfür olarak, hakaret anlamında kullanılması. Batı'da hayvan hakaret değildir, *animal* diye, hayvan diye, kimse kimseye bir öfke dile getirmez. Evet, domuz derler bazen, böyle aşağılayıcı anlamda kullanılan örnekler de bulabiliriz, ama yaygın bir hakaret sözcüğü değildir hayvan. Herkes *animal*dır zaten. Bir de hayvanlar isim olarak kullanılır. Ayı var mesela, İsveç'te başbakan ismi. Björn Borg, tenisçi, adının anlamı ayı. Amerika'da bir partinin sembolü eşek. Hindularda ise inek kutsal sayılıyor.

Ben de aynı şekilde, yaşadığımız dönemde insanın tekrar hayvanlaşma sürecine döndüğünden söz ederken, "hayvan"ı hakaret sözcüğü olarak kullanmıyorum. Her şeyin satılık olduğu bu düzende insanın ilkelleştiğine dikkat çekmeye çalışıyorum. Bunda iletişim hızındaki artışın etkisi büyük. Kitle iletişimi zaten sorunlu bir alan, bir de bu yükselen hız! Gasset'den söz etmiştik az önce; onun dediği gibi, hiçbir şey kitle kültüründeki yozlaşma kadar hızlı bulaşmıyor.

Bunun tek alternatifi düşünmek, düşünerek yaşamak. İnsan, hayvanlaşma sürecini, ancak diğer hayvanlardan ayırt edici özelliğiyle aşabilir. Düşünebilen, daha doğrusu, metotlu düşünebilen tek hayvan olarak insan, ancak bu özelliğiyle kapitalizmin tahribatından korunabilir, kitle iletişiminin yozlaştırıcı etkisini ancak böyle aşabilir.

İnsanı diğer hayvanlardan ayıran iki üç genel özellik var. Konuşmak mesela. Gerçi hayvanlar da sesler çıkararak iletişim kurabiliyorlar ama kelimeler biçiminde değil. Bu yüzden konuşurken seçilen kelimeler, kullanılan dil insanın karakterini gösteren bir aynadır. Kelimeler ruhumuzu yansıtır. Kelimeleri onların bir parçamız olduğunu bilerek özenle, dikkatle kullanmalı, gelişigüzel sözlerle, sövgülerle dünyayı kirletmemeliyiz.

Hayvandan ayrılan yanlarımızın en önemlisi ise düşünmek. Hiçbir hayvan metotlu düşünemez. Bir hayvanın içgüdüleri, içgüdülerin gösterdiği bir davranış biçimi var tabii; ateşten kaç, yiyeceğe doğru git, suyu gör, bul; içgüdüleri, sezgileri insandan da fazla gelişmiş. İnsan kaybetmiş o sezgileri. Ama metotlu düşünme, mesela Descartes'ın *Metot Üzerine Konuşma* gibi yapıtları... Öyle bir şey olabilir mi hayvanlarda? Tabii insan metotlu düşünebilen, okuyup yazabilen, öyle konuşabilen bir canlı olarak, çok daha iyi bir yere ulaşmalıydı. Pek de iyi bir yere ulaşamadığımız gibi, bu kitle kültürüyle birlikte kapitalizm bizi yok ediyor.

Düşünmek ve gülmek

Diğer ayırt edici özellikleri insanın? Konuşmak ve düşünmek dışında...

İnsanın bir başka ayırt edici özelliği gülmek. Hayvanlar gülmez. Biz onların yüzlerine baktığımızda bazen gülüyorlarmış gibi gelir ama bu bizim bakışımızdan kaynaklanır. Gülme yoktur hayvanlarda. Gülmek de düşünmek gibi insanı insan yapan bir eylemdir. Muazzam bir gücü vardır gülmenin.

Başka bazı farklardan da söz edilebilir. Örneğin hiçbir hayvan yüz yüze sevişmez. İnsanın da herhalde gelişim sürecinde ortaya çıkmış bu. Hatta Afrika'ya giden misyonerlerden dolayı oradaki insanların öğrendiği bir şey; misyoner pozisyonu sözü ona dayanıyor. Daha başka bazı farklardan da söz edilebilir ama galiba en önemlisi bu ikisi. Düşünmek ve gülmek.

Bizim halk sözlerimizde aradım taradım, düşünmek üzerine iyi bir söz hiç söylenmemiş. Başka konularda çok çeşitli sözler vardır, birbirine zıt yaklaşımlar dile getirilir, ama bu konuda hep aynı tutum, hep olumsuz bir tavır dikkat çekiyor. "Nasrettin Hoca'nın hindisi gibi düşünme", "Karadeniz'de gemilerin mi battı, ne düşünüyorsun?", "Ayağını sıcak tut, başını serin, düşünme derin." Düşünmeyi olumlayan bir yaklaşım yok. Bu geleneğe göre her filozof bir "arpacı kumrusu."

Hem halk açısından, hani "Karalar bağlamak" anlamında kötü bir şey düşünmek hem de rejimler açısından kötü, hatta en tehlikeli eylem.

Felsefenin, insan düşüncesindeki, düşünme yeteneğindeki en önemli aşamaları bu topraklarda kat edilmiş, bu coğrafyada antik dönemde insan türünün en önemli adımları atılmış, ama sonrasında yerleşen ve bugün devam eden kültürümüzde bunun tersi değerler egemen olmuş.

Türkiye'nin meşhur Doğu-Batı çelişkisi de buna dayanıyor. "Düşünüyorum o halde varım" diyen bir kültürün karşısına "düşün düşün bk.tur işin" yaklaşımıyla çıkamazsın. Mümkün değil. Kökenini bu topraklardan alan Batı düşünce geleneği insan aklını yücelterek gelişmiş. Orayla sağlıklı iletişim için düşünme uğraşında bir aşama gerçekleştirmek, bir eşik aşmak gerekiyor. Kısacası bir zihniyet devrimi.

Ne var ki yüzyıllar boyunca olduğu gibi bugün de bu yönde bir eğilim yok. Dinselleştirmeye çalışıyorlar toplumu.

Din de düşünmeye engel oluyor. İnsan varacağı sonuca baştan karar vermişse, düşünmek denilen ve bilmediği bir sonuca ulaşmak üzere yola çıkmaya benzeyen o zihinsel serüvene atılamaz ki.

Düşündüğün için, araştırıp incelediğin için bağlanmamışsın ki bir dine; sorgulayamayacağın kadar küçük yaşta sana öğretilmiş. Yetişkin hale gelince kendine kanıtlar geliştirmek için, emin olmak, iman etmek için elbette beynini kullanman istenir. Ama düşünmek bu değil. Hiçbir şeyi baştan doğru kabul etmeden, hangi sonuca ulaşacağını dikkate almadan, sınırsız düşünmen, gerçek anlamda sorgulaman elbette istenmez. Çoğu insan da zaten buna cesaret edemez, kendi içinde bir çatışmayı göze alamaz. E, Cumhuriyet döneminden önce, Batı'daki gibi, kiliseyle mücadele edip dinsel anlayışları toplum işleyişinin dışına çıkarma süreci de yaşanmadı. Dolayısıyla bütün geleneğimiz düşünmeye düşmanlık olarak geçti. Bu yeni bir şey değil, bütün Osmanlı boyunca, yüzyıllardır böyle.

Halk sözlerimizdeki olumsuz kavramların ikincisi ise gülmek. Gülmek de insanı insan yapan bir özellik. Ama o da olmuyor, bu kültürde gülmek de onaylanmıyor. Mesela "Çok güldük, başımıza kötü bir şey gelecek" gibi kaygılar duyulur. Gülmekle ilgili de hoş bir yaklaşım yok. Hepsinin ötesinde, "Karı gibi gülmek" sözü vardır. Bu sözdeki kadını aşağılamak, küçük görmek kadar vahim olan, gülmeyi kötüleme durumu; korkunç! Güzelliğin, uygarlığın, hayvaniliği aşmanın, insancıllığın tam tersi yaklaşım ancak böyle olabilir: Karı gibi gülme! Eskiden beri kadınların özgürce gülebilmesini, sokaklarda kahkaha atabilmesini insanlığın gelişimi açısından önemli bir ölçüt kabul ederim.

Hemen belirteyim ki günümüzün eğlence fetişizmiyle "gülme" eylemini birbirinden ayırmak gerekir. Gülme eylemi nihayetinde düşünmenin, hazzın, eleştirinin birleştiği bir bütündür. Bugün kitlelerin, "Hadi eğlendir beni" talebinden çok farklı; eğlence fetişizminde gülmekten çok, verilen paranın karşılığını almak, çılgınca eğlenmek ve sıkılma duygusundan kurtulmak telaşı ağır basıyor... İnsanlar edebiyattan da sinemadan da aynı şeyi bekliyor: Sıkılmamak, düşünmemek, hep eğlenmek!

Bizi Batı toplumlarından ve dünyanın bazı halklarından ayıran iki temel konudur, düşünmek ve gülmek. Düşünmemek, gülmemek, düşünememek, gülememek!

Gülmek değil ama "yüze gülmek" denen şey kabul gören bir tavır. Tatlı dilli olmak da öyle.

Gülmek küçümsenir, ama tatlı dil onaylanır çoğu zaman. "Tatlı dil yılanı deliğinden çıkarır" denilmiştir. Aslında "Tatlı dil" adı altında övülen şey, çıkar için, karşındaki insanı bir fayda uğruna ikna etmek için sahte ilişkiler geliştirmektir.

Böyle de olsa, Anadolu'nun en gelişmiş özelliği dilidir. O kadar gelişmiş ki, bildiğim kadarıyla bu kadar gelişmiş bir halk dili pek yok dünyada. Bunun örneklerini her alanda görebiliriz.

Muazzam yollarla, mesela halk deyimlerini kullanarak rakiplerini mat eden Süleyman Demirel gibi politikacılar yetişmiştir burada. Siyasi duruşunu benimsemediğimi belirtmeye gerek yok sanırım. Ama öyle bir laf eder ki karşısında konuşulamaz; söylenecek söz bulunamaz, susmak zorunda kalınır. Mesela "Allah iftiranın yakışanından korusun" önemli bir sözdür. "Eskiden siz şöyle demiyor muydunuz?" derler, "Bugünün çamaşırını dünün güneşinde kurutamazsın" gibi bir karşılık verir. Önceki söylemlerine aykırı biçimde iktidara geldiği söylenince, "Mahkeme kadıya mülk değildir, gene gideriz" cevabını verir. O kadar güçlü sözler ki bunlar, haksızsan bile seni haklı çıkarır. Siyaset dışında halk geleneğine baktığımızda bir dil dehası var Anadolu'da. Karacaoğlan'ı, Pir Sultan'ı, Yunus'u, Veysel'i, o büyük şairleri çıkarmış bir dil bu.

Dilin bunca gelişmişliği, bir anlamda mecburiyetten çıkıyor. Çaresizlikten... Çünkü Hikmet Kıvılcımlı'nın da belirttiği gibi burası İngiltere, Japonya misali bir ada değil, barbar akınlarına açık, sürekli işgal edilmiş, sürekli egemenlerin değiştiği bir bölgede yaşamış insanlar. Köprüde yaşamak gibi bir şey bu. Kalıcı bir medeniyet kuran yok ama durmadan birileri işgal eder, gelip geçer, ezer geçer.

İnsanlar köylerinde yaşarken bir gün açıyorlar gözlerini, bakıyorlar, demirler içinde, zırhlı birtakım adamlar gelmiş. Kimdir bunlar? Haçlılar. Avrupa tarafından Haçlı Seferleri düzenleniyor. Köylü de onları hoş tutmak zorunda. Osmanlılar geliyor, bu sefer Osmanlı'ya övgü düzmeye başlıyorlar. Başka bir gün bakıyorlar, çekik gözlü ve börklü, farklı tipte adamlar gelmiş, durmadan öldürüyorlar. Bunlar kim? Moğollar. Hemen güzellemeler başlıyor, efendim siz şöyle iyisiniz, böyle iyisiniz, Moğol'dan iyisi mi var? Yeni durumdaki ihtiyaçları karşılayacak uygun bir dil üretmek gerekiyor. Gelen ağam, giden paşam sözü bir yaşam kuralı olmuş.

Bu riyakârca yaşam, hayatta kalma mücadelesiyle ortaya çıkıyor. Ancak böyle varlığını sürdürebileceği için, dil yeteneğini çok geliştiriyor burada insanlar. Hayatta kalmak neredeyse dil geliştirmeye bağlı hale geliyor ve bu yetenekleri o kadar gelişiyor ki varlıklarını bu sayede sürdürebiliyorlar.

Ne var ki bu arada, dürüstlüğe verilen önem azalıyor, gerçeğin peşine düşmek, hakikate bağlılık gelişmiyor. Değişen ortama uygun tavır almak, gereken sözleri söylemek gibi yetenekler gelişiyor. Yılanı deliğinden çıkarmak için tatlı sözler bulunuyor, köprüyü geçene kadar da ayıya dayı deniyor.

Bu iki özellik, gülmek ve düşünmek, herhalde birbirinden bağımsız değildir. Einstein'ın dil çıkaran fotoğrafında görüldüğü gibi, zekâ güler. Bunların yasaklanmış olmasının bedelini çok ağır ödüyoruz. Metotlu düşünce olmadığında, dinsellikler yaygınlaştıkça, hurafeler ağırlık kazandıkça, gülmek günah sayıldıkça, uygarlıktan ayrı düşüyorsun; insani gelişmelerden, güzel yaşamaktan, hayatı anlamaktan uzak düşüyorsun. Hele bir de kadını, yani toplumun yarısını dışlayınca uygarlık kurmak hayal haline geliyor.

Cehaletin zaferi

Bu sözleriniz askeri darbelerin ve dinci yönetimlerin eğitim politikaları için de bir açıklama niteliğinde kabul edilebilir mi? Onların "düşünen insana düşman" tavırlarıyla ilişkilendirilebilir mi?

Patrona gönüllü köle olan, yöneticiye itaat eden insan yetiştirmek, kuşkusuz bu üretim sisteminin dünya ölçeğindeki bir tercihi. Bunun yanı sıra, 12 Eylül gibi rejimlerin aydın düşmanlığı, bu toprakların derinliklerindeki kültürel köklerden de besleniyordu. Nâzım Hikmet'in dediği gibi, bunlar düşünen insana düşman. Ama Nâzım'ın sözünü ettiği o düşmanlık, sadece kendi yaşadığı dönemdeki egemenler için, daha sonraki askeri darbeler için, sadece bu AKP rejimi için geçerli değil. Bunlar her zaman düşünmeyen, sorgulamayan insan yetiştirmek istemişlerdir. Muhalefeti bastırır bastırmaz, karşılarındaki ilk engeli aşar aşmaz hemen felsefe derslerini kaldırırlar, din derslerini zorunlu tutup kendi amaçlarına fayda sağlayacak biçimde etkili hale getirirler. Laik ordu bile bu yöntemi benimsemiştir.

Tabii çağımızda bunu, açıkça ezberci öğrenmeyi överek yapmazlar ama insanların metotlu düşünme yeteneğini geliştiremeyecek koşullarda yetişmesine neden olurlar. Konuları kopuk kopuk ele almak, bir metot, bir felsefe bağlantısı kuramadan her olay veya durum karşısında sadece o andaki tavırlarla ilgili zihinsel etkinlikte bulunmak; bu düşünmek değildir ve böyle insanlar, biraz da bu iktidarların tercihidir.

Darbecilerin ve dinci rejimlerin, kitle iletişim ortamının da etkisiyle, düşünmek gibi görünen ama aslında tam tersi nitelikte eğilimler geliştiren bu tutumları, ne yazık ki çok eski dönemlere, derin köklere dayanıyor. Toplumun içinde olumlu özelliklerin yanı sıra, her zaman bu "düşünen insana düşman" olma özelliği bulunuyordu. Ve içinde bulunduğumuz bu yılları ben artık cehaletin zaferi olarak görüyorum.

Cehaletin zafer kazandığı bir dönem bu. Sadece muhafazakârlıkla ilgili bir mesele de değil. Görüşlerin, kanaatlerin, bilgilerin gerçek anlamda bilimselliğe ve gerçek düşünceye dayanmadığı, anlama hevesinin iyice azaldığı, herkesin sürekli yorumlar yaparak birbirine saldırdığı bir dönem. Sanki neden-sonuç ilişkisiyle düşünmek, bilgileri karşılaştırarak, başka alandaki bilgilerle ilişkilendirerek düşünce üretmek gibi eylemler övülecek değil de dalga geçilecek özelliklermiş gibi tavırlar ortaya çıkıyor. Düşüncede derinleşebilmek, cahil olmamak sanki kötü bir şeymiş gibi.

Eskiden, insanlar çevrelerindeki araştıran, inceleyen biri hakkında olumlu konuşurlardı. Daha iyi niyetliyken bu halk, öyle biri hakkında, "Adam vallahi okuyor, çok bilgili" veya "Ayaklı kütüphane gibi" derdi. Ama bugünlerde "Elit, halktan kopuk" veya "Boş işlerle uğraşıyor" gibi sözler ediliyor. Cehaletin övgüsü yaygınlaşmış durumda.

Çok okuyan insanların akıl sağlıklarını yitirdiklerine dair bir inanç da var. Tek başına bu bile, okumanın, düşünmenin ne kadar bizim dışımızda bir eylem olarak konumlandırıldığını gösteriyor.

Öte yandan, bunun sadece güncel bir sorun olmadığını görmek, umudu kesmemek açısından da önemli. Aydın düşmanlığı da cehalet övgüsü de her zaman var olan bir sorundu. Daha önce de dönem dönem yükselip alçalan bir eğilim olduğuna göre, bu karanlık periyodun geçici olduğunu düşünebiliriz. Bir Nazi generali, "Kültür sözünü her duyduğumda elim tabancama gidiyor" dememiş miydi! Sonuç ne oldu? Evet bütün bu karanlık dönemler geçici ama hiçbir şeyi kendi haline bırakmamak, tek başına tarihin akışına güvenmemek gerekiyor.

Aslında bilim ve Aydınlanma karşıtı söylemleriyle postmodernizm de bu alanda büyük tahribat yarattı, üstüne üstlük gerici düşünceyle örtüştü. Cehalete, bilim karşıtlığına, Aydınlanma düşmanlığına dayanırken, modernizme bu kadar sövgü, dini ve muhafazakârlığı güçlendirdi.

Bugünün Osmanlı rüyasında düşüncenin, felsefenin Osmanlı'da geliştiğine dair bir algı da hâkim. Düşüncenin Osmanlı serüvenine bir baksak...

Osmanlı'da, özellikle bir dönemden sonra, düşünmeye hiç iyi gözle bakılmadı. Felsefenin yasaklanması, bilimin, deneyin yasaklanması Osmanlı'yı bildiğimiz hale getirdi, param-parça etti. Fetihler, elde kılıç ilerlemeler bir yere kadar işe yarıyor, zaten bir yerden sonra o da mümkün olmuyor.

Osmanlı'nın kötü gidişini önlemeye yönelik çabalar da hep bu konuda zaten. Batılılaşma çabaları, yönetim anlayışında reformlar, özünde bilim alanında gelişmeyi hedefleyen girişimlere dayanıyor. Buraya dikkat etmek gerek, bu girişimlere karşı çıkanlar her zaman ulema olmuştur. Ulemanın etkisinden dolayı itirazlar seslendirilmiştir. Padişahlardan bile güçlü bir ulema takımının varlığını, felsefeye, bilime, düşünen insana düşman bir kültürü görmek önemli. Daha doğrusu, bu kültürün o bileşenini yok sayamayız.

Bugün Osmanlı özleminden söz edenler, kendilerini Osmanlıcı diye ileri sürenler, padişahlardan sempatiyle söz etseler de aslında o ulema takımının, düşünceye karşı olan bir kültürün devamı niteliğindedirler. Yoksa Osmanlı Sarayı, hiç de onların iddia ettiği, onların sandığı gibi bir yer değil.

II. Mahmud'un Mekteb-i Tıbbiye-i Şahane'yi, yani Tıp Fakültesi'ni açış konuşması bu konuda kanıt niteliğindedir. "Siz bu mektepte Fransızca okuyacaksınız" diyor, "ama amacımız size Fransızca öğretmek değil. Tıp bilimini anlamak için Fransızca öğrenmek zorundasınız."

Padişah, yüzyılların ihmaliyle bizde tıbbın çok geri kalmış olduğunu anlatıyor. Ne acı! 11., 12. ve 13. yüzyıllarda, tıp alanında önemli gelişmeler sağlayan bir İslam geçmişi var ortada. O dönemde, özellikle Bağdat, dünya kültürünün zirvesiydi. İslam 13. yüzyıla kadar dünya bilim ve sanatlarının öncüsüydü. Sonra kayboldu. Araya giren yüzyılların kaybını telafi etmek için II. Mahmud gibi bir Osmanlı padişahı bunları söylemek zorunda kalıyor. Çağdaş tıp terimleri Fransızca olduğundan, Fransızca öğrenmek zorunda olduğumuzu anlatıyor. Zamanla biz de bilgiler üreterek, gelişmeler kaydederek yetişebiliriz, kendi terimlerimizi kullanabiliriz, diye umudunu dile getiriyor o konuşmasında.

Fakat o kadar farkında ki adam, karşısında ulema var, büyük bir engel var. Daha sonra Abdülhamid de aynı yönde sözler ediyor. "Benim tebaam içinde" diyor, tebaam dediği, biliyorsun, Kafkasya'dan Afrika çöllerine, Adriyatik'ten Basra Körfezi'ne kadar geniş bir bölgede yaşayan bütün halklar, Hıristiyan, Yahudi, Müslüman hepsi, "Benim tebaam içinde en geri kalmış olanlar Müslümanlardır" diyor. Özellikle Türklerin bu durumunu okuma yazma bilmeyişlerine bağlıyor. Yazının, kullanılan alfabenin çok zor olduğunu düşünüyor. "Bu yazı kolay öğrenilemez" diyor. Abdülhamid söylüyor bunu.

III. Selim'ler, II. Mahmud'lar, daha sonra gelenler, hepsi farkındalar bu durumun. Mesela deney yapılamıyor. Ulema karşı çıkıyor, linç ediyor! Ulema denen din adamları kesimi çok etkili. Bu da çok ilginç bir konu. Dünyada din ve bilim bir arada yürüyemeyecek iki alandır. Biri inanç alanı, diğeri şüpheye dayanan, deneye dayanan çalışmalar alanı. Bizde dinle uğraşanlara "âlim" diyorlar. Ulema zaten âlim sözcüğünün çoğulu, bilim insanları demek; bunlar Osmanlı padişahlarını da canından bezdirmiş.

Halil İnalcık, değerli hocamız, Kadızadeliler Hareketi'ni inceliyordu. Bazen konuşuyorduk. 17. yüzyılda başlayan, padişahı, şeyhülislamı bile mürtet ilan eden bir hareket. Deneysel bilgiye şiddetle karşılar.

Yine Abdülhamid'in anlattığı bir şey var. Bir deney yapmışlar, havasız kalan bir canlının ne kadar yaşayabileceğiyle ilgili. Güvercini bir kutuya koyup gözlemeye çalışmışlar. İsyan çıkmış. Biliyorsun bu kafalar rasathaneyi yıktı. Ulemanın çarpık kafasına göre gökyüzüne bakarken meleklerin eteklerinin altını izliyormuşsun. Öyle bir yerden geliyorsun ki düşünceye düşman, bilime düşman, pozitif olan her şeye düşman ve sadece kanıt aramayan inançlarla uğraşıyor. Efendim işte cinler öyle mi gelir, böyle mi gider, nasıl kaçırılır? Japonlar ilk kez İstanbul'a geldiği zaman, aylar boyunca bunların, Kuran'da sözü edilen yecüc mecücler olup olmadığı tartışıldı. II. Abdülhamid devri gibi yakın bir zamanda zihinleri ve basını günler boyunca bu tartışma meşgul etti. Bazıları bunların yecüc mecüc olduğunu öne sürüyor, bazıları da Kuran'da bu yaratıkların bir duvarın arkasından geleceklerinin belirtildiğini söyleyerek itiraz ediyordu. Bu sefer ötekiler, "Deniz de duvar gibi yorumlanabilir" diyorlardı.

Bu arada buharlı makineler başlamış dünyada, havagazı aydınlatmaları, şimendiferler, gelişmiş manifaktür üretimi, fabrikalar. Kültür ve özgür düşünce, üretime, dolayısıyla da zenginliğe dönüşmüş durumda. Düşünce özgür olmayınca, sanat olmayınca, üretim de gelişmiyor. Eleştiri mantığı gelişmiyor. Gerçeğe düşman bir anlayışın, eleştiriye ve muhalefete yaklaşımı nasıl olabilir ki? Sorunlardan söz edilmesine tahammül edemez. Bir sorunun varlığını değil, onun görünür hale getirilmesini, onun konuşulmasını dert eder. O nedenle eleştiriye tahammül edemez.

Bizde kültür düşmanı, bilim, insan, düşünce düşmanı bir geleneğin varlığını çok uzun zamandır koruduğunu kabul etmek gerekiyor. Osmanlı padişahlarını da gerektiğinde deviren, asan, kesen, onların getirdiği yeniliklere karşı çıkan ve maalesef ulema diye isimlendirilen o gerici kesim hâlâ varlığını sürdürüyor.

Kabilenin açmazı

Sizce Köy Enstitüleri aydın kavramına bakışı değiştirebilir miydi?

En azından aydınla, okumuş yazmış bireyle toplum arasında daha organik bir bağ kurulabilirdi. Bilgi, hayatı dönüştürmek, iyileştirmek için kullanılabilirdi. Okumanın, düşünmenin halkın dışında, halktan uzak, hatta halka rağmen olmadığı anlaşılabilirdi. Ve en güzeli de halk, kendi hayatını dönüştürecek bilgiye ve araçlara sahip olabilirdi. Köy Enstitüleri'nin kapatılması Türkiye tarihinde bir kırılma noktasıdır!

Sohbet kavramından yola çıktık ama karanlık bir tabloya ulaştık. Düşüncelerin, nitelikli sohbetlerin üretildiği, insanlığın düşünsel değerlerinin yaratıldığı bu topraklarda, "düşünen insana düşman"lığın böylesine etkili olması ne üzücü! Öyle anlaşılıyor ki bu yöndeki gelişmeler genellikle dinselleşmeyle birlikte yaşanmış, ne dersiniz?

Durumun kötü olduğunu anlatmak, olumsuzluklardan söz etmek bazen iyidir ve gereklidir. Fakat bu, asla çözümsüzlüğü anlatmak halini almamalı. Benim sözlerim de kesinlikle öyle anlaşılmamalı. Zaten bir insan ömrünü, birkaç insan ömrünü aşan bir perspektiften bakınca umutsuzluğa düşmemek gerektiği görülecektir.

Aynı şekilde, olumsuzluğun nedenleri hakkında da elbette bir kısıtlamaya gitmeden, otosansüre de düşmeden konuşmak gerek. İktidarların çarpıttığı dinsel inançlar ve hatta dinin iktidar bileşeni olmaya uygun özellikleri üzerinde durmaktan kaçınamayız. Bu da asla, düzgün insanların, iyi niyetli insanların, kendileri gibi tertemiz inançlarına yönelik bir küçümseme gibi görülmemeli. Hele bir aşağılama söz konusu bile olamaz.

Tabii, dinler her zaman despot yönetimlerin kullanmayı tercih ettiği bir güç olmuştur. Ortaçağ Avrupa'sını düşünsene. Korkunçtu. Atın kaç dişi vardır diye tartışılırken, adam bir at getirip sayalım dediği için idam ettiler. Skolastik düşüncenin iktidarı. Dinsel baskıları veya iktidarların dini çarpıtmalarını aşmak gibi bir açıdan bakarsak İslam'a, zaten 600 yıllık fark var.

Ama bu topraklardaki sorun sadece bu farktan kaynaklanmıyor. Biz genellikle iki kökten geliyoruz. Bir tanesi, Orta Asya Türk kökleri, ikincisi de bu bölgedeki yerleşik halkları da kapsayan İslami kökler. Bu ikisi de İbn Haldun'un deyimiyle, kabile asabiyyetine dayanıyor. Asabiyyet kavramı İbn Haldun'da aynı soydan insanlar arasındaki "bağlılık", "yardımlaşma", "dayanışma" duygusu anlamında kullanılıyor. Kabile bağlılığına dayanıyor bizim köklerimiz.

İslam'ın başlangıcına bakalım. Hacer'ül Esved'in, Karataş'ın bulunduğu, Hz. İbrahim'in yaptığına inanılan Kâbe'nin içinde Lat, Uzza, Menat adlı üç tanrıça var. Bunlar uzak tanrı "Allah"ın kızları. Önünde oklarla fal bakılan Kâbe kutsal ilan edilmiş. Çok önceden beri öyle. Oranın kime yasak, kime serbest olacağı ve gelirlerini kimin alacağıyla ilgili bir iktidar çekişmesi yaşanıyor. Haşimilerle Ümeyye kabilesinin kavgasıdır, buradan başlamıştır. Haşimiler başlangıçta Ümeyyeleri yenerek İslam'ı oturttular, ama Ümeyyeoğulları Peygamber'den kısa bir süre sonra gelip iktidarı ele geçirdiler. Peygamber'in torunlarını bile kestiler.

Çok ilginç bir el değiştirmedir bu. Hz. Muhammed'in en büyük düşmanı Ebu Süfyan ile onun, Peygamber'in amcasını öldürtüp ciğerini yiyen karısı Hind'in oğlu Muaviye, İslam halifesi olmuştur; onun oğlu Yezid de Peygamber'in torunu Hüseyin'in başını kesmiştir. Yani İslam, daha başlangıçta ehl-i beytin, Peygamber ailesinin en büyük düşmanlarının eline geçmiş. İslam'ın ana damarı da kurbanlar üzerinden değil, katiller üzerinden yürümüş. Burada büyük bir acayiplik yok mu? Madem öyle niye kimse çocuğuna İslam halifesi Yezid'in adını koymuyor, hatta bu isim Sünniler arasında bile "seni yezit seni" diye aşağılayıcı anlamda kullanılıyor? Önkabulleri sarsıp biraz düşününce ne kadar çok soru çıkıyor ortaya değil mi?

Aynı şekilde, Orta Asya'da da kabile asabiyyeti var. Orada da bir kişi ancak bir kabile üyesi olarak varlığını sürdürebilirdi. Kabileler birbirlerinin koyunlarını, karılarını kaçırırdı, orada da kabileler arası dostluk ve düşmanlıklarla sürerdi hayat. Cengiz Aytmatov'un "Mankurt" hikâyesi sıra dışı bir durummuş gibi anlatılır ama kabile zaten herkesi mankurtlaştırır. O acı verici işlemler sadece savaşçının kabile değiştirmesine yarar. Garip karşılanan da mankurt sadakati değildir, kabile değiştirmektir.

Kabileye sadakat özelliği sonraki dönemler boyunca da hep devam etti. Bizim bugün de siyasetimiz, toplumsal hayatımız, çok belirgin biçimde kabile asabiyyetine; kendi kabilene, aşiretine bağlılık esasına göre gelişiyor. Onun için demokrasi kökleşemiyor burada. Doğru-yanlış, iyi-kötü gibi konular hep konuşuluyormuş gibi görünse de gerçekte insanların tercihi kendi kabilesine (partisine, tarikatına, futbol kulübüne, örgütüne vs.) sonuna kadar itaat etmekten ibaret kalıyor.

Bu yüzden içsel bir ahlak ve değer geliştiremiyoruz. Bütün ahlakımız dış dünyaya göre kurulmuş. Kabilemiz için iyi olan bizim için de iyi... Bireyselleşme yok. Kabilenin yasakları, kabilenin onayı, kabilenin ihtiyaçları belirliyor her şeyi. Bireysel bir ahlakın olmaması öyle çok şeyi etkiliyor ki... Mesela, birisi öldüğü zaman yakınlarına "Başın sağ olsun" diyoruz. İlk bakışta bu, hayatta kalana sağlık dilemek gibi görünse de aslında "Başımız sağ olsun" demektir. Yani kabilenin başı sağ olsun. Gerisi önemli değil.

Kabileye bağlı kalmak zorunluluğu, daha karmaşık süreçlerle de birleşiyor elbette. Bu da öfkeyi getiriyor, şiddeti getiriyor, ölümü yüceltmeyi, öldürmeyi aklamayı getiriyor. İnsanların kendilerini sembollerle ifade etmesi, bıyıkların biçimini bile kimlik haline getirmek, sorgulamadan verili değerleri savunmak... Böyle yaşamanın en geçerli açıklaması, kabile asabiyyeti!

Ulus devlet kurulurken bu kabile asabiyyetinden kurtulmamış olmamız epeyce düşündürücü. Neden sizce?

Ulus devlet kurulurken de tarihi bir zorunluluk olarak "Biz" kimliği yüceltiliyor. İnsanları bir arada tutabilmek için gerekli bir tavır bu. Ulus aidiyeti kabile asabiyyetinden farklıdır. Cumhuriyet yönetimi, bir ulus devlet kurmakta olduğunun farkındaydı elbette. Bu üst ve modern kimliğin; dini, etnik ve feodal tarikat asabiyyetini yok etmesi, modern yurttaşlık bilincinin egemen olması için çalıştı. Ne var ki eski bir konağın ahşap kurtları gibi, eski kabile yapıları çalışmaya, örgütlenmeye devam etti. Bugün Türkiye'yi yönetenler ve onların "dava"ları, modern yurttaşlığın yerine kabile asabiyyetini geçirme kavgasıdır. Hepsi Nakşibendi kökenli tarikatlara, cemaatlere mensuptur. Bugünkü mücadele yurttaşlarla, kabile asabiyyetine mensup insanlar arasındaki varlık yokluk kavgasıdır.

Ulus kimliğinin kendini düşmanlar üzerinden tanımlıyor oluşu gerçeği de var ama o ayrı bir konu. Zaten milliyetçilik bahsinde konuşacağız.

Bu konular roman sanatı için de önemli malzemeler değil mi? Şunu sormak istiyorum: Kabile asabiyyeti ve

roman bir arada nasıl var olabiliyor? Çünkü roman, nihayetinde bireye yaslanan, onun hikâyesini anlatan bir tür...

Ahmet Hamdi Tanpınar *19. Asır Türk Edebiyatı Tarihi*'nde bizde romanın "çatışma" kavramından yoksun olduğunu söyler. Çok önemli bir gözlemdir bu. Üzerinde hâlâ düşünülmesi gereken bir gözlem. İşte dönüp dolaşıp aynı sularda yüzüyoruz. Neden yok çatışma? Çünkü kabile çatışmayı yasaklar da ondan. Topluluğun çıkarına aykırı herhangi bir şeyin kabul edilmesi mümkün değildir. Kabilenin istekleri, çıkarları ön plandadır. Çatışma yoksa birey de yoktur. Bu kadar basit. Bu yüzden bizde *Karamazov Kardeşler* yazılamaz. Babayı öldürmek düşünülemez bile. Çatışma dediğin, kabilenin dışındakilerle, yani dış düşmanlarla olur. O yüzden romanlarda da bütün çelişkileri Yunanlarla, Ermenilerle, Rumlarla yaşarız. Kötü olan bizden değildir gibi narsisistik bir tutum da söz konusudur burada.

E, bütün kötülüğü dış dünyaya yıkınca bireye içsel hesaplaşma, içsel ahlak için alan kalır mı? Dahası buna gerek kalır mı? Oysa romanın uçsuz bucaksız bir zihne, bir iç dünyaya ihtiyacı var. Orada dilediğince koşup oynaması lazım ama bizdeki kabile asabiyyeti romanın serpilip büyüyeceği bu engin çayırlığı kurak bir çöle dönüştürüyor.

Bunu aşan romancılarımız da var elbette. Yaşar Kemal özellikle *Demirciler Çarşısı Cinayeti*'nde kabile asabiyyetinin, deyim yerindeyse, canına okumuştur. Hem onu teşhir etmiş hem de gayri insani yönlerini anlatmıştır. *Yusufçuk Yusuf*'ta ise baba katli meselesine eğilir.

Batı'daki suçluluk duyma özelliğini de çok önemli buluyorum. Bu, romanı da etkileyen bir boyuttur. İnsanın kendi kendisiyle hesaplaşması Hıristiyan ahlakında çok önemli bir yer tutar. Düşünsenize, orada insan dünyaya suçlu olarak gelir, dünyada sürdürdüğü hayatla günahlarından arınır. Günah çıkarma ayinleri bir nevi içsel hesaplaşmadır. Oysa bizde "şuyuu, vukuundan beter" diye bir söz vardır; yani "bir şeyin duyulması, olmasından daha kötüdür." Duyulmadığı sürece mesele yoktur! Batılı suçluluk duyar, Doğulu ise utanır. Bu fark romana nasıl yansır peki? İşte yukarıda sözünü ettiğim o engin, içsel manevi alan bizim romanda pek yer almaz. İçsel hesaplaşmaların yerini dış dünya alır.

– 2 –
"Büyük insanlık" ve bir ulu ırmak

"Nâzım'ın o dilimize pelesenk olmuş dizelerindeki gibi, insan eli mağara duvarına ilk kez bizon çizdiğinden beri akan o ulu ırmak, dediğimiz şeydir sanat. Daha doğrusu, kültür odur, hayat odur. Ve sanat onu anlatır, onun bir parçasıdır aynı zamanda. O ırmağa girip yıkanmak gerekiyor, onun içine karışmak, onunla birlikte akmak gerekiyor. Akıp giden o ırmağın içinde bir damla olmaya çalışmak gerekiyor. Öyle değerlidir ki o damla, öyle büyüktür ki; o damlanın içinde ırmağın bütün suyunun, binlerce yıldır akan onca suyun bütün özellikleri bulunur. Ve o damla, o ırmağın dışında var olamaz. Mevlana'nın dizesiyle 'Sen okyanusta bir damla değil, damladaki okyanussun.'"

Bu tür "nehir" kitaplarda, genellikle söyleşilen kişinin hayatı konu ediliyor, hatta kökeninden başlanarak konuşuluyor. Bizim kitabın konusu "Livaneli'nin kişisel hayatı" olmadığına göre, köken deyince Pir Sultan'ı, Karacaoğlan'ı, Yunus'u anlıyoruz.

Şimdi biraz "gelenek ve çağdaşlık" üzerine düşünmenizi isteyebilir miyim? Gelenekten beslenmek, çağın hakkını vermek, köke bağlı kalmak, deneysellik, yenilikçilik... Bunlar size ne çağrıştırıyor?

Gelenek, gelecek, kök, dal meselesi sanatın en önemli konuları arasındadır. Konuya girerken Kaspar Hauser'in hikâyesini hatırlayalım. 19. yüzyıl başlarında, Almanya'da, bir mahzenden çıkarılmadan 15 yaşına kadar büyütülmüş bir çocuğun hikâyesi. Werner Herzog filmini yapmıştı bunun. Tıp literatürüne de Kaspar Hauser Sendromu diye geçmiş bir konu.

15-16 yaşına geldiğinde, bu çocuğu götürüp şehrin ortasına bırakıyorlar. Hiçbir şey yapamıyor tabii. Öyle kalıyor ortada; ne konuşabiliyor ne kimseyle işaretleşebiliyor. Bir kelime bile edemiyor, ağzından anlamlı bir ses çıkmıyor. Kollarını hafifçe açıyor, ellerini açıyor, olduğu yerde duruyor. O güne kadar insanlarla iletişim kurmamış bir kişiden başka bir şey beklenebilir mi? Toplum içine hiç girmemiş, insanlarla hiç diyalog kurmamış biri ancak bunu yapar.

Düşün ki dünyanın büyük yeteneklerinden biri, mesela Beethoven bu şekilde, Kaspar Hauser gibi, bir mahzende tutularak ve hiçbir iletişim kurulmadan büyütülseydi, sonra çıkarılıp aynı şekilde, 15 yaşında o meydana getirilseydi, Hauser'dan bir farkı olur muydu? Sadece beslenme gibi temel gereksinimleri karşılanıp öyle kendi halinde bırakılsaydı, herhangi bir melodi yazabilir miydi? Mümkün olmazdı. Veya Schiller, Kleist, Goethe... Ne büyük kayıp olurdu insanlık için. Bunların hepsi, kendilerinden önce insanlığın yaratmış olduğu birikimden, bilgilerden, sanat eserlerinden beslenerek geldiler ve sonra kendileri de o zincire bir halka olarak eklendiler.

Bu durum, dünyanın en büyük sanatçıları için, tarzlar ortaya çıkarmış, sanat tarihinde bir dönem başlatmış, sanatta devrim yaratmış sanatçılar için bile böyle. Çünkü geleneğe sahip olmadan devrime ulaşmak mümkün değil.

Sadece sanat alanında da değil, bilimsel çalışmaları düşünsene. Hatta daha basit, örneğin, tarım alanında bütün çiftçilerin kullandığı basit bilgiler. Günlük hayattaki onca pratik bilgi. Bunlar bir insan ömrü içinde üretilebilecek değerler değil ki? İnsanlığın hiçbir kuşağı (insan teki demiyorum), hayatına sıfırdan başlamıyor. Kendinden önce yaratılmış değerlerden, üretilmiş bilgilerden faydalanıyor.

İlk doğduğunda, bugünkü bir bebekle beş bin yıl önceki bir bebek arasında ne fark vardır? Kültür ne yazık ki genetik yolla geçmediği için her bebek doğduğunda Sisyphos'un Kayası bir kez daha aşağıya yuvarlanmış demektir. Fakat bunların 20 yaşına gelmiş halleri ne kadar farklıdır, değil mi? Bu biyolojik bir fark değil. Aynı genetik yapı, aynı canlı türü sonuçta. O büyük fark, kendilerine önceki kuşaklardan aktarılan birikimlerin farkından kaynaklanıyor.

Önceki bin yıllar boyunca üretilen bilgilerden kopuk bir insan olabilir mi? Onları kullanmadan yeni bir bilgi üretebilir mi? Bir icat yapması mümkün mü?

Unvan fetişizmi

İyi ama bu birikimi nerden almalı, nasıl gelişmeli?

Burada daha karmaşık bir sorun çıkıyor ortaya. Çünkü resmi eğitim sistemleri genellikle berbat. Hele bizim gibi ülkelerde çocuğu alıp kafasını önyargılarla, hurafelerle, hemen unutulacak ezberlerle dolduran bir felaket. Genellikle okumamış, Nâzım'ın dediği gibi "Topraktan öğrenip kitapsız bilen" kişilerde bilgeliğe daha çok rastlanması bundandır. Voltaire'in *Candide* kitabında, dünyanın sırrını arayan kahramanın yolu o dönemin İstanbul'una düşer ve her yerde tekrarladığı soruyu yaşlı bir dervişe sorar: "Dünyanın sırrı ve anlamı nedir, iyilik kötülük nedir, Tanrı nedir?" Derviş ona "Bahçemizi ekip biçmeli!" diye cevap verir.

Voltaire bunu en büyük bilgelik olarak adlandırır, Candide cevabını almıştır. Sözünü ettiğim böyle bir bilgelik. Okul bu bilgeliği bozar.

Bu arada kitap özeti yayınlayan bazı sitelere bir bakın, Fransız düşüncesinin en çarpıcı ismi olan Voltaire'i Alman filozof olarak tanıtıyorlar. İşte bu kadar korkunç bir kültür sefaleti içindeyiz!

Bir söz vardır: Bir ülkede ne kadar çok banka şubesi görürseniz ekonomi o kadar bozuk demektir. Bu söz kültür alanı ve eğitim için de geçerli. Eğer apartman üniversiteleri açılmaya başlanmışsa, ortalık anadilini telaffuz edemeyen profesörlerle, doçentlerle doluysa, o ülkede bilim, eğitim bitmiş demektir ki şimdi biz o haldeyiz.

Bir de profesör fetişizmi ile karşı karşıyayız. Toplumun cahil kesimleri bu unvanı görünce önemli bir şey sanıyorlar. Oysa gerçek bir bilim insanı unvanların arkasına saklanmaya tenezzül etmez. Siz hiç Profesör Karl Marx, Profesör Friedrich Nietzsche, Profesör Voltaire, Profesör Jean Jacques Rousseau diye birilerini duydunuz mu? Ya da daha yeni dönemde Profesör Stephen Hawking, Profesör Derrida, Profesör Althusser gibi kullanımlara rast geliyor musunuz? Gelemezsiniz, çünkü kimse saygı duyulmak için bu unvanı kullanmaya tenezzül etmez. Onlara zaten saygı duyulur.

Şu "Zarfa değil, mazrufa bak" uyarısı boşa söylenmemiş. Ezelden beridir zarfa bakmaktan içindekini unutan bir milletiz ama yaşadığımız dönemde bu eğilim daha da arttı. Zarfa bakıyoruz, yeterince renkli, yeterince süslüyse ne âlâ! İçinde ne yazdığı bizi ilgilendirmiyor. Zarfında profesör yazan kişiler stüdyo ışıkları altında ancak kahvehaneye yakışacak düzeyde konuşmalar yapsalar bile.

Bir de bilimin popülerleşmesi konusu var ki o da başka bir felaket. İnsanımız bilimsel kitap okuyamıyor, bu yüzden en çetrefil konuları bile TV'den ve köşe yazarlarından öğreniyor. Siz, her gece TV'de şovmen gibi konuşan bir Harvard, MIT ya da Sorbonne hocası gördünüz mü? Noam Chomsky her gece ekranlarda mı? Tam tersine bu derin insanlar popüler kültürün bir aktörü olmayı nefretle reddederler.

İlginç olduğu için bir anekdot anlatayım: Birkaç yıl önce tanınmış bir işadamı arkadaşım TV'de tarih programlarını izlediğini ve çok zevk aldığını söyledi. Ben de tebrik ettim ve biraz da Halil İnalcık okumaya başlayabileceğini söyledim. "O kim?" dedi.

Anlattım, "Tarihçilerin kutbudur, herkesin hocasıdır, adı dünyada referans olarak kabul edilir" dedim. Ne dese beğenirsin; "Ben hiç duymadım. O da televizyona çıkıp kendini tanıtsın o halde."

Burada susmam gerekiyor. Çünkü söz bulamıyorum.

Anı yaşamak

İnsanlar artık herhangi bir alandaki düşünsel çalışmaları incelemeden, birikimlerden beslenme gereği

duymadan, bu da benim fikrim, diyerek görüşler ileri sürüp tartışmalara girebiliyorlar.

Birikimlerden faydalanmak veya geleceği kurmak gibi kavramlar küçümseniyor; çok parlak ve özgün fikirlermiş gibi, koro halinde "İçinde bulunduğun anı yaşa!" diye bağırıyor milyonlarca düşünür!

Herkes zaten her zaman bir anın içinde yaşar. Bunun için bir çaba, bir yetenek gerekmez ki. Önemli olan o anı önceki zamanlarla ve gelecekle ilişkilendirmek. Geçmişe takılıp kalmak veya hayaller âleminde sadece geleceği düşünüp yaşamak bambaşka bir sorun. Böyle bir şeyi savunan mı var da bu kadar yoğun biçimde anı yaşama övgüsü yapılıyor, anlamak zor.

Aslında "Anı yaşa" sloganının, ütopyaların, ilerlemeci anlayışın olumsuzlanmasıyla yakından ilişkisi var. Çok değil, bir 50-60 yıl önce dünyada milyonlarca insan geleceği düşünüyordu. Geleceğe dair umutlar, hayaller, heyecanlar bitmemişti. İçinde yaşanılan anın geçmiş ve gelecekle bağlantısı kesilmediği için, gerçekten canlı, gerçekten umut doluydu. Her şeye rağmen bunu insanlığın elinden alamamışlardı. Ütopyaları öldürdüler, şimdi distopya çağındayız. Geleceği ancak korkuyla düşünebiliyoruz; proje üretemiyoruz. Gelecek düşüncesini elimizden aldıktan, bizi dizginsiz bir korkuyla baş başa bıraktıktan sonra, "Anı yaşa" diye bir slogan tutuşturdular elimize. "Anı yaşa", reklamlara, tüketime uygun bir slogan. Modanın, tüketimin gelip geçiciliğini sunar insana. Anı yaşarsın, yaşadığın anın anlamlı olabilmesi de o anda ne kadar tükettiğinle ilgilidir.

Anı yaşamak... Sanki zamanı geçmişe alıp veya ileriye gidip yaşamak mümkünmüş gibi... Zaten herkes içinde bulunduğu o anda yaşıyor. Önemli olan o anın geçmişten devraldıkları ve geleceğe etkisi değil midir? Bunu algılamadığında, insanlığın büyük birikimine, toplumun kültürüne gözlerini kapayıp, her kuşakta sıfırdan başlamayı savunmak durumunda kalırsın.

Dünyada yaşadığı anı İnstagram'a yüklemeyince o anın gerçek olduğundan şüphe duyan milyonlarca insan var. Sosyal medya "an"ların resmi ile dolu. Gülen, eğlenen, gezip tozan insanların anları. "Sanal olan gerçektir" sloganı ne yazık ki bizi yanılsamanın en büyüğüne götürüyor. Dünyada yaşanmış ve yaşanılacak anlardan koparılmış bir anın verdiği haz ne olabilir ki? Tam tersine bu hal bana pek hüzünlü geliyor; zamanın kontrolünü, tasarrufunu elinde tutamayacak insanın kendisine bahşedilen tek bir ana sığınmasının hüznü...

Düşünce kaynaklarıyla ilgilenmeden sürekli düşünce dile getirmek de benzer bir sorun. Çağımızın belası gibi bir şey. Yaratıcılığım azalmasın diye roman okumayan yazar gibi bir şey bu. Düşünce üretenlerle, klasik ve modern düşünürlerle hiçbir ilişki kurma gereği duymadan, her konuda bir görüş dile getirmek ne kadar kolaylaştı. Sanki özgür düşünmek, daha önce düşünülmüş olanlardan habersiz olmak demekmiş gibi mantık yürütenlere bile rastladım.

Herhangi bir konuda bir düşünce üretebilmek için, insanın önce o konuda üretilmiş düşünceleri öğrenmiş olması gerekmiyor sanki. Onları incelemiş, uğraşmış olmak, bir ölçüde de olsa anlamak, sonra da onlara belki bir katkıda bulunmak veya bir yönüne itiraz etmek veya belki biraz farklı bir açıdan bakmak, sonucunda bir düşünce dile getirmek... Böyle bir yaklaşıma neredeyse hiç rastlanmıyor. Tersine, örneğin, Sartre'ın bir düşüncesinin anlatıldığı yazının altına, "Bu da benim fikrim" diye görüş yazmaktan çekinmiyorlar.

Jean Jacques Rousseau'nun hizmetçisiyle evlenmesi Paris entelektüel çevrelerinde alay konusu olmuştu. Rousseau öldükten sonra o hanım, düşünürümüz üzerine bir kitap yayınladı. Bu da o sivri dilli çevreleri daha da zalim bir alaya yöneltti: "Ah Jacques" diyorlardı "kıza yazmayı öğretmişsin ama keşke okumayı da öğretseydin!"

Her zalim alayda biraz gerçeklik payı olduğunu kabul etmeli miyiz, bilemiyorum. Özellikle gazete yazarlarının çoğunun kitap okumaya vakti olmadığını ve kamuoyu önderi rolünü üstlendiklerini düşününce.

İnsanların düşünmesine, sürüye dahil olmadan özgün fikirler geliştirmesine ve bunları ifade etmesine karşıymışsınız gibi itiraz edilebilir bu sözlerinize!

Herkes düşünsün. Herkes düşüncelerini anlatsın, hatta gerekirse mücadele etsin; anlaşılmaya, ikna etmeye çalışsın. Yeter ki bu uğraşların hakkını versin.

Aslında anlama ve öğrenme çabasıyla yola çıkmadan, düşünmek, anlatmak falan söz konusu olamaz. İleri aşamalarda değiştirmek meselesi de işin içine girecektir. Bu öyle tek başına yürünebilecek bir yol değil ama neyse, o başka bir konu.

Bir konuda düşünmeye, o alanda üretilmiş bilgileri inceleyerek başlanabilir. Onları karşılaştırarak, başka alanlardaki bilgilerle ilişkilendirerek, daha önce düşünülmüş olanları öğrenerek...

Düşünmek sanki öyle bir yetenek geliştirmeyi gerektirmiyormuş gibi davranıyorlar. Hep diyorum, şampiyon bir atlet söz konusu olduğunda kimse çıkıp "Ben de öyle hızlı koşabilirim" diye iddia etmiyor. Kimse bir haltercinin karşısına geçip "Ben de o kadar ağırlık kaldırabilirim" demiyor. Ama bir düşünür karşısında, kendisinin de o kadar düşünebileceğini sanan ne çok insan var! Düşünmek, estetik değer üretmek, entelektüel etkinlik gibi alanlarda uzun yılların birikimi, büyük emeklerle geliştirilen yetenekler önemsiz şeylermiş gibi geçiştiriliyor.

E, haltercinin, boksörün kasları kolayca görülebiliyor, ama beynin kasları görünmüyor, değil mi?

Sanatta biçim ve gelenek

Gelenek meselesi sanatta biçim konusuyla da yakından ilişkili. Biçimsel yenilikler gelenekle bağın kopmasına neden olur mu? Sanatta biçimsel arayışlar için ne söyleyebilirsiniz? Resimde Picasso, şiirde biçimi vurgulayan akımlar? Bunlar sanat yapıtını anlamayı güçleştiriyor mu sizce?

Picasso çok önemsediğim bir ressam elbette. Onun ilk dönem resimlerine bak, Kübizm'den önceki resimleri, mesela mavi dönemi, geleneğin en güzel örneklerini veriyor.

Sanatta köksüz arayışlar, edebiyatta ve diğer alanlarda sadece biçime dayanan arayışlar, insana biraz uydurma hissi verebiliyor. Dadaizm diye bir akım çıkmıştı, biliyorsun, Tristan Tzara ve arkadaşları, Paris'te kahvede otururken akıllarına gelen her şeyi kâğıda yazıyorlardı. Bundan şiir olmuyor.

Sonra anti roman, Yeni Roman gibi akımlar çıktı. Epeyce de etkiledi insanları. Mesela bir araba kırmızı ışıkta duruyor, yeşil ışık yanana kadar geçen sürede muğlak bir olayı anlatıyor roman, 500 sayfa.

Biçimsel yenilik, hayatın dönüşümüyle ve sözün özüyle ilişkili bir sonuç olarak ortaya çıkmalı; kendi başına bir amaç olamaz.

Aman, sakın yanlış anlaşılmasın, hassas bir konu bu, deneyselliğe karşı değilim, hatta çok önemserim, desteklerim. Biçimsel denemelerin gerekli olduğunu düşünürüm, kendi çalışmalarımda da müzikte de zaman zaman başvurmuşumdur deneyselliğe. Edebiyatta biçim her zaman önemlidir. Biçim olmadan bir şey üretilemez. Ama ortada bir öz olmalı ki, onun biçimi üretilsin, o öze bir biçim verilsin.

Biçimin abartılması, sonuçta bir abartıdır. Hikâyenin abartılması gibi, anlatımı iyice silerek hikâyeyi saflaştırmayı abartmak gibi, biçimin abartılması da eseri yaralar. Unutmamalı ki, aşırı sadelik de bir süstür. Sadelik, kendine dikkat çekmeyecek düzeyde olunca sadeliktir, göze batıyorsa, o artık sadelik değil, süstür.

Bu çok tartışılan konularda düşünce dile getirmek biraz zor oluyor doğrusu. Şunu da eklemeliyim: Süs de kötü bir şey değil. Bir şeyi güzelleştirmeye çalışmak, süslemek, güzel. İnsanlar süslenebilir, eşyalar süslenebilir, güzellik için, güzelleştirmek için uğraşmakta ne sakınca olsun? Çok iyi bir şey. Ama burada amaç önemli. Süs, "Ne güzel süs yapıyorum" mesajı vermek içinse, sakatlar. O insanı, o eşyayı, o anlatımı, yapıtı süslemek, süse dikkat çekmeden, süslenen şeyi güzelleştirmek için, sakatlamadan, özünü güzelleştirmek için yapılır.

Bu arada Nurullah Ataç'ın "Süssüzlükten sade süs olmuş Japon vazoları" cümlesini hatırladım. Nedense liseden beri aklımda kalmış.

Sanatta biçimsel arayışlar, yenilik düşüncesi, gelenek karşıtlığını getirir mi sizce?

Ortada bir gelenek varsa, bir geleneğe bağlıysan anlamlıdır yenilikçilik. Değişim ancak bir geleneğin içinde gerçekleşebilir. Gelenekten beslenirsin, gerekirse geleneğe direnirsin, bunun sonucunda, minicik bir katkı yapabilirsen, o gelenekte bir değişim yaratmış ama aynı zamanda o geleneğin bir parçası haline gelmiş olursun. Geleneğin üreticilerinden biri haline gelirsin. Bu çok büyük bir iddia elbette. Herhalde hiçbir sanatçı, kendi kendine "geleneğin üreticisi" gibi paye vermez.

Sonuçta değişimcilik, devrimcilik, yenilikçilik, bunlar gelenekten kopmak anlamına gelmez. Dediğim gibi, geleneğe direnmek, onunla mücadele etmek de geleneğe dahil olmaktır. Zaten hayatla ve sanatla gerçek anlamda ilgilenenler için gelenekten kopmak mümkün değil. Nâzım'ın o dilimize pelesenk olmuş dizelerindeki gibi, insan eli mağara duvarına ilk kez bizon çizdiğinden beri akan o ulu ırmak, dediğimiz şeydir sanat. Daha doğrusu, kültür odur, hayat odur. Ve sanat onu anlatır, onun bir parçasıdır aynı zamanda. O ırmağa girip yıkanmak gerekiyor, onun içine karışmak, onunla birlikte akmak gerekiyor. Akıp giden o ırmağın içinde bir damla olmaya çalışmak gerekiyor. Öyle değerlidir ki o damla, öyle büyüktür ki; o damlanın içinde ırmağın bütün suyunun, binlerce yıldır akan onca suyun bütün özellikleri bulunur. Ve o damla, o ırmağın dışında var olamaz. Mevlana'nın dizesiyle "Sen okyanusta bir damla değil, damladaki okyanussun."

Yani, folklor sanata düşman değil?

Cemal Süreya demişti, değil mi, "Folklor şiire düşman." Ölümünden sonra yayınlanan deneme kitabına da o isim verilmişti. Bir ara Türkiye'de çok tartışılmıştı, folklor sanata düşman meselesi. Cemal Süreya elbette iyi bir şair. Sevdiğim bir insandı.

Şimdi, Cemal Süreya'nın folklor derken ne kastettiği önemli. Bizim konuştuklarımızla, demin söylediklerimle çelişiyor gibi görünse de çok ayrı düşünmüyoruz aslında. Gelenek sabit bir olgu değil, değişen, dönüşen, zenginleşen bir olgu. Dolayısıyla gelenek dediğimizde belli bir zaman diliminde, belli bir topluluğa ait davranışlar bütününü anlamamak lazım. Bizde gelenek daha çok folklorik öğelerle karıştırıldığı için bir anlam kargaşası oluşuyor. Dolayısıyla geleneğe "körü körüne" denebilecek şekilde bağlı olmanın bir anlamı yok. O zaman klişelere, içi boşalacak biçimde kullanılan, halkın ağzında kalıplaşmış sözlere yönelme tehlikesi ortaya çıkar. Çardak, bardak, ördek uyakları gibi tekerlemeler. Bu elbette yaratıcılığa düşman, kişisel yaratıya düşman. Öte yandan, bu topraklardaki köklerden beslenmek,

Karacaoğlan'dan, Yunus'tan, Pir Sultan'dan beslenmek... Bunun neresi sanata düşman, şiire neden olumsuz etkisi olsun bunun?

Karacaoğlan, hep iddia ettiğim gibi, tarihin büyük şairlerindendir. Anonim halk şairi değildir ki. Bilmediğin bir şiiriyle bile karşılaşsan, bir-iki dizesinden hemen tanırsın, onun dizeleri olduğunu anlarsın. Çünkü kendine özgü bir dili vardır. Bir üslup, bir evren yaratmıştır. Büyük bir şairdir. Tabii ki Melih Cevdet ondan beslenebilir, "Kalk gidelim atım" diye o şiirleri yazabilir. Birbirlerine yaptıkları katkıdır bunlar.

Korsika'da Taviani Kardeşler'le tanışmıştım. Nasıl bu kadar güzel film yapabildiklerini sorduğumda "Çünkü biz toprağımızı anlatıyoruz" demişlerdi. "İtalya'yı bile değil, Toscana'yı anlatıyoruz."

William Faulkner'ın Yoknapatawpha'sı, Márquez'in Macondo'su da öyle değil mi? Yaşar Kemal bu yüzden "Dünyada her yazarın bir Çukurova'sı vardır" der. Haklıdır.

O ulu ırmağı yansıtan damlalar konusunu düşünürken, Yaşar Kemal'le dostluğunuz aklıma geliyor. Folklor ve gelenek meselesinde Yaşar Kemal'i nereye oturtuyorsunuz?

Yaşar Kemal'le bu konuları çok konuştuk. Sanatı, hayatı, geleneği, devrimciliği, romanı, müziği, o günlerde elimizdeki çalışmaların ayrıntılarını, her şeyi konuştuk elbette. Ve birbirimizi de konuştuk. Bizim gibi iki ayrı aile tipinden, iki ayrı yaşam biçiminden gelen ve yaş farkı, kuşak farkı olan iki insanın 44 yıl boyunca bu derece yakın olması, hiç ayrılmaması, hayat boyu çok yakın bir dostluk sürdürmesi üzerinde de durduk. Sanat âleminde benzeri pek yoktur bunun. Sadece kişisel özelliklerle, sadece sevgiyle, abi kardeş ilişkisiyle açıklanamaz.

Yaşar Abi zaman zaman bana takılırdı. "Ya, sen bir bürokrat çocuğusun, bir hâkim oğlusun" derdi. Biraz da o ailelerden çok fazla bir şey çıkmaz diye düşündüğünü belli ederek söylerdi bunu. Bazen şaka bazen ciddi sorardı, "Sen nasıl çıktın böyle?" derdi. "Nasıl böyle kökten kavradın hayatı ve sanatı?" diye sorarak beni yüceltirdi. Bunları konuşurken, bu kadar farklı iki insan olarak birbirimizle nasıl böylesine iyi anlaştığımızı da çözümlemeye çalışırdık.

Sonra bunun yanıtını bulduk. Beni kurtaran, babam ve saz çalmamdı. Âşık Veysel'in sazına söylediği gibi: "Ben babamı, sen ustanı unutma!" Halk türküleri üzerine çalışmam, binlerce türkü biliyor olmam, Yaşar Abi'nin de o türkülerin hepsini iyi biliyor oluşu, gelenekten kopmadan dünya kültürünü anlamaya çalışmak ve tabii edebiyat, aramızdaki bağın özünü oluşturuyordu. Bazen, özellikle yurtdışında bulunduğumuz zamanlar, sabahlara kadar edebiyat konuşur, sonra türküler söylerdik. Yüzlerce türküyü birlikte söyleyerek, birimizin başladığına birlikte devam ederek, başka bir şey konuşmadan, sadece türkülerle uzun saatler geçirirdik. Şiirler okurduk karşılıklı. Büyük şairlerimizi, geleneksel ve modern şiiri severdik. Derlenmemiş, yerelin dışına çıkmamış, henüz kâğıtlara geçmemiş çok türkü bilirdik.

Yakası açılmadık birçok türküyü de ondan öğrendim. Bu özelliği Yaşar Kemal'in yazı diline de rengini vermiştir. Onun diline ritmini, düşüncesini, metafor gücünü veren bu özelliğidir. Anadolu, biliyorsun, dil olarak müthiş bir zenginliğin memleketidir. Bu büyük birikime, Anadolu diline yaslandığın zaman, Toros Dağları'na arkanı dayamış olursun. Ancak öyle Yaşar Kemal olunabiliyor. Yaşar Kemal gelenekle yeni olanın mükemmel bir bileşimidir.

Cığcık kilimlerinin sırrı

Yaşar Kemal galiba dünyada benzerine pek rastlanmayacak kadar geniş bir yelpazedeki insanla ileti-

şim halinde. Romanları dünyada edebiyat eleştirisiyle uğraşan akademisyenlere de ulaştı, en ücra köşedeki köylülere de. Hayatındaki ilişkileri de öyleydi, değil mi? Elit kesimden dostları, köylerde dolaşan Kürt destancılar, kâhyalar, tarım işçileri...

Şöyle ilginç bir şey var. Abidin Dino yedi dil bilirdi ve bir paşa torunuydu. Asil bir ailede doğmuştu; Abidin Paşa ailesinde. Doğum yeri de Cenevre. Eğitim hayatını çeşitli ülkelerde sürdürmüş, kendini çok geliştirmiş bir kişiydi. Biraz da avangard edebiyata, avangard sanata yakın birisiydi.

Dino, Adana'da sürgünken yaptığı resimleri, orada tanıdığı 17 yaşındaki köylü delikanlısı Yaşar Kemal'e gösteriyordu. Çok önemsiyordu onun görüşünü. Sıraya koyduğu resimleri Yaşar Kemal'e soruyor, onun iyi dediği resimleri tutuyor, kötü dediklerini yırtıp atıyordu. Çünkü Abidin Dino, Yaşar Kemal'in beğenisinin olağanüstü geliştiğini fark etmişti. Köylü bir çocuk sonuçta; Kübizm bilmez, Ekspresyonizm, Empresyonizm bilmez, ama Abidin Dino, onun iyi resmi ilk görüşte diğerlerinden ayırdığını fark etmişti.

Peki, bu gelişmiş zevk, bu estetik güven nereden geliyor? Yaşar Abi bu soruya "Cığcık kilimlerinden" diye cevap verirdi. O kilimlerdeki renk armonisi, renklerin uyumu, desenlerin, kök boyalarla yapılan renklerin uyumundan ortaya çıkan estetik, onu öyle bir dereceye taşımıştı ki dünyanın bütün resimlerini anlayabiliyordu. Çünkü kökü biliyordu, köke bağlı biçimde motif biliyordu, renk biliyordu, renklerin birbirini güçlendirmesini, etkisini azaltıp artırmasını, desenleri öne çıkarmasını veya arka planda tutmasını, estetik çalışmaları biliyordu. Dünyanın en avangard, en modern resimlerini bu yüzden anlardı. Avrupa Klasik Müziği'ni de bu açıdan seviyor, bazen bir konçertoya, bir senfoniye "Çok güzel bir türkü bu, yani temelinde halk ezgisi var" diyordu. Haklıydı. Bugün klasiklerdeki halk ezgileri üzerine çalışmalar yapılıyor. Georges Bizet'nin "L'Arlésienne Süit"ini, ardından da bir halk ezgisinden alınmış İspanya Milli Marşı'nı dinleyin, ne demek istediğim tam olarak ortaya çıkacaktır.

– 3 –
Şiirle düşünmek mümkün mü?

"Batı toplumları düşünce eserleriyle, Doğu ise şiirle dönüşür. [...] Türkçe büyük bir şiir dili. Bizde eksik olan soyut kavramlardır, daha doğrusu soyut gerçekleri kavrama birikimine sahip değiliz. Çünkü felsefe yok. Gelişmemiş. Somut hayatı çok güzel anlatıyoruz. Mesela Karacaoğlan'ı çevirdiğin zaman çok eksik kalıyor Batı dillerinde."

Dünyada yüzlerce dil konuşuluyor. Çeşitli dil aileleri var, gruplandırmalar yapılıyor. Fakat bu basitçe sözlük farklarından, gramer farklarından ibaret bir konu değil. Kendi başına "diller" meselesi çok büyük uzmanlık gerektiren geniş bir konu. Yine de hemen her işle, her konuyla ilişkili olduğu için, her insanı ilgilendiren bir yönü var. Müzik yapılarının ve ritim duygularının halklar için, kültürler için ne kadar ayırt edici, ne kadar belirleyici olduğunu anlattığınız yazılarınızı, sözlerinizi hatırlıyorum. Ve onları biçimlendiren ana unsurun, o halkların dili olduğunu belirtmiştiniz.

Toplumsal gelişmeleri ve toplumsal özellikleri analiz ederken gördüğünüz, böylesine ayırt edici kültürel farklar nelerdir?

Sana ilginç bir tespitimden söz edeyim: Batı toplumları düşünce eserleriyle, Doğu ise şiirle dönüşür. Mesela Aydınlanma döneminde Montesquieu, *Kanunların Ruhu Üzerine* kitabını yazdı. Bir ülkede kanunların oluşumunun neye bağlı olduğunu inceledi, siyaset ve hukuk kurallarının sanıldığı gibi değişmez olmadığını anlattı. Jean Jacques Rousseau, Voltaire ve diğerlerinin düşünceleri... Yani yobazlığa, kör inançlara, despotluğa, hurafelere karşı aklı, adaleti, insan haklarını savunmak. Bunlar Fransız toplumunu dönüştüren, gidişin yönünü değiştiren etkiler meydana getirdi. Bu düşünceler dalga dalga yayılarak, o kitapları okuyacak düzeyde olmayanları bile etkiledi. On litre sütün içine konmuş azıcık maya gibi niteliksel dönüşüme yol açtı. Almanya'da Hegel, Kant, özellikle Marx, sadece kendi ülkelerini değil, dünyayı da dönüştüren büyük etkiler yarattılar.

Elbette oturduğun yerde düşünerek dünya değişmez, zaten düşünmek de toplumsal, tarihsel koşullardan bağımsız gerçekleşemez, bu başka bir konu; Batı'da bilimsel ve felsefi eserlerle dönüştü toplum. Dünyanın değişmesi, dönüşmesi, düşünce tartışmalarıyla birlikte yürüyor.

Bizde böyle bir şey yok. Zaten Ziya Gökalp, Yusuf Akçura gibi istisnalar dışında böyle yapıtlar üretilmedi. Bizim kültürümüzde insanların etkilendiği ve sistem değişikliklerine yol açan şey şiir. Doğu toplumları şiirle yaşar, düşünceyle yaşamaz. Metotlu düşünme geleneği yok ki, düşünce temeline dayanan devrimler yaşansın.

Türkçe büyük bir şiir dili. Bizde eksik olan soyut kavramlardır, daha doğrusu soyut gerçekleri kavrama birikimine sahip değiliz. Çünkü felsefe yok. Gelişmemiş. Somut hayatı çok güzel anlatıyoruz. Mesela Karacaoğlan'ı çevirdiğin zaman çok eksik kalıyor Batı dillerinde.

Ben Márquez'in *Yüzyıllık Yalnızlık*'ını önce İngilizce okumaya başlamıştım, İsveç'teydim o yıllar. Çok da tat alamadım. Ama birkaç bölüm ilerledikten sonra Türkçesi geldi. Oradan devam ettim ve ne kadar güzel bir kitapla karşı karşıyaymışım diye düşündüm, heyecanla devam ettim. Renklerin o kuvvetlendirilmiş ifadeleri, "kıpkırmızı, sapsarı, yemyeşil" gibi sözcükler, Türkçede de İspanyolcadaki gibi kullanıldığı için, çeviri daha etkili oluyor. Aynı şekilde, zelzeleyi anlattığı bölümlerde kap kacağın etrafa saçılmasını tarif ederken, bütün tencerelerin, tavaların tıngır mıngır sokaklara yuvarlanması vs... Bunlar her dilde böyle güçlü verilemiyor. Özellikle doğa tasvirleri için şiir dili çok önemli.

Bu açıdan şanslıyız. Karacaoğlan gibi, dünyanın en büyük şairlerinden biri var bizde. "Sarıçiçek sarvan kurmuş oturmuş!" Hadi bakalım bu etkiyi yaratacak kelimeleri bul başka bir dilde! O "se-sa" sesinin tekrarı. Mişli geçmiş, dilimizin çok güzel bir özelliği. Bir de müthiş "Azrail gelmiş de can talep eyler / Benim can vermeye dermanım mı var" ironisi.

Fakat felsefe gelişmediği için soyut kavramlar yaygınlaşmamış. Onları da Türkçeye çevirirken büyük sıkıntılarla karşılaşıyorsun.

Batı dilleriyle karşılaştırınca Arapça da şiir dili kabul ediliyor galiba.

Felsefeye çok uzak değil Arapça. Özellikle 13. yüzyıla kadar Yunanca çevirilerle uğraşmalarının da etkisi var. Felsefe ve bilim üretilen bir dil. Aynı zamanda çok büyük bir şiir dili.

Kâbe kadar kutsal bir mekânın duvarlarına şiirler asıyorlardı. İslamiyet öncesi yedi büyük şairin şiirlerini, uzun süre Kâbe'de sergilemeye devam ettiler. Muallakat-ı seb'a denir buna; yani yedi askı. Düşünsene, günümüzde en kutsal kabul edilen bir yere, özel bir camiye, çağdaş şairlerin yapıtlarının asılması nasıl bir şeydir? O dönemde şairlere büyük değer veriyorlar, onları öbür dünyayla da haberleşen bir çeşit büyücü, kâhin olarak kabul ediyorlardı. Onun için Ortadoğu'dan çıkan din kitapları, bütün dünyayı altüst eder. En büyük hikâyelerin, mitosların yaratıldığı yerler çöldür. Zaten halüsinasyon yeridir çöl, seraplar diyarıdır.

Şiirle düşünmek

Sizce tarihsel arkaplanı nedir bunun, yani şiir bizde neden ve nasıl düşünce aracı haline gelmiş?

Anadolu insanı bu yönden Ortadoğu'ya daha yakın. Bizde de mücadeleler, hareketler hep şiirle ilişkili biçimde yürüdü. Örneğin, Osmanlı'nın son döneminde vatan şairleri çıktı. Namık Kemal ve çağdaşları dönemi. Müthiş şiirler yazdılar, vatanseverlik duygusunu somutlaştırdılar. Bu şiirler birçok kişiyi olduğu gibi, Manastır Askeri Lisesi'nde okuyan Mustafa Kemal, Ali Fethi gibi çok sayıda öğrenciyi de etkiledi. Tevfik Fikret gibi şairlerin yapıtlarını takip ettiler, onlardan heyecan duydular, kararlı biçimde devrim yoluna girdiler. Cumhuriyet devriminde vatan şairlerinin ciddi bir etkisi vardır. Bu şairlerden önce vatan kavramı da yoktu. Çünkü her yer ve her şey mülktü, padişahın mülkü. Hatta 31 Mart İsyanı'nda alaylı askerler, sokakta "Yaşasın Vatan" diye slogan atan mektepli subayları dövüp "Niye yaşasın Vartan diye bağırıyorsun, yaşasın padişahımız desenize" diyecek kadar vatan kavramından habersizdiler.

Belki burada Ahmet Hamdi Tanpınar'ın *19. Asır Türk Edebiyatı Tarihi*'nde değindiği, matbaanın Osmanlı'ya gelmesinden sonra yaşanan gelişmeleri anmak lazım. Tanpınar, çok yerinde bir tespitle gazetenin ortaya çıkışıyla birlikte şairin kendini kürsüde bulduğunu söyler. Şair ve yazar, toplumda kanaat önderi rolünü üstlenmek zorunda kalmıştır. Bu rolün edebiyatta biçim ve içerik anlamında belirleyici olması kaçınılmaz galiba. Şair ya da yazar, özellikle Batılılaşma eşiğindeki topluma ahlaki yol gösterici olmak zorunda hissetmiş kendini. Batılılaşırsan böyle olur, şöyle olur diye... Yazarın omzunda büyük bir yük var. Bazen kanaat önderliği rolünü edebi kaygıları geri plana itmek pahasına yerine getiriyor. Bunları düşünmek lazım...

Şairin kendini kanaat önderi kimliğinde bulması, şiire dönüştürücü bir güç vermiş. Kitleleri bir araya getiren, harekete geçiren bir slogan. Kısa zamanda harekete geçirilmesi gereken kitleler için biçilmiş kaftan şiir. Gülten Akın'ın o güzelim dizelerinde dediği gibi, "Ah kimselerin vakti yok/durup ince şeyleri anlamaya." Önümüze konan şeyi hemen tanımlamak, karar vermek, tutum almak zorundayız. İyi mi kötü mü? Ahlaklı mı ahlaksız mı? Şiirin slogan dili bu aceleciliğe oldukça uygun.

Alegorik dünya

Roman da şiirin yüküne ortak oluyor mu sizce?

Tabii, şimdi oraya geleceğim ben de. Bu aceleciliğin, ince şeyleri anlamaya kimsenin vakti olmamasının getirdiği bir biçim de alegori. Marksist düşünür Fredric Jameson'ın makalesi çok yankı uyandırmıştı hatırlarsan... Üçüncü Dünya romanının zorunlu olarak alegori olduğuna dair bir saptaması vardı Jameson'ın. Çok tartışıldı, çok tepki gördü. Tabii bütün bir Üçüncü Dünya romanını alegoriye hapsedemezsin ama şurası da bir gerçek: Başlangıçta romana ve romancıya yüklenen misyon alegorik bir dünya yaratmış. Sözgelimi uzun bir dönem Batılılaşan tip ile milli tip arasında kurulan bir dünyada iyi ve kötü meselesini tartışmışız. Bütün bunlar alegorik bir anlatıma yol açıyor... Gölge Oyunu'nda bile Karagöz Doğulu halkı, Hacivat Batı özentisi bir laf ebesini temsil eder.

Mesela Tanzimat döneminde Ahmet Mithat Efendi'nin hace-i evvel, yani ilk öğretmen olarak anılmasına yol açan tutumuna bakalım. Bir romancının ilk öğretmen olarak anılması bile romanımızın nasıl bir işlev yüklendiğini ortaya koyuyor. Yazar, Batı'dan gelen bir tür olan romanla halka Batı'yı anlatmaya çalışıyor. Felatun Bey ile Rakım Efendi gibi alegorik tipler üzerinden doğruyu yanlışı, iyiyi kötüyü gösteriyor. Kısacası, doğuşundan itibaren roman ve yazar, bu topraklarda ağır bir misyon yüklenmiş durumda. Bunu, okuryazar olmayan bir toplumda eli kalem tutanların kendilerini sorumlu hissetmesi diye açıklayabiliriz. Yazar, bir çocuk saflığıyla, el yordamıyla her şeyi öğrenmeye çalışan halkın, eli, kulağı, sesi, gözü olmak zorunda. Yani ilk öğretmeni... Biraz da yazarı trajikleştiren bir misyon bu.

Tabii Türkiye'de roman bunu çok aştı ama gariptir ki alegoriyi talep eden, olmadığı durumlarda rahatsız olan da Batılılar. Şimdi de kimlikler meselesi üzerinden Üçüncü Dünya alegorisi bekliyorlar bizlerden.

Aslında Batılı gazetelere verdiğim mülakatlarda hissettiğim bir başka şey de romancı kimliğinizden çok muhalif aydın kimliğinizle ilgilenmeleri. Onları yazdığınız metin değil, onun aracılığıyla azgelişmiş ülkenizi masaya yatırmak fikri ilgilendiriyor. İşte Batı'nın kör bir kibre tutulduğu noktalardan biri de bu.

Ne yazık ki bazı yazarlarımız bu, "Batılı efendiye ülkesinin kötülüklerini anlatan zavallı, ezilen yazar" rolünü severek benimsiyor. Bunu bir kariyer yolu olarak görüyor. Bu ülkede ezilen yazar yok mu? Var elbette; hem de çok! Ne yazık ki Nâzım Hikmet gibi hayatı devlet tarafından parçalanan bir şair bile, halkını yüceltmekten geri durmadı, "Bayburtlu Zihni gibi gülen, Hoca Nasreddin gibi ağlayan" bir halkın derin ruhunu anlattı. Kuvayı Milliye'nin, Mustafa Kemal'in destanını yazdı. Yaşar Kemal, Sabahattin Ali, Orhan Kemal, Orhan Veli, Sait Faik, daha birçok şair ve yazarımız gerçek yurtseverlerdir. Batı'da kariyer için ülkelerini malzeme yapmaya tenezzül etmemişlerdir.

Bizde şiirin işlevine geri dönecek olursak: Kurtuluş Savaşı günlerinde kahramanlık, fedakârlık, halkın bağımsızlık mücadelesiyle ilgili şiirler etkili oldu. Peşinden Cumhuriyet'i öğrenme sürecinde, devrimleri yerleştiren şiirler geldi. Bizim kuşaklarda da aynı durum sürdü. '68'de, '70'lerde şiir hep devredeydi.

Evet, 1960'larda Plehanov gibi yazarlardan başlayarak Marksist literatür çevriliyordu, onları da okuyorduk, dünya görüşümüz değişiyordu, kökleşiyordu, ama hepsinden önce, hepsinden derin biçimde bizi Nâzım Hikmet etkilemişti. Nâzım ve peşinden gelen şairler, sonra romancılarımız. Bütün bunlar bizim ruhumuzu altüst etti, iç dünyamızı ayaklandırdı. Ve biz devrime akar olduk.

Özellikle şairler kültürel iktidar konusunda bir iddia olarak kullanılıyorlar galiba. Geçmişte de şiir kültürel iktidar için önemli bir araçtı sanki.

Bizim gibi toplumların şiirle dönüştüğünün farkında elbette iktidarlar. Dönüşüme engel olmak veya kendi istedikleri yönde dönüşüm sağlamak için, çok yoğun bir kültür mücadelesi vermeye çalışıyorlar. Geçenlerde bir muktedir, "Biz her şeyi kazandık, her alanda başarılıyız, bir tek kültür alanını ele geçiremedik" dedi. Bu konuda çok ciddi çabaları olduğu görülüyor. Hele Nâzım Hikmet'in karşısına Necip Fazıl'ı çıkarma uğraşları çok dikkat çekiyor. Üst üste kültür merkezleri açıyorlar, adına yarışmalar düzenliyorlar.

Dünyada da böyle bir çaba var. Sovyetler Birliği çöktükten sonra, dünyada onun propaganda ağı, bir anlamda network denilen o bağlantılar da çöktü. Picasso'yu düşünelim. Bu büyük ressam 2000'lerde ortaya çıksa, o nitelikte yapıtlar, Kübizm gibi büyük bir yaratı yolu, bunlar yeter miydi? "Onu ortaya çıkaran" demek çok mu iddialı olur bilmiyorum, onu yaygınlaştıran, önemli hale getiren hiç kuşku yok ki o büyük "network"tü. O büyük ağ, o iletişim sistemi öyle iyi çalışıyordu ki dünyadaki gençlik örgütleri gibi birçok kurum, oluşum, çeşitli alanlardaki hareketler birbiriyle bağlantı halindeydi. Kendi sanatçısını, insanlığın sanatçılarını ortaya çıkarabiliyordu. O ünlü *Guernica* tablosu, Picasso gibi büyük sanatçılar, dünya solunun güçlü ağı sayesinde kitlelere ulaşabiliyordu.

Nâzım Hikmet de o dönemin ortaya çıkardığı insanlardan biridir. Büyük bir şair olduğuna kuşku yok elbette, ama dünyada ün kazanması, yaygın karşılık bulması, o müthiş şiiri kadar, evrensel kültür ağıyla da açıklanabilir. Bugün eserleri hâlâ dillerde dolaşan devrimci şairler, halktan yana o büyük edebiyatçılar, dünya edebiyat tarihinde yer alan o isimler, komünist gençlik örgütleri, kültür örgütlenmeleri, o bağlantılar sayesinde bu dünyaya seslerini duyurabilmişlerdi.

Dünya sosyalist ağı çökünce, onunla beraber bütün o mekanizma da yok olunca, bu sefer Amerika'nın ağı etkili hale geldi. Muazzam bir güçle, sağanak gibi kendi tarzındaki yazarları, soldan beslenmemiş sanatçıları ortaya çıkarmaya başladı. Bu durumu açıkça görebiliriz. Son 20-30 yıldır, yeni ortaya çıkan, bir anda çok ünlü olan, bir anda da olmayabilir, zaman içinde çok ünlü olan yazarları, şairleri listelesek, örneğin dünyada böyle 100 isim sıralasak, bunların kaçı sol dünya görüşünü benimsemiştir? Bir iki kişi var mıdır? Yaşar Kemal gibi, Márquez, Saramago gibi önceden var olan ve önlenemeyenler dışında kaçı varlığını sürdürebilmiştir? Büyük mücadelelerle, engelleri aşarak varlığını sürdüren oldu. Aynı nitelikte yapıtlar üreten mutlaka çok sayıda sanatçı da var. Ama yeni çıkan, yaygınlaşan pek yok.

Birkaç yıl önce demiştin bana, "Karlı Kayın Ormanı" veya "Kardeşin Duymaz" şarkısı bugünlerde üretilseydi, *İnce Memed* bu yıllarda yazılsaydı, bu yeni mekanizmalar o nitelikteki yapıtların etkisini önleyecekti herhalde. Doğru. Belki pek farkında olmayacaktı insanlar. Şu anda onlar bir miras olarak, geçmişten kalan değer olarak insanların gönüllerine, beyinlerine girmiş, sahiplenilmiş, ama aynı nitelikte, aynı anlayışta yeni yapıtlar sesini duyuramıyor olabilir.

Şunu da söylemeliyim ki medya bana da kapalıydı, her yaptığım iş yasaklıydı ama o dönemde hâlâ geçerli olan sol dayanışma beni duyurdu. Sonra da medya benimle ilgilenmek zorunda kaldı. Gerçi şimdi yine başa döndük ama olsun. Sosyal medya var. En büyük gazetelerin yüz bin satışı bulamadığı dönemde sosyal medyada 1.5 milyon takipçimiz var. Sağ olsunlar, bu büyük bir güç.

Artık kültür sanat mekanizmalarında Amerika'nın, Batı'nın borusu ötüyor ve kapitalizmin edebiyata yaptığı kötülüklerin haddi hesabı yok. Gerçek edebiyatın kendileri için çok tehlikeli olduğunu biliyorlar. Plastik sanatları, klasik müziği öyle görmüyorlar, onlarla çok uğraşmıyorlar ama söz sanatları bütün iktidarları korkutmuştur. Hepsine de lazım olmuştur. Söz sanatlarını kontrol altında tutmak önemlidir. Çünkü söz çok önemli, çok gerekli ve çok tehlikeli. Kutsal kaynaklarda da önce söz vardır. İncil de öyle başlamıyor mu? "Başlangıçta Söz vardı. Söz Tanrı'yla birlikteydi ve Söz Tanrı'ydı." Aynı şekilde, İslam inancında da gelen ilk vahiy "Ikra" diye başlıyor. "Oku" deniyor, "Oku, yaratan Rabbin adıyla oku!" diye emrediliyor ve ekleniyor: "O, kalemle yazmayı öğretendir."

Bütün dinler söz üstüne kurulmuştur; tek tanrılı ve çok tanrılı, hepsinin sembolleri, görselleri falan vardır ama asıl önemsedikleri sözdür, sözü temel almışlardır.

İnsanın mitolojisiz yaşayamayan bir varlık olduğunu biliyoruz elbette. Mitoslar yaratmak, etrafını hikâyelerle örmek zorunda. Hikâyesiz kalan insan ölüyor. Yunan tanrılarının hikâyeleri ne kadar önemlidir, biliyoruz hepsini.

Onlardan çok daha kuvvetli hikâyelerin çıktığı yer Ortadoğu'dur. Ortadoğu'nun çöl hikâyeleri. Her tarafın, her bölgenin, her toplumun elbette destanları var. Finlilerin, Kırgızların, Orta Asya'nın, Hindistan'ın, Çin'in destanları da günümüze kadar gelmiştir. Ama hiçbiri dünyayı bu üç dinin kitapları kadar kasıp kavurmamış.

Söz dünyayı değiştirir

Şiirin temel düşünme, dile getirme aracı olması nasıl bir zihin dünyası yaratıyor sizce?

Biraz önce de söylediğim gibi bilim ve düşünce için şart olan soyutlama ve modelleme yeteneğinden yoksun, var olanı tasvir etmeye yönelik bir söz gücü, soyutlama yoluyla algılanamayan Tanrı'ya inancı öne çıkarıyor. Duygusallığın, hatta gözyaşı akıtmanın, dizginsizliğin, coşkunluğun, hesap sorulmazlığın makbul olduğu çocuksu bir dünya... Aşırılığın kutsandığı bu coğrafyada sanırım en korkulan şey bir dakika durup düşünmek. Bu nedenle soğukkanlı düşünmek samimiyetsizliği çağrıştırıyor. "Biz böyleyiz işte", bir övünme biçimi. Bizim öyle oluşumuz başkalarına zarar vermiş olsa bile. Düşünmek, analiz etmek, kabile asabiyyetinin dışına taşmak anlamına geliyor bizim için. Şiir "biz" olanı daha kolay kuşatıyor sanki, kabileyi daha duygusal öğelerle tanımlıyor. Düşünmeye gerek kalmıyor...

Üç büyük dinin bu coğrafyadan çıkması tesadüf değil. Bu topraklarda şiir vahiy, şair de peygamber gibi. Böyle olunca da sözün tartışılabilir, eleştirilebilir değil inanılır olması önemli. Alın size kabile asabiyyetine uygun bir zihin ve dil dünyası!

Kabile asabiyyeti olgusunu tespit eden müthiş düşünceyi yaratanın da yine bir İslam düşünürü olması çelişki gibi görülebilir ama değildir. Daha önce de söylediğim gibi İslam büyük düşünürler ve bilim insanları yetiştirdi ama belli bir döneme kadar. Maalesef daha sonra taassup ortalığı kapladı. Herkes bunu İmam Gazali'ye bağlıyor ama bu dönüşüm tek bir sebebe bağlı olamaz elbette.

Üç büyük dinin kutsal saydığı kitaplar tarihin ve günümüzün en etkili kitapları. Bu apaçık ortada. Üçünün de Ortadoğu kökenli olması tesadüf olamaz herhalde.

Amerika'nın en uzak köşesinden Afrika'nın bir ucuna kadar, her yere ulaşmış, yerleşmiş. Çünkü en kuvvetli hikâyeler bunlarda. En kuvvetli anlatım, şiir burada, Ortadoğu'da.

Neden böyle diye düşünelim. İki mekân insana, evrenle olan

ilişkisinde bir sonsuzluk duygusu veriyor. Sonsuz zaman ve mekân içinde kendisinin ne kadar küçük, tek başına varlığının ne kadar önemsiz olduğunu hatırlatıyor. Daha büyük, daha gerçek bir varlığa katılıp onun içinde erimek gibi, kendi varlığını anlamlandıracak yollar arıyor. Bu duyguyu veren, bu algıyı yaratan iki mekân: çöl ve derya. (Bir de sema var ama hiçbirimiz orada yaşamadığımız için gökyüzünü Tanrı'ya bırakmışız.) Çöllerde veya denizlerde, okyanuslarda yaşayan insanın yön duygusu, dünyayı algılayışı, mekân boyutlarına bakışı farklı olsa gerek. Zaman zaman öyle bir yerde bulunduğumuzda bunu hissediyoruz.

Bu iki mekân, en büyük destanların yaratıldığı yerler. *Odysseia* işte, deniz destanı! Mesela Olimpos Dağı'nda oturanların destanları, başka bölgelerde ortaya çıkanlar, çöllerin ve denizlerin destanları kadar etkili değil. Bu ikisi insanı öldüren iki büyük güç.

Anadolu'da ikisi de yok. Ama epeyce destan var. Güçlü destanlar.

Anadolu bu konuda biraz ilginç bir konumda. Özellikle Orta ve Doğu Anadolu. Çöl veya deniz kültürü yok. Ama destanlar meselesinde Ortadoğu'ya da yakın, Ege'ye de.

Aslında, bu kadar belirgin olmasa da bütün dünya, mitolojisini Ortadoğu'dan aldı. (Sümerleri, *Gılgamış*'ı da düşünmemiz gerekiyor.) Zaten Ortadoğu kökenli dinler, din kitapları da bu durumun kanıtı. Bunu olumsuz anlamda söylemiyorum. Küçümseme değil. Edebiyatın gücüne dikkat çekmek istiyorum. Sözün gücü. Bu hikâyelerle dünyayı etkileyip dönüştürmek, bugün Evangelistlerde, çeşitli tarikatlarda devam eden ilişkilerle dünya iktidarına ortak olmak, edebiyatın gücünün en büyük kanıtıdır.

Sonuçta hep aynı hikâyeler anlatılır; kuyuya atılan Yusuf gibi bazı temel hikâyelerin çeşitli versiyonları geliştirilir. Bunlar insan ruhuna dokunan, alegorik nitelikleri olan ve müthiş bir dil gücüyle ortaya çıkan anlatılar. Tevrat'ı, Kuran'ı orijinal dilinde okuyabilenler, orada muazzam bir dil olduğunu söylüyorlar.

Kutsal kitaplar dışında da o coğrafyada dil çok gelişmişti. Özellikle Hıristiyanlığın ve İslam'ın ortaya çıktığı dönemlerde şairler iyice çoğalmıştı. Dilin gelişimi ile peygamberlerin ortaya çıkması arasında bir bağlantı var. Hz. İsa'yla hatta Hz. Muhammed'le aynı yıllarda, aynı aylarda peygamber olduğunu iddia eden birçok insan vardı. Pek taraftar bulamayan o insanların çoğunu yakalayıp öldürüyorlardı. Bu arada İsa, Vaftizci Yahya gibi, peygamberliği sonradan kabul edilenler de vardı elbette.

Şairlere verilen önem, ayrılan yer çok büyüktü. İslam mücadelesi sırasında, biliyorsun, iki şair öldürüldü. Aleyhte yazdıkları için biri kadın biri erkek, iki şairi öldürdüler. Çünkü şiir, daha doğrusu söz, eylem kadar tehlikeli, eylem kadar gerekli bu kültürde. Imr'ül Kays'ın "Andolsun erken inen geceye" gibi dizeleri Kâbe'nin duvarlarındaydı. En kutsal yerde şiirler bulunuyordu. Bütün bunlar sözün gücünün, dünyayı değiştirebilecek büyük etkisinin kanıtı.

Bu arada aklıma gelen bir düşünceyi de buraya sıkıştırayım. Bütün dillerde aşk destanları çok ünlü. Ama dikkat edersen hepsinde erkek adı öndedir. *Romeo ve Juliet, Tristan ve İsolde, Kerem ile Aslı, Ferhad ile Şirin, Tahir ile Zühre* vs.

Oysa *Leyla ile Mecnun*'da kadın adı önce gelir. Kadına en az değer verildiğini sandığımız Doğu kültüründe. Bu bana hep ilginç gelmiştir.

Türkçenin zenginliği düşüncenin dile getirilmesinde kolaylık sağlıyor mu sizce?

Türkçe şiir dili olarak zengin ama felsefe açısından sorun var. Terminolojinin oluşması çok zor oluyor. Batı terminolojisine geçmeye çalıştık, sonra Marksist terminolojiyi benimsemek istedik ama tam olarak yapamadık. Geçemedik... Sanki bir kavramın yerine bir başkasını da söyleyebilirmişiz gibi yaklaşılıyor. Toplumsal, toplumbilimsel gibi sözcüklerin bile birbirinin yerine kullanıldığı oluyor. Mesela *demiourgos, metanoia, pathos* vs. gibi Türkçe kelimesi olmayan kavramlar da yok sayılıyor.

Terminoloji birliği de yok, düşünmek için ortak platform da yok. Özellikle televizyonlarda, bakıyorum, saçma sapan ve hep kişi merkezli atışmalar yaşanıyor. Sen mi daha çok biliyorsun ben mi, ben sizi dinledim, siz de dinleyin, gibi söz kapmalar... Fikir tartışması falan değil bunlar. Çünkü tartışmanın bir zemini, belirlenmiş kuralları olmalı, kabul edilmiş tanımlarla, terminoloji ile tartışılabilir. Ben bir şey diyorum, sen bambaşka bir şey anlıyorsun, o zaman duygusal rekabetler, ego çatışmaları ortaya çıkıyor.

Ortak terimlerde anlaşamamanın bir örneğini vereyim. Birkaç yıl önce ünlü bir bilim insanı arkadaşımla konuşuyordum. Bir ara "Bilindiği gibi ahlak din kökenlidir" dedim. Birden aşırı bir tepki gösterdi. Biraz tartıştık. Sonradan düşündüm; ateist olduğu için benim sözümü bir din övgüsü olarak algılamış ve kızmıştı. Oysa ben Weber bağlamında bir olgudan söz ediyordum: Protestan ahlakı, Katolik, Ortodoks, İslam, Budist ahlakı gibi farklı sistemlerden. Bir övgü yoktu ama o arkadaşım terminolojiye hâkim olmadığı için bu sözü yüzeysel olarak yorumladı. İşte ortak terminoloji eksikliğine bir örnek. Bir başka sorun da başka bir alanda uzman olduğu halde, gündelik dildeki ahlak ile, felsefe ve sosyolojideki ahlak kavramını, Antik Yunan'daki Ethica'yı ayırabilmek için onlarca kitapla dirsek çürütmek gerektiğini bilmemesi. Maalesef bunu çok yaşıyoruz. Toplumu yorumlamanın uzmanlık ve çaba gerektirdiğini bilmeyen insanlarla dolu ortalık. Sanırım bizler anlama güçlüğümüzden dolayı kitaplara gömülerek geçirdik yarım asrı.

Ne kadar vasat o kadar iyi!

Bu konuda hep gündelik hayatın içindeki insanlar, gençler vs. eleştirilir ama en popüler köşe yazarlarının yaptığı da okurların zaten öyle düşündüğü konularda, onların onayını alacak biçimde, onlardan biraz daha derli toplu, biraz daha etkili biçimde sözler etmekten ibaret değil mi? Farklı bir bakış açısı yaratmak, bu uğurda bazen okurunu rahatsız etmek gibi amaçlar yok; hazırdan yiyerek kendi tarafından alkış almak için yaşıyorlar gibi?

Bu soruya tersine elek kavramından yola çıkarak cevap vereyim. Ben yıllarca "Negatif Seleksiyon", yani tersine elek diye bir konu üzerinde durdum. Bu kavramı da Orhan Güvenen dostuma borçluyum. Bu sefer biraz farklı yerden yaklaşayım.

Gençliğimde bir Köroğlu varyantı derlemiştim. "Köroğlu derler, kendisi bir adam idi, lakin kırk beyi var idi" diye başlıyordu. Köroğlu efsane ya, onu kırar bunu parçalar, yiğit mi yiğit ama tek başına bir kişiydi o, koca bir bölgede, koca bir iktidar karşısında, bir tek kişinin ne hükmü olacak? Böyle dedim ama bu varyantlarda Köroğlu kahramandan çok, başarılı hileler düzenleyen bir adam olarak anlatılır. Neyse konumuza dönelim. Bu başlangıç; Köroğlu tek başına bir şey yapamazdı, her şeyi kırk adamıyla, yani arkadaşlarıyla başardı anlamı taşıyor.

Bu arada bir parantez açıp belirteyim ki, Köroğlu'nu Bolu'yla ilişkilendirmek biraz zorlamadır. Bizim kuzeydoğuda, Azerbaycan'dan Türkistan'a kadar ünlü bir destan. Türküde geçen "Benden selam söylen Bali beyine" sözü Bolu'ya dönüştüğü için böyle yakıştırmalar yapılıyor. Aslı *Oğuzname*'ye kadar giden ve bütün Türki halklarda yaygın bir destan.

Dadaloğlu da "Kabaağacın gürlemesi dal ile" der. Bu da

aynı şey. Kabaağaç nasıl gürleyecek? Dal ile. Gövdesi tek başına gürleyemez ki, dalları sayesinde bir ses, bir gürleme ortaya çıkarabiliyor.

Bizim doğru elek / tersine elek konusu da bu anlayışla bağlantılı.

Örneğin Osmanlı İmparatorluğu'nun en yüksek dönemi hangisidir? Kanuni Sultan Süleyman dönemi değil mi? Neden öyledir? Adamları yüzünden. Hızlıca hatırlayalım.

Onun döneminde kabaağacın gürlemesi gerçeği görülüyor. Süleyman'ın muhteşem bir kadrosu var. Donanma komutanı Barbaros Hayrettin. Tarihin gördüğü en büyük denizcilerden biri. Üstelik Oruç Reis gibi güçlü isimlerin yer aldığı bir donanma bu. Dönemin mimarı Sinan. İnsanlık tarihinin büyük mimarlarından. Sadrazamları arasında Pargalı ve Sokollu var. Sokollu, Kanuni'nin son dönemlerinde sadrazam oldu ama ondan önce de hep yakınında bulunmuş, önemli görevler yerine getirmişti. Kanuni'nin yanındaki en önemli isimdir.

Sokollu Mehmed Paşa, 18 yaşına kadar Sırbistan'da kilise korosunda yer almış, ilahiler söylemiş olan Bayo Sokoloviç. Bazı kaynaklara göre 14 yaşında getirilmiş, Osmanlı'da devşirme sistemiyle yetiştirilmiş bir adam. Yeteneklerine göre değerlendirildi, verilen görevleri hep üstün başarıyla yerine getirdi. Rumeli Beylerbeyliği'ne getirildi. Başarıları bir yandan takdir edilirken, bir yandan da asıl yeteneğinin askeri alanda olmadığı fark edildi. Komutan olarak, ordu yönetimi gibi işlerde fark yaratan bir özelliğinin bulunmadığı, yeteneğinin daha çok diplomaside olduğu anlaşıldı.

Sadece bir işi en iyi yapanı seçmek de yetmez, büyük bir yönetim sistemi kurmak için, aynı zamanda, her bir kişinin en faydalı olacağı alanları da görmek, insanlardaki yetenekleri ortaya çıkarmak önemli.

Kanuni devri, en önemli insanları önemli yerlere yerleştirdiği için büyük. O devirde gâvur demeden, kimsenin kökenine bakmadan olağanüstü insanların, deha düzeyindeki insanların önü açılmış. Bugün devlet hizmetinde, orduda bir tek farklı kökenden gelen insana rastlayabilir misiniz?

O dönemde tek tek örneklere bakınca söylediğim kurala uymayan, harcanan bazı insanlar var; mesela Şehzade Mustafa'nın öldürülmesi ve tahtın Sarı Selim'e kalması facia. Ama döneme genel olarak baktığında, sistem öyle kurulmuş ki elek doğru çalışıyor.

Başka bir devir olur, kötü bir yönetici devrinde elek tersine işler, iyi adamların hepsi elenir, en kötüler, beş para etmezler öne çıkarlar. Biz şimdi böyle bir devrin içindeyiz galiba. Sözünü ettiğin kalitesizliği bir de böyle düşünmek lazım. Kavram kargaşası ve duygusallığın prim yapması da kalitesizliğin önünü açıyor.

İyi yöneticiliğin temel ölçütü de insanların yeteneklerini fark etmek, uygun alanlara yönlendirmek, başarmaları için insanlara fırsat vermek ve en önemlisi, elek sistemini doğru işletmek.

Fakat bir yöneticinin böyle davranmayı tercih etmesi, herhalde biraz da "ikinci adam"lardan çekinmeyecek kadar kendine güvenmesine bağlı. Vasat işlerin yapıldığı ortamlarda, yöneticinin de pek bir niteliği yoksa, zaten çok da gerekmiyordur, eleme sistemi o ortama uygun biçimde işleyecektir, değil mi?

İslam'da ulu'l emre itaat vardır. Yöneticiye itaat, üst makama bağlı olmak, onun beklentisini eksiksiz karşılamak gibi bir şey. Böyle derken, öte yandan da ne diyor Kuran? İşi ehline verin, diyor. Bu ikisini birlikte okumak gerekiyor. Doğru yorumlamak gerekiyor. İşi ehline vermediğin zaman ulu'l emre itaat felaket doğuruyor.

Görüyoruz ki son on yıllarda negatif seleksiyon memlekette almış yürümüş. Yükselmenin yolu bir işte çok parlak olmak, en uygun kişi olmak, namuslu olmak falan değil. Bir partiye, bir taraftarlığa bağlı olmak, bir bölgeyi temsil etmek gibi ölçütler dikkate alınıyor. Hemşerilik, tarikat bağlantısı her şeyin önüne geçebiliyor. Birçok insanın etkili görevlere getirilmesi, hatta bakan yapılmasında bir tarikata üyelik önemli ölçütlerden biri olarak alınıyor. Bir şeyhin önerdiği adamı bir göreve atamak, şeyhlerin sözünün dışına çıkamamak... Böyle durumlarda liyakat mı kalır? Yani yine büyük İbn Haldun'un kabile asabiyyeti.

Kapitalizm bile değiştiremedi bunu. Aslında kapitalizmin liyakate göre işlemesi beklenir değil mi? Mantık olarak kapitalistin her türlü bağı aşacak bir rasyonaliteye ve pragmatizme sahip olması gerekir ama bizde böyle işlemiyor. Gidin inceleyin, hemen her kurumda karşınıza hemşerilik, mezhep bağları çıkar. Bu durum liyakat sisteminin işlemesine engel.

Türkiye'nin son on yılları kesin biçimde "negatif seleksiyon" dönemi diye tanımlanabilir. Bu kadar rezillik düzeyinde olmasa da sorun hep vardı. Nazi döneminde Türkiye'de kalmış, Türkiye'ye sığınmış profesörlerden biri de Ernst Reuter idi. Daha sonra Batı Berlin'in ilk belediye başkanı oldu. Türkiye'de geçirdiği yıllardaki gözlemini "Türkiye'de önemli adamlar değersizdir, değersizler ise önemli konumdadır" diyerek dile getirmişti.

Ben bu sözü Çetin Altan'dan okuduğumu hatırlıyorum.

O da sıkça kullanırdı. Bu gerçeğe dikkat çekerdi. Ernst Reuter'ın sözüdür. Doğru ve önemli bir tespit. Hele şimdiki döneme bak. Türkiye'deki önemli kişiler kim? Değerli insanlar ve önemli insanlar tamamen ayrışmış durumda. En önemli yerlere, bütün köşebaşlarına değersizler yerleştirilmiş. Bu çok zararlı, çok tehlikeli bir durum.

– 4 –
Kapitalizm çağında güzellik

"Bu kadar azgınlaşan kapitalizmin, milyarlarca insana satacak kaliteli mal bulması olanaksız. Bu yüzden düşük kaliteli ürünleri, imaj mühendisliğiyle parlatarak inanılmaz paralara satıyorlar. Eski dünyada 'hakiki deri' olarak satılan ürünler artık plastik. Ucuz bezden dikilen pantolonlar, plastikten imal edilen ayakkabılar artık kaliteli ürünlerden çok daha pahalı. Bütün teknik, ucuz malzemeyi, dünyadaki ucuz emek gücüne ürettirmek ve reklam yoluyla maliyetinin onlarca misline satmak. Zavallı insanlar, böyle bir beyin yıkama olmasa yüzüne bile bakmayacakları ürünleri almak için mağazalara gidip yalvarıyorlar. Evet, artık eski dünyada olduğu gibi satıcı değil, alıcı yalvarıyor. Bazı ürünler için gece yarıları kuyruğa girip sabahlıyor."

İnsanın üretimi sürekli artıyor. Bilim, teknoloji gelişiyor, toplam zenginlik büyüyor. Nüfus artışından çok daha yüksek oranda arttığı için, ortalama zenginlik de çoğalıyor.

Ama insanlar mutlu olamıyor. Barış, güzellik, akıl bir türlü yerleşemiyor. İnsan, milyonlarca yıldır nesli tükenen onca canlıdan farklı olarak, kendi yaşam koşullarını kendi yok ederek varlığının sonuna doğru ilerliyor.

Peki yaratılan bunca güzellik, bunca sanat, mücadele, iyi insan ne olacak?

Kapitalizmde kültür, düşünce, bilim gibi alanlardaki gelişmeler birleşerek zenginliğe, sermayeye, askeri güce dönüşüyor. Amerika'nın silahlı gücü, ancak dünyada geri kalan bütün ülkelerin toplamıyla karşılaştırılacak boyutta. Bu güç nereden geliyor? Özellikle deniz kuvvetleri, ikinci, üçüncü sıradaki ülkelerle karşılaştırılacak düzeyde değil, bütün dünyanın geri kalanından daha fazla. Zenginlik açısından da bütçe büyüklüğünde falan da benzer durum var. Bunun açıklaması belli. Çünkü akademik çalışmalarda da Amerika'nın durumu aynı. Kabul edilen tez, patent üretimi, geliştirilen teknoloji gibi konularda da Amerika tek başına, dünyanın geri kalanının toplamına yakın sayılara ulaşıyor.

En zengin, en güçlü ülke, hiçbir bilgi üretmeyecek, bu olabilir mi? Bilgi, düşünce, güç, zenginlik, bunlar birbirine dönüşüyor. Böyle bir tarafı var konunun, kabul etmek gerek. Kapitalizm ve Amerika; bilimsel çalışmaları, üretim biçimlerini, teknolojik uygulamaları kuşkusuz ki geliştirdi. Başka türlü bir sistemde, farklı bir yönetim anlayışında daha da iyisi ortaya çıkarılabilir miydi, bu ayrı bir tartışma, ama tarihte daha önce görülmemiş gelişmeler sağlandığı kesin. Ne var ki, insanların ürettiği zenginlikler, insanlara mutluluk getirmedi. Paylaşımdan pek pay alamayanların, yoksulluğa, sefalete, hatta açlığa mahkûm olanların dertlerinin dışında, bu sistemin nimetlerinden faydalananlar arasında bile kapitalizmin sağladığı zenginlik hiç de mutluluk getirmiyor. İyice üst tabaka, çok küçük azınlıklar hariç olabilir, ama yüksek gelirli çalışanlar, ufak tefek ticaretlerle kendi çapında zenginleşenler, refahı dünya ortalamasının üzerinde olan kesimlerde bile, bir tür tutsaklık, bir tür anlamsız yaşam gerçeği var. Çünkü bu üretim sisteminin, bu yönetim anlayışının çarkları insan için dönmüyor. Tam tersi, insan, üretim ve tüketim sistemi için yaşıyor. Başarı, ancak bu sisteme uyum sağlama derecesine göre tanımlanan bir kavram haline gelmiş durumda. İnsan kendi emeğinin ürünlerini kontrol edemiyor, ürettikleri insana sahip olmuş durumda.

Dijital isyan

Bu nedenle, Amerika'nın dünya halklarına etkisi, en çok bilgi, en çok zenginlik üretiyor olmasından çok, en çok yalan, en çok şiddet üretmesiyle gerçekleşiyor. Örneğin, Kissinger bir kitap yazdı, adı bile küstahça: *Amerika'nın Dış Politikaya İhtiyacı Var mı?* Orada çok büyük bir iddia var. Amerika yalnız dünyanın ve tarihin en büyük gücü olmakla kalmıyor, dünyadaki bütün popüler kültür standartlarını da koyuyor, diyor. O zaman ben çok üzerinde durmuştum, ama genelde atlandı bu söz. Oysa korkunç bir şey. Sürekli daha çok üretmek, reklam yapmak, daha çok satmak gibi amaçlar, sonuçta, yaygın biçimde seri olarak üretilen belli ürünleri tercih eden insanlar yaratıyor. Zevkleri, damak tatları, eğlenme biçimleri, insanların her şeyi birbirine benzesin isteniyor.

İnsanlığı ve doğayı doymak bilmez bir iştahla sömürmek üzerine kurulu kapitalizm yeni bir din haline geldi. AVM'ler de bu yeni dinin tapınakları. Son zamanlarda dijital tapınaklar da kuruluyor. Bir istatistik yapılsa insanların kitleler halinde camileri, kiliseleri, sinagogları, türbeleri terk ederek AVM'lere gittiği ya da dijital sitelere girdiği ortaya çıkar. Yeni dinin "En yeni ahit"i de olacak elbette. Bunlar gerçek ya da sanal satış kataloglarıdır. En ünlüleri Amazon. Mal satmak için kullanılan kavramlar ise içi boşaltılmış, daha doğrusu içeriği değiştirilmiş eski değerler: Özgürlük, huzur, kimlik, güzellik, aşk, çocuk sevgisi, şefkat, din, hatta dayanışma, başkaldırma, isyan, vicdan, devrim gibi kavramlar. Bunların tümü reklam dilinde bambaşka bir şeye dönüştü. Saçına şunu sür kimliğini kanıtla, bacağına şu kotu geçir isyan etmiş ol, bol şekerli şurup iç, birden özgürleş gibi anlamsız reklamlar, Niagara Şelalesi'ni solda sıfır bırakacak bir hızla insanların beyinlerine boşaltılıyor; çocuklar, gençler, yetişkinler birer alışveriş zombisine dönüştürülüyor.

Evlere gereksiz, hatta kanser tehlikesi taşıyan yüzlerce ürün sokuluyor. Bu iş öyle bir çılgınlık halini aldı ki bazı uyanık "ulema" öbür dünyaya hazırlık olarak yanmaz kefen ve cennete götüren terlik satmaya başladılar. Kapitalizm, yeni acımasız ahlakıyla geldi ve insanlığı hasta ettiği gibi doğayı da yok ediyor. Milyarlarca köle yaratan bir sistem bu. Eskiyle en büyük farkı, modern kölelerin ayaklarındaki prangaların bu kez görünmez şekilde kafalara yerleştirilmiş olması. Böylece kendisini özgür sanan kölelerle doldu dünya.

Bu kadar azgınlaşan kapitalizmin, milyarlarca insana satacak kaliteli mal bulması olanaksız. Bu yüzden düşük kaliteli ürünleri, imaj mühendisliğiyle parlatarak inanılmaz paralara satıyorlar. Eski dünyada "hakiki deri" olarak satılan ürünler artık plastik. Ucuz bezden dikilen pantolonlar, plastikten imal edilen ayakkabılar artık kaliteli ürünlerden çok daha pahalı. Bütün teknik, ucuz malzemeyi, dünyadaki ucuz emek gücüne ürettirmek ve reklam yoluyla maliyetinin onlarca misline satmak. Zavallı insanlar, böyle bir beyin yıkama olmasa yüzüne bile bakmayacakları ürünleri almak için mağazalara gidip yalvarıyorlar. Evet, artık eski dünyada olduğu gibi satıcı değil, alıcı yalvarıyor. Bazı ürünler için gece yarıları kuyruğa girip sabahlıyor.

Şimdi gelelim asıl söylemek istediğime. Dünyadaki bütün malların kalitesini bozan ve insanları kandırarak satan kapitalizm aynı şeyi sanat kültür alanında yapmaz mı? Elbette yapar. Çünkü gerçek sanat hem ender bulunan hem de tehlikeli bir şeydir. Alıcıdan da bir düzey bekler. İşte ortalığın bu kadar düzeysiz, saçma sapan kitaplarla, müzikle, resimle dolmuş olmasının açıklaması bu.

Kafası karıştırılan okuru, hikâye anlatamayan, karakter geliştiremeyen, dili düzgün kullanamayan "edebiyat"a yönlendiriyorlar. Birtakım niteliksiz ürünleri moda haline getiriyorlar. Postmodern ve neoliberal dünyanın insanlara yaptığı en büyük kötülüklerden birisi de bu. Besin değeri olmayan yiyecek içecek, kaliteli kumaştan üretilmemiş giysi gibi içi boş sanat ürünleri pazarlıyorlar. Besteci ya da icracı yerine albüm çalan DJ, resim yapamadığı için enstalasyon adı altında milyonlarca dolarlık sergiler açan ve buralarda "iş" adı verilen, pazardan alınmış malları sergileyenler, boş çerçeve satanlar, yaratıcılıkla uzaktan yakından ilgisi olmayan ve dünyaya bir şey katmayan bir sürü insan. İşte neoliberal postmodern anlayışın emek ve yetenek karşıtı dünyasının ürünleri.

Ne var ki ne kadar uğraşırlarsa uğraşsınlar insan yüreğindeki sezgiyi, adalet ve estetik duygusunu tamamen bozmaya güçleri yetmiyor. Eskisine göre daha güç de olsa su yatağını buluyor. Giderek büyüyen sosyal medya, sistemin engelleyemediği yeni bir dil, hatta zekâ biçimi yarattı. Politikada, sanatta, düşüncede ortaya çıkan bu yeni dilin adı bana göre "Dijital İsyan"dır. İnsan tükenmiyor, gerçekten tükenmiyor.

Narsisist çöküş

Dinler, felsefeler ve ideolojiler, ütopyalar bir anlamda toplumsal bir düzen sağlamakla ilgiliydiler. Oysa bugünün yeni dini tamamen bireysel reçeteler üzerine kurulu. Sizce bu reçetelerden sağlıklı bir birey ve bireysellik çıkması mümkün mü?

Olabilir mi? Antik Yunan felsefesi bireye en çok vurgu yapan felsefeydi. "Kendini bil" diyordu. Ne demek kendini bil? Neyi bilip bilmediğini bil, sınırlarını bil, erdemli olmayı öğren... İnsana sınırlarını ve eksiklerini öğreten bir ahlak felsefesinden, düşünce gücüyle evreni etkileyeceğini sanan kof bir narsisizme geldik. Sınır da kalmadı, bilmenin verdiği erdem de... Sadece tüketici olarak değer görebilecek insanlar bir yanılsamanın peşinde kendilerini değerli kılmaya çalışıyorlar. Acıklı bir durum aslında.

Endüstrinin sürekli "sen değerlisin, sen farklısın" diye pohpohladığı bir insan kendi sınırlarının farkına nasıl varabilir ki? Bu kadar hastalıklı ve mutsuz bireylerin olmasını buna da bağlamak lazım. Seni toplumdan kopararak hasta haline getiriyorlar, sonra da çözüm bizde diyorlar. Bu kadar bencillikle insan mutlu olabilir mi? Olmasın zaten!

Mesela Gezi'yi de bu açıdan düşünelim, politik bağlamını bir kenara bırakarak. Bence Gezi'nin en büyülü yanı, o kendi kabuğuna çekilen ve mutsuzluktan, depresyondan bunalan kent insanının bir başkasıyla temas etme deneyimiydi. İnsanlar orada günlerce yan yana durdukları başka insanlarla dertlerini ortaklaştırdılar. Ürettiler, paylaştılar. Yalnız olmadıklarını gördüler. Bu, dünyanın bütün reçetelerinden daha güzel ve daha etkiliydi. Çünkü bireylerin birbirlerinin sınırlarını çiğnemeden kurdukları bir kolektivite insanlara iyi gelir. İnsanlar burada gerçekten sınırlarını anlarlar. Bilmediklerini, görmediklerini, eksiklerini, ihtiyaçlarını bu kolektivite aracılığıyla kavrarlar. Yoksa koy insanı yalnız başına bir yere ve sürekli bombardıman altında tut: "Şuna ihtiyacın var", "Çok güzelsin", "Buna sahip olursan daha da güzel ve özel olacaksın", "Çok bilgilisin", "kendini şımart"... İnsan diğer insanları görmeyince ihtiyacının sınırsız olduğunu düşünür elbette. Ancak en temel ihtiyaçlarını karşılayamayan insanları görene kadar. İşte kapitalizm bizi en temel insani bağlarımızdan koparak, bizi yalnızlaştırarak, bizde sürekli eksiklik duygusu yaratarak ayakta duruyor. Oysa insanın içindeki zehri yine insan alır.

TV ekranı herkese, evinde oturduğu halde kendisini kitle içinde hissetme duygusu veriyor. Bütün dünyada otoriter yönetimlerin güçlenmesinin de bununla ilgisi var. Toplumu parçalayarak otoriteyi güçlendiriyorlar. Kim korkar otoriteden? Yanı başındaki insanla bağlantısını yitirdiğini düşünen insan. İşte insanlara bunu düşündürterek otoriteyi pekiştirdiler. Gezi bu açıdan da düşünülmeli, yalnız olmadıklarını anlayan insanların cesareti olarak...

IV. Murad'ın kahvehaneleri yasaklaması boşuna değildir. Amaç yalnızca sigara yasağı mı? Yoksa IV. Murad insanların bir araya gelmesinin otorite için tehlikeli olacağını sezdiği için mi bu yasağı getiriyor? Mesela bizim kent kültürümüzde neden meydan yoktur? Bunun toplanma korkusuyla, muhafazakâr ve kapalı toplum olma özelliğiyle bir ilgisi olabilir mi?

Bugün yönetimin kentle ilgili tasarruflarına bakalım. Beyoğlu'nda masaları kaldırıp senin kamusal alandaki görüntünü silmek istiyor. Peki İstanbul'da toplanma alanı var mı? Toplanma alanı dediğimiz şey, yalnızca deprem anında mı lazım bize? Hep bunu konuşuyoruz... Deprem anında nerede toplanacağız? İyi de deprem olmazsa toplanmaya ihtiyacımız yok mu yani? Parklarda, bahçelerde bir araya gelmeyecek miyiz biz? Koskoca İstanbul'da insanların nefes alabilecekleri kaç alan var? Taksim Meydanı'nı bile ne hale getirdiler! Bir saniye bile durmadan geçip gitme isteğinden başka bir şey uyandırmıyor insanda. Oysa kent hayatı ancak ortak yaşam alanları ile anlamlı ve mümkün hale gelir. Tiyatrosu, parkı, bahçesi, yürüyüş alanları, sahili... Bizde denize bile beton döküyorlar, mutluluk mu kalır burada!

Gezi'yle birlikte insanlar belki de ilk defa kolektivite haklarını dile getirdiler. Bunu her alanda devam ettirmezsek daha büyük erozyonlar yaşayacağız. Kapitalizmin, otoriter yönetimlerin inadına, her yerde insanca bir dayanışmayı, üretimi hayata geçirmek, sanata, kültüre daha çok tutunmak zorundayız. İnsanlar tüketici olarak her adımda kapitalizmle işbirliği yapıp yakınmaya devam edemezler. Ayrıca bu gezegen, bizim yakınmalarımızı dinleyemeyecek kadar yorgun.

Her zaman kapitalizmi eleştirdim. Şimdi söyleşirken de söz buraya geliyor. Ama bu, para kazanmayı suç gibi gördüğüm anlamına gelmiyor. Değerler üreten insanlar, geleneksel esnaf ve namuslu tüccarlar elbette saygındır. Karnını doyurmak, kendisinin ve sevdiklerinin daha güzel yaşaması için uğraşmak küçümsenebilir mi?

Keşke insanlar daha müreffeh, daha kolay yaşayabilse. Özellikle, diğerlerinin payına göz dikmeden üretim süreçleri içinde yer alanlar, çok daha fazla kazanabilse.

Ama kapitalizm soyut bir şey değil. İçinde yaşadığımız dönemin gerçekliğini yaratan bir olgu. Bencilleşmenin, savaşların, acımasızlığın, ezilenlerin birbirine düşman haline gelmesinin, cahilliğin kökeni. İnsanlığın yozlaşmasıdır kapitalizm. Yozlaşmak dediğin nedir ki; insanın sınıfsal ve kültürel değerlerine yabancılaşması, değil mi?

Zaten kapitalizmin geldiği bu nokta Harvard Business School'da bile eleştiriliyor, sistemin böyle devam edemeyeceğini herkes kabul ediyor. Finans kapital ise bambaşka bir bela. Obama'nın Jay Leno ile yaptığı bir konuşmayı hatırlıyorum. Bu sistemde iş yapan birçok kişinin tutuklanması gerektiğini söylüyordu. Gücü yetmedi elbette.

Lafı uzatıyorum ama sorayım, pabucu dama atılma sözünü biliyorsun elbette. Nerden geliyor? Eskiden arasta denilen çarşılarda aynı işi yapan esnafın küçük ve alçak damlı dükkânları yan yana olurdu. Pabuç, yemeni diken işlikler de yan yanaydı. Bir kişinin yaptırdığı pabuç çabuk delinir, yıpranırsa ve esnaf loncası bu kişinin şikâyetini kabul ederse o pabuç esnafın dükkânının damına asılır, bunu gören kimse o esnafa gitmez ve böylece o esnaf cezalandırılmış olurdu. Yani pabucu dama atılırdı.

Bugünün, kandırmacayı, yalanı, beyin yıkamayı, başkasının parasını çarçur eden, yani "el altına binmiş çalım satıyor" türküsünü hatırlatan dolandırıcıları mubah sayan ahlaksızlığına karşı, ne kadar güzel bir ticaret ahlakı değil mi? Amerika'daki işletme fakültelerinin önüne, Beyazıt Kulesi'ni, Galata Köprüsü'nü satan Sülün Osman'ın heykelini dikmek lazım. Çünkü aynı işi süslü, fiyakalı laflarla yapıyorlar.

Risk alarak yatırım yapan, istihdam yaratan, üreten, zenginlik yaratan iş insanlarına bir şey demiyorum. Makul bir artı değer yaratmaları da kabul edilebilir. Batı'da işçi sınıfı Marx ve Engels'in *Kapital*'de bir laboratuvar gibi incelediği eski İngiltere koşullarında yaşamıyor. Ama dünyanın birçok bölgesinde o şartlar devam ediyor, dokuz yaşında çocuklar insanlık dışı koşullarda çalıştırılıyor. Buradaki sorun sadece sömürü değil, bu sistemi kabul ettirebilmek için insan vicdanını köreltme çabalarıdır.

Reklam ve sanatçı

Reklamların işlevi kâr amaçlı üretime, o metaları talep etmeye uygun insan yaratmak. Bu açıdan bakınca, halkın geleneksel değerlerini kullanarak kitlelere ulaşmış sanatçıların reklamlarda yer alması ihanet değil midir?

İyi niyetli duyuruları, tanıtım çalışmalarını ayrı tutarak söyleyelim, reklamcılık işi, özünde insan zihnine bir saldırı niteliğindedir. Olmayan bir talebi yaratmak, birilerinin para kazanması için insanları bazı malları talep edecek hale getirmek... Ama bu kapitalizmin genel bir özelliği. Sektör olarak reklamcılığı ayırmak doğru olmaz. Reklamcılıkta çalışan bir emekçiyi, ekranda görünen bir sanatçıyı, otomobil lastiği fabrikasında veya iplik fabrikasında çalışandan ayırmak anlamlı değil. Sonuçta hepsi, insan ihtiyacını karşılamak için değil de kâr üretmek için işleyen çarkları döndürerek hayatta kalabiliyor. Hepimiz, bu piyasanın bazı mecburiyetlerine katlanarak karnımızı doyurabiliriz. Saramago da son romanında, yarım kalan çalışmasında, bu konuyu ele alıyordu; silah fabrikasında çalışan bir emekçi konusu. *Mızraklar, Mızraklar / Tüfekler, Tüfekler;* sen yazmıştın o kitap hakkında.

İçimi ısıtan, kalbimi çarptıran bir anekdot gireyim araya izninizle: Bir gün, bir bomba düşer savaş meydanına. İspanya İç Savaşı'nda, faşistlerin tarafından bizim tarafa fırlatılmış bir bombadır bu. İnsanlık değerleri için savaşanlara, insanlığa atılmış bombalardan biridir. Patlamaz! İncelenince içinden bir not çıkar. "Korkmayın yoldaşlar!" yazmaktadır, "bu bomba patlamayacak!" Faşistlerin kullandığı silahları üreten bir fabrikadaki işçinin notu.

Harika! Çok güzel ama gündelik hayatta pek böyle olmuyor tabii. Geçim derdindeki insan, ancak içinde yaşadığı sisteme fayda sağlayarak varlığını sürdürebiliyor. O şekilde çalışmaya devam edebiliyor. İnsanın yaşadığı koşul bu. Gerçek bu. Burada önemli olan, gerçeğin farkında olmak. Yani alışmamak. Çünkü alışmak, artık bu koşulların talep ettiği kişiliğe dönüşmek anlamına geliyor. İnsanın erdemi alışmamasından, alışamamasından kaynaklanır. Koşulları içinde, bu düzen içinde varlığını sürdürecek insan, ne yapsın? Ne yapabilir konusu büyük bir konu, öncelikle alışmasın.

Sanatçılar için de benzer durum geçerli elbette. Onlar da bu sistemin, bu atmosferin içinde soluk alabilmek için bazı şartları kabullenmek zorundalar. Fakat onların sorumluluğu daha fazla. Toplumun karşısına çıkmayı, kitlelerle iletişim halinde olmayı tercih ettiklerine göre, bunun getirdiği sorumluluğu da kabul ediyorlar demektir.

Elde ettiği zenginliği, ulaştığı ünü halkının beğenisine borçlu olan bir sanatçının, o değerleri yozlaştıran zalim bir sisteme siyasi olarak destek vermesi elbette kabul edilemez.

Sanatçı, insanın insanlıkla iletişim kurmasına vesile olmaya çalışır. Bunu da toplumuyla, o toplumun, o coğrafyanın kültürüyle bağlantısını güçlü tutarak yapabilir. Bir anlamda çeşitlilik yaratır, seçenek üretir. Bunun için sanatçının bilinçli bir anti-kapitalist olması şart değil. O başka bir konu. Ama tektipleştiren güçlerle, insanı sürüleştiren politikalarla işbirliği, sanatı da sanatçıyı da yozlaştırır.

Onca bilimsel gelişmeye, onca değer üretimine rağmen, kapitalizmin ve Amerikan kitle kültürünün ana etkinliği dünyayı standartlaştırmaya, tekdüzeleştirmeye, tektipleştirmeye, bütün yöresel renkleri silmeye, insanların kültürlerini, dillerini, geleneklerini öldürmeye karşılık geliyor. Soykırıma benzer bir şey, diyeceğim ama "benzer" demeye gerek yok, düpedüz soykırımdır kapitalizmin insanlığa yaptığı!

İnsanları kökeninden dolayı, soyundan dolayı yok etmek anlamındaki "Genosit" sözcüğüne "ekosit" diye bir kavram eklediler. Ekolojiyi yok etmek, bilerek, farkında olarak ekolojiyi bozmak, anlamında. Ben de bir ara katıldığım Versailles konuşmalarında "ethnosit" kavramını ortaya atmıştım. Gelenekleri, etnik kültürleri yok etmek, bu da soykırımın bir versiyonu.

İslam'la sosyalizmin mutsuz evliliği

Yozlaşmaya, bencilliğe, tektipleşmeye karşı çıkmak için, kapitalizme direnmek gerekiyor. Aksi halde, bir duruma itiraz ederken onun nedenini savunmak gibi bir çelişki ortaya çıkıyor. Sol değerlerle mücadele etmek dışında kapitalizme direnmenin bir yolu var mıdır? Özellikle Müslüman toplumlarda, dinsel değerlerle de bir muhalefet ortaya çıkabilir mi?

Marksist düşünür David Harvey, anti-kapitalist mücadele ile sosyalist mücadeleyi birbirinden ayırırken çok doğru bir noktaya parmak basıyor aslında. Her anti-kapitalist mücadele sosyalist olmak zorunda değil. Mutlaka sosyalizmden aldığı ilhamlar vardır, talepleri çakışabilir ama anti-kapitalist mücadeleyi ayrı tutmak gerekir.

Nitekim, tüm dünyada sivil toplum örgütleri üzerinden kapitalizmin yarattığı yıkımları en aza indirgemek ya da vahşi kapitalizme dur demek için çeşitli hareketler geliştiriliyor. Sanırım çevre hareketini bunların başında saymak gerekiyor. Çevre sorunları o denli ürkütücü bir boyuta vardı ki artık gündelik hayatımızın, gündelik dilimizin bir parçası haline geldi. Küresel ısınma birkaç yıl öncesine kadar korkutucu bir felaketi çağrıştırırken, şimdi alelade bir meteorolojik hadise oldu.

Kapitalizmin çevreye, doğaya karşı işlediği suçların haddi hesabı yok. Distopya romanlarına, dizilerine gösterilen ilgiye biraz da böyle bakmak lazım. İnsanlar gelecekten korkuyorlar ama onu sosyalizmle de inşa etmek istemiyorlar. Kapitalizmin zararlarının olabildiğince azaltıldığı bir dünyada yaşamak istiyorlar.

Anti-kapitalist mücadele, önümüzdeki dönemde daha da çeşitlenecektir. Özellikle Avrupa'da şimdilik daha çok bireysel bazda yürüyen tüketim karşıtı hareketler daha da büyüyecektir. Tabii bütün bunların solla dirsek temasının olması kaçınılmaz.

Coğrafyaya göre de farklı renkler alabiliyor anti-kapitalist mücadele. Dünya genelinde, özellikle Latin Amerika gibi yerlerde yoksulluk ve haksızlık artınca, insanlar itirazlarını solla dile getiriyor, sol hareketlere yöneliyor. İslam ülkelerinde ise İslam'la dile getiriyor. Yoksulluk, zulüm, haksızlık, dünyanın başka yerlerinde insanları bu kadar dinselliğe yöneltmiyor, İslam coğrafyasında böyle oluyor. Afro-Amerikanlarda ve başka bölgelerdeki ezilenlerde Müslümanlık eğilimi daha yaygındır.

İslam'ın ortaya çıkış sürecinde, zenginliğe karşı bir tavır da var. Mekke zenginlerine Kureyş'ten bir itiraz gibi. Dolayısıyla İslam'ın, ırk ayrımına, başka ayrımcılıklara karşı bir yönünden söz edilebilir. Örneğin, Bilâl Habeşî. Önceleri köle olan Habeşli Bilal, İslam'ın önde gelen isimlerinden.

Latin Amerika'daki gibi bir muhalefet anlayışı Ortadoğu'da ve İslam ülkelerinde hiçbir zaman gelişemiyor. Oralarda isyan duygularının simgesi Che Guevara olurken Ortadoğu'da Hizbullah destekleniyor. Haksızlığa ve yoksulluğa itiraz, kendini İslam'la tanımlıyor.

Güney Amerika'da, Küba'da, kilise çevresinden de Che'ye önemli destekler gelmişti. Aktif destek veren din adamları vardı. Buralarda öyle bir şey olamaz. '70'lerde İran'daki durum da çok farklıdır. Orada solu destekleyen bir din kesiminden pek söz edilemez. Tudeh, İran'daki komünist parti, çok saf biçimde, Şah'a karşı dincileri destekledi. Bizdeki liberaller gibi bir tavırdı o. Özgürlük mücadelesi verirken kendilerine destek olan dincilerin yardımını kabul etmek, ortak hareket etmek gibi değildi tavırları. Sonuçta da yok edildi hepsi. Dinciler iktidara geldikten sonra Tudehlileri idam ettiler. İslam solu desteklemez, ortak hareket etmez, bu yüzden İslam doğası gereği anti-komünist ve Amerikancı olmak zorunda. Aksi mümkün değil.

Zulme ve yoksulluğa karşı solu desteklemez, derken, genel anlamda dinden söz etmiyorum, "İslam" diyorum. İslam farklı. Yoksulların dini olması, ama iktidardan başka bir konum kabul etmeyişi, onun ayırt edici özelliği. Sonuçta, İslam'ın etkili olduğu ülkelerde sol değerler, sosyalizm gelişemez. İslam'ın kamusal alandaki etkisi ve iddiası buna engeldir. Düşünsenize, sol da İslam da kamusal ve özel alanda söz sahibi olmak istiyor. Bu anlamda rekabet halindeler. Batı'da din kamusal ve özel alanı düzenleme, inşa etme iddiasında değil. İslam ile solun bir arada yaşaması şimdiye kadar mümkün olmadı, bundan sonra olacaksa da toplumsal hayatın işleyişindeki dinsel referansların gerilemesiyle olabilir.

20. yüzyılın ortalarından sonra, Ortadoğu'da sosyalizmden yürüyen hareketler çok canlıydı. Arap Sosyalist Birliği'ni kurmak isteyenler etkiliydi. Irak'taki Baas Partisi'nin kuruluş amacı Arap ulusunun tek bir devlette birleşmesini sağlamaktı. Hele Suriye Baas Partisi, sol bir siyasal oluşumdu, Ortadoğu'daki sınırları yapay kabul ediyor, tek bir Arap Sosyalist Devleti hedefi için diğer ülkelerdeki, Mısır'daki, Libya'daki hareketlerle dayanışma halinde bulunuyordu. Saddam, Mişel Eflak, Hafız Esad, Kaddafi, Nâsır gibi liderler böyle geniş ve biraz karmaşık bir hareketin bileşenleriydi. Mücadele uzadıkça sosyalist eğilimler iyice azaldı, kavmiyetçilik, milliyetçilik ağırlık kazanmaya başladı. Uzun konu tabii, sonuçta olmadı. Sosyalizm yolunda ilerlenemedi. Sosyalizm mücadelesinden geriye herhangi bir sosyal demokrat iz, birazcık sosyal devlet anlayışı, birazcık de-

mokrasi falan da kalmadı. Olmuyor. İslam'la birlikte hareket ederek olmuyor.

UNESCO adına New York'ta bir Birleşmiş Milletler paneline katılmıştım. Konuşmam sırasında, "Eğer din politik sistemde bir ideoloji olarak yer alıyorsa, orada demokrasiden söz etmek mümkün değildir" dedim. Suudi Arabistan'ın önemli prenslerinden (Sonradan öğrendim, istihbaratın başıymış) Turki El Faysal bu söze canı sıkılarak hemen itiraz etti. "Bizim ülkemizde din sisteme dahildir ama bu demokrasiye engel değildir" dedi. "Çünkü İslam da demokrasi de aynı şeyi hedefler: İnsanın mutluluğu" diye ekledi. Böyle, niyete bağlı, sübjektif bir açıklama kabul edilemez elbette.

– 5 –
Köprünün Batı tarafı

"Londra'da bir sergi gezmiştim. 'Türkler' diye çok büyük bir sergiydi. Bazı şeyler görselleştirilince daha iyi anlaşılıyor. O sergiyi gezince o kadar net görülüyor ki Türkler tarih sahnesine çıktığı zaman ve ondan sonra çok uzun bir süre Çin kültürüyle yakın biçimde yaşadılar. Kül Tigin Kitabesi'nde, Orhun Yazıtları'nda 'Türk, şara yaklaşma!' diye uyarılar bulunur. 'Şar', yani Çin'deki şehir. Türk'ün şehre yaklaşmaması öğütleniyor. Çin'in, Türk'ü tatlı sözler ve yumuşak ipek kumaşlarla kandırıp öldüreceğinden söz ediliyor. O dönemin Türkleri yerleşik şehir hayatına karşı da hep soğuk durmuşlardır. Şehre karşıdırlar."

300 yıldan uzun süredir bir Batılılaşma süreci içindeyiz. Zaman zaman geriye dönüşlerle devam eden bu gidişatı analiz etmek, sanırım günümüzü ve tarihimizi anlamak için önemli. Yaklaşık 20 yıldır, bu zikzaklı süreçte Batı'dan uzaklaşılan bir periyotta yaşıyoruz. Yine de tüm devlet gücüne, çok kararlı bir hükümete, tek yanlı büyük medyaya, tamamen kontrol altına alınan eğitim sistemine rağmen, halkı Batılı tarzdan büsbütün uzaklaştırmayı başaramadılar. Siz Batılılaşma konusunda ne düşünüyorsunuz?

Modernleşme ya da Batılılaşma dediğimiz zaman neyi anlayacağız? Bu konuda dünyanın başka yerlerindeki insanlara göre tuhaf bir durumumuz var. Diğer toplumlarda, "gelenek ve modernlik" konusu bizdeki gibi "Doğululuk-Batılılık" meselesiyle iç içe geçmiş değil.

Türkiye'de gelenek Doğu demek, modernlik ise Batı. Dolayısıyla Doğu-Batı çekişmesi, aynı zamanda gelenek-modernlik kavgası da olduğu için daha şiddetli yaşanıyor bizde. Mesela gelenekçi bir Batıcı olamaz. "Türkiye'nin geleneklerini savunuyorum, Batıcıyım." Böyle bir şey yok. Doğucu olmak zorunda o. Veya modernlik yanlısı. Almanya'da ya da ne bileyim, Britanya'da, Fransa'da modernleşmek dendiği zaman kimse bunu Batılılaşmak diye anlamaz. Aynı biçimde gelenek de Doğu demek değildir. Muhafazakârı da moderni de aynı coğrafyanın, aynı kültürün insanıdır. Kimine Royalist kimine Cumhuriyetçi vs. derler ama kimse kimseye Doğulu ya da Batılı demez.

Sanırım modernizm kendi dinamikleriyle değil de birtakım resmi reformlarla gelişince Batılılaşma olarak adlandırılıyor. Bu adlandırma da yaşanan sürecin olumsuz olarak algılanmasına neden oluyor. Batılılaşmak bizim dışımızda, bize benzemeyen birilerini taklit etmek anlamına geliyor. İster istemez bir hiyerarşi de yaratıyor. Üstün olan, taklit edilmesi gereken tarafla eksik olan taraf. Bu, hep gerilimli bir ilişki tarif ediyor. Oysa modernizm diye adlandırıldığında tek başına olumsuz bir anlam ifade eder miydi? Hayır!

Şuna bakmak lazım: Bazı müdahaleler gerekse de ortaya çıkan bir modern hayat var ve bunun Batılılaşma ile ilgisi yok. Modern kentli hayatın ve ekonominin getirdiği bir tarz bu.

Batılılaşma, modernleşme meselesini ele alırken, önce liderlerin etkisi üzerine düşünmek faydalı olabilir. Tarihsel koşullar, dünya konjonktürü, bir önceki döneme duyulan tepkiler, bunlar gibi birçok etken birleşerek bir lider ortaya çıkarıyor. O lider de toplumda önemli değişikliklere neden olabiliyor. Böyle bir etkileşimle, dönüşümler ve liderler birbirlerini karşılıklı biçimde yaratıyorlar.

Başka bir deyişle, liderler, toplumdaki değişimlerde hızlandırıcı etki yapıyor. Versailles Antlaşması Almanların gururunu kırdığı için, toplumun onurunu ayağa kaldıracak birisi gelecekti, ama bu Hitler diye yanlış birisi oldu. Adolf adlı bir adamın kişisel özelliklerinden veya bir partinin çalışmalarından çok, Hitler'in gelişi, toplumun o sıradaki eğilimiyle açıklanabilir. Yanlış anlaşılmış olabilir, daha farklı bir sonuç için desteklenmiş olabilir ama toplumun o sıradaki beklentisine karşılık geldiği için Hitler iktidarı ortaya çıkmıştır.

Almanya ile birlikte savaşı kaybeden bizlerin de onurunu çok kırdılar elbette. Bu barbarları Orta Asya'ya sürelim dediler. Ama Düvel-i Muazzama'ya karşı bu hareketi örgütleyen Hitler gibi bir sapık değil, Mustafa Kemal gibi büyük bir lider oldu. Almanların yaşadığı felakete uğramadıysak bunda Gazi'nin büyük rolü vardır.

Tayyip Erdoğan da geçtiğimiz yüzyılın ikinci yarısı boyunca yaşanan şehirleşmenin, şehre göçün sonucunda geldi. Hatırlatayım, 1950 yılında Türkiye'nin nüfusu 21 milyon ve bunun ancak 6 milyonu kentlerde yaşıyor. Köylerdeki 15 milyon insanın yöresel alışkanlıklarla yaşaması, kentlerdeki yaşam biçimi, bunlar büyük ölçüde oturmuş özellikler gösteriyor. Sonraki kuşaklarda kabaran dev göç dalgasıyla memleket korkunç bir sarsıntıya uğradı. Sanki içinde nohutlar, pirinçler, birbirinden ayrı halde çeşitli nesneler bulunan kabı korkunç biçimde çalkalayıp hepsini iç içe geçiriyorsun. Hem nüfus çok kısa bir sürede 21 milyondan 50 milyona, 70 milyona çıkıyor, artık 80 milyonu da aştı, hem de artan nüfusun çok büyük bir kısmı kentlere göç ediyor. Kentlerin nüfusu birdenbire patlıyor. İstanbul 15 katına çıkıyor.

Paris, Londra, hangi şehri alıp nüfusunu birkaç kuşak içinde 15 katına çıkarsan, karmakarışık hale gelir. Hayat durur. Onun için İstanbul'da ve diğer büyük şehirlerde böyle bir itiş kakış yaşıyoruz. Şehirlerin nüfusu giderek de artıyor, sorunlar büyüyor. Hem nüfus artsın isteniyor hem de göç hız kesmeden devam ediyor. Nüfusla birlikte cehalet de yükseliyor ve iktidar bu cahil kitleyi örgütlüyor.

Tayyip Erdoğan bu büyük yer değiştirmenin, bu toplumsal hareketin lideri olarak ortaya çıktı. Şehirlerde hızlı göç dolayısıyla türeyen yeni yaşam biçimlerinin, yükselen yeni değerlerin, biraz yağmacılığa benzeyen farklı bir girişimcilik biçiminin, merkeze ve yerleşik değerlere gösterilen tepkilerin temsilcisi oldu Erdoğan. Bunları hızlandırıcı bir işlev gördü. Böyle koşullar yokken ortaya atılıp, durup dururken çıkıp kendi fikirleriyle yeni bir toplum, nedensiz bir değişim, yeni bir kitle ortaya çıkarmadı elbette. Zaten var olan bir hareketin yükselen dalga üzerindeki kaptanı oldu.

Batılılaşma değil modernleşme

Afrika'da veya Asya'da da "modernlik yanlısı" ile "Batıcı" birbirine yakın anlamda kullanılmaz mı?

Yok, çağcıl bir toplum için görüş bildiren bir kişinin ille de Batıcı olduğu düşünülmez. Bu bizde öyle kanıksanmıştır ki normal gibi algılıyoruz. Bunun içine doğmuşuz.

Peki, bizdeki bu farklı durumun açıklaması nedir?

Çünkü Türklerin orijinal bir kültür dairesi yok. Türkiye'de sadece Türkler yaşamıyor elbette, ama toplum yönetiminde, eğitim sisteminde baskın kesim olarak, Türklerin bu özelliği belirleyici oluyor. Tabii ki destanlarımız, dilimiz, birçok geleneğimiz var. Bir uygarlık birikimi var, ama başka medeniyetlerin içine girip orayı yönetici olarak ve asker olarak ele geçirme gibi bir özelliği var Türklerin. Şehir kurmaz mesela Türkler, şehir alır, gider ele geçirir. Bizim kurduğumuz şehir pek yoktur dünyada, zapt ettiklerimiz vardır.

Buna bir Moğol-Türk kültür benzerliği veya ırksal yakınlığı açısından bakarsan, zaten Çin taraflarında da öyle yaşanmış. Marco Polo gittiği zaman kimdi oradaki hükümdar? Kubilay... Kubilay Pekin'de Çin hakanıydı. Aynen bizdeki gibi kurultay vs. gibi Türkçe kelimeler kullanarak yaşıyorlardı. Pekin gibi şehirleri kurmuyorlar, ele geçiriyorlar, geliştirip öyle yaşıyorlardı. (Stanford Shaw Beijing adının da "Bey şehri" demek olduğunu iddia eder.) Çin tarihinde Kubilay, Yuan Hanedanı'nın kurucusu olarak anılır. Cengiz Han'ın torunudur. Çin kültürünün içine girmişlerdir.

Türkler tarih sahnesine çıktığı zaman ve ondan sonra çok uzun bir süre Çin kültürüyle yakın biçimde yaşadılar. Kül Tigin Kitabesi'nde, Orhun Yazıtları'nda "Türk, şara yaklaşma!" diye uyarılar bulunur. "Şar", yani Çin'deki şehir. Türk'ün şehre yaklaşmaması öğütleniyor. Çin'in Türk'ü tatlı sözler ve yumuşak ipek kumaşlarla kandırıp öldüreceğinden söz ediliyor. O dönemin Türkleri yerleşik şehir hayatına karşı da hep soğuk durmuşlardır. Şehre karşıdırlar.

Çin kültüründen kalan değerler, Türklerin ilk dönemlerinden gelen güçlü bir etkidir.

Giyim kuşam kültüründen yemek sanatına kadar çeşitli alanları etkilemiştir. 14. veya 15. yüzyıl ressamlarından Siyah Kalem'in çalışmaları da İslam dünyasından çok, Çin ve Uzak Asya kültürünü yansıtır. Bu kültür Osmanlı Sarayı'na geçmiş, kuşaklarca aktarılmıştır. Yemeklerine bak, zencefilli yemekler, kişnişli, bol baharatlı, etle meyveyi, hatta tatlıyla ekşiyi bir araya getiren Asya mutfağı lezzetleri. Artık onlar kaybolmuştur. Günümüzde o yemekleri yemiyor Türkler, ama Osmanlı mutfağı öyleydi. Baharatın özel bir yeri vardı. Sonra evlerde sadece karabiber ve kırmızıbiber kaldı. Ayrıca, giysiler ve insanların hareket şekilleri, özellikle sultana saygı gösterirken yapılan jestler, ritüeller, bunlar Uzak Asya insanlarınınkine çok benziyor.

Din ise Maniciliktir. Maniheist inanç benimsenmiş. Türkler Müslüman yapıldığında İslam'la Manicilik'i birleştirip Alevilik adını alan inanç ve dünya görüşü ortaya çıkıyor. Anadolu'yu Türkleştiren, Horasan Erenleri aracılığıyla yayılan inançlar ve düşünceler buradan geliyor. Araplaşmaya bir tür itirazdır bu. Şimdilik bir örnek vererek geçeyim, Maniheizm'de bedenin üç mührü var. Bu üç mühür anlayışı, "Eline, diline, beline sahip ol" biçiminde Aleviliğe geçiyor.

Dörtnala gelip Uzak Asya'dan
Akdeniz'e bir kısrak başı gibi uzanan
bu memleket, bizim

diyor ya Nâzım Hikmet... Aslında bizim kurmadığımız bu memleket, nasıl bizim olabildi, sorusuna bir yanıt gibi de alınabilir bu sözleriniz. Abidin Dino da "Fatih Konstantiniyye'yi fethetti, onu İstanbul yapan Sinan'dır" diyor. Baştan itibaren yeni bir medeniyet kurmayan, ele geçirdiği yerlerin medeniyetini de yıkmayan, önceki kuşaklarından ve önceki coğrafyasından getirdiği değerleri dönüştürebilen, yeni coğrafyasındaki değerlerle etkileşim yaratan bir kültür...

Türkler Anadolu'ya geldiği zaman, buralar boş değildi elbette. Augustus zamanında yapılan bir sayıma göre bizim bugün Anadolu dediğimiz topraklarda milyonlarca insan yaşıyordu. Bu insanlar başka bir yere gitmedi. Buharlaşıp havaya uçmadı.

Çeşitli ırkların, birçok inancın harman olduğu bir yerdi Anadolu. Heretik mezhepler denilen, Hıristiyanlığın sapkın kabul ettiği, aykırı gördüğü mezhepler de vardı buralarda. Mesela temelleri Bulgaristan'da atılan Bogomiller, Samosata'da yerleşmişlerdi. Sonra Philadelphia'ya, yani Alaşehir dediğimiz yere göçmüşler. Daha sonra Katar Şövalyeleri adını alarak Güney Fransa'ya. Samosata çok önemli bir yerdir, Lukianos'un memleketidir. Lukianos, eserleri günümüze kalmış, Roma İmparatorluğu'ndaki boş inançları, bazı felsefecileri, yöneticileri eleştirmiş, yergi yazarlığında Voltaire'i ve Rabelais'ı etkilemiş önemli bir edebiyatçıdır. Başka da birçok düşünür yaşamaktadır Türkler Anadolu'ya geldiğinde.

Bütün bunlar, farklı inançlar, kültürler, yeni gelenlerden etkileniyor, aynı zamanda onları etkiliyor, bir karışım meydana geliyor. Zaten gelenler, Türkler, bir barış mesajıyla geliyorlar. Aslında Anadolu'ya Türklerin gelişine, "Hacı Bektaş-ı Veli'nin gelişi" de diyebiliriz. Ahmet Yesevî'nin, Horasan Erenlerinin mesajı... Söz sıkça buraya geliyor, ama nasılsa konuşacağız diye geçiyorum, şimdi konuyu dağıtmayayım. Arap gezgin İbn Batuta, Karaman Beyliği'nde yaşayan kadın ve erkekleri "Dünyanın en iyi insanları" diye göklere çıkarıyor.

Eski Çin kültürünü beraberinde getirirken, İslam'a da geçilmiş durumda. Bu topraklarda önceden beri yaşayan Ermeni, Kürt gibi eski kültürlerle de hızlı bir kültür alışverişi yaşanıyor. Bir yandan Rumeli ve Balkan taraflarındaki kültürle, diğer yandan da İslam dolayısıyla Arap ve Fars kültürüyle ilginç etkileşimler gerçekleşiyor. Daha sonra Kafkas kültürü de katılıyor. Çok güzel bir sentez gelişiyor. Buna kuşku yok. Ama bu, orijinal bir kültür kategorisi değil. Melez. Belki de bu yüzden çok güzel.

Sonuçta, bizim orijinal kültürümüz, en eskiden beri bağlı olduğumuz, koruduğumuz ve başkalarını etkilemiş bir kültür yok. Dünyada örneğin Çin kültür dairesi var. Mısır, Roma, Yunan, Arap, İbrani gibi, birbirinden farklı, üretilmiş, orijinal kültürler var. Fakat bizim yok, daha doğrusu bizimki öyle değil. Biz başka türlü insanlarız. Türkler başka bir büyük kültür dairesine gidip onunla etkileşime giriyor. Çok başarılı yapıyoruz bunu. Öyle Moğollar gibi yakıp yıkarak değil, ele geçirilen bölgelerde, orada önceden beri bulunan insanlarla uyumlu biçimde yaşama alışkanlığı var Türklerin. Önceki dönemlerden, Çin tarafından getirdikleri yaşam alışkanlıkları, Manicilikten kalan inançlar, ritüeller, İslam, Arap, Fars etkileri, Anadolu'ya geldiklerinde karşılaştıkları kültürler, Rumlar, Eski Yunan kültürü, hepsini bir potada birleştirmişler. Zaten toplum içinde de tam bir bütünlük, fazla bir benzerlik olmamış hiç. Herkes mezhebince, meşrebince, birbirine karışmadan ayrı ayrı yaşamış. Yerel farklar, yörelere göre değişen yaşam tarzları, başka toplumlarda görülenden çok daha fazladır.

Çarpıcı bir örnek vereyim: Fatih Sultan Mehmed Konstantinopolis'i fethettiği zaman İmparator Konstantin Paleologos elde kılıç çarpışırken öldü. Çocuğu olmadığı için geriye imparatorluk vârisi iki yeğeni kaldı. Bunlara ne oldu dersin? Hapse mi atıldılar, idam mı edildiler? Hayır, hiçbiri olmadı. Fatih onları vezir yaptı. İki Bizans prensinden biri Mesih Paşa adını aldı öteki Has Murat Paşa. Mesih Paşa sadrazam da oldu. Tabii bunlar ırk anlayışıyla, milliyetçilikle, ulus devlet zihniyetiyle anlaşılacak kavramlar değil.

Alaturka Mustafa Kemal, alafranga Abdülhamid

Batılılaşma sürecimizle ilgili düşüncelerinizi açmak için kısaca tarihsel köklerimizi anlattınız... Yöneticilerin, bürokratların tutumu nasıl Batı konusunda?

Böyle bir sentezle gelip yerleştiğimiz Anadolu'da, yaklaşık 250 yıldır Batı'yla ilişkimiz yoğunlaşıyor. Çünkü Osmanlı'nın son dönem yöneticileri, Şeyhülislam dahil, medeniyetin Batı'da olduğunu görüyor. Daha önce de anlaşılıyor bu durum ama özellikle Ali ve Fuat Paşalar devrinde, Abdülaziz'in Avrupa seyahatinden sonra zirveye çıkıyor. Ziya Paşa'nın meşhur beytinde dediği gibi:

> Diyar-ı küfrü gezdim beldeler, kâşaneler gördüm
> Dolaştım mülk-i İslam'ı bütün viraneler gördüm.

Bu, o dönemin en bilinen şiirlerinden biri. Padişah dahil, hepsi bu görüşteydi. Ve sonunda, kurtuluş ancak Batılılaşmakla sağlanır diye düşündüler. Bin yıllık, Batı yönünde bir yürüyüş ve sonrasında Batıcılık girdi hayatımıza. Çok güçlü bir Batı etkisi yaşanmaya başlandı. Yeni etkileşimler, yeni sentezler söz konusu olmaya başladı. II. Abdülhamid Batı'yı birbirine düşürerek imparatorluğun ömrünü uzatmaya çalıştı. Bir yandan Kayzer Wilhelm'le yakın ilişki kurarken bir yandan da halife sıfatını güçlendirerek bir İslam nüfuzu kurmak istedi.

Burada çok ilginç bulduğum bir durumdan söz edeyim. Biliyorsun üç yıldır Abdülhamid'in sürgün yıllarını anlatan bir roman üstünde çalışıyorum. Yerli yabancı yüzlerce kaynak okudum, British Library'de o devrin gazetelerini bile taradım. Vardığım sonuç şu: Abdülhamid İslami politika güttüğü halde özel yaşamında son derece Batılı. Ağabeyi Murad kadar olmasa da Fransızca biliyor, rom ve şartröz içiyor, Yıldız'da bir opera yaptırıp İtalyan sanatçıları subay rütbesiyle saraya alıyor ve "Alaturka musikinin keder verdiğini, Avrupai müziğin ise neşelendirdiğini" söylüyor. Mustafa Kemal ise Batı yanlısı reformlar yapmasına rağmen kişisel zevklerinde tam bir Osmanlı. Dinlediği müzik alaturka; rakı içiyor, gecelik entariyle uyuyor, sabah ilk işi kahve ve sigaraya sarılmak oluyor. Kısacası Avrupai politika güden Mustafa Kemal tam bir Osmanlı paşası, padişah ise İslami politika yürütmesine rağmen özel hayatında Avrupalı. Bu durum bana kültür kargaşamızın ve kimlik meselelerimizin çarpıcı bir özeti gibi geliyor.

Bizim kültürümüzün bir "sentez kültür"ü olduğunu söylerken olumsuz bir yorum yapmıyorum. Orijinal köke dayanan yeni bir kültür yaratmamış olmayı Türklerin eksikliği diye düşünmüyorum. Bu durumun olumlu yönleri de var. Bu kadar zengin müzik, bu kadar zengin mutfak da ancak böyle bir kültürler etkileşimi sayesinde ortaya çıkabilirdi. Kafkasya'dan Ortadoğu'ya, Saraybosna'dan Mısır'a kadar o büyük coğrafyadaki bütün yemekler, lezzetler, müzikler, hepsinin ufak tefek dönüşmüş halleri Anadolu'da bir arada bulunuyor. Bu medeniyeti, bu zenginliği yaratan Türklerin o özelliğidir sonuçta. Osmanlı yaratmıştır bunu.

2000 yılında Harvard Üniversitesi'ndeki konferansımın başlığı "Bin Yıllık Yürüyüş"tü. Batı'ya yürüyüşü ve sentezi anlatmıştım. Daha sonra soruları yanıtlarken yemek kültüründen söz ettim. Dedim ki New York'ta müthiş bir etnik lokanta çeşitliliği var: Balkan, Yunan, Lübnan, Suriye, Fas, Kafkas yüzlerce lokanta. Bunların tümü aynı zamanda bizim mutfağımızdır. Osmanlı mutfağı dediğiniz zaman Orta Asya'dan, Çin'den Kuzey Afrika'ya, Mısır'dan Montenegro'ya kadar uzanan bir coğrafyadaki bütün yemek kültürünü kastediyoruz.

Modernleşmede zamansal farklılık Batı'ya bir üstünlük kazandırdı mı sizce?

Rönesans'ı biliyoruz zaten. Aydınlanma, Marksizm, insan hakları... Son yüzyıllara baktığımızda insanlığın en önemli değerlerinin kaynağı olarak Batı'yı görüyoruz. Kendi iktidarlarına, ırkçılığa, Nazizm'e karşı güçlü mücadeleler verildi, sosyal devlet anlayışı geliştirildi. Bunlar elbette tüm insanlığın kazanımı. En azından kısmen.

Ama daha geniş bir açıdan ve uzun bir tarihsel perspektiften baktığımızda, "Üstün Batılılar" diye bir şey söz konusu olamaz.

10-12. yüzyıllarda Bağdat dünyanın en büyük kültür merkeziydi. Bin tane satranç salonu var deniyor. Birer okul olan, ekolleri bulunan salonlar bunlar. Oradaki hocalardan en ünlüsü, Es-Sûlî. Türk asıllıdır, Ebu Bekir Bin Yahya Es-Sûlî. Dünyada ilk satranç kitabını yazmıştır. Bu elyazması kitap Süleymaniye Kütüphanesi'nde bulunmaktadır. Es-Sûlî'nin hazırladığı bir de satranç problemi vardı. "Es Suli's Diamond" adıyla bilinir. Bin yıl çözülemeyeceğini iddia etmişti. Sahiden de öyle oldu. Daha yeni, Danimarkalılar bir bilgisayar programı aracılığıyla çözdüklerini açıkladılar.

Zengin bir medeniyet vardı Bağdat çevresinde. Bağdat kütüphanesi, yani Darülhikme çok zengindi. Önceki kuşakların bütün kitapları toplanmış, Yunan elyazma eserler, Yunan filozofların ve bilim insanlarının yapıtları Arapçaya çevrilmiş, yine elyazma biçiminde elbette orada tutuluyordu. O sırada Batı'da karanlık bir dönem yaşanıyordu. Bu kütüphane ve buralardaki kültür sanat ortamı, Yunan felsefe kaynaklarının Batı'ya ulaşmasında, onların kaybolmamasında önemli bir işlev yerine getirdi. Harun Reşid devrinde Cafer El Bermeki, dünyanın ilk kâğıt fabrikasını kurmuştu. Abbasi halifeleri devri çok ilginçtir.

Ne var ki 1258'de Moğollar geldi, bu medeniyeti yakıp yıktılar, zenginlikleri yok ettiler.

Neresi sıla bize, neresi gurbet?

Batı-Doğu ikilemi kültürel anlamda bir şizofreni yaratmış adeta, öyle değil mi?

İki cami arasında binamaz kalmak deyimi bize çok uygun. Dünyanın en büyük sorunu olan, insanlığın enerjisini, yaratıcılığını emen, ekonomileri zora sokan Doğu/Batı zıtlığı hiçbir ülkede bizdeki kadar vahim durumda değil. Cumhuriyet'in ilk yıllarında Türkiye'yi ziyaret eden Fransız yazar Georges Duhamel Türkiye için "Doğulu ülkelerin en Batılısı, Batılı ülkelerin en Doğulusu" demişti. Belki de en doğru tanım budur ama Doğu'ya göre Batılı, Batı'ya göre Doğulu sayılmamız da kimlik sorunumuzu çözmüyor. Çünkü ortada homojen bir toplum yapısı yok. İçimizde Doğulu da var Batılı da.

Bu durumu *Konstantiniyye Oteli* romanımda, bir otel açılışındaki davetliler ve emekçiler aracılığıyla anlatmaya çalışmıştım. İstanbul'un herhangi bir apartmanında Priştineli bir aile ile Mardin Derikli bir ailenin komşuluğu hiç de şaşılacak bir durum değildir. Belki de alt katta Hemşinli, üst katta Şemdinlili, aynı katta Sökeli, Halepli, Erbilli bir aile yaşamaktadır. Hiç de ender rastlanan bir durum değildir bu. Komşuların geleneksel müziği, dansları, yemek kültürleri farklıdır. Bugün Batı'da kime Priştine ile Halep'in ortak noktasını sorsanız size hayır derler, hiçbir ortak noktası yoktur. Oysa bu durum bizim gündelik gerçeğimizdir. Bu ailelerin kültür farkı yüzünden birbiriyle çatışması da olağandır, bayramlarda komşusuna Balkan kökenlinin kaymaçina, Hemşinlinin Laz böreği, Şemdinli'den gelenin çiğ köfte, Derik'ten gelenin Metfuniye, Halep kökenlinin Aluciye, Anteplinin şıveydiz göndermesi de. Buna bir de Rum, Yahudi, Ermeni, Süryani zenginliğimizi katın ve dünyanın tarihsel olarak en zengin toplumu olmamızın keyfini sürün. Ya da Osmanlı'yı parçalayıp bölüşmek için birbirine girmiş büyük devletlerin kışkırtmalarıyla yaratılmış saçma düşmanlıklar yüzünden birbirimizi kırmaya, ötekileştirmeye, suçlamaya devam edelim.

Hangisi daha iyi dersiniz?

Bu ülkede, "muhafazakârlık eşittir Doğu, modernite eşittir Batı" çıkmaz sokağını aşmadan, her şeyin temeli olan kimlik ve kültür sorunlarımızı çözmemizin mümkün olmadığını düşünüyorum. Çünkü ne Batılıyız ne Doğuluyuz; hem Batılıyız hem Doğuluyuz. Aynı zamanda Akdenizliyiz, Karadenizli, Kafkas, Balkan ve Mezopotamyalıyız. Bu durum başka ülkelere benzemeyen özel bir çözüm gerektiriyor.

Yazılarımda "Türkiye halkı" dediğim için birtakım köşebentler bana kızar, eleştirirlerdi. Ben de onlara "Beyler lütfen Atatürk'ün sözünü hatırlayın" derdim.

Onun şu cümlesi, iyice düşünülüp taşınılmış, hesap edilmiş bir temel kuruluş ilkesidir: "Türkiye Cumhuriyeti'ni kuran Türkiye halkına, Türk milleti denir." Dikkat edersen Türk halkı demiyor çünkü Cumhuriyet'i bir tek Türk halkı kurmadı. Ulus kimliğine geçildikten sonrası içinse Türk milleti tanımını kullanıyor. Irk anlamında değil ulus anlamında. Fransa'da, Fransızlar, Basklar, Bretonlar, Korsikalılar yaşar ama ulusun adı République Française'dir. Bunun gibi.

Deneyimlerim, düşüncelerim ve mücadelelerim bana gösterdi ki ne kadar uğraşırsak uğraşalım Hıristiyan Batı'nın sindirerek içine aldığı, kendinden saydığı bir ülke olamayız. Buna karşılık bir zamanların parlak Batı'sını da yaratmış olan ama sonraları onların da azar azar vazgeçtikleri değerleri benimseyerek kendimize imrenilecek bir uygarlık kurabiliriz. İlle de bir kampa mensup olma ihtiyacını kendi içimizde gidermenin yollarını bulabiliriz.

Tabii burada şöyle bir sorun çıkıyor: Mesela ABD'yi oluşturan herkes kendisine Amerikalı denmesini istiyor. Başına Afrika vs. gibi köken belirten bir tanım da koysa kimse Amerikan kimliğinden çıkmak istemiyor. Fransa'da, İngiltere'de de durum aynı.

Burada devreye, "Büyük devlete mensubiyet eğilimi" giriyor elbette. Eğer kapsayıcı kimliğine ihtiyaç duyduğunuz devlet dünyada güçlüyse, etnik kökeninizi aşacak bir saygınlık sağlıyorsa, elbette her yurttaş o kimlikle anılmayı tercih edecektir. Tersi durumda ise hiç kimse zayıf ve sevilmeyen bir devletin adıyla anılmak istemiyor, farklı bir kimliğini ortaya çıkarmaya çalışıyor.

Bir zamanlar Osmanlı bir dünya gücüydü ve aynen Amerika'da olduğu gibi herkes kendisine Osmanlı diyordu. Birine farklı bir biçimde seslenmek onur kırıcıydı.

Fatih'in sadrazamı Rum Mehmed Paşa; Donanma Komutanı ana tarafından Rum, Barbaros Hayrettin Paşa; büyük Sadrazam Sırp Sokollu; Sultan Abdülaziz'in annesi Kürt Pertevniyal Hatun; III. Murad'ın annesi Yahudi Nurbanu Hatun; devşirme Başmimar Sinan; Girit İsyanı'nı bastırmak üzere Abdülhamid'in gönderdiği ve bizi Berlin Konferansı'nda da temsil eden Rum Karatodori Paşa; Londra Sefiri Kostaki Musurus Paşa; Ermeni nazırlar, sefirler ve daha binlercesi. Bu şahsiyetlerden hangisine sorsan büyük bir onurla "Ben Osmanlıyım" derlerdi ve gerçekten öyleydiler. Ta ki Batı, içimizdeki bütün etnisiteleri ve inanç gruplarını birbirine düşürüp isyanlar ve iç savaşlar çıkarana kadar.

O dönemde petrolün yüzde 55'inin bulunduğu bölgenin sahibi olan Osmanlı'yı nasıl bölüştükleri belgelerle kanıtlanmış olduğu için fazla üstünde durmuyorum. Ama inan bana bu bir paranoya ya da körü körüne Batı düşmanlığı değil. Arabistanlı Lawrence, Gertrude Bell, Binbaşı Noel... Bunlar hayal ürünü değil ki. Hepsi gerçek. Sevr de bir paranoya değil. İstanbul ve Anadolu işgal edilmedi mi, parça parça doğranmadı mı? Dolayısıyla hiçbirine paranoya diyemeyiz.

Bölünmeyi Osmanlı Sarayı ve hükümeti istemedi. Hatta şimdi çok kişinin zihninde ırkçı olarak canlanan, son dönem uygulamalarıyla bu sıfatı hak eden İttihat ve Terakki bile başlangıçta "anasır" (unsurlar) dedikleri, farklı Osmanlı milletlerini tekrar birleştirmek için yola çıkmıştı. İttihat adını bu yüzden almıştı. Fakat sonra her şeyi yüzlerine gözlerine bulaştırıp tarihi suçlara imza attılar.

Gerçekçiliği ile öne çıkan bir lider olan ve evrenselliğe çok önem veren Mustafa Kemal'den bir kez daha söz etmek istiyorum. O dönemin subayları trajedi kahramanları gibidir. Yıkılmakta olan ülkelerini koruma ateşiyle yanıp tutuşmaktadırlar. Bir Trablusgarp Derne'de bulurlar kendilerini, bir Şam'da, bir Halep'te, bir Hicaz'da, bir Kafkasya'da. Ülkeleri ellerinden hızla kayıp giden bir subay grubu. Bu travmayı atlatmak kolay değildir. Rumeli'yi kaybettikten sonra okullarda öğretmen ve öğrencilerin toplu gözyaşı döktüğü anlatılır. O subayların atalarının gömülü olduğu, doğdukları şehirler bile elden çıkar tek tek.

Geçmişe bugünün penceresinden bakılmaz

Bütün bu kavram ve kültür karmaşası içinde tarihi nasıl okumalı?

Ben tarihi aksiyon ve reaksiyon biçiminde okurum ve bu çok da yanlış değildir. Bugün resmi tarihe karşı olduğunu söyleyerek başka bir resmi tarih yaratanlar, bu ülkenin sorunlarını Türk milliyetçiliği cereyanlarının ortaya çıktığı tarihle başlatıyorlar ve kafalarında herkese kötülük eden, terminatör gibi vurup kıran, çevresindeki bütün halkları katleden Türkler kavramı oluşuyor. Düşünce dünyamızda buna inanarak duygusal tepkiler veren, hatta Türk kelimesi bizatihi faşizm demekmiş gibi algılayan, bu mensubiyetten utanan aydınlar var.

Mesele şu: Bugünü anlamak ve hüküm vermek için, aksiyon ve reaksiyon olarak okumamız gereken yakın dönem tarihi nereden başlatacağız? Sıfır noktası nedir? Hangi aksiyon hangi reaksiyona yol açmıştır? Bazıları bu noktayı İttihat Terakki'yle, bazıları da İstiklal Harbi'yle başlatmak eğiliminde. Benim düşünceme göre ise günümüze kadar devam eden travma, Balkan Harbi'yle başlamıştır. (Trablusgarp'tan da başlatılabilir elbette ama etkisi Balkan Harbi kadar olmamıştır.) İmparatorluğun her gün bir parçasını, kolunu bacağını, gövdesini kaybetmesi ve yok olma tehlikesiyle karşılaşması zihinlerde öyle bir korku ve yıkıma sebep oldu ki, bu ülke kendini hâlâ savunmada hissediyor. Çoğu zaman uygulamalarını hukuk düzeni dışına çıkaran davranışlarına bu tepki neden oluyor. "Türk'ün Türk'ten başka dostu yok" sözünün hâlâ hatırlanıyor oluşunun ve sonuçta ortaya çıkan zenofobinin sebebi bu. Oysa Falih Rıfkı Atay gibi bir aydın 20. yüzyıl başlarını anlattığı *Batış Yıllarımız* kitabının ilk sayfasında "Çocukluğumuzda biz kendimize Türk demezdik" cümlesini kullanmaktan çekinmiyordu. Bu ülkenin aydınını, bu cümleden "Türk önde, Türk ileri" noktasına getiren nedenlere bakmadan durumu anlamak olanaksız. Çünkü bu aşırılık, başka bir aşırılığa cevap olarak ortaya çıkmış. Aksiyon ve reaksiyon dediğim şey bu.

Geçenlerde bir panele katıldım. Orada resmi tarih eleştirisi yapan bir tarihçi yine bu "Türk terminatör" tezine kendini kaptırmış, verip veriştiriyordu. İyi niyet ve doğru düşünceyi herkesin kabul edeceği gibi bir saflığım var ya o hanıma aksiyon/reaksiyon meselesini hatırlatıp kendi ailemden örnekler verdim: '93 Harbi'nde Livane'deki soyumuzun Rus ordusu tarafından yok edildiğini anlattım. Aileden bir tek Erzurum'a, Ahmet Muhtar Paşa'ya gönderilen Ömer Bey sağ kalmıştı, o da sonra bir tek evlat bırakarak şehit oldu. Eşimin ailesi ise Manastır göçmeni. Balkan Harbi'nde yayan yapıldak yollara düşen aile, bir akrabalarını da almak üzere şehir dışındaki evlerine uğruyor. Gördükleri manzara şu: Anne ve baba öldürülmüş, yerde yatıyor. Dolaba sakladıkları iki yaşındaki oğlan ise anasının kan sızan memesini emmeye çalışıyor. Bu çocuk eşimin dedesi. Hiç konuşmaz, hiçbir şey anlatmazmış. O panelde bu örnekleri vererek, "Acılarımızı yarıştırmayalım, Türk, Kürt, Ermeni, Rum, Çerkez, Arap hepimizin acılarına sahip çıkalım" dedim. O tarihçi hanım bizim acılarımız için ne dese beğenirsin: "Savaşta olur böyle şeyler." İnanamadım. Bazı Yahudiler de dünyada acı çekmiş olma imtiyazını kesinlikle kimseyle paylaşmak istemiyorlar. Ermenileri bu yüzden dışlıyorlar.

İşin ilginç tarafı iki ailenin de bu acıları anlatıp bizi kinle, nefretle yetiştirmemiş oluşu. Biz bu acı gerçekleri yeni öğrendik.

Bu yüzden, terminatör halk olarak sunulmak, kendi dedeme, neneme, babama, anneme, yani o sevecen, ahlaklı, düzgün, merhametli insanlara yapılmış bir hakaret gibi geliyor. Dünyadaki bütün insanların da hissiyatı budur.

Hayatımı bilen insanlar için söylemeye bile gerek yok: Tarihteki toplu öldürmeleri, insanlık suçlarını kimse aklayamaz elbette. Herkesin acısı bizim acımızdır. Ne tehciri unutabiliriz ne Dersim'i ne Balkan faciasını ne de Diyarbakır Cezaevi'ni. Geçmişi değiştiremeyiz ama gelişmiş toplumların yaptığı gibi el ele vererek geleceği inşa edebiliriz. Çok mu iyimserim, bilmiyorum. Ve insan haklarını ayaklar altına alan bu devletle nasıl olacak bu iş dersen ona da demokrasi ve aydınlık mücadelesi vermeye devam etmekten başka cevabım yok doğrusu. Ama hiç olmazsa aydınlar kendilerini ayıran noktalardan çok birleştiren noktalara bakmayı başarabilseler.

Mustafa Kemal ve Batı

Peki Batılılaşma meselesinde Mustafa Kemal nerede duruyor?

Batı'nın sanayide, üretimde, medeniyette ve zenginlikte çok ileri gittiği zaten Osmanlı'nın son devirlerinden itibaren bilinen bir şeydi. Abdülaziz Avrupa seyahatinden döndükten sonra ileri gelenlerin yaptığı bir toplantıyı İstanbul Şehremini Ömer Faiz Efendi anlatır. Toplantıya hâkim olan "İlmi, fenni, kadınların toplum hayatına katılması gibi kavramları Garp'tan almalıyız" görüşü üzerine Ömer Faiz Efendi Şeyhülislam'a dönerek "Müslümanlığı bile oradan almamız lazım" diye latife eder. İmparatorluğun son dönemindeki ünlü Üç Tarz-ı Siyaset analizi kısaca ve kabaca şu üç eğilimi anlatır: Tahtını korumak isteyen Padişah, İngilizlerin himayesini arzu etmektedir. Bazıları imparatorluğun tekrar ihyası hayalleri kurar. Gerçekçi Mustafa Kemal ve arkadaşları ise Osmanlı'dan ayrılan diğer milletler gibi Türklerin de (nispeten küçük) bir ulus devlet kurmasından yanadır.

Mustafa Kemal'in yetiştiği yıllardaki ortam ve zihniyet budur. Hemen herkes virane Doğu'dan kurtulmak istemektedir. Yalnız yine unuttukları şey "Batı" dedikleri kavramın statik değil dinamik olduğudur. Yani, bizimkilerin görüp hayran olduğu Batı, kendi içindeki çelişkiler, sanayi ve işçi sınıfı ile yepyeni bir evreye geçmektedir. Batı'ya sadece pırıltılı bir uygarlık gözüyle bakarsan ve sınıfsal bir analiz yapmazsan, yeni Batı'yı anlamak da mümkün olmaz. Bu konuda bizim aydınlar yine Fransız İhtilali'ne takılıp kalmış, buna karşılık Rus aydınları bu boyutu keşfedebilmiştir. Bu farkı da yine bizim bilim dışı yönelimlerimiz yaratmıştır. O dönemin Rusya'sında da sanayi ve işçi sınıfı yoktu, Osmanlı'sında da. Ama Rus entelektüelleri, sanayileşmenin olmazsa olmazı olan sermaye emek çelişkisini o dönemde bile anlamayı başarmışlardı. Osmanlı aydınları ise padişahın iyi idaresi ve meşrutiyetle her şeyin düzelebileceği kanısındaydılar. Dünyayı değiştirmek üzere olan fikirlerden ve yazarlardan haberleri yoktu. Sınıf çelişkisini hiç bilmiyorlardı.

Mustafa Kemal veliaht yaveri olarak Berlin'i, subay olarak Picardie manevraları sırasında Fransa'yı, hastalığı sırasında Viyana'yı ve ataşeliği sırasında da Sofya'yı görme, tanıma imkânını bulmuştu. O devirdeki herkes gibi karşılaştırmalar yapar ve aradaki fark yüzünden içi ezilirdi. Buna rağmen bir Batıcı değildir o. Görüşü daha evrensel, o dönemdeki kavramıyla "cihanşümul"dur.

"İnsanlık medeniyeti tektir ama kolları vardır!" diye büyük bir söz söyleyebilen liderin Batıcı olmasına imkân var mı? Herkesin diline pelesenk olan "muasır medeniyet" tanımı bir bölgeyi, bir milleti tarif etmez. Çağdaş uygarlık düzeyidir bu ve her yerde olabilir.

Zaten Batı, onun göğüs göğse çarpıştığı, kaç cephede yüz yüze geldiği, harp mantığındaki "düşman" kavramının somut halidir. Onlara körü körüne bağlı olması mümkün mü?

Ama Aydınlanma ve laiklik gibi, ülkeleri çok daha ileri düzeye yükselten temel bir ilkeyi, sırf Batı daha önce başarmış diye görmezden gelebilir mi?

Daha önce sözünü ettiğimiz gibi II. Mahmud nasıl tıbbiyede Fransızca eğitimi şart koştuysa, Gazi de aynı şekilde Batı'nın aydınlanmacı ve rasyonel modelini bize uygulamak istemiştir. Bu, Batı taklitçiliği değildir. Bir hastane kalp ameliyatlarında Cleveland'ın *bypass* tekniğini kullanınca, yabancı patentli cihazlara başvurunca Amerikan taklitçisi olmaz, sadece kendi hastalarının hayatını kurtarır.

Peki sizce bugün nasıl yaşıyoruz Doğu-Batı ikilemini, kültür karmaşasını ve taklitçiliği?

Evet bugüne gelelim: Şu anda yakıcı sorun Cumhuriyet reformlarını tartışmak değil, Amerikan kitle kültürünün ülkeyi ele geçirmiş oluşuna çare aramaktır. Kitle kültürü. Hep vurguluyorum bunu çünkü ABD yaratıcılığının tümü kitleye verilen ucuz ürünlerden ibaret değil. Yüksek bir yaratı standardı da var. Kültür alanında yenilgi arayanların dikkat etmesi gereken konu budur. Biz yazarlar, sanatçılar kültür milliyetçisiyiz. Elbette ki kendi kültürümüzü, ana dilimizi yüceltmeye çalışırız. İnsanlık âlemine kendi renklerimizle, dilimizle, sesimizle katılacağımızı biliriz.

Ama ne yazık ki birçok kesim Batı'nın kesin üstünlüğü tezine körü körüne inanmış durumda. Her yerde durum bu değil mi diyeceksin. Değil.

Mesela İran. Gençlerin elinden Hafız, Sadi, Hayyam divanları düşmüyor. Hatta herhangi bir konuda meraklarını gidermek için *Hafız Divanı*'nın rastgele bir sayfasını açıyorlar ve fal bakar gibi o günkü kaderlerini anlamaya çalışıyorlar. İranlı yönetmenler dünyanın zirvesinde. Modern şairler, müzisyenler muhteşem. Geçenlerde ünlü bir yönetmen Batılılaşmayı savundu diye epey gözden düştü. Çünkü, "İran, çok yüksek bir kültüre sahiptir, kimseyi taklit etmeyiz. Dünya bize özenir" diye düşünüyorlar. Bu durum şovenizm, kör milliyetçilik değil, kendi kültürüne sırtını yaslamaktır.

İranlı şairler dünyada o kadar etkili oldu ki Goethe yaşlılık yıllarında Farsça öğrendi ve *Batı-Doğu Divanı* adını verdiği eserde Fars usulü "Hikmetname"ler yazdı. "Doğu'nun şairleri elbette Batı'nın şairlerinden üstündür" sözü de bu bilge adama aittir.

Büyük bir üzüntüyle söylüyorum ki bizim okuryazar kesimimizin çoğunluğu böyle bir bilince sahip değil. 2019 yılında yayınlanan edebiyat dergileri hâlâ Marcel Proust, Franz Kafka, Walter Benjamin vs. çözümlemeleriyle dolu. Batı bu dergileri okumadığına göre kimin için yazıyorlar bunları, anlamıyorum. Batı'nın müziğini icra ederek, edebiyatını taklit ederek özgün olmak mümkün değil.

Bizim aydınımızın trajedisi, iki cami arasında binamaz kalma örneğini hatırlatıyor. Bir romanımda geçen benzetmeyle; talihsiz bir trapez artisti gibi Doğu salıncağını bırakıp kendimizi fırlattık ve karşı taraftan Batı salıncağının gelmesini bekledik. Ne yazık ki gelmedi ve kendimizi boşlukta bulduk. Latince gibi bir kök dili bilmediğimiz gibi, Arapça, Farsça da bilmeyiz... Oysa bu kök diller olmadan kavramlar oturmuyor. Hukuk fakültelerinde Roma Hukuku okutulur ama Latince bilmeden. O sözler sadece ezberlenir, sonra unutulur. Ayrıca Roma Hukuku dediğimiz temel kanunlar, 6. yüzyılda Konstantinopolis'te İmparator Jüstinyen'in Kodeksi ile son halini almış, geliştirilmiştir. Ne var ki Roma Hukuku denildiğinde herkesin aklına İtalya'daki Roma gelir, İstanbul gelmez çünkü bu şehrin Yeni Roma olduğu hem Doğu hem Batı tarafından unutulur, unutturulur.

Ruhu yaralı ülke

Sizin "Bin yıllık büyük yürüyüş" dediğiniz, Batılılaşmaktan öncesini de kapsayan bir olgu. Bu durumda, AKP'nin Ortadoğu politikalarına ve ülkenin Doğu'ya yönelmesine "tarihsel ve kültürel bir sapma" diyebilir miyiz?

Bu çok geniş bir konu. Öncelikle, "Türk kimliği" nedir gibi, daha doğrusu böyle bir kimlik var mıdır gibi bir soru üzerinde düşünmek gerekebilir. Türkiye'nin demokrasi denemesi, kuruluştan itibaren hep Batı referanslıdır. Dünyanın başka yerlerinde rastlanmayacak kadar açık biçimde, bizde, Batı'dan uzaklaşmak, bir anlamda demokrasi hedefinden uzaklaşmak anlamına geliyor.

Türkiye toplumu her zaman bir kimlik arayışı içinde olmuştur. Bunu "Kimliği yok da arıyor" diye yorumlamamak gerekir. Kimliğindeki özellikleri yaratmanın ve dönüştürmenin bir yoludur bu arayış. Çok eski bir yol bu. Bin yıldır yönü Doğu'dan Batı'ya doğru diyebiliriz.

Bütün ülkeler için geçerlidir ama Türkiye'yi anlamak ve anlatmak için, istatistikler, yasalar, ekonomik veriler ve siyasi bilgiler yetersiz kalıyor. Bunlar elbette insanların kaygılarını, neşelerini, hüzünlerini ve hepsini bir araya getiren duygu titreşimlerini etkiliyor ama ülkenin ruhunu anlatmaya yetmiyor.

Türkiye'nin ruhu uzun zamandır yaralı. Aslında Osmanlı İmparatorluğu da 20. yüzyıla "Hasta adam" olarak girdi. Avrupalılar öyle diyordu Osmanlı'ya ama Rus Çarı söylemiştir ilk olarak. En az birkaç yüzyıllık bir mesele, ruhumuzun yaralı olması. Fakat bazı dönemler yaralar iyileşir gibi oluyor, bazen de verdiği acılar artıyor.

Yüz yıldan uzun süredir Türkiye; Aydınlanma ile köktendincilik, yurttaşlık ile etnik kimlik, Doğuculuk ile Batıcılık, gelenek ile modernlik fikirlerinin çarpışma alanı. Bileşenlerin niteliğinde değil ama ağırlıklarında, yani dengelerinde değişiklikler meydana gelen bu son kuşaklarda toplumsal sancılar ortaya çıktı. Eskiden beri, kimliğini tam olarak bir temele oturtamamıştı. Çeşitli modeller karmakarışık bir biçimde denenmiş, toplumun tamamı tarafından onaylanan bir kültür temeli geliştirilememişti. Yine de bir tür çatışma ortamı içinde yaşansa da kendi içinde bir denge durumu da oluyordu. Sancıyı yaratan, bu dengelerin sarsılması. Dolayısıyla asıl sorun kültür.

Batı'ya doğru bin yıllık yürüyüşten söz ederken, elbette sadece fiziksel yer değiştirmeden, yaşanan bölgenin batı tarafına doğru değişmesinden söz etmiyorsunuz. Bu da var ama özellikle Osmanlı'nın son yüzyıllarından beri, aynı coğrafyada kalıp da Batılı tarzlara yönelmek diye anlayabilir miyiz, "Büyük yürüyüş"ü?

Osmanlı'dan da önce Selçuklu döneminden beri süren bir yol bu. Bin yıl önce Orta Asya steplerinden büyük yürüyüş başladığında, elbette "Batılılaşmak" diye bir kavram yoktu. Çin sınırından başlayan bu yürüyüş, 500 yıl sonra Orta Avrupa'ya kadar ulaştı.

Batılılaşmak, "Batı yönüne doğru gitmek değil, Batı'daki insanlar gibi yaşamak" tercihine karşılık geliyor. Büyük yürüyüşün bu şekilde dönüşmesi, Osmanlı'nın son yüzyıllarında oldu. Zaten imparatorluk batıya doğru genişlemiyordu artık, tersine, kaybedilen topraklarla sınırlar doğuya doğru geriliyordu. Kurtuluş Savaşı ve Cumhuriyet'le birlikte bu geri çekilme durdu. Aynı zamanda Batılılaşma ilkesinde de yeni bir aşamaya geçilmiş oldu. Artık ülke sınırları açısından falan bakmaz elbette kimse konuya.

Cumhuriyet, emperyalizme ve işgalcilere karşı savaşarak kuruldu. Buna rağmen kurucular, ilkeler açısından Batı'yı dünyanın en gelişmiş uygarlığı olarak tanımladılar. Daha Osmanlı yurttaşı ve askeri oldukları dönemde benimsemiş oldukları Aydınlanma politikalarını, kendi iktidarları döneminde uyguladılar. İlerleyen yıllarda, ülke yöneticileri bu politikaların devamı olarak, Avrupa Birliği'ne üyelik için çabaladılar.

Bin yıllık yürüyüşümüz, artık "Batılılaşmak" anlamına geliyordu. Özellikle 20. yüzyıl ortalarından beri hem Anadolu'daki değişen yaşam biçimleri hem de Avrupa'da göçmen olarak yaşamaya başlayan milyonlarca Anadolulu ile devam etmektedir. Yüzü Batı'ya dönük yaşamak, Türkiye'nin kolektif bilinçaltının bir gereği gibidir.

Sakallı Celal'in "Doğuya giden bir geminin içinde batıya doğru yürümek" eleştirisi çok yaygın kullanılıyor. Oysa sizin sözleriniz, bununla pek örtüşmüyor.

Bir eleştiri dile getirmek için söylenmiştir o söz. Özellikle ülkenin aydın kesimindeki Batılılaşma anlayışına yönelik bir eleştiri. Belli bir durum üzerine dile getirilmiş ve kendi bağlamı içinde doğruluk payı olabilir. Ama "gemi" alegorisi Türklerin tarihsel varlığı için kullanılacaksa, ben bu geminin, batı yönünde hareket ettiğini düşünüyorum. Kuşkusuz rotası her zaman düzgün olmamıştır, dalgalarla ve akıntılarla bazen farklı biçimde sürüklenmiştir. Her şeye rağmen, geminin rotası batı tarafına doğrudur.

Aslına bakarsan, durmuş oturmuş bir ülke için gemi metaforunun kullanılmaması gerekir. Ülke ille de bir yere gitmek zorunda mı?

Ne var ki, entelektüel olarak öne çıkarılan insanlar, özellikle de politikacılar arasında, batıya ilerleyen bu geminin güvertesinde doğuya doğru yürüyenler hep oldu. Hatta bazı dönemler, geminin doğu tarafı kalabalıklaştı. Hele bu içinde bulunduğumuz yıllarda, geminin kaptanları ve emrindekiler yüzünü hep beraber doğuya çevirmiş durumdalar.

Bunların hiçbiri, geminin rotasını kalıcı biçimde değiştiremedi. İçindeki yolcuların, yurttaşların batıya bakma refleksi kaybolmadı.

Yıllar önce Bonn Bienali açış konuşmasını bu konuda yapmıştım. O zamanlar *Time* dergisinin "yüzyılın en önemli lideri" için düzenlediği bir ankete, toplumumuz dünyada benzeri görülmemiş bir ilgiyle yaklaşmıştı. Atatürk'ün seçilmesi için olağanüstü çaba gösterilmiş, ankete yoğun bir katılım sağlanmıştı. Tabii, sonuç anket veya oylama ile belirlenmiyordu, dergi bunu açıkça belirtiyordu ama Atatürk seçilmeyince, "Onların kimi seçtiği önemli değil, zaten hepsi Türk düşmanı" gibi bir yaklaşım ortaya çıkmıştı.

Bu örneği verip, bizdeki Batılılaşmanın ne kadar ilginç bir tutku olduğunu anlatmıştım. Hâlâ, adeta aşk ve nefret duyguları gibi dalgalanmalar yaşanıyor. O zamanlar ulusal bir heyecan yaratan Eurovision Şarkı Yarışması'nı da örnek olarak göstermiştim. Aynı şekilde, Avrupa ülkelerindeki futbol maçlarında, oralardaki Türklerin bizim takımları desteklemekte gösterdikleri heyecanlı çabalardan söz etmiştim. Birçok kez yazdığım şey bunlar. Burada tekrar etmeyeyim. Bir iki kuşak önce daha yaygındı ama bu dönemde de devam eden görüntüler var: Muhafazakâr aileler bile, çocuklarının gelişmesini, eğitimli insanlar haline gelmesini, onların Batılı özelliklere sahip olmasıyla özdeş tutarlar. Başörtülü annelerin önemli bir kısmı, kızlarının Batı'daki modayı takip etmesinden gurur duyar.

Bu konuda, birbirine karşıt duygular, hem de oldukça şiddetli biçimde ve sıkça yer değiştirir bizim insanlarımızda. "Türkiye'nin ne kadar eşsiz bir ülke" olduğunu konuşan iki kişi, başka bir gün, birbirlerine "Bu ülke adam olmaz kardeşim!" diyebilir. Batılılaşamamamanın getirdiği kendini hor görme, küçümseme, Batı'nın düşmanca yaklaştığını düşünmeye bağlı öfkeler, onların ahlakını ve değerlerini eleştirme, Türklerin Avrupalılardan ve diğer uluslardan üstün olduğuna inanma, Avrupalı gibi çağdaş biçimde yaşamaya özenme...

Yara iyileşir sızısı baki kalır

Türkiye uzun zamandır bir kimlik krizi yaşıyor. Çok partili tarihimizin en uzun süreli ve tüm kurumları tam kontrolüne alan en güçlü hükümeti döneminde konuşuyoruz bunları. Hükümet, eskiden beri süren bu kimlik krizinde açık bir taraf. Böylesine "mutlak iktidar"a yakın bir gücü elinde bulundurmalarına rağmen, toplumu eskisinden daha homojen bir hale getirmek amacını ne kadar gerçekleştirebildiler?

Hiç gerçekleştiremediler. İmparatorluk, Cumhuriyet, Doğu, Batı, İslam, laiklik, etnik yapı, anayasal yurttaşlık, Asyalı-Avrupalı-Ortadoğulu-Balkan-Akdenizli kimlikleri gibi birçok bileşeni bulunan bir toplumda kendi istedikleri kimlikleri yükseltip diğerlerini bastırmak mümkün değil. Ama bunlar arasında düşmanlık büyütmek, nefret duygularını körüklemek işini başardılar. Artık, duygusal anlamda bölünmüş bir ülkeyiz.

Son yüzyılların kimlik bocalaması, hiç bu kadar büyük düşmanlıklara, birbirine yabancılaşmaya, duyarsızlaşmaya neden olmamıştı. Elbette bir linç kültürü hep vardı Türkiye'de. Çünkü insanların kuşku duymadıkları bir hukuk ve yönetim sistemi hiç olmadı. Özellikle Alevilere ve Kürtlere yönelik bir düşmanlık, yok etme hırsı da zaman zaman ortaya çıkıyordu. Ama kimlik ve yaşam biçimi farklarına dayanan düşmanlıklar bu kadar olağanlaşmamıştı. Daha çok entelektüel kesimde, medyada, özellikle de siyaset alanında vardı böyle düşmanlıklar. Gündelik hayatını yaşayan insanlarda böylesine her an saldırmaya hazır bir hal ve artık hiçbir şekilde sorgulanmaz duygular yoktu.

Anadolu kültürünün ağır biçimde yara aldığını söylemek zorundayız. Elbette iyileşecek bu yaralar. İyileşeceğiz. Daha önce de kendi kendimizi yaralamıştık, onların da izi tamamen silinemez; ama bu son dönemde yaratılan düşmanlıklar, duygusal bölünmeler, toplumda öncekilerden daha yaygın yaralar biçiminde ortaya çıktı. Bir daha asla hiç yaralanmamış gibi yaşayamayacağız.

Önceki bölümlerde söylediklerinizi burada hatırlarsak, yaralandığını söylediğiniz "Anadolu kültürü" kavramını, "Bu coğrafyada yaşayan farklı özellikteki insanlara uygun bir sentez" anlamında kullandığınızı düşünebilir miyiz?

Sentez yaratmak: Bu memlekette bir arada yaşayabilmek için bizim mecburiyetimizdir.

Sentez yaratmak: Bu memlekette daha güzel yaşamak için en büyük fırsatımızdır. Hepimizin hayatını zenginleştirecek ortak yolumuzdur.

Ahmed Yesevî öğretisini, Hacı Bektaş'ı konuştuk. Bu hareket, çağımızın gelişmiş teknolojisiyle hızlanan ve karmaşıklaşan toplumsal hayatımızda da geçerliliğini sürdüren çözüm anlayışlarını içeriyor. Aslında Osmanlı'nın kuruluşu ve gelişmesi, bize çok büyük bir tarihsel deneyim sağlıyor.

Orta Asya'dan göç eden birçok Türk topluluk vardı. Onlardan bazıları devlet kurdular. Biri de Osmanlı. Adını kurucusundan alması ilginç. Bize çok tanıdık geldiği için, çok sık duyduğumuz için alıştık, normal gibi görüyoruz, ama o sıradaki liderin adı Ahmet olsaydı, Ahmetli adlı bir devlet kulağa tuhaf gelmez mi? Veya adamın adı Mehmet olsaydı, Mehmetli diye bir devlet adı!

Bildiğim kadarıyla, bir insanın ön adıyla anılan bir imparatorluk yok tarihte. Rus Çarlığında uzun süre hüküm süren Romanov hanedanını düşün mesela. İmparatorluğun adı farklıydı.

Demin sözünü ettiğimiz sentez meselesi ve Anadolu kültürü açısından söyleyeceğimiz en önemli konu şu: Osmanlı İmparatorluğu sadece bir Türk devleti değildir. Eğer hanedan için Türklük vazgeçilmez bir değer olsaydı; Karamanoğlu, Germiyanoğlu, Menteşeoğlu, Aydınoğlu ve daha birçoğu gibi Anadolu'daki Türk egemenliklerini yok etmezdi. Bir iki istisnayı çıkarırsak büyük Türk ailelerinden kız bile almamışlardır; o aile iktidara ortak olmasın diye. Türk değiliz demediler elbette ama kuruluşun üzerinden birkaç yüzyıl geçince saray çevresi, Türk'ü kaba saba, cahil köylü anlamında kullanmaya başladı. Birçok aşağılayıcı deyim kullandılar. Örneğin, "çirkin yüzlü Türk" anlamında "Türk-i bed lika" diyorlardı.

Veya "Etrak-ı bi idrak" deyimi vardı, "anlayışsız Türkler" anlamına geliyor. Şair Nefi "Allah Türk'e çeşme-i irfanı haram kılmıştır" gibi acımasız bir yargıyı bile dillendiriyordu.

Osmanlı Sarayı'nda Türk halk müziği, halk şiiri, enstrümanları hiç benimsenmedi. Mesela milli çalgımız dediğimiz bağlama saraya hiç giremedi. Karacaoğlan'ın şarkı formunda bestelenen iki şiiri hariç diğer halk şairlerimiz de sarayda bilinmezdi. Fars, Arap, Balkan, Grek etkileri taşıyan farklı bir gelenek yarattılar. Ama Anadolu'da, bu kültürel unsurlar baskın hale gelemedi. Onlarla birlikte Ermeniler, Türkmenler, Kürtler, birçok gelenek bazı bölgelerde iç içe, bazı yerlerde ise bölgeden bölgeye değişen baskınlıkta varlığını sürdürdü. Birbirleriyle de sürekli iletişim ve etkileşim içinde oldular.

Türkiye Cumhuriyeti ise, kuruluşundan itibaren, kendisine yeni bir kimlik oluşturmaya çalıştı. Osmanlı mirasını reddetti. O anlayışın tersine, anayasal yurttaşlık çevresinde örgütlenmek istedi. Anayasa bireysel kimlikleri kabul ederken, kolektif kimliklere izin vermedi.

Cumhuriyet projesini "Ümmeti ulusa dönüştürmek" gibi de görebiliriz. Toplum hayatında ve devlet yönetiminde dinsel referanslara karşı çıktı. Bu çalışmaları, herkesin Türkçe konuşması kuralını getirerek sürdürdü Cumhuriyet. Daha doğrusu herkesin Türkleşmesini kural haline getirdi. Böylece, kültürün iki ana taşıyıcısı olan dilin ve dinin bu işlevi çok zorlaştı. Bir Türk kimliği yaratılmaya çalışıldı.

Bu başarılabildi mi? Nasıl bir kimliktir Türklük?

Bilindiği gibi, dünyada uluslaşma bilinci, Fransız Devrimi'nden sonra yayıldı. Özellikle imparatorluklarda ulus olgusu pek yoktu. Aynı şekilde, Osmanlı İmparatorluğu bir milletler toplumuydu. Dinsel cemaatlerden oluşan bir toplumsal yapıydı ve etnik kimlikler de daha çok bu cemaatlere dahildi.

Dünyadaki uluslaşma süreciyle birlikte bu etnik kimlikler diğerlerinden ayrı, yani imparatorluktan bağımsız birer ülke halinde yaşamak istediler. Çeşitli isyanlarla, kanlı savaşlarla teker teker Osmanlı'dan ayrıldılar. Bugün Birleşmiş Milletler üyesi 30'dan fazla devlet, Osmanlı İmparatorluğu'ndan çıktı.

Osmanlı'daki unsurlardan biri olan Türkler ve Kürtler ise, diğerlerinden daha uzun süre kendilerinin "Osmanlı" olarak görülmesini kabul ettiler. Bunda aynı dine bağlı olmak da önemli bir etkendir.

Yeni kuşaklar belki her zaman Orta Asya ile ilgili olduğumuzu düşünür, ama bu ilgi aslında, Türklerin uluslaşma sürecinde ortaya çıktı. Özellikle Ziya Gökalp gibi düşünürlerin oluşturmaya çalıştığı "Türklük ideali", Osmanlı öncesindeki köklere ihtiyaç duyuyordu.

Bu arada imparatorluk dağılıyor, Birinci Dünya Savaşı sonrasında tamamen işgal ediliyordu. Tarihte bütün milliyetçiliklerin en büyük motivasyonu, hep karşıt milliyetçilikler olmuştur. Birbirini bu kadar besleyen başka bir karşıtlık bulunmaz. Batılı ülkelerde gelişen uluslaşma süreci ve özellikle Yunanlara Anadolu'yu işgal ettirmeleri, Türkçülük akımını kitlelerin gözünde iyice meşrulaştırdı. Mustafa Kemal Paşa ve arkadaşlarının Yunanlara karşı verdiği Kurtuluş Savaşı, bu akımın ivme kazanmasında ve şekillenmesinde çok belirleyici oldu.

Bu gelişmeler sonucunda kurulan yeni devletin yöneticileri, çağa uygun bir biçimde, yönettikleri toplumun ümmet değil, ulus olmasını istediler. Bir anlamda henüz tamamlanmamış "ulus yaratma" çabalarını, bu kez hükümet konumunda sürdürdüler.

Bu ne demekti? Padişaha bağlı bir ümmet olan Anadolu ve Trakya halkı için, modern bir ulus kimliği yaratılacaktı. Onlara "Türk milleti bilinci" verilecekti.

Önce devlet geldi sonra ulus

Dediklerinizden şu sonuç çıkıyor: Fransız Devrimi sonrasında dünyadaki uluslaşma süreci burada da yaşansaydı, kendini "Türk" diye tanımlayan halkların bir devlet kurması gerekirdi. Oysa ortada böyle bir kimlik bilinci yokken, "Türklerin devleti" kuruldu.

Batı'da süreç "ulus-devlet" biçiminde gelişti, bizde ise "devlet-ulus." Bunu "hatırlattım" diyelim. Çünkü birçok kez dile getirildi, tartışıldı bu konu. Ama önemli. Konuştuğumuz konunun netleşmesi için de hatırlatmak gerekiyor. Evet, bir Türk kimliği yaratmak; Anadolu'yu oluşturan Türk, Kürt, Rum, Çeçen, Ermeni, Arap, Çerkez, Yahudi, Arnavut, Gürcü, Süryani gibi çok sayıda etnik topluluğun hepsini bu kimlik altında toplamak amaçlandı.

Bunların, imparatorluğun dağılma döneminde yaşandığını unutmamak gerek. Ortadoğu, Balkanlar ve Kafkasya'da kaybedilen topraklarda yaşayan milyonlarca insan kaçıp gelmiş, Anadolu'ya sığınmış, burada zaten çeşitlilik gösteren ırk, din ve dil gruplarıyla bir arada yaşamaya başlamıştı.

Gazi'nin, halk için Türkiye halkı, ulus için ise Türk milleti demesi çok ilginç.

Kuruluş sürecinin böyle gelişmesi, önemli kültürel farklar ortaya çıkardı. Kendini bir ulus olarak tanımlayan ve o şekilde kendi devletini kuran toplumlarda, devlet, insanların daha güzel yaşamasını sağlayan bir araç olarak kabul edilir. Böyle ortaya çıkmış Batı demokrasi anlayışında, bireyin hakları esastır. Türkiye'de ise esas olan devlettir. Ve eleştiriler, devletin gücünü zayıflatmaya yönelik girişimler gibi algılanıyor. Hele bir yabancının eleştirisi, devlet yönetimi tarafından topluma hep "Türk düşmanlığı" diye gösterildi. Türkiye Cumhuriyeti devleti, dünyadaki en kırılgan ve eleştiri konusunda hassas devletlerden birisidir.

Böylece, her türlü yolsuzluk ve kirli ilişki "devleti koruma" zırhı altında palazlanıp büyüdü.

Batı'dan farklı biçimde yaşadığımız devlet-ulus sürecinin bir başka ayırt edici özelliği de, sistemi koruma mekanizmalarında ortaya çıkıyor. Örneğin Almanya'da yaşayan Türkler, buradaki akrabalarına Almanların genel tutumu için "Sokakta kural dışı bir hareket görünce hemen polisi ararlar, şikâyet ederler" diye anlatır.

Öyledir, çünkü oradaki insanlar, içinde yaşadıkları düzeni kendi faydalarına görürler, sistemin kurallarına uygun biçimde işlemesini isterler. Bizde ise, insanlar "devlet"i kendi dışlarında bir olgu gibi hissederler. Şehirlerarası yollarda bile, bir polis kontrolü, bir radar görünce, karşıdan gelen araçları selektörle uyararak polise karşı sürücüleri korurlar. Oysa karşıdan gelenin nasıl bir insan olduğunu bilmiyordur. Belki günlük hayatında mücadele ettiği karşıt görüşlü biridir. Ama genel anlamda ülkemizde, devlet ve halk birbirine karşıt gibi algılanır. Seçmen tavrı veya politik görüşü açısından "devletçi" diye nitelenebilecek insanlar bile, böyle bir "radara karşı dayanışma" işine genellikle katılırlar.

Cumhuriyete geçiş sürecine, bir anlamda, "Ümmeti ulusa dönüştürme çabası" diyorsunuz. 20. yüzyıl ortalarından itibaren, bu gidişat, uzun bir hikâye haline gelen AB'ye üyelik çabası biçiminde devam etti.

Hem Batılılaşmak hem de AB üyeliği konularını, özellikle '90'lardaki köşe yazılarınızda sıkça ele aldınız. 19. yüzyılın Batılılaşma hedefi ile 20. yüzyılın Avrupa Birliği'ne girme hedefi arasında ne gibi paralellikler var sizce?

Aslında toplumsal reçete ve ruh hali konusunda bir paralellik yaşandığını söyleyebiliriz. O zaman toplumun ve devletin ancak Batılılaşmayla kurtulacağına inananlar vardı, bugün de kurtuluşun ancak Avrupa Birliği'ne girmekle mümkün olacağına inananlar var. Batılılaşma serüveni devam ediyor yani...

'90'lardan önce de sonra da her zaman gündemimizdeki konular bunlar. Kısa aralıklarla değişen duygular ortaya çıkıyor ama konu gündemden hiç düşmüyor. Bugünlerde bir "sitem ederek konuşma" dönemi yaşıyoruz. "Onlar bize kötü gözle bakıyorlar, zaten bizi almak istemiyorlar, ayrımcılık yapıyorlar, bizi sevmiyorlar ve hor görüyorlar..." gibi çeşitli yazılar görüyoruz.

Toplum bugün Avrupa'dan duygu olarak uzaklaşmış durumda. Nedeni ise yaşanan hayal kırıklığı. Aldatıldığını, sahte vaatlerle oyalandığını düşünüyor toplumumuz. Son on yıllara göre, AB'ye girme hevesinin en düşük olduğu bir dönem bu. Oysa kişilere tek tek bakarsan, büyük çoğunluk Avrupa'ya kolayca gidip gelebilmeyi, hatta önemli bir kesim, gerekirse oralarda çalışmayı tercih eder. Seçeneği olsaydı bir Avrupa ülkesine yerleşmeyi düşünecek insanlarımız da hiç az değildir. Ama bir yandan da kırgındırlar Avrupa'ya.

Aslında "Avrupa" denince çağrışım yapan değerleri; sosyal devleti, insan haklarını, kişisel özgürlükleri onaylama oranı çok yüksektir toplumumuzda. Fakat Avrupa'nın bu konuda samimi olmadığına da inanmış durumdadırlar. Avrupa ile özdeşleşen değerlerin Avrupa'da da pek benimsenmediğini, söylem düzeyinde kaldığını, özellikle kendi dışlarındaki bölgelerle ilgili çifte standartlar uyguladıklarını düşünenler, sanırım toplumumuzda çoğunluk haline geldi.

Buradaki ciddi yanılgı, Avrupa'yı bir bütün kabul etmek. Oysa oradaki herhangi bir ülke, hatta herhangi bir şehir bile o kadar homojen olamaz. Farklı dünya görüşleri, birbirleriyle çelişen farklı çıkar grupları var elbette.

Batı'nın kapısında bir yanılsama

Bu kanaat neden oluştu?

Çünkü insanlarımız kandırıldı. Başta kendi ülkesinin yöneticileri olmak üzere, Türkiye'nin ve çeşitli Avrupa ülkelerinin politikacıları bu konuda yalan söylediler.

Hayatımın en büyük mücadelelerinden birini "Türkiye Avrupa Birliği'ne giriyor!" diye şenlikler yapıldığı dönemde yürütmüştüm. Avrupa Konseyi ve UNESCO üyesiydim. Öylesine kesin ifadelerle Türkiye'de yüksek beklentiler yaratmak, toplumda büyük bir hayal kırıklığı, hatta Avrupa karşıtlığı yaratacaktı. Bunu görüyordum.

Yurtdışındaki toplantıların da yoğun yapıldığı bir dönemdi. Ben de birçoğuna katılıyordum. Orada liderlerle, yetkililerle çeşitli görüşmeler yapıyorduk. Gündüzleri, parlamentoda diplomatik sözler ediyorlar tabii. Daha dikkatli konuşuyorlar. Ama akşamları yemekte buluşuyorduk. Sohbet ortamı oluyordu. İki kadeh şarap içiliyordu. Öyle ortamlarda açıkça "Yahu, mümkün mü?" diyorlardı. "Türkiye'nin Avrupa Birliği'ne tam üye olması..." Sahiden de mümkün değildi. Tarihsel açıdan da olacak şey değildi.

Böyle bir gerçek ortadayken, İstanbul'da havai fişekli törenler yapılıyordu. Ankara'da da sokaklarda eğlenceler düzenleniyordu. "Avrupa'ya giriyoruz, biz geldik" gibi sözler ediliyordu. Anadolu'da milyonlarca insan heyecanla planlar yapıyordu. İstediğimiz yere gideceğiz, çok güzel işler bulacağız, diye düşünüyorlardı. Belçika'ya yerleşmeyi, Almanya'ya gidip gelerek ticaret yürütmeyi, oralarda iş bulup çalışmayı umanlar...

Böyle bir hava yaratmanın çok zararlı, hatta tehlikeli olduğunu defalarca yazdım. Türkiye'nin kendini daha fazla yıpratmadan, kötü duruma düşmeden, insanları da kandırmadan başka bir formül bulması gerekiyordu. Bir özel anlaşma veya özel statülü, farklı tür bir ortaklık gibi çözümler geliştirmeli deyip durdum.

Ama insanların duymak istediği sözler değildi bunlar. Bizim toplumda bir "akıncı" havası oluşur bazen. Bir birikim veya emek gerekmeden çabucak bir şeylerin değişebileceği hayaline kapılırlar. Daha gerçekleşmeden bazı gelişmeler olmuş gibi kabul ederler. E, öyle zamanlarda gerçeği görmek istemezler. Rahatsız olurlar. Duymazlar.

Sonunda, Avrupa Birliği'ne katılmamızın söz konusu olmadığı ortaya çıkınca, hayal kırıklığı büyük oldu. Zaten her zaman hazırda bekletilen Batı karşıtlığı bir anda yükseldi. Bu kırgınlık, bu öfke, hatta bir de aşağılanmış hissetme durumu üzerine gelen AKP'nin, AB'yi gösterip Doğu'ya yönelmesi de çok kolay oldu.

Avrupa Birliği meselesinde gerçeği görmeyenlerin AKP konusunda olduğu gibi özeleştiri vermeleri gerekir. Her iki konuda da topluma bir yanılsama yaşattılar. Avrupa Birliği kendi içerisinde çatırdadı, bu konuda bile bir kelam etmediler.

Aslına bakarsan Avrupa'nın kurucu değerlerinin tehlikeye düşmesi söz konusu bugün. Önde gelen Avrupalı aydınlar, Amerika'nın peşine takılıp giden Avrupa devletlerinin, Avrupa'yı Avrupa yapan demokrasi, insan hakları, özgürlük gibi değerleri tekrar hatırlamazlarsa yok olup gideceklerini belirtiyorlar. Bütün dünyada bir taşralılaşma söz konusu.

Duygu ve hedef olarak Avrupa'dan uzaklaşmak toplumda niteliksel bir değişime mi karşılık geliyor?

Dış politika haberleriyle, medyanın yayınlarıyla, toplumun yüzünü böylesine Doğu'ya çevirmek kalıcı sorunlara neden oluyor. Bu uygulamalar, aslında devletin temel yapısına da uygun değil.

Bütün devletlerde hükümetler sürekli değişir ama dış politikalar bu kadar köklü biçimde değişmez. Yüzünü Batı'ya dönmek tercihini, Cumhuriyet'in kuruluş ilkelerinden biri kabul edebiliriz. Hatta Dışişleri'nde üst düzey kadrolarda bir değişiklik gerçekleştiğinde, yeni atanan kişiyi Atatürk'ün davet edip bizzat görüştüğü ve belli bir perspektifle, Batılı anlayışla hareket etmesi yönünde konuştuğu biliniyor. Atatürk'ün adeta vasiyet niteliğinde, Ortadoğu'ya bulaşmayın türünde sözleri vardır. Ortadoğu'nun bir tür bataklık olduğunu düşünüyordu. Zaten Türkiye'de son zamanlara kadar bütün kuşakların "yurtdışı" deyince, "gümrük kapısı" deyince, kafalarında öncelikle Batı ülkeleri ve Edirne canlanırdı.

Sesini kaybeden toplum

Kitabımızın altbaşlığı "Batı'nın kibri ile Doğu'nun cehli arasında." Ve sizin bunu mekânsal olarak yerinde deneyimlediğiniz sürgün yıllarınız oldu. Batı teorik bir çerçeveden çıkıp somut bir gerçekliğe büründü gözünüzde. Bu dönemde nasıl bir Batı ve Doğu vardı sizin için?

Batı diye kavramlaştırdığımız ülkelerde geçen uzun yıllarımın bende yarattığı izlenimler... Bunlar istatistiklerle, verilerle kanıtlanacak şeyler değil elbette. Sezgiyle kavranabilen şeyler ama biliyorsun ben sezgiye çok önem veririm. Hayatta her şey ölçüye, hesaba gelmez. İsveç'te yaşadığım '70'li yıllarda sadece iki kanallı devlet televizyonu vardı. Akşam 10'da yayını biten bu kanallarda reklam gösterilmezdi. Yapılan programlar dünyadaki sefalet manzaralarını gösterir ve İsveçlilere, böyle huzur dolu, zengin, uygar bir ülkede yaşadıkları için ne kadar şanslı oldukları anlatılırdı.

O sıralarda Stockholm'e gelen Dışişleri Bakanı rahmetli Turan Güneş'le bizim sürgün/talebe evinde bir akşam geçirmiş, saz çalıp türküler söylemiştik. O gün söylediği bir sözü unutamam: "Bizim Konya Valisi'nin işi, bu ülkedeki başbakanın işinden daha zor. Burada 8 milyon söz dinleyen insan yaşıyor. Bir de bize bak!" demişti.

O yıllarda İsveçlilerin, uygar bir nezaket maskesi altına gizleseler bile kendilerini dünyanın en üstün insanları saydıklarını anlamak mümkündü. İşin garibi, Danimarkalılar da aynı düşünceye sahipti, Norveçliler de. Üstelik birbirlerine karşı da aynı üstünlük duygusuna sahiptiler. İngiltere, Fransa, Amerika dışındaki her ülkeye "zavallıcıklar" diye bakarlar ve onlara yardım etmek için samimi çabalara girişirlerdi. Yani üstün insan olmaları onları doğal bir iyilikseverliğe, yardıma ve ezilen herkesle dayanışma içine girmeye yönlendirirdi. Kısacası onlardaki milliyetçilik faşist bir eğilime yol açmamıştı.

Bu derin ve gizli gururu İngilizlerde de sezmek mümkündür. Kibar davranışları ve jestleri, bir efendinin, yanında çalışanlara uyguladığı nezaket biçimindedir. Tipik bir İngiliz'in kafasından, dünyanın en gelişmiş toplumu olduğu inancını silemezsiniz. Bunu tartışmazlar bile.

Almanlar, eski Germen kabilelerinden ve Töton ruhundan gelen bir üstünlük duygusuyla donatılmışlardır. Ve tarihin bize trajik biçimde öğrettiği gibi bazen bu eğilim çok güçlenir. Ama o trajedilerden ders çıkaran en büyük kitle de Almanya'dadır. Haydn'ın bestelediği milli marşlarından *Deutschland Deutschland über Alles* (Almanya Almanya Her şeyin Üstünde) dizesini çıkarmışlardır.

Cumhurbaşkanından garsonuna kadar bütün Fransızların içlerine işlemiş *Grand Nation* (Büyük Millet) inancını sarsmak mümkün değildir. Kendilerini dünyanın en ileri, en gelişmiş insanları olarak görürler.

İtalyanlarda da aynı gurur vardır. İtalya'nın önemli gazetelerinden birinde isim yapmış bir arkadaşıma, Leonardo Da Vinci'nin Osmanlı padişahına gönderdiği Haliç Köprüsü çiziminden söz etmiştim. İlgilenmedi bile; çünkü inanmadı. İtalyan bir büyükelçi hanımı, *Engereğin Gözü* kitabımı okuduktan sonra aklına takılan bir şeyi sordu bana. "Venedikli Valide" bölümüne takılmıştı. "Bir Venedikli nasıl olur da Osmanlı Sarayı'na gelir, mümkün mü böyle bir şey?" diye şaşkınlıktan büyümüş gözlerle soruyordu.

Bu bakış tarzı, beni de zaman zaman şimdi hatırlarken hafif bir utanç duyduğum aşırı tepkilere götürdü. Mesela Helsinki'de Alvar Aalto'nun inşa ettiği muhteşem Helsinki House'taki konserimizden sonra çok şık bir bahçe davetine katılmıştık. Yemekte politikacılar, gazeteciler, sanatçılar vardı. Yanımda Finlandiya'nın en önemli gazetesi *Helsinki Sanomat*'tan bir kadın yazar oturuyordu. Konseri çok beğenmişti, ertesi gün yazacaktı. Sohbet sırasında dostluk göstermek için "Zaten biz Finlilerle kardeş olduğumuza inanıyoruz. Aynı dil grubundan geliyoruz" dedim. Bir İngiliz ya da Fransız, inanmadığı bir savı "Sahi mi?" diyerek kibar bir gülümsemeyle geçiştirir. Ama Finli gazeteci hanım heyecanlıydı. "Bu iddiayı duyuyoruz ama tamamen Atatürk'ün uydurması" dedi. Hani derler ya, başımdan aşağı kaynar sular döküldü. Nedenini sorduğumda, gazeteci bana, "Atatürk biz de Batılıyız diyebilmek için böyle bir akrabalık uydurdu. Oysa hiç alakamız yok" dedi. O anda fark etmeden ağzımdan şu sözler dökülüverdi: "Eğer Atatürk Batı'yla bir akrabalık isteseydi bunu Finlandiya yerine, Fransa'yla İngiltere'yle yapardı hanımefendi."

Benim sözlerim de kabaydı ama kendimi tutamamıştım. Oysa Finlandiya halkına saygım büyüktür. Bu sözlerden sonra yemek sonuna kadar hiç konuşmadık ama bu durum o gazetecinin ertesi gün benim hakkımda muhteşem övgülerle dolu bir yazı yayınlamasına engel olmadı. Bu da Batı ahlakıydı tabii.

Bu tatsız anıyı tekrarlayarak, bir zihniyeti anlatmak istedim. Batı dediğimiz ülkelerde bizleri gerçekten seven, değer veren önemli dostlarımız var ama böyle bir zihniyet de var maalesef.

Finli gazeteciyle diyaloğunuz ve onun sizin hakkınızda yazdıkları iki soru getiriyor akla: Batı'da göreceğimiz imgemizden korkuyor muyuz? Ve kendimizi Batı'ya anlatamıyor muyuz?

Bu konuda sık sık, dünyaya kendimizi anlatamıyoruz yakınmaları duyarım. Herkes bundan şikâyet eder ama hangi Türkiye'yi tanıtacaksınız? Tatil köylerimizde yapıldığı gibi, kültürümüzü göbek dansı ve dönere indirgerseniz, zaten oyunu baştan kaybetmişsiniz demektir. Göbek dansı bize ait değildir, arabesk gibi sonradan ithal edilmiştir. Musahipzade Celal *Eski Türk Yaşayışı* kitabında bundan yakınır, "Yeni yeni bir göbek dansı çıkıyor, oysa bizim ne halk danslarımızda ne de sarayda vardır böyle bir şey" der.

Dönüp dolaşıp kültür meselesine geliyoruz değil mi? Çünkü sorunun kaynağı da çözümü de kültürde.

Bak Bodrum'dan bir örnek vereyim. Dünyaya ün salmış bir yer değil mi? Büyük bir ekonomi dönüyor ama gelenlere Mauseloum'un burada olduğu anlatılmıyor. Kral Mauseleous'un mezarının dünya dillerine *mozoleum* kelimesini hediye ettiği bilgisi verilmiyor. Büyük İskender, Artemisia, Kraliçe Ada, Rodos Şövalyeleri derli toplu biçimde anlatılmıyor. Mesela Barcelona'ya ayak bastığınız anda elinize mimar Gaudi broşürleri tutuşturulur, yaptığı binaları görmenizin şart olduğu anlatılır. Güzel tabii ama Gaudi nerde, Mauseloum nerde? Aslı kaçırılmış olan bu dünya harikasının niçin bir replikası yapılmaz? Niçin eseri çevreleyen kargacık burgacık sokaklarda kültürle, tarihle ilgili ürünler, replikalar, yerel sanatı sergileyen dükkânlar değil de çamaşırcılar, bakkallar, elektrikçiler vardır?

İkinci bir örnek de Mavi Yolculuk turizmi. Bildiğin gibi bu

iş büyük bir kazanç kapısı; her yaz yüzlerce tekne koyları dolaşıyor. Yine bildiğin gibi bu işi Halikarnas Balıkçısı, Azra Erhat, Sabahattin Eyüboğlu, yani geçmiş Yunan/Latin kültürüyle, Karya gibi Anadolu medeniyetleriyle bağ kurmak isteyen aydınlar başlatmıştı. Şimdi onlar sayesinde ekmek yiyen bu tekne sahipleri niçin teknelerine Azra ya da Halikarnas Balıkçısı adını vermezler? Niçin yolculuğa başlayan turistlerin okuyacağı İngilizce kitapçıklar dağıtıp, bu işin bir aydın grubu tarafından başlatıldığını anlatmazlar? Niye bu önemli kişilerin resimli biyografileri yer almaz buralarda, kamaralara adları verilmez? Nefi'nin dediği gibi Allah çeşme-i irfanı gerçekten haram mı kıldı bize? Niçin kültür, entelektüel dünya, kitap, yazı, gerçek tarih denilince tüylerimiz diken diken oluyor? Türkiye sadece inşaat, rant kavgası, ihale, çıkarlar için siyaset ortamından ve nepotizmden ibaret olabilir mi? Yine Batı'ya geleceğiz ama Paris Metrosu'nun vagonlarına nitelikli şairlerin dizelerinin asıldığını söylemeden geçemeyeceğim. Batı'daki havayolu şirketleri uçaklarına Goethe, İbsen, Van Gogh gibi isimler verirler.

Bir süre önce Priştina'ya davet edilmiştim. Oradaki Türklere, bir kitabevleri olup olmadığını sordum. Yok dediler. Daha önce Sırpların, bir kitabımı çevirip yayınlamış olduklarını hatırlamak beni yine kültürle ilgili sorular sormaya itti.

Bir de şu soruyu soralım kendimize: Zengin ülkeler mi kültür bakımından gelişir yoksa kültüre verilen önem mi ülkeleri zengin kılar? Yumurta tavuk gibi bir bilmece değil bu ve cevabı çok açık. Kültüre önem veren ülkeler zenginleşir. Çünkü kültür düşünceyi özgürleştirir, özgür düşünce de üretime dönüşür. Bu kadar basit gerçekleri tekrarlamak insanı üzüyor, üstelik bunları temcit pilavı gibi kırk yıldır tekrarlıyoruz ama ne yapalım, mecburuz.

Bu konuda Türkiye'nin izlemesi gereken yol "Kendini Tanı" sözünde saklı. Delfi Tapınağı'ndan, Yunus'un "Sen kendini bilmezsin / Bu nasıl okumaktır" dizelerine kadar bütün bilgelerin tekrarladığı bu öğüt en çok bize lazım. Eğer İngilizler yüzyıllar önce yaşamış Shakespeare adlı kişiye bu kadar önem vermeselerdi, biz bu ismi duyabilir miydik? Duyamazdık elbette.

Kendimize bir soralım: Dünya niye Rumi adıyla Mevlana Celaleddin'i biliyor da Yunus'u, Pir Sultan'ı, Karacaoğlan'ı bilmiyor? Sebebi basit. Mevlana Farsça yazmıştı ve Farsça, dünya kültür ailesine mensup bir dildir. Türkçe ise kendi içinde bir hapishane gibidir.

Batı bize zaten "Bunların kültürü ve sanatı yoktur" önyargısıyla bakıyor, biz de her gelene "Turkish raki, şiş kebap" diyerek bu önyargıyı doğrulamaya çalışıyoruz. Açık söyleyeyim, bu durum benim çok ağrıma gidiyor, hakarete uğradığımı hissediyorum.

Kendimizi tanıtma konusunda ikinci önemli konu da kendi dilini kesen bir devlete sahip olmamız. Bu konuyu çeşitli kereler yazılarımda dile getirdim. Mesela Balkan, Kırım, Ahıska Türklerinin, Anadolu halkının çektiği acılar neden bilinmez, duyulmaz?

Yazar dostum Louis de Bernieres'in "Duyulmamış bir soykırım" olarak nitelediği Balkan faciası, geçmişe gömülüp gitti. Devlet bu unutuluşu Batılı devletlere karşı tez olarak öne sürer ama nedenini sormaz. Evet koskoca bir neden sorusu var cevaplamamız gereken. Neden diğer ülkeler ve halklar kendini anlatabilir de Türkiye anlatamaz? Devlet kendisine bu soruyu sorabilse belki gerçeği bulacak ama kendisini hiçbir biçimde sorgulamıyor.

Oysa bu koskoca, cevaplanamaz gibi duran neden sorusunun cevabı da çok basit. Bizim devletimizin açmazı kendi dilini kesmesi. Ne demek bu?

Aydınlar, yazarlar, çizerler, düşünürler, bir ülkenin, bir toplumun dilidir. Toplumlar aydınları ile konuşurlar. İşte bizim devlet, konuşanları hapiste, sürgünde süründürerek, korkutarak toplumun dilini keser.

Aydınlar yabancı dil bilmenin de avantajıyla ülkelerini ve temel sorunlarını dünyaya anlatırlar. Sen aydınları yok edersen, kendi dilini kesmiş bir insana benzersin ve elçilikler, konsolosluklar aracılığıyla resmi ideolojini kabul ettirmeye çalışırsın. O da olmaz tabii. Düşünün, Türkiye'yi, eserleri Türkçeye çevrilmiş, sevilen bir yabancı yazar mı daha çok etkiler yoksa o ülkenin konsolosluğu mu?

Ekho ile Narkissus

Batı'nın kibri dedik ya, ısrarla sormak istiyorum. Kendimizi anlatabilsek Batı cephesinin bize bakışında bir şeyler değişecek mi? Ne dersiniz?

Batı ile Doğu meselesi bana hep Yunan mitolojisindeki Ekho ile Narkissus'un hikâyesini çağrıştırır. Biliyorsun, hikâye karşılıksız aşk, dilsizlik ve derin bir narsisizm üzerine kuruludur. Peri Ekho, ilk görüşte Narkissus'a âşık olur. Ekho, Tanrıça Hera'nın lanetiyle ancak kendisine söylenen sözlerin son hecesini tekrarlayabilmektedir. Yankı anlamındaki eko sözcüğü de buradan gelir. Sözün tekrar kendine dönmesi, muhatabını bulamaması... Sözcüksüz kalan Ekho Narkissus'a aşkını anlatamaz.

Narkissus da göklerin gazabına uğramıştır. Ancak kendi eşsiz güzelliğini görene kadar dünya üzerinde huzur bulacaktır, ki bu huzur fazla sürmez. Bir gün gölde su içerken kendi yansımasını görüp âşık olur Narkissus ve gördüğü güzelliğe kavuşmak için suya atlar. Narsisizm tanrıların ölümcül cezasıdır. Kendi kibrinde boğulan insanın dramı.

Ekho, Doğu'dur. Meramını anlatamayan, kendi yankısını dinleyen Doğu. Narkissus ise Batı... Kendi imgesine olan aşkı gözlerini kör etmiş bir coğrafya...

Kendimizi anlatabiliyor muyuz diye sordun ya, bu olağanüstü hikâye geldi aklıma...

Anlayacağın Batı Cephesi'nde yeni bir şey yok maalesef. O oryantalist, o tepeden bakan tavrı değiştirmek zor. Bizim bugün yaşadıklarımızda Batı'nın bize bakışının, bize layık gördüklerinin çok etkisi var. CIA Türkiye Masası Şefi Graham Fuller'in kırk yıl önce yazdıklarını ve yeni kitaplarını okuyalım. Fikirlerinde hiçbir değişiklik olmamış. Özetle diyor ki: Kemalizm süratle ezilmeli, iş başına İslamcı ama Amerikan çıkarlarını kollayan bir hükümet getirilmelidir. Ne yazık ki George W. Bush döneminde bazı Türk gazetecilerin de yardımıyla Neocon'lar bu senaryoyu sahneye koydu. Hatırlarsanız o dönemde sık sık dil sürçmesi gibi "Türkiye İslam Cumhuriyeti" derlerdi. Bu aklı evvellere göre, sözüm ona Türkiye "demokratik bir İslam ülkesi" olarak Arap başkentlerine örnek olacaktı. Elbette böyle bir şey olmadı. Zaten biraz tarih bilen herkes, Arap-Osmanlı ve Arap-Cumhuriyet ilişkilerinin böyle bir şeye izin vermeyeceğini kolayca anlayabilirdi.

Bunlar politik gelişmeler. Bir de işin kültür boyutu var. 2000'li yıllarda AKP iktidara geldiğinde özellikle Avrupa'dan çok büyük destek gördü. Başbakan ve kabine üyelerinin eşleri başını kapatıyordu, davetlerde alkol içilmiyordu vs. İşte Avrupa'yı rahat ettirecek görüntü buydu. Nihayet gerçek Türkler geldi diye düşünüyorlardı. Onlara göre zaten geri kalan kesim Türkiye'yi temsil etmiyordu. Atatürk'ün Batı'ya özendirdiği ve diktatörlük yoluyla Batı özentisi yaptığı insanlardı.

Avrupa hükümetlerinin bu görüşü, Avrupa halklarının görüşüydü aynı zamanda. '70'li yıllarda eşim Ülker Stockholm'de etek, bluz vs. giydiğinde, yani normal giysileriyle sokağa çıktığında bazı İsveçli kadınlar, "Böyle giyinmeyi İsveç'te mi öğrendin?" diye sorarlardı. Yüzyılların kilise propagandasının üstüne bir de Anadolu'dan giden emekçilerin imgeleri eklenmişti ve artık görüşleri donmuştu. Ne deseniz anlamıyorlardı. Osmanlı modernleşme çabalarını, bu uğurda can vermiş padişahları, vezirleri, entelektüelleri ne kadar anlatırsanız anlatın kafaları almıyordu. Bu yüzden AKP kadrolarını bu ülkenin gerçek temsilcileri olarak selamladılar.

Tabii bunda bir de "her şeyi zıddıyla düşünüp tepkisel tavır almak" dediğim, düşünme eylemine yakışmayan bir tutumun da etkisi var. Bizdeki bazı aydınların da savunduğu görüş şuydu: Türk ordusu demokrasiyi birçok kere sakatladı. O halde ordunun karşısında kim varsa bizim dostumuzdur. Bu tepkisel tutum her zaman tehlikelidir. Çünkü Soğuk Savaş yıllarında NATO endoktrinasyonundan geçmiş komutanlar da "En büyük düşmanımız Sovyetler Birliği ve solculardır. Dolayısıyla sola karşı kim varsa işbirliği yaparız" diyerek laikliğin canına okudular.

Böyle düşünenlere "Evet ordu müdahalelerinin durdurulması gerekiyor ama bunun yolu İslamizasyon değil" dedikçe kutuplaşmış beyinler bunu bir türlü anlayamıyordu. Avrupa Konseyi'nde yaptığım bir konuşmayı hatırlıyorum. O kadar canımdan bezmiştim ki "Yani" dedim "evimde yangın var diye itfaiye çağırıyorum ama siz nehrin yatağını çevirip bizi sel altında bırakıyorsunuz." İşin komik yanı şu: Yine anlamadılar. O gün bugündür Batılı siyasetçileri pek de önemsemem. Zaten iyi bir liderlik yapamadıkları da ortada.

Beni Legion D'Honneur Nişanı'na layık bularak onurlandırdıkları törende Fransız Sarayı'nın bahçesinde yaptığım kabul konuşmasında da iletmiştim sitemimi. Bu ülkenin ilerici kanadı olarak Avrupa'ya kırgın olduğumuzu belirtmiştim. Şeriatla yönetilen bir ülke laikliğe, moderniteye ve Aydınlanma devrimine yöneliyor ama bu değerlerin öncüsü olan Fransa bile laik rejimi yıkmak isteyenleri destekliyor, demiştim.

Zaten ülkelerin uzun vadeli stratejilerini planlayanlar milletvekilleri değildir. Ancak başbakanların haberdar edileceği 40/50 yıllık stratejileri gizli servisler, diplomatlar ve askerler yapar. Bence Avrupa'nın uzun dönemli stratejisi, Türkiye'nin "Biz de Batılıyız, biz de bu medeniyete dahiliz, dolayısıyla tam üye olmalıyız" iddiasını boşa çıkaracak biçimde ülkeyi Doğu'ya kaydırmak ve sonunda "Size çok saygı duyuyoruz ama bizden değilsiniz!" demekti. Bu konuda uyarılar yaptığımız zaman hiç kimse inanmıyordu ama bugün herhalde tablo açık, değil mi?

İtalyan Başbakanı Prodi, TBMM konuşmasında "Yalnız Avrupa hükümetlerini ikna etmeniz yetmez. Bütün Avrupa halklarını ikna etmeniz gerekir. En küçük üyeyi bile" demişti.

Daha ne desin adam? Sadece Kıbrıs Cumhuriyeti'ni hatırlamak bile, olmayacak duaya amin dediğimizi göstermiyor mu?

Zaten bize lazım olan AB üyeliği değil, AB değerleridir. Bunu yapmak da onların değil bizim elimizde.

– 6 –
Dün bugün değildir

"Ben tarihçi değilim ama elli yıldır tarih çalışan biriyim. Tarihe hermenötik yolla bakmak gerektiğini düşünürüm. En azından benim tarih bakışımın kaynağı o. Büyük Alman bilim insanı, tarihçi Hans Georg Gadamer'in metodu. Bu o kadar önemli ki bunu yapmayınca tarihte kayboluyorsun. Tüm dönemleri, bütün zamanları, her türlü olayı, gelişmeyi bugünün gözüyle, bugünün mantığıyla algılıyorsun. Kaynağa gitmek ve ulaşılan verileri o günün koşullarını, o günün mantığını kavrayarak bilimsel ölçütlerle yorumlamak gerekiyor. Herhangi bir olay, herhangi bir gelişme, döneminden kopuk ve ortaya çıkış koşullarından bağımsız kavranabilir mi?"

***Engereğin Gözündeki Kamaşma, Serenad, Huzursuzluk*, bugünlerde yazmakta olduğunuz Abdülhamid'le ilgili kitabınız... Romanlarınızda hep bir tarihsel perspektif bulunuyor. Yazılarınızda, konuşmalarınızda da öyle. Bu durum, aslında tarihin kendisini konu etmenizden kaynaklanmıyor; güncel duruma, hayatın gerçekliğine bakışınız bunu gerektiriyor. Goethe de, biliyorsunuz, üç bin yıllık bir çerçeve içine oturtmayınca ele alınan konunun karanlıkta kalacağını düşünür. Sonuçta, hepimiz için önemli olan, içinde yaşadığımız dönemdir. Ve sizin gibi bakınca, konulara Goethe gibi yaklaşınca, içinde yaşadığımız zaman dilimini birkaç bin yıllık bir süre olarak algılıyoruz.**

Bu nedenle, sizin tarihsel olaylardan söz etmeniz, okurlarınızda hayata dair güncel etkiler yaratıyor.

Bu bölümde, tarihe bakışınız üzerinde biraz duralım istiyorum.

İnsanın her türlü hikâyesi, belli bir zamanda, belli bir bölgede, belli koşullar içinde yaşanmıştır ve ancak o dönemle, o koşullarla bağlantılı biçimde kavranabilir. Tarihi bilmek, nelerin nasıl yaşandığını, nelerin olup bittiğini anlamak, kuşkusuz, bugünü anlamak için gerekli. Fakat tarih, bugünün gözüyle anlaşılmaz.

Ben tarihçi değilim ama elli yıldır tarih çalışan biriyim.

Şunu da söyleyeyim: Böyle bir düşünce kitabının dipnot ve kaynak göstermemesi eksiklik sayılabilir ama biz sohbet ediyoruz sadece, masa başı çalışması olsa elbette ki kaynakları gösterirdim.

Tarihe hermenötik yolla bakmak gerekiyor. En azından benim tarih bakışımın kaynağı o. Büyük Alman bilim insanı, tarihçi Hans Georg Gadamer'in metodu. Bu o kadar önemli ki bunu yapmayınca tarihte kayboluyorsun. Tüm dönemleri, bütün zamanları, her türlü olayı, gelişmeyi, bugünün gözüyle, bugünün mantığıyla algılıyorsun. Kaynağa gitmek ve ulaşılan verileri o günün koşullarını, o günün mantığını kavrayarak bilimsel ölçütlerle yorumlamak gerekiyor. Herhangi bir olay, herhangi bir gelişme, döneminden kopuk ve ortaya çıkış koşullarından bağımsız kavranabilir mi?

Aslında herhangi bir tarihsel olayı anlamak, sadece onu değil, tarihin o sıradaki akışını anlamayı da kapsıyor.

Mesela Osmanlı Sarayı'nda kardeşleri öldürürlerdi, bilindiği gibi. Bugünün düşüncesiyle "Kardeş de öldürülür mü, evlat öldürülür mü?" diyorsun, ama bugünün, bu ortamın konusu değil ki bu; imparatorluk merkezlerinin gerçeğine uygun yorumlamadan bu olaylar nasıl anlaşılsın? Peki, İngiliz Sarayı'nda, Roma'da yok mu bu? Ya Bizans Sarayı? Bizans'taki kadar kardeş ya da evlat katliamı hiçbir yerde yok. Bütün bu örnekler, bu vahşi eylemi hafifletmez elbette ama bizi yanlış bir yorumdan kurtarır.

Tarih sadece verileri, bilgileri toplamakla öğrenilemiyor. Yorumbilim uygulamak gerekiyor. Yorumu da belgeleri ve bilgileri topladığın zaman dilimindeki mantığa göre değil, o kaynağın zamanındaki anlayışı kavrayarak yapabilirsin. O dönemde yaşananları, o dönemin zihniyetini anlayıp toplumsal gerçekliğinin içine yerleştireceksin tarihsel bir olayı. Yoksa bütün tarihte bugünün ölçütlerinin geçerli olduğu yanılgısına düşersin.

Tarihi, günümüzden önce yaşanmış her şeyin içine tıkıldığı bir sandık olarak algılarsın. Bu sandıkta mesela Kleopatra ve Piramitler birbirine yapışır oysa Kleopatra da kendisinden yüzlerce yıl önce yapılmış Piramitleri hayretle süzen birisiydi. Piramitlerden Kleopatra'ya kadar olan zaman dilimi, Mısırlı talihsiz kadından bize kadar geçen zamandan daha uzundur.

Osmanlı'dan ve Bizans'tan önceki imparatorluklarda, çoğunda, kardeşler birbiriyle evlenirdi. Biz Bodrum'da konuşuyoruz bunları, bu bölgenin, yani Karya'nın kralı Mausolos, kız kardeşi Artemisia ile evliydi. Mısırlılar ve sonraki pagan imparatorlukları döneminde pek çok medeniyette kız kardeşlerle evlenmek âdettendi. Şimdi buna ahlaksızlık dersen, rezalet diye yorum yaparsan, yaşadığın dönemin değerlerini dile getirmiş olursun. Oysa tarihsel bilgileri, kendi dönemi içinde yorumlamak gerekiyor. Bugün öyle bir uygulamayı ensest diye nitelendirmeye engel bir şey değil bu. Ama o zamanki durumu bugünün gözüyle yargılamak, tarih bilimiyle hiç ilgisi olmayan bir tavırdır. Çünkü ahlak ve töre değişkendir.

Tarihi okumak

Tarihteki bir olaya veya yaşanan bir gelişmeye bu yöntemle yaklaştığımızda, o dönemin özellikleri hakkında da fikir edinmiş oluyoruz değil mi?

Dönemin özelliklerini çözmeden bir gelişmeyi, gelişmenin etkilerini kavramadan bir dönemi anlayamayız.

Örneğin, Fatih'in İstanbul'u ele geçirmesi gibi gelişmelerdeki ayrıntıları inceleyince de o dönemin mantığı açığa çıkıyor. İstanbul alındığı zaman şehrin her yanı yıkıntı halindeydi. Kentte sağlam bir yer kalmamıştı. İstanbul'u tahrip edenler, onca barbarlık yapanlar Haçlılardı. 1204'teki seferleri sırasında insanları Ayasofya'da toplayıp ırzına geçiyorlardı, papazların kafasını kesiyorlardı. Katolikler, Ortodoksların memleketini yakıp yıkıyorlardı. Önceki yüzyıllardan kalan yapılar, eserler, en çok da insanlar katlediliyordu. İnanılmaz bir zulümdü.

Oysa ne kadar büyük bir zenginlik vardı orada. Bizans canlandırmalarına bakınca insan şaşırıyor. Konstantinopolis canlandırmaları, bugün Divanyolu Caddesi denilen Mese Yolu, o büyük caddeler, anıtlar, hipodrom, binalar, Forum. Görkemli bir şehirdi. Venedik'te, San Marco Meydanı'nda replikası bulunan Quadriga Atları, o dört at heykeli de İstanbul'dan götürülmüştü. Aslı da halen Venedik'te bulunuyor tabii. Yeryüzünün eşsiz bir şehriyken, 1200'lerde Haçlılar geldi, böyle bir medeniyeti yıkıntıya çevirdiler.

Sonra şehri Katoliklerden geri aldı Bizanslılar, Ortodokslar. Ne var ki, onca tahribatı telafi edemediler, şehri yeniden canlandıramadılar. Her tarafta terk edilmiş tarlalar, bakımsız yerler, boşluklar, yıkık kiliselerle Konstantinopolis'in harabe görünümü pek aşılamadı.

Zaten II. Mehmed harekâta başladığında şehri savunan yedi bin küsur asker vardı surlarda. Hepsi o kadar. Onların da bir kısmı Cenevizliler. Son İmparator Konstantin kahramanca çarpıştı son güne kadar. Savaşarak öldü. Helen Oğlu Konstantin'in kurduğu Bizans, böylece sonunda bir başka Helen Oğlu Konstantin yönetimindeyken yıkıldı gitti. İlginç bir tesadüf, isim benzerliği.

Osmanlı ele geçirdikten sonra şehirde o zamanın âdetince üç gün yağmaya izin verildi. Ne var ki Fatih olup bitene dayanamadı ve bu süreyi kısa kesti. Hani o istilacı kavimler, Moğollar, Haçlılar gibileriyle karşılaştırınca, bambaşka bir şey bu; savaş günlerinin devamı sayılan birkaç günlük ganimet ele geçirme süresi veriliyor askerlere. Dedim ya, hermenötik mantıkla değerlendirmek gerekiyor bunu.

Bu yıkık, bu harabe kent, Osmanlı tarafından yeniden hayata döndürüldü. Diğer şehirlerden ustalar getirildi; inşaat işleri için Bursa'dan zorla getirilen Ermeniler olduğu biliniyor. Mimari zenginlik sağlayan camiler inşa edildi, köprüler, su kanalları, bayındırlık çalışmaları yapıldı. Şehri ihya etmeye çalıştı Osmanlı. Hatta Havariyyun Kilisesi vardı. Bütün imparatorlar orada yatıyor. Fatih onun yıkıntıları üstüne Fatih Camii'ni yaptırdı ve kendini de oraya gömdürdü. Geleneği devam ettirdi. Muhterem bir Ortodoks rahibin patrik olmasını sağladı. Bizans imparatorlarının yaptığı gibi ona hilat giydirdi, kır ata bindirdi. Zaman zaman o patrikle uzun sohbetler yaptığı bilinir. Çok iyi Yunanca bilirdi, Homeros okurdu; Bizanslı tarihçi, Sultan'ın Truva'ya gidip Akhilleus ve Hektor'un mezarlarını aradığını yazar. Fatih, imparatorluk tarihinin en ilginç simasıdır kanımca.

Bundan söz edince, Papa'nın mektubunu anmak gerek. Rivayete göre, Papa "Hıristiyanlığı kabul edin, sizi derhal Doğu Roma İmparatoru olarak selamlayalım majesteleri" diye yazıyor. Zaten Fatih o unvanı almış kendine. Kayzer-i Rum. Kayzer yani Sezar, Roma imparatorlarına denir. Çar, yani *tzar* da buradan gelir. Rum da Roma'nın karşılığı. Yani Roma'nın Sezar'ı diye unvanı var Fatih'in.

Papa ile Osmanlı Padişahı arasında bir diyalog var yani.

Dönemin iki önemli insanı onlar. Montaigne, Papa Pius ile Fatih arasındaki yazışmalardan söz ediyor. Montaigne'in sözleri önemli. Yazdığına göre Fatih Papa'ya "Papalık niçin bize karşı Helenleri tutuyor?" diye soruyor. "Oysa İtalya'yı, yıkılan Truva'nın insanları kurdu. Sizin kökeninizde Truvalılar var. Truva'yı yıkanlar ise Helenler. Biz Truva'nın öcünü aldık. Hektor'un öcünü aldık" diyor. Atalarının öcünü alan insanları desteklemesini bekliyor Papalıktan. Doğrusu yanlışı Montaigne'in boynuna.

ounlar, bu mektuplar, belgeler, bu bilgiler, o dönemi
maya, günümüz şartlanmışlıklarından kurtulup yaşa-
ıanları kendi koşulları ve dönemi içinde yorumlayabilmeye fayda sağlıyor.

Fatih Sultan Mehmed'in türbesinin Havariyyun Kilisesi ile aynı mekânda bulunduğunu hatırlatmıştım. Bizans'ın başından beri imparatorların cenazesiyle ilgili geleneği devam ettirdi. Eşinin türbesi de oradadır. Gülbahar Hatun Türbesi. Gülbahar Hatun hiçbir zaman Müslümanlığa dönmedi. Fatih'in annesi, II. Murad'ın karısı Mara Despina Brankoviç, Mara Hatun diye geçer, o da dönmedi. Fatih'in Topkapı arşivinde kayıtlı 1463 tarihli bir fermanı var. Orada Mara Despina'dan "Anam Despina Hatun" diye bahseder. Ferman Selanik'te bir manastırın satın alınmasıyla ilgilidir. Bu konuda yıllardır süren bir tartışma mevcut. İstanbul fatihi sultanın anasına Hıristiyanlığı yakıştıramayanlar Mara Hatun'un üvey ana olduğunu, Fatih'in asıl anasının Huma Sultan olduğunu öne sürerler. Bunu destekleyen çok belge yok ama öyle bile olsa Fatih'in Mara Despina'ya çok saygı duyduğu ve sahip çıktığı bir gerçek.

Sonuçta Fatih'in eşi de üvey ya da gerçek annesi de Hıristiyan olarak öldüler. Hatta bu durumda hocalar ne yapacaklarını şaşırdılar. Padişahın karısına Kuran okumaları lazım ama Hıristiyan olduğu biliniyor, hiç gizlenmedi bu, bir Hıristiyan için nasıl Kuran okuyacaklar? Türk usulü şöyle bir çözüm buldular, pragmatik bir çözüm: Sırtlarını döndüler türbeye, öyle Kuran okudular.

Geçenlerde bu türbeleri ziyaret ettim. Gülbahar Hatun Türbesi'nin önünde birtakım hanımlar vardı. Rehberleri olduğunu her haliyle belli eden bir hanım, gruba "Bu öyle mübarek bir Müslüman hanımdır ki burada ettiğiniz her dua kabul olunur" diyordu. Ama İstanbul'da dinsel kimliklerin birbirine geçtiğini biliyoruz zaten. Bu da hoş bir şey.

Yeri gelmişken ilginç bir anımı anlatayım. Biliyorsun Yunanistan'ın kuzeyinde Agion Oros bölgesi var. Dilimize Aynaroz diye girmiştir. Hatta Musahipzade Celal'in *Aynaroz Kadısı* eseri meşhurdur. O bölgede sadece manastırlar vardır, dünya Ortodoksluğunun hac mekânlarından biridir. Ruslar, Sırplar, Bulgarlar vs. manastırlarını yapmışlar. Bunlardan birinin adı Kutlumusiu'dur. Kutalmış Beg tarafından yaptırıldığı için bu ad verilmiştir. Ne ilginç değil mi?

Bak şimdi daha da ilginç hale gelecek. Bu özerk bölgede sadece dünyadan vazgeçmiş keşişler yaşar. Kadınların girmesi yasaktır. Dişi hayvan bile sokmazlar. '90'lı yıllarda bu bölgeye üç arkadaşımla birlikte bir ziyarette bulundum. Özel izinle girdik tabii. Her gece ayrı bir manastırda ağırlanıyoruz. Bir gün yolumuz Simonopetra adlı bir manastıra düştü. Herhangi bir araç olmadığı için dört saat bir dağa tırmandık. Manastırı yalçın kayaların tepesine kurmuşlar. Aşağı baktığında kayalara çarpan denizi görüyorsun, bir de uçan martıların sırtlarını. Biraz korkutucu bir yer.

Akşamüstü yorgun argın bir köşede duruyoruz. Garip bir ortam. Biraz sonra kara cüppesinin eteklerini yelpirdeterek bir rahip geldi. "Livaneli siz misiniz?" dedi, evet dedim; kendini tanıttı. Rahip Porfirio imiş adı. Meğer Yunanca yayımlanan *Engereğin Gözü* romanımı o gün bitirmiş, "Ah" demiş "bu adama sorularım var ama nerede bulup da soracağım?" "Tam o sırada ziyaretçi defterinde adınızı gördüm, hemen koşup geldim. İşte İsa'nın bir mucizesi daha" dedi.

Kaç yüzyıllık manastırda kitaplık ve kutsal emanetlerden sorumluymuş. Onunla birlikte kayanın içine oyulmuş büyük kitaplığa gittik. Yüz bin cilt kitap var. *Gülün Adı*'nda yanan kitaplığa çok benziyor.

"Umberto Eco burayı gördü mü?" dedim. "Elbette" dedi Porfirio, "fikri buradan aldı." Sonra beline bağlı kocaman demir anahtarlarla eski bir kapının kilidini açtı ve biz kendimizi kutsal emanetlerin iç karartıcı, karanlık dünyasında bulduk. Porfirio, "Bu Hz. Yahya'nın kol kemiği, bu çarmıhın ipinden bir parça, bu da çivi" diye anlatıp duruyor.

Onca eski, kararmış emanetin arasında birden bir ferman gördüm. Ferman bizim bildiklerimize benziyor ama sol üst köşesinde bir başka parça var ve oraya yeşil bir el çizilmiş. Avuçtan değil tersten görünüyor. Nefis bir resim. Heyecan içinde "Bu nedir?" diye sordum Porfirio'ya.

Anlattı, dedi ki: "Bu Sultan Mehmed'in fermanıdır. Üstteki deri parça da Halife Ömer'in Kudüs'ü aldığı zaman oradaki Ortodokslara verdiği din hürriyetinin belgesidir." İngilizce konuştuğumuz için *privilege* kelimesini kullandı, belki de imtiyaz demek gerekir. "Peki buraya nasıl geldi bu ferman?" dedim. "Mara Brankoviç sayesinde" dedi. Doğrusu o zamanlar Sırp Kralı'nın kızı, Murad'ın hanımı Mara Hatun'u biliyordum ama onun Fatih'in annesi olduğunu bilmiyordum. Daha sonra Halil İnalcık'ta okudum. Porfirio'nun anlattığına göre Mehmed daha şehzade iken, Mara Hatun Aynaroz'a haber göndermiş, "Şehzademin size karşı güzel bir bakışı var, şimdiden gelip şefaatine sığının, gönlünü kazanın" demiş. Aynaroz başpapazı hediyelerle ve bir heyetle gidip Şehzade Mehmed'in huzuruna yüz sürmüş. Porfirio "Ve Mehmed, Sultan olunca bu fermana Halife Ömer'in deriye yazılı iznini yapıştırıp gönderdi ve bu ferman beş yüzyıl boyunca bizim din hürriyetimizi korudu" dedi.

Fermanın resmini de çekmiştim ama şimdi bulamıyorum. Aynaroz'a gideceklere tavsiyem; Simonopetra Manastırı'na gidip eğer yaşıyorsa Rahip Porfirio'yu bulmaları, selamımı söyleyerek bu fermanı iyice fotoğraflamaları. Önemli bir hizmet olur.

Gazali mi İbn Rüşd mü?

Dinsel referanslar göz önünde tutulduğu halde, o

günlerde İslam'ın böyle esnek yorumlanması, katı kurallara bağlı kalınmayışı ilginç değil mi?

O yıllarda Osmanlı-İslam düşüncesinde iki ana eğilimin, İbn Rüşd ve Gazali anlayışlarının rekabeti yaşanıyordu. Aslında en az üç yüzyıllık bir çekişmeydi bu ve hâlâ devam ediyordu.

İbn Rüşd, Kurtuba Müftüsü, özellikle kadının yeri konusunda bugünkü birçok din adamından daha ileri görüşleri olan bir düşünürdür. Hekimlik yönü de vardı. Bir Aristoteles yorumcusu olarak Batı'da Averroes adıyla halen kaynak kabul edilmektedir. İslam'ı önemli bir yola sokmuştu. O yoldan ilerlenseydi, belki de bugün İslam coğrafyasındaki durum epeyce farklı olurdu.

Gazali ise, bilimsel çalışmaların, insanı Tanrı'dan şüpheye düşüreceğini ileri sürüyordu. Fatih, İbn Rüşd düşüncesinin hâkim olabilmesi için çok çalıştı. Onun daha yumuşak, daha bilimsel, Endülüs Emevilerinden gelen özelliklerini onaylıyordu. İbn Rüşd'ün daha yaygın kabul görmesini tercih ediyordu ama başaramadı.

Fatih'ten sonra gelen oğlu Bayezid, babasıyla tamamen karşıt anlayıştaydı. Babası İtalya'dan ressamlar getirtip sarayı resimlerle donatmıştı, oğlu gelince ilk işi o resimleri atmak oldu. Bizim tarihimizi, o zamandan beri böyle gidip gelen bir sarkaca benzetebiliriz. Babadan oğula, kuşaktan kuşağa yön değiştiren bir toplum; bir dinsellik tarafına, bir akılcılık, bilimsellik tarafına gider gelir. Bu yıllarda mesela, sarkacın bir tarafa doğru, Bayezid dönemindeki tarafa doğru ama her zamankinden biraz daha fazla ilerlediği bir dönemi yaşıyoruz. Bu yıllar atlatılınca, büyük olasılıkla, karşı tarafa da biraz fazla ilerleyecektir sarkaç, ortada durmayacaktır.

Çünkü bir sarkacı ya da avizeyi bir tarafa fazla çektiğinde, tavana yapıştırıp bıraktığında, gelip ortada durmaz ki, bu sefer de öbür tarafa devam eder. Ve bir tarafa aşırı çekildiğinde, sonraki dönemde diğer tarafa da her zamankinden fazla geçeceği için, bir süre sert salınımlar yaşanır.

İlginçtir, Kemal Tahir de *Devlet Ana*'da Osmanlı'nın kuruluşundaki ana gerilimi kalem ve kılıç ikilemi olarak tasvir eder. İkisinden birinin galip gelmesi devletin karakterini belirleyecektir. Şimdiki duruma bakınca neyin galip geldiğini, neyin kurucu unsur olduğunu kestirmek güç olmasa gerek ama işin garibi bu gerilimin bugün de varlığını sürdürmesi.

Bu sarkaç gelecekte de salınımını devam ettirecek mi?

Yüzyıllardır süren bir kavga bu. Daha önce de sözünü ettik, ulema denilen, toplumu şeriata uygun yaşatmak isteyenlerle çağın gerektirdiği dönüşümleri savunanlar arasında, Osmanlı'dan beri kavgalar, öldürülen padişahlar, katledilen insanlar. Bir de hile-i şeriyye var. Yani şeri hükümlere uygun çözüm üretmek. Korkunç bir söz bu. Günümüze kadar sürüp giden her türlü hileyi kabul edilebilir hale getiriyor, sistemin ve ahlakın içine yerleştiriyor. En yaygın uygulamalardan biri talak-ı selase, üç kez söylenen "boş ol" sözü ile kocalarının boşadığı kadınların bir geceyi başka bir erkekle aynı çatı altında geçirdikten sonra tekrar eski kocalarıyla evlenebilmeleri.

En feci biçimde öldürülen padişah Genç Osman'dır. Önce bir at arabasına atıp yalınayak başıkabak biçimde, boynuna ip bağlayıp hakaretler arasında dolaştırdılar. Öyle dolaştırırlarken Yeniçerilerin bağırarak söylediği sözlerden biri, "Hacca gitmek istedi!" olmuştu. "Padişahlara hac caiz değildir" diye bağırıyorlardı. Bırak hacca gitmeyi, bunu istemek bile suç. Gerçi o günlerde Osman'ın hacca gitmek bahanesiyle Üsküdar'a geçip ordu toplaması gibi şüpheler de vardı ama sonuçta Yeniçeri, padişahların hacca gitmesinin kabul edilemez olduğunu, herkesin katıldığı bir görüş olarak, net biçimde dile getirebiliyordu.

Şehzade Korkut'un da bu konuyla ilgili bir hikâyesi var. Korkut'la Selim kardeşler. Selim, diğer şehzade, daha sonra Yavuz diye anılacak. Korkut bir ara naiplik de yapıyor, hükümdarın yokluğunda geçici bir süre tahta geçiyor. Bu kardeşler iyi anlaşıyorlar, birbirlerini seviyorlar. Fakat kendilerinden önceki uygulamaları, kardeşlerin katledildiğini biliyorlar elbette. E, doğal olarak korkuyorlar da. Hem kendi canları için hem de birbirlerinin canları için kaygı duyuyorlar. Ve birbirlerine söz veriyorlar, "Birimiz başa geçerse öbürünün canına kıymayacak" diye yemin ediyorlar.

Olmuyor işte, iktidar meselesi yemin dinlemiyor. Korkut, Teke İli beyiydi. Korkuteli oradan gelir. Mısır'a gitti, bir de Hicaz'a gidip hac ziyareti yapayım diye düşündü. Hicaz Emir'i engel oldu ona. "Yapma, çünkü sen padişah olma ihtimali olan bir kişisin, padişahlık dünyevi işleri ihmal etmeyi kaldırmaz, bu da hacı olmakla bağdaşmaz." Hikâyenin sonu ne oldu derseniz belli tabii; Selim Korkut'u boğdurttu.

Bu çok ilginç ve önemli bir konudur. Osmanlı padişahlarının hiçbiri hacca gitmedi. Böyle bir gelenek yok, hatta böyle bir şeyi düşünmek bile hoş görülmüyor, yanlış bulunuyor.

Padişahlar niye hacca gitmiyordu, çok netleşmedi kafamda. Şehzade Korkut'un hikâyesi birçok açıdan önemli ama bunun başka nedenleri de olabilir değil mi?

Kesin bilmiyorum. Bu konunun kendisi kadar, üzerinde pek durulmamış olması da ilginç. Az sayıda görüş dile getirenler arasında, o kadar uzun bir yere gidemiyorlardır, diyen var ama bu pek anlamlı değil. Kendi toprakları sonuçta, çok daha az imkânı olup da hacca giden insanlar var. Padişahlar için o mesafe bir engel olabilir mi? Viyanalara kadar gidiyorlar, her tarafa ulaşıyorlar.

Padişah isimleri meselesi de bununla ilişkili bir konu

olabilir. Diğer imparatorluklarda, Batı devletlerinde, hele Ortaçağ'da ve sonrasında, hükümdarlar arasında din büyüklerinin isimleri çok yaygındır. Yohanna (Jean, John), Petrus (Peter, Pierre), Matta (Matthew) diğer havarilerin isimleri... O dönemdeki Doğu devletlerinde de, İslam ülkelerinde de hep dini isimler verilmiş çocuklara. Başka isim yok neredeyse, hep din büyüklerinin isimleri. Osmanlıların isimlerine bak! İlk kurucu olan Osman. Aslında ona Otman da diyorlar, o dönemde Otman Dede, Ataman gibi çok yaygın bir isimdi. Neyse, kurucunun ismi Osman olduğu için, sonra da bazı şehzadelere o ismi veriyorlar. Fakat onlarca padişah, şehzade arasında, diğer halifelerden birinin adı verilen kimse yok. Ebubekir yok, Ömer yok, Ali yok. 17. yüzyıla kadar şehzadelere bu isimler verilmiyor.

Osman'dan sonra Orhan geliyor. Han'lı isimlerden biri. Tipik Orta Asya geleneği. O da çocuklarına bu adların hiçbirini vermiyor, Murat adını koyuyor örneğin. Kökeni Arapça olabilir, ama Murat diye çok bilinen bir din büyüğü yok. Selim, Mahmut, Mehmet... Muhammed'e bile Arapçadaki sessiz harfleri yorumlayarak Mehmed diyorlar, Muhammed'in adını da ancak Mehmetleştirerek veriyorlar çocuklarına.

Düşünüyorum da o dönemlerde Oğuz boylarından gelenlerin sevdiği "han"lı isimler çoktur ya; Orhan, İlhan, Ayhan, Turhan, Günhan gibi. Kendilerini bu geleneğin devamı mı görüyorlardı acaba? Osmanlı'nın, Kayı Boyu'ndan olduğu da şüpheli aslında, ama oradan gelenler diyelim, Asya'dan gelenlerin tercihlerine daha mı yakınlar? Kendilerini Araplardan farklı mı görüyorlar? Zaten Müslüman olmalarının üzerinden çok geçmemiş. Bunlar elbette mutlak bir iddiayla ileri sürülebilecek düşünceler değil. Araplara "kavmi necip" diyordu Osmanlı mensupları, "asil millet" anlamında, ama gene de peygamberin Arap olmadığı yönünde sözler de uyduruyorlardı. Peygamber, "Arap bendendir ama ben Arap'tan değilim" demiş. Olacak şey mi bu! Anadolu'da bir sürü insan bu sözü ezberlemiş.

Osmanlı'yı düşünürken göz önünde bulundurmamız gereken, bugünlerin anlayışına uymayan birçok bilgi var. Örneğin Osman'ın uzun süre yanında bulunmuş Mihal var. Köse Mihal. Yani Rum Mihail. Osmanlı'nın ilk önemli savaşlarını birlikte yaptılar. Fatih İstanbul'u aldıktan sonra Türk Sadrazam Halil Paşa'yı öldürterek Rum Mehmed Paşa'yı yerine geçirdi. Böylece bir süre Türk vezirler geleneğini durdurmuş oldu.

Şu bilgi de pek aktarılmaz: Osmanlı, Doğu Roma ile akrabadır. Hem de yakın akraba. Orhan, Bizans İmparatoru Ioannes'in kızıyla evlendi. Bir Bizans imparatorunun damadı, ötekinin kayınbiraderidir Orhan. Yani sıkı akrabalık var aralarında. Silivri'de nikâh yapıldı, arkasından Üsküdar'da eğlenceler düzenlendi. Günlerce, haftalarca eğlendi insanlar.

Bizans'ın içinde Müslüman mahallesi vardı, cami vardı. Aslında Bizans değil Doğu Roma demek gerekiyor. Bizans 18. yüzyılda bir Alman tarihçinin, eski Yunan koloni lideri Byzas'a dayanarak verdiği isimdir ama yerleşik hale geldi. Batı buraya Roma demek istemiyor. İlginç bir durum var bu konuda. Konstantin, Tetrarşi dönemindeki dört Roma imparatorundan biridir ve Doğu'ya gelerek Roma'yı taşımıştır. Bildiğimiz gibi bu yüzden Konstantin Şehri denir. Yani bir Roma Latin ismi. Fakat Doğu Roma zaman içinde Yunanileşmiştir. Şehre Yunanca "şehre doğru, şehirde" anlamında *Stin Poli* demişlerdir. Şimdi biz bu ismi İstanbul şekline sokarak kullanıyoruz ama Konstantinopolis diyenlere kızıyoruz. Oysa İstanbul adının kökü Yunanca, Osmanlı'nın kullandığı biçimiyle Konstantiniyye'nin adı Latince. Hem Bolu'ya niye kızmıyoruz? O da poli. Tirebolu'ya niye kızmıyoruz: Tripoli. Samsunda, Trapezunda, Kerasos (Kiraz), Brusa, Ikonia. Ne kadar uğraşılsa da bu topraklardaki eski kültürün izleri silinemiyor. Bir dönem bizde niye bu kadar çok Ereğli var diye düşünmüştüm. Başka isim kalmamış gibi Karadeniz Ereğlisi, Marmara Ereğlisi, Konya Ereğlisi. Sonra anladım ki bunların eski adı İraklion.

Neyse, konuşurken böyle ara yollara sapıyor insan.

Bir iki yüzyıl sonra, Bizans'a saldıran Fatih'in birlikleri arasında Kral Brankoviç'in Sırp kuvvetleri vardı. Karşı tarafta surları savunanlar arasında ise Bizans'a sığınmış olan Şehzade Orhan Çelebi de bulunuyordu. 600 askeriyle beraber burçlardan birini koruyordu. Sonra Osmanlılar içeri girince, papaz elbisesi giyip kaçmaya çalışırken yakalandı.

Osmanlı dönemindeki hayatı bizim şimdiki döneme baktığımız gözle anlamamız mümkün değil. Hele milliyetçilikle hiç anlayamayız.

– 7 –
Nerede o gelecek bayramlar!

"Sevgi, gündelik hayatın dışında bir kavram değildir. Sait Faik'i anarak 'Bir insanı sevmekle başlayacak her şey' diyoruz. Çünkü insan bir kişiyi seviyorsa, gerçekten, sağlıklı anlamda, psikolojik kaçış mekanizması haline getirmeden bir insanı seviyorsa, diğer insanı da seviyordur; komşusunu, iş arkadaşını, çiçeği, kaplumbağayı, kendini de seviyordur. Sevgi, bir tarafa yönlendirince diğer tarafa kalmayan bir duygu değil. Eskiden sanıldığı gibi, kendine yönlendirdiğinde bencil olursun da bir kişi veya sembole yönlendirdiğinde fedakâr olursun gibi yanılgılar çoktan aşıldı. Bir insanı seviyorsan, sağlıklı seviyorsan, sende sevme yeteneği var demektir. Dolayısıyla, milletini, ülkendeki insanları seviyorsan, dünyadaki insanları da seversin. Jean Jaurès 'Gerçek yurtseverlik insanı enternasyonalizme götürür' gibi bir söz söylemişti."

Toplumu en iyi görenler, halkını, insanlarını en iyi tanıyanlar sanatçılar olsa gerek. Müzikçiler, sinemacılar, halkın sanatçıları. En çok da edebiyatçılar, romancılar.

Bir usta sanatçı olarak Türkiye toplumunu nasıl görüyorsunuz? Ülkemizin birbirinden oldukça farklı özellikler taşıyan bölgelerinde, geçen on yıllarda, belki son bir iki yüzyılda, toplumsal özelliklerimizde büyük dönüşümler meydana geldi mi?

Gerçekten de yaratım süreçleriyle uğraşanlar ve ürettikleri yapıtlar aracılığıyla insanlarla iletişim kuranlar, toplum denizinin içinde balık gibi oluyor. Bu denizin derinliklerindeki akıntıları, yüzeyindeki akışları, dip dalgalarını hissediyor sanatçılar. Zaten işleri o. Anlamak. Hayatı, insan gerçeğini, halkı anlamanın bir yoludur her yaratım süreci. Dolayısıyla, sanatçılar, halkı anlamak konusunda avantajlıdır. Hatta belki birçok bilim dalında çalışmaktan, birçok araştırma yapmaktan daha büyük bir şanstır sanatla uğraşmak.

Sanat derken, temasız müzikleri, konusuz romanları falan kastetmiyorum elbette. Oyun değil, sanat!

Aristo gibi, Konfüçyüs gibi büyük düşünürlerde bile gençlikten yakınan sözlere rastlanıyor. Belki kendileri çok üst düzeye ulaştıkları için insanlar gözleri-

ne yetersiz görünüyordur, diyeceğim ama öyle olsaydı, gençlerden çok yaşı ilerlemiş olanları eleştirmeleri gerekirdi. Gençlere karşı güvensizlik düşünsel bir tutuculuktan mı kaynaklanıyor sizce?

Burada bir tuhaflık var. Onca büyük düşünme yeteneklerine, öylesine güçlü algılarına rağmen, kolay görülen bazı gerçekler konusunda yanılabiliyorlar. Bu belki de düşünmenin eyleme dönüşmesi gerektiğinin bir kanıtı. Bak, devrimci insanların gençlere yaklaşımı genellikle daha doğru olmuştur. Daha sağlıklı bakmışlardır. Atatürk de buna bir örnek.

Öyleyse, "Nerede o gelecek bayramlar!" demek daha gerçekçi?

Tabii ki. Daha güzel bir geleceğe ulaşma umudu için, mevcut durumun iyi olduğunu düşünmeye gerek yok. Gidişat da kötü olabilir. Hayata müdahale etme iradesidir umut. Yaşanan gerçekliğin bir üst boyutudur.

Bir şeyler yapmanın, bir şeyleri değiştirmek için harekete geçmenin ön koşulu ise, durum tespitini sağlıklı yapmaktır. Bir de elbette, insanlara güvenmek, insanları tanımak gerekiyor. Çünkü yârenlik etmeden ne güzellikler yaşanabilir ne zorluklar aşılabilir ne de anlamlı bir sonuç elde edilebilir. Yollar ancak yoldaşlarla güzelleşir.

Toplumlar dinamiktir ve sürekli değişir. En kesintisiz ve en hızlı gelişen toplumlar bile, çizgisel biçimde ilerlemez. Tarihe ne kadar yakından bakarsak o kadar keskin zikzaklar görürüz. Hatta insan ömrü ölçeğinde yaklaşırsak, sık sık iniş periyotlarıyla karşılaşırız. Uzaklaştıkça, gelişim çizgisini daha doğrusal biçimde algılarız.

Bunları seninle konuştuğumuz 2018'in son aylarında, hiçbir aklı başında insan, iyi durumda olduğumuzu ileri süremez. Ekonomik sistem, eğitim kurumları, adalet mekanizmaları, kültürel gelişmeler... Hatta trafik, sosyal medyadaki iletişimler, uzun uzun sayacağımız daha birçok madde, her şey kötü durumda ve daha da kötüye gidiyor. En azından 12 Eylül'den beri, 38 yıldır devam eden bir iniş periyodunda yaşadığımız kesin. Bunun AKP dönemini oluşturan son 15 yıllık kısmında günlerimiz karardı.

Eskiden bu memleket adaletsizdi ama merhametliydi. Şimdi de adaletsiz ama aynı zamanda merhametsiz. En belirgin dönüşüm bu galiba. Merhamet özelliği kayboldu.

Bir diğer niteliksel dönüşüm de insanlarımızın yaygaracı bir kişiliğe bürünmesi. Bugünkü gençlerin hatırlamayacağı günlerde, evlerimiz daha sessizdi. Dedelerimiz, ninelerimiz arkadaşlarıyla sohbet ederken birbirlerini dinlerdi. Biraz hüzünlü, içedönüktü Anadolu insanı. Bir tarafındaki Yunanlar, İtalyanlar, diğer tarafındaki Araplar dışadönük insanlardı. Biz bunların arasında, daha sakin bir hayat yaşardık. Artık onlardan daha çok bizim buralarda bağrışılıyor. Onlarda çoğu zaman sempatik görünen bir yaygaracılık, bizim iletişimimizi, güzelliğimizi, hayat tarzımızı bozuyor. "Melali anlamayan nesil" diyelim.

Merhamet kibirden mi gelir?

Toplumda kaybolan özelliklerden ya da "azalan özelliklerden biri olarak" diyelim, "merhamet"ten söz ettiniz. Önceki yıllarda da merhameti, iyi bir insan özelliği olarak ele aldığınız yazılarınız, sözleriniz var. Oysa *Huzursuzluk* romanında işlediğiniz konulardan biri bu ve orada merhamet etmek, olumsuz biçimde ele alınıyor. Merhamet iyi bir özellik midir, kötü müdür? Bu duyguya böylesine yakın aralıklarda birbirine karşıt biçimde yaklaşmanızın açıklamasını soracağım.

Şimdi, durum tespitine biraz ara verip, merhamet konusunu düşünürsek; genellikle olumlu bulduğum bir kişisel özellik, diyebilirim. Doğadaki bütün canlılara, çocuklarımıza, tanıdıklarımıza karşı gerektiğinde merhamet duymak, elbette acımasız olmaktan, duyarsız davranmaktan iyidir. Doğanın işleyişinde merhamet yoktur ama insanda ve bazı canlılarda vardır.

Ne var ki, ilişkilerde belirleyici bir duygu haline geliyorsa, merhamet, büyük bir sorunun, büyük bir eksikliğin göstergesi kabul edilmeli. Kendisi kötü bir duygu olmayabilir, ama kötü bir durumun kanıtıdır merhametin belirgin olması.

Kişisel ilişkilerde, aile, iş, komşuluk gibi, arkadaşlık gibi ilişkilerde, uzun süreli veya kalıcı bir lütuf gerçeği varsa, o ilişki sakat demektir. Usta-çırak ilişkisi, anne-bebek ilişkisi gibi bazı özel durumlar var elbette, onlar biraz daha karışık, ama bu bölümün konusuyla pek bağlantılı olmadığı için, o ayrıntılara girmeyelim.

Hele toplumsal ilişkilerde, merhamete dayanan çözümler düşünmek, en özet ifadeyle, toplumun bir yalana dayalı olarak yaşadığını gösterir. Çocukların eğitiminden hastaların tedavisine, dış düşmana karşı korunmadan içerideki anlaşmazlıklarda adalet sağlanmasına kadar, toplumsal hayatın her alanı, bilinçli bir örgütlülük anlayışına, bir araya gelen insanların birbirlerine güvence sağlaması mantığına dayanmak zorundadır.

Evinde yangın çıkan insanların yardımına itfaiye gidecektir. Ve o itfaiye kurumunun maliyeti, belki de ona hiç ihtiyacı olmayacak insanlar tarafından, toplumun tamamı tarafından, gelirle orantılı biçimde karşılanacaktır. Böyle bir durumda, kimsenin kimseye iyilik yaptığı düşünülemez. Toplum halinde yaşamanın bir gereğidir bu. Merhametle, yardımseverlikle falan yürüyecek işler değildir.

Merhamet, yardım edeni yücelten ama yardım alanı yaralayan bir durumdur. Kuran'da bile "Veren el alan elden üstündür" denir. Yaralanan insanda da çeşitli savunma mekanizmaları gelişir. Çoğu kişinin nankörlük olarak nitelediği şey, merhamet edilenin, özsaygısını koruma girişimidir. Bilirsin, Hz. Ali'ye gelip, falanca senin aleyhinde konuşuyor demişler. Düşünmüş düşünmüş ve hayret demiş, ona bir iyilik de yapmadım ki.

Son zamanlarda merhamet yerine ikame edilmeye çalışılan duygu empati. Empati de aslında merhametten çok farklı çünkü ancak bir insana karşı hissedebileceğimiz duyguları kendimizle ilişkilendirme koşuluna dayanıyor. "Onun yerinde ben olsaydım" düşüncesi, aslında göründüğü kadar diğerkâm değil, tam tersine oldukça egosantrik. Oysa merhamette karşınızdakine onun içinde bulunduğu durumdan dolayı hissettiğiniz soylu ve diğerkâm bir his vardır.

Toplumsal işleyişte ise sadaka kültürü, hayırseverlik, lütuf gibi yaklaşımlar kabul edilemez. İş bunlara bırakılamaz.

Aziz Nesin'in kurduğu vakfa, Türkân Saylan'ın eğitimle ilgili çalışmalarına hep olumlu yaklaştınız ama. Desteklediniz.

Onlar somut koşulların, sistemli çözümler için gereken zamanın bulunmayışının zorunlulukları gibi görülmeli. Faydalı işler yapmak, "büyük kurtuluş günü" diye bir şeyin sonrasına ertelenemez ki. Özellikle kadın sorunu veya çevre sorunu gibi alanlarda bu açık gerçek karşımızda.

Devlet, sorumluluğunu yerine getirmediği, kaynakları başka tercihlerle yönettiği için eğitim hakkından yararlanamayan çocuklarımızın en azından bir kısmına yardımcı olmak, acil bir görevdir. Fakat eğitim işini bazı liberallerin yaklaşımıyla, eğitim alanının meselesi gibi göremeyiz. Devletin hep yönlendirmeye çalıştığı gibi, herkesin kendi çocuğunun masrafını karşılayacağı, imkânı varsa da eğitime katkı vereceği bir mantığa dayandıramayız.

Devletin ve toplumun imkânları ne kadarsa, bütün çocuklarımız eğitim olanaklarından o kadar, eşit koşullarda yararlanmalıdır. Bazılarına farklı fırsatlar tanınması, siyasi değil, ancak ve ancak pedagojik kararlara bağlı olabilir.

Tartışılmayacak kadar açık bir gerçek: Bu memleketin kaynakları ve milyonlarca emekçinin ürettikleri belli. Bütün çocuklarımız en üst düzeyde eğitim alamıyorsa, bütün hastalarımız en rahat koşullarda sağlık hizmetinden faydalanamıyorsa, bunun nedeni kaynak eksikliği falan değil, kötü yönetimdir. Hatta hırsızlıktır. Sadece yetkili bazı insanların kişisel hırsızlığı değil mesele; bir hırsızlık çarkı dönüyor, haksız bir paylaşım sistemi işliyor.

Şehirli köylüler

Ve bu gerçeğin üstünü örtecek biçimde, "Yoksulluk yoksulların sorunudur, işsizliğin nedeni işsiz insanlardır" mantığı yayılıyor. Eskiden beri.

Öyle kabaca dile getirilmiyor elbette bu görüş. Açıkça söylenmiyor. Düzenin aydınlarının, yazarlarının işi bu: Böyle görüşleri bir felsefeye, bir adalet mantığına dayanıyormuş gibi karmaşıklaştırarak ve süsleyerek yaymak. Hatta hırs ve tutkulardan dolayı, bazı kişisel hedeflere ulaşmak için çırpınırken, dünyayı algılamaları da bozulur onların. Kendileri de sahiden sistemin onaylayacağı biçimde düşünmeye başlarlar. Yaranmak için değil, öyle inandıkları için bazı görüşleri savunma aşamasına geçenler de az değildir.

Biz konumuzdan çok uzaklaşmayalım. Eğitime destek vermek meselesinde demin yarım kalan bir şeyi söyleyip asıl konuya döneyim.

Cumhuriyet'in en başından beri böyle bir sorun var. Eğitim yolunda ilerlemesi için çocuklarımıza yardımcı olmak gerekiyor. Sahiden olanaklarımızın yetersiz olduğu dönemler yaşadık. Bir de köylü bir toplumduk biz. Köylülükte, insanlar bire bir tanıştığı, günlük hayat içinde karşılaştığı kişilerle birlikte yaşarlar, öyle bir hayatın gerektirdiği çözümler ararlar. Bir kadın evin önündeki odun fırınını yakacağı zaman komşularına haber verir. Ekmeği hep beraber pişirirler. Un, odun, emek ortaktır. Paylaşım da buna uygundur. Eğitim fırsatları da böyle bir anlayışla yaratılır.

Oysa şehirli yaşam biçiminde, "toplum" gibi, "ulus" gibi kavramlar işin içine girer. Üretim yine kolektiftir. İnsan üretiminin en temel niteliği kolektif olmasıdır. Fakat üretim araçlarının mülkiyeti özel, paylaşım da özel mülkiyete dayalı. Bu da korkunç bir yabancılaşmaya neden oluyor. İnsan ne ürettiğinin, kimlerin ihtiyacını karşıladığının, kendisinin bu sistemdeki rolünün, ne yaşadığının farkında değil.

Bu evrensel bir sorun. Kapitalizmin kaçınılmaz sonucu. Bizde bir de köylülük olgusu ekleniyor buna. Kent hayatına yabancılık. Çünkü birbiriyle tanışmayan, hatta hiç karşılaşmayacak olan insanların bir arada yaşaması, köylü dünya görüşünden bambaşka bir bilinç gerektiriyor.

Şu "Herkes" var ya, üzerinde düşünmeye ve değişimini yorumlamaya çalıştığımız, işte bizim Herkes'imizin, holdinglerimizin, siyasi liderlerin, kısacası herkesin temelinde köy var. Rus'u kazı altından Tatar çıkar, sözü gibi Türk'ü kazı altından köylü çıkar, diyebiliriz. Ne var ki, "Herkes" dediğimiz bu özne artık şehirde yaşıyor. Köylerde ve şehirlerde yaşayan insanların içindeki o Herkes öznesi, şehirde köylü özelliğiyle varlığını sürdürüyor.

Köyün güzellikleri kayboldu hayatımızdan. Kent yaşamının olanakları ve bilinci de ortaya çıkmadı. Kasabalı bir hayat yaşıyoruz. Kasaba ahlakı, kasaba politikacısı, kasaba tüccarı... Bunlar, büyük kültürel sorunların kavramları.

Bizim Herkes, toplu halde yaşamayı, hâlâ günlük hayatta karşılaştığı kişilerle ilişki biçiminde ele alıyor. Bir toplum üyesi olmak bilincine ulaşılamadı, topluluk içinde yaşama anlayışı devam ediyor. Kişisel olarak tanışmadığı insanlarla aynı ekonomik sistem, aynı siyasal yapı, aynı hukuk, aynı devlet içinde yaşadığını pek algılayamıyor. Belki şehirleri hep birlikte ne hale getirdiğimize bakarak daha iyi anlayabiliriz bunu.

Kentin, içinde yaşayan herkese ait olduğu, her birimizin mekânlara, mekânların tarihine saygılı olmamız gerektiği bir türlü anlaşılamıyor. Başta da söz ettiğim gibi şehre yabancı bir kültür bizimki. Bu kültür AKP döneminde şehre karşı bütün hoyratlığıyla, bütün kuvvetiyle kendini gösterdi. Müteahhit ve yağma ekonomisini biraz da böyle okuyabiliriz.

Kentin, içinde yaşayan insanlarla birlikte nefes alan, anıları olan, hafızası, tarihi olan bir varlık olduğunu bir türlü anlamayan bir hoyratlık.

Bildiğimiz gerçekliğin sonu

Peki bir romancı olarak kentsel dönüşümün yarattığı İstanbul'u nasıl görüyorsunuz? İstanbul'un değişen çehresi sizin kentle ilişkinizi de değiştirdi mi?

Mekânın bir romancı için önemini anlatmaya gerek var mı? Yazar yalnız insanları değil, mekânları da anlatır. Karakterler mekânın içinde var olup onunla birlikte anlam kazanır. Bu anlamda romancı şehri tanımak, onun gecesini gündüzünü, köşebaşlarını bilmek zorundadır. Ama bir baksana Allah aşkına, sabahtan akşama değişen bir kentte kim neye aşina kalabiliyor ki? Tarihimizi, anılarımızı aldılar. Sabah işe giderken, çocukluğunu geçirdiğin sokağın çehre değiştirdiğini görmek çok acı. Hafızamızı ne kadar zorlarsak zorlayalım İstanbul'un eskiden ne olduğunu hatırlayamayacağız. Deneyimlerimizi, tarihimizi, anılarımızı yok ederek her birimizi birer nostalji avcısına dönüştürüyorlar. İstanbul'u öylesine yağmaladılar ki bir zamanlar nerede yaşadığımızı hatırlamak için eski kartpostallara bakıp duruyoruz.

Tabii böylesine sentetik ve *kitsch* haline gelmiş bir kenti anlatması için romancının mekâna hâkimiyet duygusunu yeniden hatırlaması lazım. Nasıl olacak bu? Yıkıntıların, vinçlerin, buldozerlerin, mahalleleri kapatan tahta perdelerin, beton yığınlarının arasında nasıl olacak?

Bilmiyorum '80 sonrası insansız ve mekânsız romanların hızla çoğalmasının, kentin elimizden kayıp gitmesiyle bir ilgisi var mı? Bunu düşünmek lazım. Belki de yeni kuşak romancıların mekânsız bir fantazya dünyasına kaçıp durmalarının nedeni, bildiğimiz kentin, bildiğimiz gerçekliğin yok olmasıdır.

Belki de bu nedenle, birbirini tanımayan insanların bir arada yaşamasında anlamlı olan ortak sembollere hastalık derecesinde bir bağlılık var. Bir açığı kapamak, bir eksikliği gidermek refleksi gibi.

Bayrak gibi, dinsel simge gibi şeyleri mi kastediyorsun?

Evet. Daha doğrusu, bir arada yaşamak tercihi ile ilgili konularda bilinci değil de duyguyu öne çıkaran yaklaşımlara dikkat çekmeye çalışıyorum. Sevgi gibi duyguları da hayatta karşılığı olmayan bir yanılsama haline getiriyor bunlar.

Bu bence başka ve büyük bir konu. Ama bizim konuştuğumuzla ilgili olarak, sevgi yanılsaması meselesi önemli. Toplum bilinci, ulus bilinci, adına ne diyeceksek, on milyonlarca insanın bir arada ve birbirlerinden memnun biçimde yaşaması istenci; özünde "örgüt bilinci" demek gerekiyor galiba, evet, örgüt bilinci eksik bir toplumuz biz.

Bilinç düzeyindeki bu açığı, duygusal kavramlarla tamamlamaya çalışıyoruz. Millet sevgisi, din sevgisi gibi çözümler aranıyor. Oysa sevgi diye ortalıkta dolaşan bu duygular, gerçekte sevgi falan değil. Soyut bir durum oluşuyor. Bak, son zamanlarda biraz erozyona uğrasa da bu toplum çok yüksek oranda askerliği sever. Ama bu sevgi, mevcut ve gerçek askerlere yönelik değildir. Aynı şekilde, "Türk milleti"ni büyük çoğunluk sever bu memlekette. Ama o "Türk milleti"ni, trafikte karşılaştığı insanlar olarak görmez. Komşusu da değildir. İşyerindeki arkadaşlarıyla, komşularıyla, trafikteki insanlarla çoğu kişi kavga halindedir. Askerlik yaparken karşılaştıklarını da sevmiyordur. Ama sanki bunların dışında soyut bir "Türk milleti" vardır, soyut bir "asker" vardır, onu sever. Gerçekte karşılığı olmayan bir sevgi. Gerçekte sevgi olmayan bir duygu bu.

Milliyetçilik ve dincilik gibi dünya görüşlerinin sürekli pompalanması da bu çarpıklıkları besliyor. Özünde düşmanlığa, savaşa, ayrımcılığa dayanan bu düşünceler, sevgi adı altında sunuluyor insanlara. Oysa milletini sevmekle milliyetçiliğin ne ilgisi var? Halkını, insanlarını, milletini sevmek, sağlıklı biçimde sevmek, gerçek bir duygudur. Milliyetçilik ise soyuttur. Yabancı düşmanlığıdır. Aynı şekilde, dincilik de, bir dine bağlı olmaktan bambaşka bir şey.

Sevgi, gündelik hayatın dışında bir kavram değildir. Sait Faik'i anarak "Bir insanı sevmekle başlayacak her şey" diyoruz. Çünkü insan bir kişiyi seviyorsa, gerçekten, sağlıklı anlamda, psikolojik kaçış mekanizması haline getirmeden bir insanı seviyorsa, diğer insanı da seviyordur; komşusunu, iş arkadaşını, çiçeği, kaplumbağayı, kendini de seviyordur. Sevgi, bir tarafa yönlendirince diğer tarafa kalmayan bir duygu değil. Eskiden sanıldığı gibi, kendine yönlendirdiğinde bencil olursun da bir kişi veya sembole yönlendirdiğinde fedakâr olursun falan gibi yanılgılar çoktan aşıldı. Bir insanı seviyorsan, sağlıklı seviyorsan, sende sevme yeteneği var demektir. Dolayısıyla, milletini, ülkedeki insanları seviyorsan, dünyadaki insanları da seversin. Jean Jaurès "Gerçek yurtseverlik insanı enternasyonalizme götürür" gibi bir söz söylemişti.

Kim bu Anadolu Kaplanları?

Köyün güzelliklerinin kaybolduğunu söylediniz, az önce. Bunun dert haline gelmesinin temel nedeni, yerine şehrin güzelliklerinin gelmemiş olması, değil mi? Ülkenin zengin kesimindeki değişimler de burada konuya dahil oluyor sanırım. Özellikle '80'lerden itibaren burjuvazideki değişimi nasıl gözlüyorsunuz?

Öncesini de dikkate almakta fayda var. Cumhuriyet, ticareti gayrimüslimlerin elinden alıp Türklere vererek milli burjuvaziyi yarattı. Sonrasında kamu kaynaklarıyla destekledi, hatta ihale, teşvik, kota gibi yollarla doğrudan finanse etti. Yani Türklerin zenginleşen ilk kesimi, bu yolda teşvik edildi.

Bizde büyük zenginliğe ulaşan ilk aileler yokluğu da bilirdi. Yüksek rakamlarla işler yaparken bile, kişisel hayatlarında tutumlu tarzları devam ediyordu. Sonraki kuşaklarda, özellikle torunlardan itibaren, mesele bambaşka bir hale büründü. Birkaç kuşak geçmesinden çok, bunun Özallı yıllara denk gelmesi de belirleyici oldu. Yatlar, uçaklar, iş dışındaki etkinliklere daha fazla zaman ayrılan "Dolce Vita" günleri yaşanmaya başlandı.

Onların dışında, her iktidar gibi AKP de kendi zenginlerini yarattı. Zenginlikteki ilk kuşağını yaşayan yeni insanlar çıktı ortaya. Öncekiler gibi, üç-dört kuşaklık bir zenginlik geçmişleri yok.

Sıkça merkez sermayesinden, çevre sermayesinden falan söz ediliyor ya, aslında bu, gerçeğe pek karşılık gelmiyor. Anadolu sermayesinin gelişimi gibi sözler pek doğru değil. İstanbul sermayesi dedikleri nedir ki? Koç veya Sabancı gibi ailelerin kökü de Anadolu sermayesidir. Türkiye burjuvasında kimi son kuşakta o duruma gelmiştir, kimi birkaç kuşak önce başlamıştır.

Sayıları çok olamaz elbette zengin kesimin. Hele yeni zenginleşen kesim, kuşkusuz, nüfusun çok küçük bir oranını oluşturur. Fakat bunlar çok belirleyicidir. Yeni çalışma hayatına atılacak gençler, toplumdaki değer yargıları, hatta kültür sanat alanındaki beğeniler, gelişmeler açısından, bu kesimlerin niteliği çok önemli bir etki haline geliyor.

Ne yazık ki bizde burjuvanın üst kesimlerinde bile toplumun özeneceği ince bir kültür zevki oluşmadı. Önceki kuşaklardan beri, yoksulların evde plaktan dinlediği müziği, zenginler gazinoda, ayrıcalıklı masalarda oturarak dinliyordu. Ama müzik aynı müzikti. Hatta zenginleşen kesimler halkın yozlaşmamış kesiminde kendini koruyan Anadolu değerlerine ulaşamadı. Hızla şehirleşen toplumdaki geniş kitleler de koruyamadı o değerleri. Burada kilit kelime arabesktir. Arabeski bir müzik zevki olarak görmemek gerekir. Şehre göçen ve ister istemez lumpenleşen, yani değer ölçülerinden kopan kesimin ifadesidir ki kendini önce müzikte, sonra eğlence hayatında, gastronomide, mimaride ve sonuç olarak iktidarda göstermiştir.

Çünkü 19. yüzyıl romanlarında çok gördüğümüz gibi, paralı ama görgüsüz burjuvazinin aristokratlara özenerek yeni zengin evlerinde müzik ve edebiyat suareleri düzenlemesi, çocuklarını aristokratlar gibi yetiştirmesi ve zaman içinde hor görülen burjuva kelimesinin dönüşerek yüceltici bir anlama bürünmesi süreci bizde yaşanmadı. Bunda burjuvazinin suçu yok. Çünkü bir hanedan devleti olan Osmanlı'da aristokrasi yoktu. Hanedan ailesinin karşısında biraz palazlanan her aile, "kanı ve malı helaldir" fetvasıyla yok ediliyor, kalanlar da yoksullaşıyordu. Bu yüzden bizim burjuvalar genel eğilim olan lumpen zevklere, biraz daha değişik olanları popüler kültüre sahip çıktılar.

Bugün de iktidarın kendi zenginini yaratması söz konusu mu, yoksa bir şeyler değişti mi?

Bazı kesimler, örgütler, gelişmeler bizde beklenti yaratabilir, devlet asla!

Yaşar Kemal'in *Teneke* romanı, biliyorsun, 1950'lerde yazıldı. Orada biri, "Ankara'da değişmiş işler" der. Diğeri ise "Dinleyin" diye itiraz eder, "dünya değişir, Ankara değişmez." Bu hep böyle. Onlarca yıl geçti, Ankara yine bildiğimiz Ankara. Sert tavırlar, milliyetçi refleksler, ayrımcı uygulamalar, insanların özel hayatına karışmalar... 1950'ler, 2020'ler, hep aynı.

Devletle halkın birbirine bu kadar karşıt konumda bulunduğu başka bir ülke var mıdır dünyada? Krallıklarda, emirliklerde olabilir de demokratik bir sistem kurmuş olanlarda böyle bir şey olabilir mi?

Devlet değişmiyor, Ankara değişmiyor dediniz. Toplumda, yıllar içinde yaşanan değişimlerden söz ettiniz. Bir de aynı dönem içinde bile toplumda bölgelere göre farklı özellikler yok mu?

Olmaz mı! Her zaman çok karışık bir toplumduk biz. Sosyolojik bir tanım olmasa da romancı diliyle söylüyorum: İyimiz de çok kötümüz de. Siyasetçilerin, aydınların, sanatçıların bazıları halkın içindeki iyi eğilimleri ortaya çıkarır, güçlendirir; bazıları da kötülüğü, karanlığı yaygınlaştırır. Bir romanımda söylediğim gibi "Her insanda iyi ile kötü yan yana durur. Hangisini beslersen o galip gelir."

Tarihimiz boyunca bu gelgitleri yaşadık. Aydınlıkla karanlığın savaşı aralıksız sürüyor.

Bu konuda olumlu-olumsuz gibi veya ileri-geri gibi bir değerlendirme yapmak istersek, şaşmaz bir ölçüt var: Kadının durumu.

Zamanının Ruhu nerede bulunur?

Bir romancı olarak son dönem Türkiye toplumunun değişimini ve dönüşümünü nasıl özetlersiniz?

Biliyorsun Halide Edip Hanım, *Türk'ün Ateşle İmtihanı* adlı bir kitap yazmış ve kurtuluş mücadelemizi anlatmıştı. Bugünkü Türkiye'ye bakınca içim eziliyor ve acaba birisi Türk'ün Parayla İmtihanı'nı yazsa ne sonuç çıkar diye düşünüyorum.

Ateşle imtihanı kazandık ama parayla imtihanı geçemedik, sınıfta kaldık.

Eskiden Osmanlı'da işbölümü vardı; Müslümanlar ticarete karışmaz, askerlik, çiftçilik ve memuriyetle meşgul olurdu. Ticaret Müslüman olmayan tebaanın elindeydi. Hepimizin bildiği gibi Cumhuriyet'ten sonra iş ve servet el değiştirmeye başladı. Devlet desteğiyle Türk zenginler yaratıldı. Buna rağmen para kazanma hırsı hiçbir zaman bu düzeye yükselmemişti. 12 Eylül'den ve Özallı yıllardan sonra Amerika'nın "Altına Hücum" dönemi gibi, bir paraya hücum çılgınlığı yaşamaya başladık. Kabına sığamayan işadamları çoğu zaman Batı'yı geride bırakan yatırımlarla dünyaya açıldılar. Büyük paralar kazandılar. İstanbul dolar milyarderleri açısından hatırı sayılır bir lige yükseldi. En sıradan insan bile kafasını parayla bozdu: Ya sahte içki sattı ya uyuşturucu ticareti yaptı ya da patlak botlarla mülteci taşıdı. Bu tip suçlarda bir patlama oldu. Eski, alçakgönüllü, kanaatkâr halkın yerini, gözünü hırs bürümüş, paraya tapan ve ondan başka bir şey düşünmeyen insanlar aldı. Belediye ihaleleri, imar izinleri, dağa taşa gökdelen diken şirketler hayatı cehenneme çevirdi. Cana, mala ve ırza tecavüzler akıl almaz boyutlara geldi. Kısacası bir toplumun DNA'sı bozuldu.

Eskiden bu toplumu iyi kötü koruyan, kimi dini kimi milli değerler vardı. Evinize gelen tamirci, alışveriş ettiğiniz bakkal-manav, "haram helal" kavramına sahipti. "Ben çocuklarıma haram lokma yedirmem" sözü çok yaygındı. Son zamanlarda bu sözü hiç duyuyor musun? Özellikle devlet ihaleleri alıp havaalanları, köprüler, yollar yapan işadamlarından, belediye ve delege ağalarından.

Haram helal değerini kaybettik, modern bir tüketici hakları düzenine de geçemedik. Arada sallanıp duruyoruz.

Burada söz ister istemez "yeni zengin"lere geliyor. Hani bizzat kendi yazarlarının bile şikâyet etmeye başladığı gibi, muhafazakâr olduğunu iddia edip kendilerini Batı tipi bir popüler kültüre, lüks yaşam merakına kaptıranlara.

Bu kesim başından beri muhafazakâr değildi. Yanlış teşhis konuldu, birçok bilim insanı, düşünür, yazar da kendilerini muhafazakâr-modern ayrımına kolayca kaptırıverdiler.

2002 seçimlerinden sonra TBMM'ye 400'e yakın AKP milletvekili girmişti (Yüzde 34 oyla Meclis'in üçte ikisi). Kültür Bakanlığı bütçesi konuşulurken kürsüden AKP milletvekillerine hitap ederek, "Siz muhafazakâr olduğunuzu öne sürüyorsunuz ama değilsiniz" demiştim. "Türkiye'nin ne kent ne köy geleneklerini muhafaza etmek gibi bir niyetiniz var. Böyle bir bilinciniz yok. Eğer gerçekten muhafazakâr olsaydınız sizinle en azından kültür alanında çok kolay anlaşabilirdik. Mesela Büyük Sinan'da zirveye ulaşan Osmanlı mimari estetiğini savunsanız, sizi çok destekleriz. Ama siz kaçak mahalle, zevksiz gökdelen, betonlaşma ve AVM seviyorsunuz. Eğer müzikte Büyük Itri'ye sahip çıksanız sizi alkışlarız ama siz kente göçen yığınların elektrosazlı anti müzikal arabeskini seviyorsunuz." Bu örnekleri çoğalttıktan sonra "Dolayısıyla siz bizim kültürümüzü muhafaza etmek derdinde değilsiniz. Türkiye'nin önüne yeni ve bana göre çarpık bir modernleşme tezi koyuyorsunuz" dedim.

Aradan geçen on beş yıl içinde gördük. Beton, plastik, neon aşkı ve görgüsüzlük, memleketimizi sözüm ona Toscana tarzı villalarla, Ortaçağ şatolarının *kitsch* taklitleriyle, hiçbir estetik kuramla ve zevkle bağdaşmayacak bir üslupsuzlukla doldurdu. İyi kötü var olan üslubumuzu da kaybettik. Bu kayıp, somut kültür mirasında gözle görülebiliyor ama somut olmayan kültür mirasımızda durum daha da vahim.

Burada aklıma gelen bir örneği paylaşayım. 2010'da Kemal Sunal'ın Şaban tiplemesi ile Recep İvedik arasında bir karşılaştırma yapıp yeni Türkiye panoraması çizmiştim. Gerçekten de köyden kente göçmüş saf Şaban'dan, lumpen Recep'e uzanan değişim Türkiye'nin değişimidir. Bunu hepimizin iyi okuması lazım.

İşte Türkiye'nin neoliberal-lumpen-nihilist-zorba ve paradan, iktidardan başka hiçbir değer ölçüsü tanımayan, son on yıllarımıza damgasını vuran eğilimi budur.

Bütün bunlara rağmen ben bu eğilimin geçici olduğuna inanıyorum. Zaten bu toplumsal kesimin yükselişi durdu. Hem rejimi finanse edemiyorlar hem de hayatın çok garip bir çelişkisiyle eline para geçen "kapalı" kesim, açılmaya saçılmaya, dünya nimetlerinden zevk almaya başlıyor. Eskiden varoş denilen mahallelerde bale kursları açılıyor, çocuklar yabancı dil öğreniyor. İlk dönemlerin azgınlığı ve kabalığı yerini daha düzgün, daha uygar bir yaşam özlemine bırakıyor. O kesime bakın; AVM'lere mi daha çok insan giriyor, camilere mi? Zamanın Ruhu'nu iyi okumak gerekiyor.

Sonuçta insanları ebediyen bir tarikat yapısı çevresinde toplayamazsınız. Sınıf gerçeği er geç ortaya çıkar. Evine soğan, biber alırken zorlanan kesim, çamur sıçratarak geçen Amerikan cipinin direksiyonundaki türbanlıya öfke duymaya başlar. Çünkü son tahlilde her şeyi sınıf gerçeği belirliyor. Bu kesimin çocukları da kentlileşiyor, dünyaya açılıyor, para kazanmak istiyor, Netflix izliyor, okul arkadaşlarının elinde gördüğü *Kürk Mantolu Madonna*'yı merak ediyor; kısacası değişim kaçınılmaz.

1844 Elyazmaları'ndaki Karl Marx ne kadar haklı ve hayat nasıl da onu hep doğruluyor.

Bu konuda bir saptama daha yapayım. En az kırk yıldır Zamanın Ruhu deyimini en çok kullananlardan biriyim ama yanlış kullanmakta olduğumu yeni öğrendim. Alman felsefeci dostlarla yaptığım sohbetlerde, bunun, o dönemin zihniyeti demek olduğunu öğrendim. Biz de hep kullanırız ya; o devrin zihniyeti öyleydi diye. Üstelik bunun her zaman doğru ve yüceltici bir tanım da olması gerekmiyor. Bazı dönemlerin yanlış ve saplantılı zihniyetlerini eleştirirken de *Zeitgeist* diyorsunuz.

Neyse, bu kadar ukalalık hoş görülsün.

"Her şey çok güzel olacak"

Peki bunca inişli çıkışlı yol, bunca zorlu dönem sonunda, 2018'in ekim ayında, geldiğimiz yeri nasıl görüyorsunuz? Cumhuriyet değerlerine bağlılık açısından soruyorum.

Cumhuriyet değerleri deyince akla ilk gelen, elbette laiklik. Çünkü son 20-30 yılın toplumsal gerilimi, laiklik anlayışıyla ilgili mücadelede ortaya çıkıyor. Ve son 15 yıldır, laik olmadığını söyleyen, laikliğe karşı görüşleriyle bilinen yöneticilerin kurduğu bir iktidar var ortada. Başta liderler olmak üzere, birçok önemli ismin bu yöndeki açıklamaları kayıtlarda duruyor. Özellikle iktidar dönemlerinin başlarında ve biraz önceki yıllarda sarf ettikleri sözlere internetten kolaylıkla ulaşılabiliyor.

Kendilerinden önce devlete sızmış olan dinci yapılar eliyle, zaten 1980'ler ve '90'lar boyunca da devlette bir dönüşüm yaşanıyordu. Son yıllarda ise, Cumhuriyet dönemi boyunca görülmemiş bir mutlak iktidar gücü oluştu. Askerinden polisine, medyasından üniversitesine, hukuk sisteminden eğitim alanına, görülmemiş boyutta etkili bir iktidar var ortada.

Hatta belki padişahlığın bazı dönemlerinde bile, iktidar böylesine denetlenemez, böylesine sorgulanamaz, eleştirilemez durumda olmamıştır.

Eleştirenler, sorgulayanlar çıkıyor elbette. Fakat hiçbir dönemde bunun bedeli bu kadar ağır olmamıştı. Bu kadar büyük ve uzun süren bir baskı dönemi hiç görülmemişti.

Sonuçta, devlet kurumlarından hiçbirinin, laikliği veya Cumhuriyet değerlerini korumak açısından bir güvence kabul edilemeyeceği açık bir gerçek.

Peki, daha dinselleşmiş bir toplum istedikleri kesin olduğu halde ve bunca iktidar gücüne rağmen, hükümet neden ikide bir sözünü ettiği o din referanslı kararlarını hayata geçiremiyor? Haremlik selamlık belediye otobüsleri, kızlarla erkeklerin okullarının ayrılması vs. gibi kararları henüz uygulamamalarının nedeni, onları tercih etmemeleri olabilir mi?

Herkes biliyor ki ilk fırsatta bu yönde adımlar atmak isteyecekler. Gizli bir bilgi değil bu. Kendileri söylüyor.

Demek ki bu yönde ilerlemek için, toplumsal onay düzeyinden çekiniyorlar. Seçmen desteğini kaybetmekten korkuyorlar.

Bu hükümet çevresi ve yandaş basın, on yıllardır Cumhuriyet'i "tepeden inmeci" diye eleştirmişti. Özellikle dinsel referanslara bağlı olmayan liberal aydınlar, toplumda böyle bir kanaat oluşmasında çok etkili oldular.

Oysa bu iktidar döneminde, dünya tarihinde benzerine az rastlanan bir "tepeden inmeci" durum oluştu. Devlet kurumlarını ve devlet gücünü bu kadar net biçimde kendine bağladığı halde, iktidar, toplumu Araplaştırma yönünde, dincileşme yönünde istediği sonuçları alamıyor.

'80'lerden beri çeşitli yollarla egemen olmaya çalıştığı eğitim sisteminin tüm yönetim kademelerini ele geçirmiş olduğu halde, ilkokul ve ortaokul çocuklarıyla başa çıkamıyor. Onları istediği gibi şekillendiremiyor.

Tüm ticaret dünyası, bütün finansal güç ellerinde. Medyaya hâkimler. Ama hâlâ teslim alamadıkları gazeteler, gazeteciler var. Zaten o yandaş televizyon kanallarındaki dizilerde bile, Batılı yaşam biçimindeki hayatlar hâlâ yaygın biçimde izlenenler arasında yer alıyor. Toplumun özendiği hayatı pek de köklü biçimde değiştiremediler.

Toplumda dinselleşen kesimler olduğu gibi, daha önce görülmemiş oranda sorgulayan, direnen kesimler de oluştu. İmam hatip öğrencilerinin bile, dinsel konulara yaklaşımlarından memnun olmadıklarını, kendi yaptırdıkları araştırmaları sonucunda kendileri söylüyor.

Zaten bu kadronun yapmaya çalıştığı şey en az bin yıldır Müslüman olan bu ülkeyi tekrar Müslüman yapmak değil, Anadolu'da özgün bir biçime kavuşmuş olan İslam anlayış ve âdetlerini Araplaştırma isteğidir.

Aslında eski bir kavgadır bu. Bazı Osmanlı münevverleri, İslam'ın, kavmiyet meselesini ortadan kaldırdığına, tek ümmet olmak gerektiğine inanır, kavmiyetçiliği bidat olarak görürdü.

Bu konuda Yahya Kemal, Felsefe Müderrisi Ahmed Naim Bey'le sert bir tartışmalarını anlatır ve yukarıdaki görüşü şiddetle savunan Naim Bey'e şöyle dediğini aktarır. Bir dakika, kitaptan okuyayım:

> Evet, bu millet İslamiyet'i kendi mizacına göre kabul etmiş ve çok eski putperestliği ile karıştırmış, öyle sever, onun uğrunda yalnız bu sebeple ölür. İslamiyet'i olsun, Hıristiyanlığı olsun, diğer dinleri olsun bütün milletler daima kendi hilkatleriyle, temayülleriyle, muhayilleleriyle, ihtiyaçlarıyla karıştırarak kabul etmişlerdir.

– 8 –
İnsanın ve yaratmanın boyutları

"Topluma karşı sorumlu birey olmak, onu bütün cephelerden anlamayı, kavramayı da gerektiriyordu. Şimdi küçümsenen büyük anlatılar çağında insan zihni de bu büyük anlatıyı kavramak üzere şekillenmişti. Sanattan felsefeye, edebiyattan müziğe bir anlayış, bir zevk geliştirmek zorundaydın. Şimdiki gibi küçük birimlere bölünmüş bir uzmanlaşma yoktu."

Son yüz yıldır dünyanın baş belalarından biri de "Tek boyutlu insan." Bu konuyu biraz açar mısınız? Sanatçı olarak ortaya çıktığınız ilk günden beri, en kararlı direnişlerinizden birini, Marcuse'un tanımladığı "Tek boyutlu insan"a karşı yürütüyorsunuz. İnsanın beynini kiraya vermemesi, kitle iletişim araçlarının ve türlü manipülasyonların etkisini aşabilmesi, bilgileri çekmecelere doldurmadan birbirleriyle ilişkilendirebilmesi... Zaten Livaneli olgusu, toplumda bu özelliklerin bulunmasına bağlı.

Biz ve bizden önceki kuşaklarda bugünkü uzmanlaşmadan eser yoktu. Aldığımız eğitim ve toplumsal misyon, bireylerin çok boyutlu olmasını gerektiriyordu. Aydınlanma çağlarının ürünüydük bizler. Topluma karşı sorumlu birey olmak, onu bütün cephelerden anlamayı, kavramayı da gerektiriyordu. Şimdi küçümsenen büyük anlatılar çağında insan zihni de bu büyük anlatıyı kavramak üzere şekillenmişti. Sanattan felsefeye, edebiyattan müziğe bir anlayış, bir zevk geliştirmek zorundaydın. Şimdiki gibi küçük birimlere bölünmüş bir uzmanlaşma yoktu.

İşte ben kendimi bu çokluğun ürünü sayarım. Benim kuşağımdan birçok insan da aynı şekilde yetiştiler. Bu yüzden sinemadan edebiyata geniş bir yelpazede koşturdum.

Deniz Gezmiş'leri düşün. Ölmek üzere yola çıkan bütün o kuşağın hayata yüklediği estetik değeri düşün... Okumak, yazmak, resim yapmak, türkü söylemek... Hayata dair hiçbir şey yabancımız değildi. Deniz "Biz edebiyattan geldik" diyerek durumu özetlemişti. Ben de bu bilgiyle soyundum yaptığım her işe.

Umberto Eco basın, politika gibi güncel konuları incelediği *Beş Ahlak Yazısı* adlı denemelerinde sık sık "Rönesans insanı" deyimini kullanır. Başka dünya yazarlarında da rastlanır bu kavrama. Önemlidir. Ama bizde pek üzerinde durulmaz. Herhalde Rönesans yaşamamış olmamız, Rönesans insanı yetiştirmememiz gibi gerçeklerden dolayı böyle.

Aynı konu kapsamında dünyada "Rönesans yaratıcılığı", "Rönesans hümanizmi" gibi kavramlar da kullanılır. Bunu duyan insanlar, ayrıntılı tanımlara gerek kalmadan demek isteneni hemen kavrar. Bu konuda tartışma gereği duymaz. Ama bizdeki mahalli aydın, "Rönesans yaratıcılığı" kavramını bilmeden, o konuyu tartışır durur. Amerika'yı yeniden keşfetmeye çalışır. En basit anlamda, "Rönesans yaratıcılığı", insanların birden fazla disiplinle meşgul olması ve birçok dalda eser vermesi anlamına gelir. Bir şair aynı zamanda ressam olabilir, tıp alanında çalışabilir veya müzik besteleyebilir. Hatta ondan, böyle bir insan olması beklenir. Rönesans hümanisti evrensel düşünmeli, birkaç dil konuşmalı, felsefeyle ilgilenmeli, şiir yazmalı ve mutlaka bir enstrüman çalmalı, bu alanlarda eser vermelidir. Rönesans aydını böyle bir insandır.

Aslında bu, Rönesans döneminden önce de düşünürlerin ve aydınların ortak özelliğiydi. Aristoteles'ten Goethe'ye kadar yüzlerce "polymath", yani çeşitli dallarda eser veren yaratıcı tanıyoruz.

Mesela Ömer Hayyam hem şairdir hem astronom hem matematikçi. İbn Sina da "polymath"tır, Farabi de; El Harizmi, hatta İmam Cafer Sadık da.

20. yüzyıl insanının başarıya odaklanmış kariyer ve uzmanlaşma saplantısı da tek boyutlu çalışmaların "normal"

karşılanmasında etkili oldu. Bilgiler ve düşünceler çekmecelere tıkıştırılıp birbirinden kopuk ele alındı.

Bu konuyu ele aldığınız birçok yazınız var. Hans Eisler'ın sözünü hatırlatıyordunuz: "Sadece müzikten anlayan, müzikten hiçbir şey anlamaz."

Bertolt Brecht'in eserlerini de besteleyen ünlü bir Alman sanatçıdır Eisler.

Doğrudur, çünkü çeşitli sanat dalları ve bilim birbirini besler, yaratıcının kavrama gücünü artırır, kişiyi "evrensel insan" tipine yaklaştırır.

Yaklaşık olarak 2500 yıl önce İyonya ve Helen filozofları iki kıyıdan gelerek Samos Adası'nda buluştular. Günler boyunca sanatla bilim arasındaki ilişkiyi tartıştılar. Bu uzun sempozyum sonunda ortaya çıkan bildiri binlerce yıldır unutulmadı. O bildiride, "Sanat ve bilim üst noktada birleşir, bir ve aynı şeydir" hükmüne varılmıştı.

Çok boyutlu insan

Aristoteles, Goethe ve Hayyam gibi örnekler verdiniz. Böyle "polymath"lar için daha yakın zamandan hangi örnekleri verirsiniz?

Friedrich Nietzsche filozof-şair niteliklerinin yanı sıra bestecidir de. Onun torunlarından Günter Grass ise yazar, ressam ve heykelcidir. Charlie Chaplin senaryo yazarı, yönetmen, oyuncu, yapımcı olmanın yanı sıra bestecidir. Bütün filmlerinin müziğini kendisi bestelemiştir. Leonard Cohen şair, şarkıcı ve romancıdır.

Saymaya kalksak sonu gelmez. Bizde de böyle insanlar yetişmişti. Mesela "Rönesans İnsanı" tanımının en çarpıcı örneklerinden birisi olan Abidin Dino; ressam, yönetmen, yazar ve heykelci olarak çalışmıştır. Bedri Rahmi Eyüboğlu şiir ve resim alanlarında en üst düzeye ulaşmış bir yaratıcıdır. İşin ilginç yanı Doğu ve Batı uygarlıklarında binlerce yıldır kabul edilmiş, hatta özenilmiş olan bu geleneğe rağmen, son on yılların Türkiye'sindeki kültür ortamı, tek boyutlu olmanın övüldüğü bir çoraklığa dönüşmüş durumda.

Bir ressamın beste yapması, yazarın heykel sergisi açması, film yönetmeninin tablolarını sunması neredeyse suç haline getirilmiş. Bu düşünce terörünün ne kadar zararlı olduğunu anlatırken daha önce de Onat Kutlar'ı örnek vermiştim.

Rahmetli Onat Kutlar, bu ülkede tanıdığım ender "evrensel aydın"lardan biriydi. Müthiş bir hikâye yazarı olmasının yanı sıra sinemadan da çok iyi anlardı. Bir gün ona, bu kadar yaratıcı bir insan olduğu ve sinemayı da çok iyi bildiği halde niye bir film yapmadığını sordum.

"Çok istiyorum ama yapamam" dedi. Nedenini ise, "Bir alanda tanınmış olan insanın başka alanda ürün vermesini kabul etmezler" diye açıkladı.

Film yapmak istiyordu ama bu konuda yaratılan entelektüel terörden çekiniyordu.

Bugün elimizde Onat Kutlar çapında bir yaratıcıdan kalan filmler yok. Belki de o güzelim "İshak" hikâyesinden uyarlamak isteyeceği bir filmden yoksunuz. Tek sebep yerel aydın terörü.

Yazık değil mi? Kim bilir kaç "Rönesans yaratıcısı" bu bilgisizlik ve önyargı yüzünden kaybolup gitti. Yıllarca bir sır gibi sakladığı, düşünü kurduğu eserleri veremedi.

Birden fazla alanda üretim yapmanın ötesinde, her bir yapıtını üretirken temaları farklı yönleriyle işlemesinden kaynaklanan bir "çok boyutlu sanatçı" özelliğinden de söz edebiliriz sanıyorum. Romanın çok boyutlu olması, müziğin, resmin çok boyutlu bir anlayışla üretilmesi... Bu başka bir konu mudur?

Başka bir konu değil, aynı konunun başka bir yönü. Önceki bölümlerden birinde Tennessee Williams'ın yaklaşımından söz etmiştik. İnsanların birbirlerini kendi egolarındaki çatlaklardan görmeleri meselesi önemlidir. Her konunun, her kişinin çeşitli boyutları, farklı katmanları vardır.

Dikkat edersen büyük romanlarda, saf bir iyi insan veya kötü insan özelliklerini taşıyan karakterler pek bulunmaz. İçinde yaşadığı koşullarla etkileşim halindeki insanların hikâyesi anlatılır. Gerçekliğin ve insan özelliklerinin çok boyutlu niteliği ele alınır.

Hayat tek boyutlu değildir, öyleyse onu anlatan bir sanat yapıtı da tek boyutlu olmamalıdır. Mutlak iyi, mutlak kötü, mutlak doğru ve mutlak yanlıştan öte çelişkileriyle, açıklanmaya muhtaç yönleriyle ele alınmalı insan. Sanatı kalıcı ve değerli yapan da budur zaten. Hâlâ klasikleri okuyor olmamızın sebebi de... Bütün insanlık oturup *Suç ve Ceza*'nın Raskolnikov'unu katmanlarına ayırdı ama yine de tartışmaya bir nokta koyamadı.

O zaman burada postmodern roman ve karakterlerdeki tek boyutluluk üzerine bir parantez açalım. Postmodern anlatı, romanın bu sözünü ettiğiniz derinliğini zedeliyor mu sizce?

Postmodern roman bizi Tanzimat'ın alegorik dünyasına götürdü sanki. Kimlikler üzerinden yürüyen bir anlatı var. Rum, Ermeni, Türk, Kürt... Eskinin Doğu-Batı kutbunu atomlarına ayırdık adeta. Kimlikler üzerinden ilerleyen bir anlatı da ister istemez yüzeysel kalıyor gibi. Bu romanda bu karakter neden böyle davranıyor diye sorulduğunda, neden-sonuç ilişkisi kimlikle kuruluyor: Çünkü o Ermeni. Soruyu böyle cevaplayınca derinliğe de ihtiyaç duyulmuyor. Ermeni olması bir insanın her şeyini belirleyebilirmiş gibi.

Böylece hızla Yeşilçam'ın iyiler ve kötüler dünyasına giriyoruz. Yıllarca Yeşilçam filmlerinde neden-sonuç ilişkilerinden bağımsız bir iyiler-kötüler oyunu izlemedik mi?

Postmodern roman ve karakterlerdeki tek boyutluluk üzerine şunu da eklemek lazım: Postmodern, edebiyatın kendisini oyun alanı, amaç haline getirir. Esas olan hikâyeden çok oyun duygusunun kendisidir. Okur, kayıp metinlerin, birtakım gizli göndermelerin peşine düşer postmodern romanda. Karakter bir araçtır, derinlikli işlenmesi önemli değildir.

Çok özetleyerek saydığım bu özellikler postmodern romanı, çok ya da tek boyutlu değil, biraz da "insansız" hale getiriyor bence.

Rönesans insanı olmak

Roman uyarlamaları konusunda, sizin konumunuzda olan başka kimse var mıdır dünyada, bilmiyorum. Yönetmen olarak bir romanı sinemaya uyarladınız. Ve sizin bir romanınızın filmi çekildi. Bu deneyiminizden yola çıkarak anlatmanızı isteyebilir miyim, Rönesans insanı olmanız çalışmalarınıza nasıl yansıdı?

Romanı sinemaya uyarlama çalışmalarında, işin iki tarafında da bulunmak, yirmi yıl arayla yaşadığım ilginç bir deneyim oldu.

İlk gençliğimde kitaplarla ilgili bir hayat düşünüyordum. '60'ların sonunda yayıncılıkla uğraşmaya başladım. Bir yandan da kafamda hikâyeler kuruyor, roman fikirleri geliştirmeye çalışıyordum. Sonra, kendiliğinden denebilecek şekilde, bir müzisyen olarak, besteci olarak tanındım.

Hayat hikâyem zaten biliniyor, ilgilenenler kolayca ulaşabilir. Sorduğun soruyla ilgili olduğu için kısaca hatırlatıyorum. Küçük yaşlardan beri en büyük tutkum okumaktı. Müzik çalışmalarımı da hep edebiyatla bağlantılı yürüttüm.

Halk şiiri ve dünya şairlerinin çağdaş şiirleri üzerine çalıştım, şiir ve şarkı sözü yazdım.

Sinemacılık, yönetmenlik gibi işlerle uğraşmak, aklımdan geçmiyordu. Bu da müzik aracılığıyla girdiğim bir dünya. Çok sayıda film müziği yaptım. Bu vesileyle birçok yönetmenle birlikte çalıştım, bazı filmlerin çekim sürecini izledim.

Söyleyecek sözünüz, anlatacak hikâyeleriniz var. Bunların bazen içinizden taştığını, anlatmak ihtiyacı duyduğunuzu tahmin edebiliriz. Peki, o sırada romanı, besteyi, sinemayı neye göre seçiyorsunuz?

Müzik, daha çok duygularla ilgili bir uğraş. Yüreğinin sesini dile getirmek, içindeki şarkıyı söylemek için müzik yapar insan. Sinema ve edebiyat ise bir hikâye anlatma uğraşı. Müzikten oldukça farklı bunlar; söz söylemeye, düşünce anlatmaya daha uygun. Yine de makale gibi, düşünce işlemek gibi bir uğraş değil tabii. Müzikte de romanda ve sinemada da elbette hem düşünce hem duygu işleniyor. Ama hikâye anlatmaya yönelik çalışmaların temelinde düşünce daha somut biçimde yer alıyor.

Zaten hikâye oluştuktan sonra karar vermezsin hangi yolla anlatacağına. Bu, eşzamanlı gelişir. Romanı tercih edeceksen, bu daha konu kafanda şekillenmeye başlarken bellidir. Hatta romanın dili, anlatım biçimi, özü, atmosferi, ana fikri, hepsi eşzamanlı ortaya çıkar.

Müzik çalışması farklı bir süreç. Şiir bestelemek bambaşka bir uğraş. Bir şiiri hissettikten, iç ritmini ve ezgisini duyduktan sonra, o senin içinde gelişiyor. Melodileşiyor. Sonra içindeki o şeyi alıp bestecilik tekniklerine göre geliştiriyorsun. A bölümü, B bölümü, makam, aralık, armoni... Üzerinde çalışıyorsun, işliyorsun. Ama işin temeli, şiirden sana kalan tadı ortaya çıkarmak oluyor. Belki de en güzel besteler, bestelemeyi düşünmeden okunan şiirlere yapılıyor. Şiir sevmekle ilgili bu. Sadece şiir için, sevdiğin için okuyunca, daha güzel oluyor. O zaman bazı şiirler, insanın içinde müziğe dönüşüyor.

Bir romanı sinemaya uyarlamanın, şiiri müzikleştirmeye benzeyen yönleri var mıdır?

Yoktur. Şiir-beste ilişkisine göre roman-sinema ilişkisi epeyce farklı. Romandan film çekmek, çok daha riskli bir iş. Ortaya *kitsch* çıkma tehlikesi her zaman vardır. Bir dildeki anlatımı başka bir dilde yeniden anlatmaya çalışmak, çok olumsuz sonuçlanabilir.

Romanı sinema diline çevirmeye de kitabın tamamı ölçeğinde kalkışmamak gerek. Romandaki temalardan birini seçip diğerlerinin ağırlığını azaltmak gerekebilir.

Romanda konular oldukça kapsamlı işlenir. Sinema için uzun hikâye daha uygun galiba. Bir romandaki olayları, konunun gelişimini bire bir anlatmak için belki 10 saatlik bir film çekmek gerekir. Sovyetler'de böyle uyarlamalar çekiliyordu. Öyle yapmayacaksan, orasından burasından kırparak bir kısmını ele alabilirsin ancak. Bazı yönlerine metindeki ağırlığını veremezsin, hatta bazılarını tamamen elersin.

Benim ilk filmim, biliyorsun, bir roman uyarlaması. *Yer Demir Gök Bakır*. Bu film dünya basınında da oldukça olumlu eleştiriler aldı, izleyiciler tarafından beğenildi. Ama yine de dönüp baktığımda, tekrar çekecek olsaydım, biraz daha farklı yapardım diye düşündüğüm şeyler var. Bir kere, romana o kadar sadık kalmazdım. Ana temasını ve kişilerini alır, onları başka bir şekilde, sinemaya özgü bir şekilde işlerdim.

Yer Demir Gök Bakır, büyük bir roman elbette. Yaşar Kemal'in dev eseri. Köylülerin, içlerinden birini ermiş haline getirmeleri, insanın umutsuzluktan umut yaratmaları gibi bir konunun öyle işlenmesi çok önemli. Ama sinema için çok fazla olay gelişiyor. Üstelik bir üçlemenin ikinci kitabı, oradaki Meryemce'nin, diğer kahramanların geçmişte yaşadıkları var. Bir de onlara değinmeye kalksaydım, saatler yetmezdi.

Kendi senaryomdan çektiğim *Sis*, hikâye bütünlüğü daha net bir film oldu. Onun hikâyesini kafamda geliştirirken, en başından itibaren sinema diliyle düşünmüştüm.

Bir roman okurken, her okurun kafasında farklı görüntüler oluşuyordur. Birbirinin aynı olmayan düşünceler, farklı düzeyde anlamlar üretiliyordur. O romanın filmini izlemeye başlayan okur, herhalde kendi kafasındaki romanla karşılaşmayı bekliyordur.

En büyük sorun bu. Romanı okuyan insanlar yaygın olarak filmi izleyecektir. Aslında her okurun kafasında daha önce birer kez filme çekilmiştir o roman. Kafasında daha önce oynattığı filmi izlemeye giden okur, çoğunlukla beklediğini bulamaz elbette.

Bu nedenle romana pek sadık kalınmadığı açıkça anlaşılırsa, okurda "Bu benim okumamdan farklı bir okumayla çekilmiş" düşüncesi oluşabilir. O zaman, yönetmenin zihnindeki romanı, perdedeki filmi daha sağlıklı izleyebilir. Romanı bire bir aktarmaya kalkmayan filmlerin beğenilme olasılığı daha yüksek oluyor. Ama hiçbir durumda, olumsuz sonuç olasılığı düşük değil.

Mutluluk romanında Profesör İrfan ve Cemal de ayrıntılı olarak ele alınıyor; oysa film, tek karakterin, Meryem'in işlendiği bir yapıt olarak çekildi. Romandan oldukça farklı yerler var. Zaten sonu da epeyce değiştirildi. Ayrıca, Meryem'in çocukluğu da yok. Ama bunlar, romanı okumuş olan izleyicilerde bir eksiklik duygusu yaratmıyordur herhalde. Çünkü "perdeye yansıtamamak" diye değil, açık bir şekilde, yönetmenin tercihi diye görüyorlardır. Belli ki romanın tamamen filme aktarılması gibi bir çalışma değil bu. Ama başarılı oldu. Yönetmen, oyuncular, bütün ekip güzel bir şey yaptı.

Yaşar Kemal'in romanını filme çekmem, şanslı bir iş oldu. *Mutluluk* romanımın Abdullah Oğuz tarafından filme çekilmesi de öyle. Beğenildi. Ama bu deneyimler bana, roman uyarlamalarının ne kadar riskli olduğunu da gösterdi.

Eserin sahibi kim?

Sanatı genellikle bireysel bir yaratı süreci olarak görüyoruz. Editörler, başka emeği geçenler olsa da romanın yaratıcısı sonuçta bir yazar. Filmin yaratıcısının kim olduğu bu kadar net midir? Çünkü film üretimi daha karmaşık bir ekip çalışması gerektiriyor. Kurguda film çok değişebiliyor.

Yazarın kitabı, müzisyenin bestesi, solistin yorumu, oyuncunun rolü, bunlar tamam da film kimin eseridir, sanatsal anlamda filmin sahibi kimdir?

Roman ve film alanında çalışınca açıkça hissettiğin bir gerçek bu: Romanı daha fazla kontrolünde tutabiliyorsun yazarken. Ama filmi o kadar dizginleyemiyorsun. Başta tasarladığından daha farklı, oldukça farklı bir sonuç da çıkabilir.

Bir kere filmin çekim sırası o kadar dağınık oluyor ki. Zaman, mekân, ışık şartlarına göre belirleniyor çekim sırası. Kısa parçalar halinde çekiliyor. 30 saniyelik, 40 saniyelik, bir dakikalık karmakarışık sırayla parçalar. Yüzlerce sahne, plan oluyor. Bunların elbette isimleri, numaraları oluyor. Sonra birleştiriyorsun. Yapı öyle parçalı bir şekilde oluşuyor ki, son ana kadar yönetmen bile tam bilemiyor ortaya nasıl bir şey çıkacağını.

Bu parçalar bir araya geldikten, birleştirildikten sonra, içine bir ruh üflemen, canlandırman gerekiyor. Belki canlanır, belki canlanmaz. Bir sihirdir bu, ya olur ya olmaz. Son ana kadar bilemiyorsun.

Romanda sözcüklerin yerine sinemada biraz da oyuncu geçiyor. Yazarın ne anlattığı kadar nasıl anlattığı da önemli ya, sinemada anlatımın nasıl olacağı konusunda, yönetmenin elindeki olanaklardan biri oyuncusudur. Belki en önemli kaynağıdır oyuncu.

Oyuncuların çok fazla büyütüldüğü, çok önemsendiği, özellikle bazı ülkelerde çok büyük paralar verildiği söyleniyor. Ama oyuncu gerçekten de belirleyici sinemada. Bir kadın oyuncuya çok büyük bir para ödenince, "Başka güzel kız mı yok; ne kadar da abartıyorlar" denildiği oluyor. Oysa o kadar basit değil mesele. Romancının dili neyse, filmdeki oyuncu da o. Kötü bir oyuncuyla iyi film çekildiği görülmemiştir.

Sinemanın diğer sanatlardan en temel farkı, izlenmek durumu. Seyircinin de farkına varmadan izlenebilmek... En mahrem anlarında; ölürken, sevişirken izlenebilmek.

İzlenmek de değil, onu yaşamak... Çelişiyor gibi görünüyor ama, aslında rol yapmaktan gelmez, oyuncunun büyüklüğü. Rolünü yaptığı karakterin yerine geçmek, onu yaşamak, onun yaşadıklarını hissetmek. Oyuncu olarak izlenmek, karakter olarak yaşamak... Yani Amerikan oyunculuğunun da temeli olan Stanislavski metodu. Brecht tekniğiyle film olmaz. Bununla birlikte, kendi gerçek haliyle oynadığı kişiyi birbirinden ayırmak da önemli. Bunu başarabilen oyuncu çok azdır. Üstelik yapabilenler de her rolde, her filmde yapamaz.

Zaten yönetmenin başarısı doğru oyuncu seçmekle başlar. Rolleri iyi dağıtmak çok önemli.

***Mutluluk* filminin yeni çekildiği günlerde sizinle *Maviada* dergisi adına bir söyleşi yapmıştım. O zaman da romancılıktan çok yönetmenliğin pratik zorlukları üzerinde durmuştunuz.**

Tabii, romanı bir yazar oturup yazıyor. Bir insan. Ama film çeken yönetmen, başka insanların yaratıcılıklarına da güvenmek zorunda. Rolü oyuncular oynuyor sonuçta. Kamera, ışık, müzik, laboratuvar... Bir ekip işi sinema. Bütün bunları aştın, bir sinema salonundaki ses sorununa takılabiliyorsun. Dünyanın en zor sanatı bence.

E, bu durumda film kimindir, diye soruyorsun. Tüm ekibindir. Zaten ekip, "bizim film" gözüyle bakmayınca olmaz. Ama sıralama yapacaksak, elbette öncelikle yönetmenindir. Sonra oyuncu çok önemli. Kameramanın da öyle. Müzisyen de önemli. Senaryo zaten başlı başına bir temel oluşturuyor, önemli. İşin tuhafı, bunların her birinin katkısının ne kadar önemli olduğu, daha çok, aksaklık çıktığında anlaşılıyor. Biri çökünce bütün film çöküyor. Bu yüzden filmlerin sadece yönetmenleriyle anılması ekiplere büyük bir haksızlık.

Roman zamana dayanabilir

Roman daha etkili geliyor bana. Kalıcı etkisini hissettiğim romanlar, öyle hissettiğim filmlerden fazla.

Zamana dayanmak açısından, sinemanın işi romana göre daha zor. 5-10 yıl önceki filmlere bile eskimiş gözüyle bakılabiliyor.

Charlie Chaplin'in bazı filmleri, klasikleşmiş bazı filmler istisna oluşturuyor. Genellikle, 10-20 yıl önceki bir film, izleyiciye artık eskide kalmış bir anlatı hissi veriyor.

Okur, romanı okuduğu günün imgelemiyle kavrıyor. Zaten bu nedenle bazı romanlar tekrar tekrar filme çekiliyor. İlk çekildikten yirmi yıl sonra bir kere daha, otuz yıl sonra bir daha filme çekilen romanlar oluyor.

Bir de demek ki, romanda tema, zamandan ve mekândan daha bağımsız işlenebiliyor.

Asıl farklar, duygu aktarmak meselesinde ortaya çıkıyor. Bu işi yapmanın tekniği sinemada elbette çok farklı. Sinemanın temel farkı, belki bir kitle sanatı olmasında görülebilir. Roman okuru olarak, okuduğun metnin sana hitap ettiğini hissedersin. Bir otobüste kendini çevreden yalıtarak veya sessiz bir odada, okurken kitapla baş başa kalırsın. Yüz binlerce kişi okuyor da olsa, elindeki kitap o sırada sana anlatıyordur.

Fakat filmi tek başına izlesen bile kendini bir kitle içinde hissedersin. Müzikte bu daha da belirgindir. O da bir kitle sanatı. Kitle sanatlarında duygunun önemi artıyor. Romanda düşünce boyutu, müziğe göre daha fazla. Hatta sinemaya göre de daha fazla. Sinema henüz diğer sanatlar düzeyinde değil.

Sinema dünyasına *Yer Demir Gök Bakır*'dan önce girmiştiniz. Yönetmenlikten önce film müzikleri yapmıştınız. O ekip çalışmaları uyumlu muydu? Yönetmenlik yapma kararınızda, film müzikleri çalışmalarınız sırasında yaşadığınız uyumsuzlukların etkisi oldu galiba.

Tam bir uyum çok az oldu. Olmayabilir; sonuçta farklı insanların işin içinde olduğu bir uğraş bu. Öyle küçük de olmuyor bu ekip. 40-50 kişiyle birlikte çalışıyorsun. Hiç aklına gelmeyen yerlerden sorunlar çıkabilir. Yemekleri beğenmeyenler, parayı beğenmeyenler, filmdeki üsluba, sanat anlayışına itiraz edenler... Her şey olabilir. Sanatçı kaprisleri de yaşanabilir.

Bütün bu sorunları aşan, çok iyi anlaşan ekiplerin yaptığı filmlerin çoğunda o ruh hissedilir. Uyumlu çalışma filme yansır genellikle.

Film müziği çalışırken, yönetmenlerin çoğu melodramatik sahneleri tercih ediyorlardı. Ve o sahneleri daha da kuvvetlendirecek müzikler istiyorlardı. Örneğin bir cenaze sahnesi oluyordu filmde. Ve orada, tam o görüntünün müziği olarak düşündükleri şeyleri bekliyorlardı. Ney sesi, ağıt, hıçkıran klarnet. Ben buna karşı çıkıyordum. İkisi üst üste gelince, izleyiciyi fazla yönlendiren, fazla hazır bir duygu ileten sahneler olarak görüyordum onları.

Bu benim üslubuma pek uymuyor. Sözü tamamlayarak

anlamı yaratmayı okuyucuya, izleyiciye, dinleyiciye bırakmak gerektiğini düşünüyorum. Bir nefes alma alanı kalmalı okuyucuya, dinleyiciye. Anlayabileceklerine güvenmeyerek aşırı ayrıntıya girmek veya içtenliği kanıtlamak için duygusal bir dil geliştirmek yapıtı sakatlıyor. Öyle abartılı hareketlerle, aşırı tariflerle anlatmayı sevmiyorum. Küçük bir hareketle de duyguların anlatılabileceğine, okuyucular-izleyiciler tarafından öyle de anlaşılacağına güveniyorum.

Ama bizim kültürümüzde biraz fazla gösteri alışkanlığı var. Doğu toplumlarının ortak sorunu bu. Acıların gösterilmesi de abartılı ritüellere dönüşüyor bazen.

Sinemayla veya film müzikleriyle ilgili sanatsal tavrını onayladığınız sanatçılar kimler?

Bertolt Brecht'in film müziği teorilerini önemserim. Brecht, düşüncesini şöyle bir örnekle anlatır:

Güzel bir bahar günü cennet gibi bir göl, bir kayık. İki sevgili mutluluk içindeler, sohbet ederek kürek çekiyorlar, güzel zaman geçiriyorlar. Fakat sonra aniden bir fırtına çıkıyor, kayık batıyor. Sevgililer de ölüyor.

Bunun müziği iki şekilde yapılabilir, diyor Brecht. Öyle bir müzik yaparsın ki, izleyende birazdan kötü bir şey olacağı duygusunu yaratırsın. O sakin gölde bir tedirginlik hissettirirsin. Daha baştan beri, izleyicinin sonunda hissetmesini hedeflediğin duyguya hazırlık yaparsın.

Ya da o güzel bahar gününe karşılık gelen, mutlu çağrışımları olan pastoral flüt sesiyle falan bir müzik yaparsın. Sevgililerin yaşadığı mutluluğu somutlaştırırsın. Sonra kayık batarken de sevgililer boğulurken de o mutlu müziğe devam edersin. Böylece ölümün öyle bir buluşmaya, o güzel yaz gününe ne kadar aykırı olduğunu, keder verici sonucu vurgularsın. Bu da film müziğine ikinci yaklaşım.

Ben hep ikincisinden yana oldum. Brecht'in eğilimi de öyleydi. Ama yönetmenler çoğunlukla birincisinden yana oluyor. Bu nedenle, çalışmalarına tanık olduğum bazı filmlerle ilgili, kafamda hep farklı bir anlayışla çekilse nasıl olurdu, diye düşünceler oluşuyordu.

Filmlerine müzik yaptığım Türk ya da yabancı yönetmenlerle tartışmalarımızın, kendi sinema anlayışımı oluşturmamda epeyce etkisi olduğunu söyleyebilirim. Ama bu anlayış farklarını doğru-yanlış diye değerlendirmemek gerekiyor. Her insan, her sanatçı, bazı işleri diğerlerinden farklı yapıyor. Daha doğru yapmak değil, kendi tarzımda yapmak anlamında düşünüyordum, o film başka türlü nasıl çekilir diye.

Ayrıca, bende eskiden beri müzik ve edebiyat atbaşı gidiyordu. Sinemayı bunları birleştirmenin bir yolu olarak da görüyordum. Kendi senaryonu yazıp, müziğini de besteleyerek filmi çekebiliyorsun. Birbiriyle ilgisi olmayan bir müzisyen ve bir yazar olarak değil de bir yapıtın içinde, aynı kişi olarak yer almak... Bunları aynı kişinin yapmasının avantajları görülebiliyor. Charlie Chaplin de filmlerinin müziklerini yaptı. Hem oynadığı hem yönettiği birçok filmi var.

Yönetmenin resim, müzik, edebiyat gibi, sanatın çeşitli dallarından anlıyor olması çok önemli.

– 9 –
Spot ışıkları altında entelektüel

"Bizdeki şovmenlerle ilgili sorun, onların yaptıklarının bilimsel etkinlik gibi sunulmasından kaynaklanıyor. Kendileri de profesör veya doktor unvanlarını kullanarak böyle bir izlenim oluşturmaya çalışıyorlar. Benzer durum, sanatçı, edebiyatçı, düşünür gibi unvanlarla şovmen tarzında hareket edenler için de geçerli elbette. Ama akademik unvana sahip olmak, bu açıdan daha büyük avantaj sağlıyor."

Çok karıştırılan ve birbirinin yerine kullanılan kavramların başında "aydın" ile "entelektüel" geliyor. Aynı şekilde, "bilim insanı", "politikacı", "sanatçı" olan insanlar, yaygın biçimde, yaptıkları işten dolayı "entelektüel" kabul ediliyor. Bazen de "entelektüel", politik bir sıfat gibi görülüyor.

Siz bir dönem politik hayata girmiş de olsanız, "politikacı" değilsiniz. Ama aydın, entelektüel ve sanatçı nitelikleriniz var. En başından beri politik bir sanatçısınız.

"Aydın", "entelektüel", "sanatçı" kavramlarının birbiriyle ve politikayla ilişkisi için neler düşünüyorsunuz?

Bir örnek vermek istiyorum. 1996 ve 2000 yılındaki ölüm oruçlarında arabulucu olarak devreye girmiştik. Üzerimde kalıcı etkileri olan günlerdi, çeşitli yönleriyle ele alınabilecek konular vardı, ama bu sorduğun kavramlarla ilişkili bir yönünden dolayı aklıma geldi şimdi.

Savcının odasında bir grup milletvekili ve bazı yazarlar, sanatçılar olarak toplanmışız, konuşuyoruz. Ben o zaman milletvekili değildim. İçerde isyan var. Canlar kaybedilmek üzere. Karşı tarafta hükümet; bazı üyelerinde düşmanlık, kin, bazıları biraz daha makul, olumlu yaklaşacak ama yenilmiş bir görüntü içinde kalmak istemiyor. Nasıl bir çözüm geliştirebileceğimizi düşünmeye çalışıyoruz. Hem içerideki direnişçilerle hem de hükümet yetkilileriyle doğrudan görüşmeler yapmak şart.

Savcının odasındaki bir arkadaşımız, "Yetkililerden önce, aydınlar girsin" dedi, "aydınlar konuşsun, ortamı hazırlasın, sonra parlamenterler de girer, görüşmeleri hep birlikte genişletiriz."

Bunun üstüne, politikacılardan müthiş bir itiraz yükseldi. "Ne demek aydınlar girsin? Biz aydın değil miyiz?"

O zaman bir kez daha anladım ki, bunu bir mertebe olarak görüyor insanlar. Aydın olmayı, daha üstte bulunmak gibi anlıyorlar, aydın olmamayı da hakaret olarak algılıyorlar. Bu algılama "entelektüel" sözcüğünün tanımıyla örtüşmüyor. Yan yana gelmiyor. Gene terminoloji meselesi çıkıyor karşımıza. Her şey kavramlarla anlaşılıyor. İnsanlar konuşa konuşa diyoruz ya.

Osmanlı'da münevver deniyordu. Münevver, "tenvir edilmiş, tenvir olmuş insan" anlamında kullanılıyordu. Tenvir, aydınlatma demek; eskiden tenvirat vergisi alınırdı. Belediyelerin aldığı aydınlatma ve temizlik vergisine "tenvirat-tanzifat vergisi" denirdi. Münevver de öyle; ışıklandırma, aydınlık verme, aydınlanma ile ilgili bir sözcük. Osmanlı'daki münevver tanımı, Cumhuriyet'te de aydın kavramıyla devam etti.

Fakat aydınlanmayla entelektüellik aynı şeyler değil. Entelektüel, zihnini doyurma sevdasıyla yaşayan, "entelekt" sözcüğü var ya, bilme yetisini geliştirmeyi önemseyen, hayatta anlamaya öncelik veren bir kişilik özelliğidir. Konuları derinlemesine düşünmeye eğilimli bir insan tipidir. Sözcüğün tanımı böyle. Bunu bir yaşam tarzının karşılığı gibi görmek de doğru değil. Belli bir giyim, konuşma biçimi, moda falan gibi şeylerle karıştırmamak gerek. Bunu bir yaşama bakış tarzı gibi kabul edebiliriz. Bazı insanın fiziksel ihtiyaçlarını, başka bazı insanların duygusal ihtiyaçlarını karşılamak yolunda uğraşması gibi, entelektüel de, zihinsel ihtiyaçlarını daha fazla önemseyen, anlama uğraşına daha çok ağırlık veren insan.

Öyleyse, kişiliğinde entelektüel bir yön bulunmayan insan yoktur. Herkes, biraz da olsa bir şeyler anlamaya, düşünmeye çalışıyordur. Ama bazı insanlar için bu pek heyecan verici uğraş değildir. Öncelikli bir şey değildir.

Evet ama insanlar arasındaki düşünmeye ve anlamaya yönelik bu ilgi farkı, sadece niceliksel bir mesele değil. Hani her insanda şizofreni veya paranoya ile ilgili özellikler bulunur ya, öyle bir şey. Belli bir sınırın üzerinde, gündelik hayatını, diğer insanlarla ilişkilerini etkileyecek düzeyde olunca, "o kişideki paranoya diğerlerinden fazla" denecek durumu aşıyor artık. Diğerleri o açıdan sağlıklıyken, bu kişi "paranoyak" diye niteleniyor. Her insanda bir miktar merak vardır elbette fakat belli bir düzeyden sonra, bu durum, "diğerlerinden daha fazla" denecek durumu aşıyor, niteliksel bir farka dönüşüyor. Hayatını düşünerek yaşamak, böyle bir tercihin bulunması, böyle bir kişilik özelliği farklı bir şey. Dünyaya bakış açısı başkadır.

Asıl üzerinde durmak istediğim mesele, entelektüel insandaki bu özellik, bir mertebe değildir. Onu yücelten bir özellik değildir. Bilgi birikimiyle ilgili bir konu da değil bu. Entelektüel insanlara düşünmek keyif verdiği için, hayatın tadını, büyük ölçüde, araştırmalar ve zihinsel çalışmalar aracılığıyla çıkardıkları için, genellikle bilgi birikimleri de yüksek oluyor; bu nedenle de entelektüel demek, çok şey bilen insan demekmiş gibi bir görüntü oluşuyor. Böyle bir istatistik olabilir, ama entelektüel tanımı, kişinin bilgi miktarına bağlı değil, bilgiyi önemsemesine, düşünmeyi sevmesine bağlı.

Düşünmeyi daha az seven bir kişiyi entelektüelden aşağı

düzeyde görmek, kabul edilemez bir tutumdur. İlle de entelektüel niteliğinin bulunması gerekmiyor ki bir insanın. Başka bir alanda yetenek geliştirmiştir belki. Birçok açıdan ortalama bir entelektüelden daha saygıdeğer olabilir. Örneğin resimde veya sanatın başka bir dalında üst düzey bir yaratıcılığı bulunabilir; iyi bir müzisyen, başarılı bir doktor, özverili bir politikacı olabilir insan.

Entelektüel yalnızlığı

Yaygın biçimde, sanatçının aynı zamanda entelektüel olduğu kabul ediliyor. Hatta bazı popüler kişilerin gerçekte sanatçı olmadığı yönündeki görüşler, biraz da kabule dayandırılıyor.

Dünyanın büyük ressamları, büyük müzisyenleri, büyük sanatçıları entelektüel insanlar değildi. Aralarında entelektüel olanlar vardı elbette, bu onlarda, büyük sanatçı olmalarından bağımsız bir özelliktir.

Zaten sanatçı kavramı da kendi başına büyük bir konu başlığı olarak ele alınabilir. Bu alanda da bir kavram karmaşası yaşanıyor. Sahneyle, gösteri dünyasıyla, müzikle, defileyle falan bir şekilde ilgisi olan, o çevrelerde bulunan, o iletişimler içine giren herkese sanatçı deniyor. Böyle olunca da bir çevrede bulunmakla, bir yaşam biçimiyle, giyiniş tarzıyla, konuşma tarzıyla falan karıştırılıyor. Ve sanatçılık ile entelektüelliğin ille de bir arada bulunacağı varsayılıyor.

Entelektüel olduğu düşünülen insanlara bazen öfke dolu tavırlar, olumsuz tepkiler ortaya çıkıyor. Bunlar, onlara yönelik beklentilerin karşılanmamasından kaynaklanabilir. Bazen de ayrıcalıklı konumda bulunan insanlara karşı bir tür kıskançlık gibi ortaya çıkıyordur.

Oysa entelektüel niteliklerinin bulunması insana pek de kişisel avantaj sağlamaz. Mutluluk ve huzur gibi beklentilere zaten karşılık gelmez, entelektüellik. Çok da özenilecek bir şey değildir. Tersine, entelektüel olmak acı çekmek demektir. Etrafında olup biteni, dünyada olup biteni yorumlayan kişi, "Bana ne ya, benim keyfim yerinde" deme lüksüne sahip olabilir mi?

Bu açıdan önemli bir şey entelektüellik. Suskun kalamamak, görmezden gelememek gibi özellikler, entelektüel kişiliklerde, dünyaya bakış biçiminden dolayı ortaktır. Bunu da entelektüelliğin insana derece sağlaması gibi yorumlamamak gerek. Entelektüel olmayan bakış biçimlerinde, hayatı yaşarkenki farklı önceliklerde, dedik ya, başka insan nitelikleri de gelişir mutlaka. Daha doğrusu, entelektüel bir kişilik, kendi konumu hakkında mutlaka böyle düşünür. Toplumun veya aklı başında yöneticilerin falan entelektüele önem vermesi, saygı duyması başka bir şey, ama kimse, keyifli bulduğu için, kendisine bir derece kazandıracağı için entelektüelliği tercih edemez.

Entelektüeller zaten toplumla da, hele yöneticilerle de kolay kolay uyuşamaz. Genellikle çoğunluktan ayrı düşerler. Onun için "entelektüel yalnızlığı" diye bir şey vardır. Popülarite ile entelektüellik bir araya çok zor gelir. Ender durumlarda, bazı tarihsel durumlarda, özel bir konjonktürde denk geldiği olmuştur. Normalde entelektüeller, gündelik hayatın koşuşturması içinde pek ilgi gören insanlar değildir.

Toplumsal hayata ve diğer insanların yaşamına etki etmek açısından "aydın" ve "entelektüel" kavramlarını birbirinden ayırıyorsunuz. Oysa bunlar sıkça birbirinin yerine kullanılıyor.

"Aydın" dendiğinde, özellikle Türkiye'deki bir kişiden söz edilince, devrimlerden, Aydınlanma'dan yana bir insan kastediliyor. Sadece kendi aydınlanmış değil, toplumu aydınlatma gibi bir misyon üstlenmiş kişi diye düşünülüyor. Birine aydın demek için, toplumsal alanda bir tarafta yer almak, hatta bir mücadele yürütmek şartları aranıyor. Ve bu kişinin, bir entelektüel olduğu kabul ediliyor. Oysa onun entelektüel olması şart değil.

Bence entelektüel toplumsal sorumluluk üstlenmeli. Farkında olduğu, gördüğü gerçekleri dönüştürme veya geliştirme yolunda çabalamalı. Zaten belli bir bilinç düzeyinde vicdan da mutlaka işin içine girer; haksızlığı ve zulmü neden-sonuç ilişkisiyle fark edip de insanın sessiz kalması kabul edilemez geliyor bana. Ama böyle davranmadığı halde entelektüel tanımına uygun olabilir bir kişinin özellikleri. Entelektüel olabilir, ama Aydınlanma devriminden, yaşadığı dönemdeki ilerici hareketlerden yana olmayabilir. Böyle insanlar, bu ayrımı somutlaştıran, hepimizin tanıdığı insanlar var.

Mesela Latin Amerika'yı alalım, daha uzak bir örnek olsun diye. Márquez, Küba Devrimi'ne, sosyalist hareketlere, eşitlikçi toplum idealine yakın bir insandı. Pablo Neruda da öyleydi. Ama Borges öyle değildi, o konularla pek uğraşmazdı. Bizde kullanıldığı anlamda, Márquez ve Neruda, çok önemli birer aydındı. Oysa içlerinde en entelektüel olan Borges'ti. Sadece bu üçü içinde değil, Latin Amerika yazarları, hatta dünya yazarları arasında, en entelektüel olanlardan biridir.

Entelektüellik, insanı mutlaka belli bir politik tavra götüren bir özellik değil. Dünyayı zihinle, bilgiyle anlama çabası, hayatı o yolla kavramak demek.

Aydın ile entelektüel kavramlarını eşanlamlı kullanmak bizi yanlış yerlere götürüyor. Örneğin, Cumhuriyet'in ilk yıllarındaki o meşhur "köy imamı-köy öğretmeni" karşıtlığında ortaya çıkıyor bu. Burada aydın, köy öğretmeni oluyor. Bunu entelektüel ile aynı anlamda kullanınca konu karışıyor.

Aydın bir köy öğretmeninin entelektüel olması çok zor, çok küçük bir olasılıktır. İstisna düzeyinde örnekleri vardır mutlaka, ama entelektüellik tipik bir aydın köy öğretmeninin belirleyici özelliklerinden değildir. Devrimlerden yana olur, sapasağlam yürekli bir insandır, zorluklarla ve gericilikle çarpışır, her türlü mücadeleyi verir, eli öpülesi, saygı duyulası bir insandır... Fakat bunlar başka bir konudur, entelektüel insan tanımına karşılık gelmez.

"Aydın" derken kastedilen anlama pek itirazınız yok gibi anlıyorum. Daha çok, "entelektüel" kavramına yanlış anlam yüklenmesine, özellikle de "aydın" ve "entelektüel" sözcüklerinin birbirinin yerine kullanılmasına karşı çıkıyorsunuz.

E, farklı kavramlar bunlar. Ve sorun, daha çok, entelektüel kavramına hatalı yaklaşımlardan kaynaklanıyor, diye düşünüyorum.

Hatta bu sözcüğün yazılışında da bir sorun görüyorum. Akıl anlamındaki *intellect* kökeninden geliyor. İki "l" ile yazılırken bir tanesi atıldı. Oysa Batı dillerinden aldığımız bir kelime bu. Türkçede tam karşılığı olmadığı için, oradan alıp kullanıyoruz. Olabilir, kötü bir şey değil. Ama iki "l" ile yazılan bir kelimeyi tek "l" ile kullanmak bana doğru gelmiyor. Anlamlı değil.

Başka bazı sözcüklerde, örneğin "Kolektör" kelimesinde de benzer durum var. Tamam da şimdi konuşurken "entellektüel" dediğiniz yerleri bu kitapta nasıl yazacağız? "İmla hatası" yaparak iki "l" ile mi yazsak acaba?

Karışmam. Ben bunları yazmıyorum, konuşuyorum şu anda. Sen editörünle anlaş.

Tam burada, entelektüellerden ve düşünmek eyleminden söz açılmışken, dil konusuna gelmek istiyorum. Entelektüellerin ve toplumun diline...

Dil konusundan aklımı alamıyorum bir türlü. Çünkü durmadan gözümüzün önünde; televizyonda, gazetelerde veya insanlarla konuşurken hep karşımıza çıkıyor. Ben yaşım gereği, önceki insanların nasıl konuştuğunu çok iyi biliyorum. Hangi sınıftan olursa olsun, hangi gelir seviyesinde olursa olsun, insanların konuşması daha düzgündü. Kelime, cümle, paragrafları yerli yerinde kullanma ve imla, bütün bunlar hakikaten bugüne göre daha düzgündü. En azından bir çaba vardı, iyileşme uğraşı içindeydi insanlar.

Bugün duyduklarım beni dehşete düşürüyor. Eskisine göre çok daha fazla kaynak ve olanak bulunduğu halde, göze batacak düzeyde bir aldırmazlık var. Özensizlik, saygısızlık boyutunda umursamazlık. Bırak dil konusunda hassas olmayı, estetik kaygıları falan, dili doğrudan anlaşma aracı olarak kullanma düzeyinde bile sorunlar ortaya çıkıyor. Oysa anlaşma aracından öteye anlamları var dilin.

Bir ülkenin dili bozulursa, o diliyle üreteceği milli edebiyatı gelişmezse, bilim yaptığı dili kusurlu hale gelirse, o ülke çökmüş demektir. Zaten kalmaz ortada. İlkelleşir. Öyle bir ilkelleşme tehlikesi var. Ve beni çok üzüyor bu.

Mesela, yıllardır kullandığımız "muhatap" kelimesi, "muhattap" diye telaffuz edilmeye başlandı. "Muhattap"! Veya "h"yi de kaldırıp "muattap" diyorlar. Ama mutlaka iki "t" ile. Öyle konuşuyorlar, hatta öyle yazıyorlar. Nereden çıktı, nasıl bu hale geldi bilmiyorum.

Ağla sevgili Türkçem

İnsanların güzel konuşmasını beklemenin veya estetik kaygının ötesinde, anlamı bozacak düzeyde dil kullanımı sorunlarını eleştirirken, buna e-posta yazışmalarını, internet ortamındaki mesajlaşmaları da dahil ediyor musunuz?

İki kişi arasındaki özel bir iletişimle ilgili yorum yapmak doğru değil tabii. Bizi ne ilgilendirir gibi düşünebiliriz. Ama örneğin sosyal medyada iki kişinin yazışması özel iletişim sayılamaz. Birbirlerine hitaben de yazsalar, sonuçta başka insanların önünde gerçekleşiyordur diyalog. Herkese açık veya o yazışanların arkadaşlarına açık falan diye seçilebiliyor değil mi? Oradaki iki kişiden başkası göremiyor olsa, zaten sosyal medya olmazdı o ortamın adı.

Dildeki özensizliğin önemli kaynaklarından biri, kuşkusuz, elektronik yollarla kurulan iletişimler. Oturup düşünerek, uzunca zaman ayırarak mektup yazmaya benzemiyor ki. Ceplerde taşınan telefonların küçük ekranları üzerindeki kullanması zor tuşlarla yazışırken, mutlaka kuralsız cümleler, noktalama eksikleri, imla hataları ortaya çıkacaktır. O ortama özgü kısaltmalar, işaretler, biz de kullanıyoruz tabii.

Konuşurken de öyle; herkesin diksiyonu iyi olmayabilir, bazı kusurları bulunabilir. Ama bu iyice umursamazlık, muhatabına saygısızlık boyutuna ulaşmamalı. Hele anlamda karışıklık yaratacak düzeyde hatalı kullanımlar kabul edilebilir mi? Anlaşılmayı umursamıyorsan niye bir şeyler söylüyorsun?

Bu sorunla ilgili çok örnek var. "Dahi" ile "dâhi" çok yaygın olarak, ayırt edilemez biçimde kullanılıyor. "Ben oraya gelsem 'dâhi' seni göremem" gibi. Veya "Bu hükümet bu kararı çıkarsa 'dâhi' Anayasa Mahkemesi'nden döner..." Peki, deha özelliği bulunan bir kişiden söz ederken ne diyecekler? "Dâhiler dahi ölür" demek için ne yapacaklar?

Uzun veya kısa söylenen harfler, inceltmeler, bu kurallar zorluk olsun diye değil, iletişimi kolaylaştırmak için var.

İnceltme işareti kullanmak ne kadar gerekli, diye tartışılır bazen. Örneğin "diğerkâm" yazarken şapka kullanılmazsa sorun olur mu?

Önce, konunun tartışılmayacak kadar açık bir yönü var:

Anlam açısından belirleyici olduğu durumda mutlaka kullanılmalı. "Hala" ile "hâlâ" kelimelerinin anlamı birbirlerinden bambaşka değil mi? "Kâr" ile "kar" sözcüklerini birbirine karıştırmadan nasıl kullanacaksın?

"Diğerkâm" gibi örneklerde belki tartışılabilir. Burada şapka kullanmazsan da anlam açık. Başka bir sözcükle karışma durumu yok. Yine de kullanmakta fayda var, diye düşünüyorum. O sözcüğün yazılışı öyle sonuçta. Bazen ilk kez karşılaştığı bir kelimeyi okurken veya nasıl telaffuz edileceğine emin olmadığı durumda okura yol gösterici de olur. O metinde gerekli her yerde inceltme işareti kullanıldığını fark ederse okur, şapka kullanılmayan bir kelimenin nasıl seslendirileceği ile ilgili de bir fikir edinebilir.

Tabii, kelimeleri doğru seslendirme sorunu, tek başına inceltme işareti kullanımıyla çözülemez. Özellikle uzun okunacak "a" sesleri gibi bazı durumlar bu konunun dışında kalıyor.

Bunların dışında, bir de karıştırılan sözcükler var. "Tensikat" ve "tenkisat" gibi.

Düzenleme veya düzenli hale getirme eyleminin çoğul hali anlamında "tensikat" sözcüğüyle azaltmalar veya miktar düşürmeler anlamındaki "tenkisat" sözcüğünden söz ediyorsunuz.

Öyle de neden tam burada araya girip açıklıyorsun? Tanımlama gereği duyuyorsun, değil mi? Hatırlatıyorsun. Bizim okurlarımız arasında bile bunları karıştıranlar vardır, hatırlamayanlar çıkar diye.

Olabilir elbette. Her insanın karşısına her zaman bilmediği kelimeler çıkabilir. Hiç sorun edilecek bir şey değil. Sürekli bir bilgi yarışmasındaymışız gibi yaşayacak değiliz. Bir üstünlük meselesi gibi de görmek doğru değil bunu. Zaten ancak bir ihtiyaç olması durumunda insan bu yönde gelişebilir. Bir zenginlik elde eder. Artık öğrenmek de çok kolay.

Telefonu çıkarıp bir kaynaktan bakabilirsin. Biz koca koca sözlüklerle çalışıyorduk. Yanımızda sürekli taşınamayacak büyük, ciltli sözlüklerimiz vardı. Hele deyimlerle, atasözleriyle ilgili bilmediğimiz bir şeyle karşılaşınca, onu araştırmak ve öğrenmek çok zaman alıyordu.

Belki de öyle uğraşmanın faydasını görmüşüzdür. O sayede öğrendiklerimiz daha kalıcı oluyordu herhalde.

Dili iyi kullanmak için biraz çaba harcamak gerekiyor. Son zamanlarda dikkatimi çeken, aşırı miktarda "yani" kullanımı, sanıyorum, uygun sözcükleri seçmek için çaba harcamamakla açıklanabilir. Sürekli "yani" diyerek konuşuyorlar. Bir cümleye başlıyorlar, "Efendim ben bu konudaki görüşümü şöyle izah edeyim" diyorlar, sonra da "yani" diye devam ediyorlar. "Dolayısıyla", "demek ki", "öyleyse", "bu durumda", "öte yandan"... gibi onlarca seçenekten birini seçmek yerine, durmadan "yani, yani"!

Böyle bir sorun insanın kafasına takılınca algıda seçicilik de oluşuyor; bu "yani"ler beni çok rahatsız ediyor.

Bir de "eğer" diye bir kelimemiz vardı, o da "eğer ki" oldu. "Öyleyse, eğer ki!" Nereden çıktı bu "Eğer ki?"

Böyle sorunlar öyle hızlı yayılıyor ki. Bulaşıcı bir mikrop gibi, birçok kişinin dilinde hastalık gibi yaygınlaşıyor.

Bu dil keşmekeşi düşünmeyi zorlaştırır. Çünkü dil, düşünmenin en önemli aracı. Dil olmadan düşünce olur mu? Kavram olmadan düşünce olur mu? Ülkedeki bu dil ve kavram meselesi bence şu anda en acil konulardan birisi. Sorun yazarları da kapsamış durumda. Bir sefalet içindeyiz.

2000'lerin başından beri, popülerleşen köşe yazarlarından bazıları, adeta paragrafsız yazıyor. O şekilde düşünce dile getirilemeyeceğine, anlaşılamayacağına ve anlatılamayacağına göre, öyle yazıların işlevi ne olabilir?

Alt alta cümleleri sıralıyorlar. Bazen cümleyi bile tamamlamıyorlar, üç nokta koyup bırakıyorlar. Neymiş, kolay okunuyormuş! Halk böylesini istiyormuş!

Önce şunu düşünelim: Neden birileri "düşünce açıklıyor" ve binlerce insanın onu okuması bekleniyor? Neden birilerinin görüşü soruluyor, söyleşiler yapılıyor? Neden birileri sürekli kanaatler dile getiriyor, fikir beyan ediyor?

Bu işleri yapanların, bu konuşup duran, yazıp duranların yerine, memlekette yüz binlercesi bulunabilecek başka sıradan insanlar aynı işi yapsa ne değişecek? İşi yazmak, çizmek, düşünmek olanlar, o işleri yaparken ne gibi bir fark yaratıyor?

Bir şey ortaya çıkarırken, bir şey yazarken, bir değer yarattığına inanmadan çalışılır mı? Bir yazar, yazdıkları için insanların ömürlerinden bir parça vereceğini, okumak için zaman ayıracağını göz ardı edebilir mi? Buna değecek bir yapıt ortaya çıkarma iddiasıdır yazmak. İlle de başarılı olamayabilir, umduğu üretimi gerçekleştiremeyebilir. Ama ancak öyle inanarak, o hedefe yönelerek bir üretim sürecine başlayabilir. Yoksa beğenilmek gibi, popülerlik gibi hedeflere ulaşmak için gerçekleştirilen etkinlikler hiçbir şekilde "düşünmek" anlamına gelemez.

Peki, bu meşhur köşe yazarları, kendilerinin o ayrıcalıklı konumu için ne düşünüyorlar acaba? Bunu hangi özeliklerinden dolayı hak ettiklerini düşünebilirler?

Zaten böyle bir yazarın yaptığı iş, sıradan insanın bakmadığı açıdan bakmak veya düşünülmesi zor bir şeyi düşünmek falan değil. O, kendi tarafındakilerin duymasını istediği sözleri hoş biçimde dile getirir. Milyonlarca insanın zaten düşündüğü düşüncelerden, zaten yaygın olan duygulardan beslenir. Üretmez, tüketir.

Öyle bir yazarı seven okurların çoğu, aslında geçinmek için gece gündüz çalışmıyor olsalar ve bir iki ay pratik yapsalar, kendileri de o metinleri yazarlar. Bu okur tipi, kendisini rahatsız edecek veya bir değer katacak yazılara değil, görüşünü onaylayacak olanlara meraklıdır.

Bunu bir öfke sonucu söylemiyorum, apaçık gördüğüm bir durumu belirtiyorum. Gerçekten en "meşhur" yazarların yazdığı yazıları, o düşünceleri, o söyleşileri, o kitapları yazabilecek yüz binlerce insan yaşıyor.

Bunu, "halkımız çok birikimli ve yetenekli" falan anlamında da söylemiyorum. Ne yazık ki, asıl açıklama, "aydın-sanatçı-medya" âlemindeki sefillik.

Bu nedenle saygınlıkları da kalmadı. Ne, "edebiyatçı" ne "düşünür" ne de "sanatçı" kavramlarının insanların gözünde eskisi kadar değeri var. Bu sıfatlara pek aldırmıyor artık insanlar.

Zaten az biraz nefes alacak duruma gelince, günlük koşuşturmasından kurtulup zaman ayırabilecek biçimde günlerini düzenleyebilen neredeyse herkes, hemen "bir kitap yazmak" hevesine kapılıyor. Diğerleri de bu işi "emeklilik uğraşı" olarak erteliyor. Haksız da sayılmazlar, "Benim neyim eksik?" diye düşünmelerini sağlayacak bir kültürel atmosfer içinde yaşıyor insanlar.

Dilsiz düşünce

Dil düşünceyi dile getirmek konusunda âciz olunca tartışmalar da imkânsız hale geliyor. Özellikle "sol", "sanatçı", "milliyetçilik" gibi çok sayıda kavramın anlamı kişiden kişiye o kadar değişiyor ki, bunları tanımlamadan konuşunca ne kastettiğinizin anlaşılması mümkün olmuyor. E, her iletişimde bunca sözcüğü tanımlayarak "Ben şu anlamda kullanıyorum" diye açıklayamayız ki!

Zaten her şeyin "bence"si olmaz! Öyle temel kavramlara

"Ben şu anlamda kullanıyorum" diye yaklaşım olur mu? Terminoloji oturtmak dediğim; kavramların ne ifade ettiğini felsefi, sosyolojik, tarihsel bağlantılarına uygun biçimde belirlemek. Ancak ondan sonra düşünce farklarımız üzerinde tartışabiliriz. Biz tartışamıyoruz, hiçbir şey tartışamıyoruz Türkiye'de.

Sosyal medyanın da etkisiyle bu iş iyice sulandı. İnsanların, düşüncelerini dile getirecek alan bulmaları, iletişimin demokratikleşmesi elbette çok önemli ama bu alanı pek de verimli kullanmadığımız açık. Sosyal medyada haberlerin ve paylaşımların altına yazılan yorumlara bakarsanız görürsünüz; küfür, hakaret dolu, bir görüş bildirmekten çok moda deyişle "ayar vermeye, kapak yapmaya" meyilli yazılar. "Bence öyle" ya da "Bence öyle değil!" Sosyal medyanın hızında kimse kimseye neden öyle düşündüğünü sormayacak nasılsa, buna güveniyor. Sence neden öyle değil diye sorduğunda "İşte" diyor. O kadar keyfi ki her şey, "Dünya yuvarlaktır" dediğinde, "Bence öyle değil" diyecek insanlarla dolu dünya...

Ama şu görüşümü de eklemem gerekiyor. Gazi'ye "En iyi silah hangisidir?" diye sormuşlar. "Yerine göre" diye cevap vermiş. Öyle ya bazen bir top gerekli olur bazen de bir sapan. Sosyal medya da böyle bir silah. Ayrıca bazen gerekli bir araç da iyi ya da kötü amaçlarla kullanılabilir. Bir bıçakla ekmek de kesilebilir, insan da. Sosyal medya susturulmaya çalışılan toplumlara nefes borusu oluşturdu. Özellikle tecavüzler, haksızlıklar, faili meçhul olarak üstü örtülmek istenen dosyalar, devlet katındaki entrikalar, dün yazdığını, söylediğini inkâr edenler sosyal medya sayesinde teşhir edilebiliyor.

Sözcüklerin tanımında anlaşıyor olsaydık, çeşitli iletişim ortamlarındaki olumsuzlukları belki de kolayca aşabilirdik.

En sık verdiğim örneklerden biri: Dünyada "nasyonalizm"

dendiği zaman bir tek şey anlaşılıyor, bizde "milliyetçilik" ve "ulusalcılık" diye ikiye ayırıp birine sağ, diğerine sol dendiği için, kimse kimseyi anlamıyor.

"Anlaşmak" derken, aynı fikirde olmak, birbirinin görüşünü onaylamak gibi şeyleri kastetmiyorum. Düz anlamda, karşılıklı olarak birbirinin ne dediğini anlamak, doğru bulmadan veya hak vermeden de olabilir, sadece karşısındakinin ne demek istediğini anlamak; daha bu aşamaya gelmiş değiliz. Verdiğim örnekle ilgili sorun, aslında daha temel kavramların tanımında anlaşamamaktan kaynaklanıyor. "Sağ", "sol", "emperyalizm", "demokrasi", "özgürlük" gibi en temel kavramlar o kadar farklı anlamlarda kullanılıyor ki, "milliyetçilik" gibi net bir kavramı bile çoğu kişi bu tabloda nereye yerleştireceğini şaşırıyor.

Bu durumda, milliyetçilik ile ulusalcılık sözcüklerini birbirine karşı kullanıp tartışanlar, düşünce tartışmasına girişmiş olmuyorlar. Bunun yerel bir kavgaya tutuşmaktan başka anlamı yok. O bakış açısıyla yazılan metinlerin, üniversite tezlerinin, tarih kitaplarının çevirisi yapılamaz. Çünkü dünyada anlaşılmaz.

Peki, yerel bilim ve sanat olabilir mi? "Başka yerlerde geçerli değil ama burada sanatsal veya bilimsel değeri var" denebilecek çalışmalar, böyle yapıtlar olabilir mi? Bu yaklaşımla düşünce üretilebilir mi? Özellikle yöresel zenginlikleri kullanan sanat ürünlerinden dolayı akla böyle bir soru gelebilir.

Olur mu hiç! Sanatta yerel değerlerden beslenmek, köklere bağlı kalmak falan, bambaşka bir konu; sadece yerelde geçerli bir sanatsal veya bilimsel değer olamaz. Aydın için de durum böyle. Kendi toplumuna, kendi yereline yoğunlaşabilir, oradan beslenebilir, oraya ışık tutabilir, hatta böyle olması gerekir, ama düşünce yerel bir etkinlik olamaz.

Dil düşüncenin evidir

Dil kullanımı, hep bir mesele olmuştur memleketimizde. Belki de kendi diliyle en fazla uğraşan entelektüel tipi Türkiye'dedir. Hatta dil kullanımına yaklaşım, bir aydın tavrı olarak da tartışılır.

Siz bir edebiyatçı olarak eski dil, eski sözcük gibi konulara pek katı yaklaşmıyorsunuz.

Bir kelimenin Türkçe olması için kökeninin Türkçe olması elbette gerekmiyor. Sözcük tercihlerinde kökenlerine aşırı öncelik verirsek, Türkçenin yoksullaşması tehlikesiyle karşı karşıya kalırız. Dilde tutuculuğa, ırkçılığa her zaman karşı oldum. Türkçe daha da zenginleşsin isterim. "Aynı anlama gelen kelime zaten var, o yabancı kökenli sözcüğü kullanmayalım" gibi yaklaşımlar her zaman doğru olmuyor. Çünkü nüanslar da önemli. Seçeneklerin çok olması, farklı sözcüklerle bir anlamı ortaya çıkarmak zenginliktir.

Hep verdiğim bir örnek var. Gönül, kalp, yürek kelimelerine bakalım; bunlar birbirinin yerine kullanılabilirmiş gibi geliyor. Peki, bir de bunların karşıtlarını düşünelim: Gönülsüz, kalpsiz, yüreksiz. Bu kelimelerden herhangi birini feda edebilir miyiz? Biri isteksiz, diğeri acımasız, öbürü korkak gibi, ne kadar farklı anlamlar çıkıyor ortaya.

Her şeyden önce, dilin yaşayan bir yapı olduğunu akıldan çıkarmayalım. Sürekli dönüşür, gelişir, bazen de geriler. İşte, Ortadoğu'da şiir dilinin, Batı'da ise felsefe dilinin geliştiğini söylüyoruz bazen. Bu, bir ifade kolaylığından dolayı söyleniyor. Bir dilin gelişmişliği, hangi alanda geliştiği gibi durumlar, o dilin kullanıldığı toplumlardaki yaşam biçiminin, dünyaya bakışın, o kültürlerin bir sonucu olarak ortaya çıkıyor.

Eskiden beri hep söylenir, Eskimolarda kar yağışını ifade eden çok sayıda sözcük vardır. Yağışın şiddetinden süresine kadar, rüzgârın neden olduğu eğime kadar, çeşitli kar yağış biçimlerini farklı farklı sözcüklerle ifade ederler. İlkel bir hayat yaşayan, dünyayla iletişimi bulunmayan kabilelerin dilinde bile, başka bölgelerdekine göre daha zengin bazı özellikler bulunabilir.

Yeni bir ihtiyaç ortaya çıktığında, o toplumun diliyle bir kavramı anlatmak için "gelişmiş" dillere göre daha uzun cümleler kurmak gerekebilir. Ama zamanla, bu ihtiyacı karşılayacak deyimler ve kelimeler ortaya çıkar. Gerekirse, yabancı kökenli sözcükler girer o dilin içine.

Bu dedikleriniz yüzlerce yıldır tüm dünyada geçerli bir durum. Fakat her yerde dil böyle tartışmalı bir mesele değil galiba. Bizdeki "gericilik-ilericilik" çekişmesiyle dil kullanımı arasındaki ilişkilendirmenin başka açıklamaları da olsa gerek. Kelime seçimi bazen "sağcılık-solculuk" ölçütü gibi görülebiliyor.

Dil konusunda bizdeki tartışmalar da, demin söylediklerimle aynı gerçeğe dayanıyor; Türkçenin kendisinden değil, bizim kültürümüzle, kültürü yaratma biçimimizle ilgili bir mesele bu.

Önceki bölümde de konuşmuştuk, uygarlıklar yaratan diğer toplumlar gibi orijinal bir kültür üretmemişiz biz. Bir tür sentez yaratarak kültür üretmişiz.

Bu durumun elbette dilimize, daha doğrusu dilimizle olan ilişkimize etkisi var. Daha önce balıkla, denizle pek işimiz yokken, bu coğrafyada onlarla ilgili yeni kelimeler gerekli hale geldi. Bazı çeşitlerine "kılıçbalığı" gibi isimler bulduk, ama buralarda zaten yaşayan insanlar vardı ve o balıkların yüzlerce çeşidi için farklı sözcükler kullanıyorlardı. Biz de o insanlarla iç içe yaşamaya başlayınca, onlarla iletişimde, doğal olarak "palamut" gibi, "kefal" gibi yeni kelimeler kazandık.

Sonuçta, eski tarzlarımızı tamamen terk etmesek de kendi yaratmadığımız bir yaşam biçimi içine giriyorduk. Kullandığımız dili de terk etmiyorduk, ama başka toplumlarda alışkın olunmayacak düzeyde bir yenilenmeye, bir değişime hep açık olduk.

Demek ki yabancı dillerden kelime almak koşulların gereğiyse, yeni ortaya çıkan bir ihtiyacı karşılamaya yönelikse zenginleşmek olarak kabul edilebilir. Fakat bu "durup dururken" dediğiniz biçimde yapılıyorsa, bir tür özentiden kaynaklanıyorsa, yozlaşma göstergesi kabul edilmeli.

Örneğin birkaç yüzyıllık Batılılaşma çabalarımızın son birkaç on yılında, bu tür bir yozlaşma iyice göze batar hale geldi. Dükkân isimlerinden günlük iletişime giren birçok kelimeye kadar çeşitli alanlarda, özellikle '80'li ve '90'lı yıllarda adeta bir İngilizce furyası yaşandı. Sonra da artık kanıksanmış bir hal aldı. Dolayısıyla halen devam ediyor.

Bunun Batılılaşmakla bir ilgisi yok tabii ki. Tersine, Batılılaşamamanın bir sonucu diye de düşünebiliriz. Geçmiş dönemlerimizdeki gibi bir sentez oluşturmaktan çok farklı bir şey bu. Dilin veya kültürün zenginleşmesi falan da söz konusu değil. Bir yandan da kültür sanat alanında egemen kılınmaya çalışılan gerici, dinci eğilimlerle Arapçanın etkisi artırılmaya devam ediyor. Ve bu iki yöndeki yozlaşma aslında birbirini besliyor. Batı özentisine veya Araplaşmaya tepki duyan halkın bazı kesimlerinde karşılık bulabiliyor.

Sonuçta, meramımı anlatmaya en fazla yarayanları, yaratmaya çalıştığım duyguyu hissettirecek olanları tercih etmek, kelime seçimindeki önceliğimdir. Halk içinde yaşayan, hissedilen, sözlük anlamı yanı sıra ruhu da bulunan kelimeleri önemserim. Bu amacıma en uygun kelime yabancı kökenliyse, onu kullanmaktan kaçınmam. Ama böyle bir gerekçem olmadığında, elbette Türkçe kökenlileri seçerim.

Bir de somut olmayan kültür mirası konusu var. UNES-

CO'da bu konuya çok emek vermiştik. Bazı kelimeleri dilden çıkardığınız zaman özellikle şiir mirasınızı çöpe atıyorsunuz demektir. Kültürü kuşaktan kuşağa dil ve din taşır. Siz dilinizi değiştirirseniz, yüzlerce yıl kullanılmış kelimeleri atarsanız yeni kuşakları bir kültür çölüne mahkûm etmiş olursunuz.

Akademisyenin şovmen hali

Peki, popüler aydınların son zamanlarda sürekli "cahillik" konusunu işlemesi de bu tür bir uyarı-eleştiri kabul edilebilir mi? Televizyonlarda ve çeşitli ortamlarda topluma "cahilsiniz" diye bağırıp duranlar, hatta biraz da bu sayede meşhur olanlar var.

Onlar şovmen. Televizyon şovlarına çıkan ve o tür etkinliklerde bulunan insanlara öyle denir, televizyon şovmeni denir.

Bak bu kelime de, az önce konuştuğumuz konuya bir örnek olabilir. "Şovmen" fazlasıyla yabancı dil çağrışımı yapan bir sözcük olduğu için, belki "gösteri adamı" veya "gösteri insanı" gibi bir alternatif önerilebilir. Ama aynı duyguyu vermiyor gibi geliyor bana. Tam karşılık olmuyor. Neyse...

Şovmenlik bir mesleğin adıdır sonuçta. Farklı meslek kökenlerinden gelebilir insan, hekim olabilir örneğin, ama hekimliği değil de televizyonda veya internette gösteriyi tercih ediyorsa, şovmenlik mesleğini yerine getiriyor demektir. Amerika'da en önemli televizyon şovu ödüllerini kazanan, bizden bir doktor gibi. Çünkü zamanını o işe veriyorsundur. Kütüphanelere kapanmayı, akademik çalışmalar yürütmeyi tercih eden bir bilim insanı olsan, zamanını ona uygun biçimde kullanırsın. Bu ikisi dünyada birbirine karışmaz. Noam Chomsky'yi her gece bir televizyon kanalında muhabbet ederken göremezsin. Bazen denk gelip ekrana çıksa bile, orada yaptığı iş şov olmaz.

Bizdeki şovmenlerle ilgili sorun, onların yaptıklarının bilimsel etkinlik gibi sunulmasından kaynaklanıyor. Kendileri de profesör veya doktor unvanlarını kullanarak böyle bir izlenim oluşturmaya çalışıyorlar. Benzer durum, sanatçı, edebiyatçı, düşünür gibi unvanlarla şovmen tarzında hareket edenler için de geçerli elbette. Ama akademik unvana sahip olmak, bu açıdan daha büyük avantaj sağlıyor.

Bu insanların kişisel özellikleri değil konumuz. Zaten öyle bir sorunumuz yok, o kişilerle bir derdimiz yok. Ama konuştuğumuz konuyla ilgili ve genel bir tutumu yansıttığı için bunları söylemek zorunda kalıyorum. Toplumla iletişimimiz daha düzeyli olsun istiyoruz. Oysa bazı akademisyenler bizi aşağıya çekiyor. Toplumun, kültür sanat ortamlarının düzeyini düşürüyorlar. Şimdi bunları söylerken bile kendimi kötü hissediyorum. Ayıp bir konuyu konuşmuş gibi, görmememiz gereken bir durumu görmüş gibi oluyoruz.

Televizyona çıkarılan bu insanlara, nedense bütün konularda söz söyleme hakkı varmış gibi davranılıyor. Kendileri de öyle bir tutum sergiliyorlar. Kişinin adının önüne "profesör" kelimesi konunca, coğrafyadan sinemaya, sağlıktan politikaya, dinden mimariye her konuda kesin yargılarla konuşma hakkı varmış gibi bir hava oluşuyor. Sanki bu unvan, belli bir alandaki akademik çalışmalarla ilgili değilmiş gibi. Karşılarında bunu yargılayacak muhataplar da pek bulunmadığı için, televizyon programları, yalan yanlış bilgilerin etrafa saçıldığı birer şova dönüşüyor.

Örneğin geçen gün, bir televizyon programında, sunucu iki profesörü konuk etmiş, konuşuyorlardı. Biri tarih biri de jeoloji alanında bilim insanları. Jeolog olanı bir soruyu yanıtlarken, "O dönemler zaten Yunaniydi, Yunan kültür ortamı çok genişti, İncil de bu nedenle Yunancadır" dedi. İsa'nın dilinin Yunanca olduğu konuşuldu o programda. Diğer ikisi, sunucuyla diğer profesör, ki o tarih profesörü, buna itiraz etmek bir yana, onayladıklarını belirtir biçimde sohbete katılıyordu.

Şimdi düşünsene, çevrendeki entelektüel falan olmayan bazı insanlara, günlük koşuşturma içinde yaşayan bazı tanıdıklarına, İncil'in dilini sorsan, Hz. İsa'nın dilinin ne olduğunu sorsan, nasıl yanıt verirler.

Çoğu bilmediğini söyler herhalde. Aramice diye yanıtlayan da bir iki kişi çıkar, sanıyorum.

E, öyle tabii. İlgilenmemiş olabilir insan. Araştırmamış, öğrenmemiş olabilir. Mecbur değil ki. Bilmiyorum, der, olur biter. Biliyorsa da, bir nedenle incelemiş olduğu bir konuysa, doğru bilgiyi verir. "İncil'in orijinali Aramicedir" der. Hatta daha fazla araştırmışsa, "Aramice, Sami dil ailesinin Kuzey-Batı grubundan bir dildir. Bugünkü Suriye çevresinin, o coğrafyanın eski adı Aram idi, oralardaki dildir" falan diyebilir. Merak etmiştir, örneğin ne bileyim, belki bir nedenle Süryanice konusunu biraz araştırmıştır, o vesileyle Süryanicenin aslında Aramicenin dört lehçesinden biri olduğu aklında kalmıştır... Böyle bir şey şart değil, ama tesadüfen o sırada konuşulan konuyla ilgiliyse, aklında o bilgi kalmışsa, söyler. Bilmiyorsa bir şey söylemek zorunda değil.

Profesör olunca durum niye değişsin? Hele çalıştığı bilim dalıyla ilgili bir konu değilse, bir şeyi bilmediğini söylemekte ne sakınca var?

O programda kimsenin itiraz etmeyişinden daha vahimi, İsa'nın dilinin Yunanca olduğunu söyleyip geçerken, bunu gayet ukala bir tavırla, "cahillere bilgi vermek" tarzında yapmalarıydı.

Böyle davranmakta herhangi bir sakınca görmüyorlar, çünkü o an söyleyip geçiyorlar. Belki yazacak olsalar biraz çekinirler, kitaplarda kalacağını, bir gün birinin karşısına çıkınca itiraz edileceğini düşünürler.

Dolayısıyla dünyayı anlama çabasından vazgeçip de "Ben bilirim, ben oldum" mesajı vererek herkese tepeden bakan, muhataplarını cahil ilan eden tavırlara yönelmişse bir kişi, onun derdi entelektüel bir hayat değil, şov yapmaktır.

Nâzım'ın "Taranta Babu'ya Mektuplar" yapıtında geçen o dizeler, nasıl da bizdeki güncel duruma karşılık geliyor:

Sen ki kapkara cahilsin
herhangi bir
hukuku düvel profesörü kadar...

Google bilginleri

Belki internet ortamının sağladığı olanakların da etkisiyle, toplum genelinde anlatma ve yazma çabası müthiş biçimde artıyor. Ve bu iş genellikle, düşünce geliştirerek değil, kanaat bildirerek, en kestirme yoldan yapılıyor. Buna karşılık, anlama ve okuma eğiliminde pek düşüş yaşanmıyor ama okumanın, dinlemenin niteliğinde bir bozulma meydana geliyor galiba. Bu açıdan bakınca, eleştirilerinizin daha çok son dönemlerdeki entelektüellik algısına yönelik olduğunu söyleyebilir miyiz?

Dert ettiğim sorunun özü, entelektüel kişiler diye insanların karşısına şovmenlerin çıkarılması. Öğretici olsun sunumlar, didaktik olsun, ona bile razıyım; yerinde ve zamanında hepsi anlamlı olabilir ama ukalalık başka bir şey.

Şunu da eklemem gerek: Günümüzde de elbette entelektüel tarzda yaşayan, değerli çalışmalar yapan insanlar var. Koşullar onların biraz gözden uzak kalmasına neden olsa da belki her zamankinden fazla sayıda değerli insanın memleketimizde yaşadığına inanıyorum.

Yaka silkilecek bu malumatfuruşluk, son dönem toplumsal dönüşümlerde iyice vahim bir bela haline gelse de önceki dönemlerde de bu duruma bolca rastlanıyordu. Tarihimiz bunu yansıtan çeşitli hikâyelerle dolu. Bunlardan biri, İbn Kemal'in hikâyesidir.

Şark'tan gelen bir İslam âlimi, Molla Kabız, Hz. İsa'nın Hz. Muhammed'den daha üstün olduğunu iddia ediyordu. Kuran'a ve İslami bilgilere dayandırarak ileri sürüyordu bunu. Bu bilgi Saray'a ulaşınca, kovuşturmaya karar verildi. Molla'nın karşısına iki kişi çıktı, iki kazasker. Ve çetin bir tartışmaya tutuştular. Ne var ki, sahip oldukları İslam bilgileriyle Kabız'ı mat edemediler. Çünkü Molla Kabız, daha fazla Kuran alıntısı yapıyor, daha çok bilgi ortaya koyuyordu.

Yine de onun haksız ve zararlı olduğuna karar verip idamına hükmettiler. Padişah ise bu duruma kızdı. "Siz onu ilmen alt edemediyseniz, bu karar siyasidir" gerekçesiyle, onaylamadı.

Bunun üstüne İbn Kemal devreye girdi. İbn Kemal, o dönem ilm-i metot diye onaylanacak biçimde bazı ayet ve hadisleri ele alarak, onları yorumlayarak, özellikle Bakara Suresi'ni kullanarak Kabız'ın iddiasını çürüttü.

Bu durum, kaynaklarda, "Molla Kabız'ın dili tutuldu" diye geçiyor. İbn Kemal'e cevap veremediği söyleniyor. Yine de hatasından dönmeyip ısrar ettiği için, doğru diye "kanıtlanan" yorumu kabul etmediği için idam edildi.

Bizim konumuzla asıl bağlantılı kısım şu: İbn Kemal bu olaydan sonra kendisine aşırı biçimde güvenmeye başladı. İnsanları küçük görüyor, herkese cahil diyor, her şeyi kendisinin bildiğini ileri sürüyordu.

Bu tarihsel bilgi. Ama hikâyenin sonrası, halkın yakıştırdığı, yüzyıllardır yaşattığı bir devamı da var. Böyle efsanelerin, masalların altındaki daha derin gerçeğe doğru yürümeyi çok severim. Çünkü halk boşuna yaratmaz böyle şeyleri.

Bir gün İbn Kemal'i görmek isteyen hırpani bir derviş geliyor. Üstü başı yırtık, görenlerin küçümsediği bir adam. İbn Kemal'i illa göreceğim diye ısrar ediyor. Önce içeri bırakmıyorlar, sonra İbn Kemal sesleri duyuyor falan... Sonunda oturup konuşmaya başlıyorlar.

Derviş, boynunu büküp "Hocam" diyor "size bir sorum var." Allah'ın ilminin ne kadar olduğunu, o büyüklüğün nasıl tarif edilebileceğini soruyor.

İbn Kemal, "Ben sana nasıl anlatayım" diyor, karşısındakini cahil bir adam gördüğü için, anlatmanın daha da zor olduğunu düşünüyor. Onun önüne bir kâğıt koyup, bunun bir tarafının sonsuza kadar uzandığını düşünmesini istiyor. Sonra diğer tarafının da sonsuza kadar uzandığını düşünmesini söylüyor. Diğer iki tarafını da öyle. "Bütün taraflara doğru, hayalin ne kadar yetiyorsa o kadar uzat, işte Allah'ın ilmi o kadardır" diye tamamlıyor sözünü.

Hiç itiraz etmeden, hatta açıklamayı değerli bulduğunu belli eden bir tutumla susuyor Derviş. Sonra, "Peki" diye devam ediyor, "bunun içinde İbn Kemal'in ilmi ne kadardır?"

Kemal düşünüyor, düşünüyor, eline kalemi alıyor, ağır hareketlerle kâğıda minicik, belli belirsiz bir nokta koyuyor. Sonra başını kaldırıyor. Bakıyor ki, derviş yok karşısında. Ortadan kaybolmuş, gitmiş. Bunu bir işaret kabul ediyor İbn Kemal. Tutumunu köklü biçimde değiştirmeye karar veriyor.

Kültürümüz böyle kıssadan hisselerle, bu tip eleştirilerle doludur. Yunus Emre ve Molla Kasım ile ilgili de böyle bir hikâye var. O daha fazla biliniyor.

Yunus'tan yüzyıllar sonra, bir molla, onun metinlerini inceliyor, onları çok cahilce buluyor. Kendisinin büyük bir âlim olduğunu düşünüyor çünkü. O sayfaların bir kısmını yırtıp suya atıyor, bir kısmını yakıp havaya savuruyor. Bu arada, henüz yok etmediği sayfalardan birinde Yunus Emre'nin bir sözüne rastlıyor:

Derviş Yunus bu sözü eğri büğrü söyleme
Seni sîgaya çeken bir Molla Kasım gelir.

Kasım, yüzyıllar öncesinden kendisinin varlığından söz edildiğini, orada adının geçtiğini görünce utanıyor. Ben her şeyi bilirim tavrından vazgeçiyor.

İşte, biz bu "Ben her şeyi bilirim, ben her şeyin üstündeyim!" tavrından çekmiş bir toplumuz. Ne yazık ki, son dönemde bu tavırlar iyice popülerleşti, hatta sempatik bulunmaya başlandı.

Anadilini bile konuşmaktan âciz adamlar toplumun karşısına çıkıyor, bu yolla prim yapıyorlar. Geçenlerde bir tanesi, bir rektör veya dekandı, çıkmış televizyona, "diyorkene" diye konuşuyor. "Diyorkene..." Bu halk ağzı olabilir. Ama akademik unvanından dolayı ekrana çıkarılan birine yakışıyor mu?

Evet, entelektüeller için, özgün insanlar için toplum içindeki hayat her zaman biraz zor olmuştur, ama bu yaşadığımız gibi bir cehalet dönemi, çok üzücü. Geçici de olsa, yaşarken bize üzücü geliyor.

– 10 –
Fildişi Kule yıkılırken

"Her zaman şunu söyledim: Namuslu yaşayan insanların namuslu ölmek gibi bir borcu vardır. Çünkü kitleler, sana belli toplumsal tavırlar, politik tutarlılıklar nedeniyle değer vermiştir. O insanları aldatma hakkına sahip değilsindir. Birçok insanın kendi çevresinde bazı tavırlar almasına neden olmuşsundur. Kitapların, şiirlerin, şarkıların bazı insanları harekete geçirmiştir. Daha güzel bir dünya, daha güzel bir ülke için mücadeleye seninle katılıp belli bir yol seçmişlerdir. Belki de bedel ödemişlerdir. Öyleyse, hayatın ve ismin sadece sana ait değildir."

Bugün 18 Ekim 2018. Dün akşam Ara Güler'in ölüm haberini aldık. Daha 24 saat geçmeden, hükümetle son yıllardaki ilişkisi tartışılmaya başlandı. Gerçekten de, Gezi Parkı'nda başlayan direnişte AKP rejiminin katlettiği canlarımızın anıları taptazeyken, AKP belediyesinin orada düzenlediği iftar yemeğinde "Huzur Fotoğrafı" çekmesi, içimizde adeta bir dalın kırılmasına neden olmuştu.

Sanatçı sorumluluğu konusu, önceki dönemlerden beri çok tartışılan bir konu. Ara Güler'den bağımsız olarak, "döneklik" de bu topraklarda hep tartışılagelmiştir.

İkinci 12 Eylül Anayasası için yapılan referandumda "Yetmez ama evet" tavrı sergilemek gibi örneklerde durum açık aslında. Ama örneğin, İlhan Selçuk, yükselen dinciliğe karşı ortak hareket etmek söz konusu olunca, kendisine işkence yapmış olan milliyetçileri affettiğini söylemişti.

Sormak bana zor geliyor ama... Bazı dostlarınız, acaba birkaç yıl az yaşasaydı, daha mı çok yaşayacaktı?

Türkiye'de aydınların hükümete yakın veya uzak durmaları ile ilgili tartışmalar eskiden beri sürüp gider. Son günlerde olduğu gibi, zaman zaman gündemde daha fazla yer alan bir konu haline geliyor. Dünyada da çok tartışılmış bir konu bu. Latin Amerika'da yıllarca üzerinde duruldu, Almanya'da İkinci Dünya Savaşı'nda çok tartışıldı.

Özellikle Hitler döneminde birçok yazar Almanya'yı terk etti ve dışarıda mücadele etti. Ama Furtwängler gibi örnekler de var. Berlin Filarmoni Orkestrası Şefi Wilhelm Furtwängler, sadece sanatına odaklanarak yaşamayı tercih etti. Kendi ifadesi öyle. Almanya dışında mesleğini yapamayacağını düşündüğü için orada kaldı.

Furtwängler savaştan sonra, Almanya'yı terk etmediği için, daha doğrusu, nitelikli çalışmalarıyla Nazi rejiminin dünyadaki imajına katkı sağladığı gerekçesiyle çok eleştirildi. Yargılandı.

István Szabó da bu konuyu *Taraf Tutmak* filminde işledi. Bu usta Macar yönetmenin daha önceki *Mephisto* filmi de benzer konuyu ele alıyordu. Sanatına odaklanan, sadece nitelikli yapıtlar üretmeye çalışan bir kişinin toplumsal sorumluluğu nedir? Çalışmaları politik açıdan ne kadar sorgulanabilir?

Çok tartışılmış olan ve tartışılmaya devam edilen bu konuda konuşurken, insanın aklına Fildişi Kule'ye çekilmiş sanatçı deyimi geliyor. Toplumdan uzaklaşan ve hayattan kopuk çalışmalar yapan sanatçılar. Alfred de Vigny, ünlü ve zengin bir Fransız şairi, onun beyaz şatosunun adıdır Fildişi Kule. Uzun sürelerle günlük hayattan uzaklaşıp oraya kapandığı ve şatosundan çıkmadan sanat çalışmalarına yoğunlaştığı için, bu deyim ortaya çıkmış. Kendi köşesine çekilen, gündelik hayatın içindeki insanları ilgilendirmeyen konularda çalışan sanatçılar için kullanılmış.

Fildişi Kule'ye çekilmiş sanatçı ile hayatın konularıyla ilgili ve halkın içinde yer alan sanatçı ayrımı yüzyıllardır vardır. Bir de "angaje" terimi var; "angaje sanatçı" anlayışı. Sadece hayata dair konularda çalışmanın, sadece insanların gündelik hayatındaki sorunları işlemenin ötesinde, bu yolda mücadele eden, halkın mücadelesi içinde yer alan sanatçı. Yani bağımlı, bir mücadeleye, bir dünya görüşüne bağlı.

García Márquez, Pablo Neruda gibi örnekler, bunlar bağımlı yazarlar. Yaşar Kemal de, biliyorsun, Alain Bosquet'nin sorularını yanıtladığı kitapta ve başka vesilelerle, açık biçimde "Ben angaje bir yazarım" dedi. Zaten bu edebiyatçılarımız hayatları boyunca düşüncelerinden dönmediler.

Bir muhabirden sanatçı çıkarmak

Yaşar Kemal veya Neruda gibi net sözler, açık tavırlar olmasa da, halklar, sanatçısından toplumsal duyarlılık bekleyemez mi? Politik-ideolojik düzeyde değilse de bir halka bağlılık, hayatın gerçekliğine bağlılık... Örneğin, Ara Güler için böyle bir bağlılıktan söz edilebilir mi?

Hiçbir şekilde söz edilemez. Şunu karıştırmamak lazım. Böyle bir iddia ile ortaya çıkmamış sanatçıları bazen toplum oraya koyuyor. Onların tutumundan bağımsız biçimde, "politik sanatçı" konumuna yerleştiriyor. Ondan sonra da, o yere uygun tavır ortaya çıkmayınca hayal kırıklığına uğruyor. Bugün yeniden alevlenen, kaybettiğimiz büyük fotoğraf ustası Ara Güler ile ilgili güncel tartışmalar buna bir örnek.

Güler, tipik bir Babıâli gazetecisidir. Zaten kendisi her zaman bunu söyledi. "Ben gazeteciyim, ben muhabirim" dedi hep. Sadece foto muhabiri değildi, haber peşinde koşan muhabirdi. Kıbrıs Savaşı'na gider oradan haber yapar, başka bir yerdeki gelişmeyi takip eder, diğer muhabirleri atlatmak için çalışır, haberler yakalar, böyle çalışırdı. Fakat bunları müthiş bir estetik duyarlıkla yaptığı, fotoğrafçılıkta büyük bir yetenek geliştirdiği için, büyük sanatçı olarak ortaya çıktı.

Çalışmalarının çok sevilmesinden, çok takdir edilmesinden dolayı, insanlar ondan farklı tavırlar beklediler. Oysa

Ara Güler'i uzun yıllar boyunca çok yakından tanıdım. Herhangi bir siyasi tavrı olmayan, Ermeni meselesinde bile söz söylemeye çekinen, hayata pek toplumsal açıdan bakmayan biriydi. İşini ve hayatını eski Babıâli alışkanlıklarıyla devam ettiren bir gazeteciydi.

Eski Babıâli alışkanlıkları nelerdir?

Babıâli, Osmanlı'nın son dönemlerinde, bazı devlet kurumlarını da içeren sadrazam sarayının adıydı. Devletin bir anlamda hükümet binası gibi bir şey. Zaten etimolojik olarak da öyle. "Bab", kapı demek. "Âli" ise, biliyorsun yüce anlamına geliyor.

Osmanlı'nın son dönemlerinde, o sarayın çevresinde basın kurumları ve haberciler yoğunlaştı. Haber kaynağına yakın olmak istediler elbette. Sirkeci'nin üst tarafları, Cağaloğlu Yokuşu ve çevresi zamanla gazete ve matbaa merkezi haline geldi.

Cumhuriyet döneminde, hükümet Ankara'da bulunsa da "İstanbul basını" anlamında Babıâli sözcüğü kullanılmaya devam etti. Başta *Cumhuriyet*, *Hürriyet*, *Milliyet*, *Akşam* gazeteleri, hepsinin merkezi buradaydı. Şimdi bizim konumuz değil, sonra bu bölge "Babıâli" özelliğini kaybetti. En son *Cumhuriyet* de tarihi binasından taşındı, ki İttihat Terakki'nin merkeziydi.

Eski Babıâli tavrı, o eski muhabir alışkanlıkları, elbette Ankara'da, başka önemli haberlerin ortaya çıktığı yerlerde de geçerliydi. Ara Güler öyle bir gazeteciydi derken, demek istediğim bu. İsmet Paşa'ya gidersin. Ondan bir röportaj koparıp resmini çekersin. Senin için iyi olur, gazetede ertesi gün manşetten girersin. Ecevit'in arkadaşı olursun, Süleyman Demirel ile geziye gidersin. Babıâli, en azından bir yönüyle, muhabirlerinin bir kısmıyla böyle bir yerdi. Ara Güler de onlardan biriydi.

Böyle bir kişiyi, müthiş bir fotoğrafçılık yeteneği var, tutkulu bir fotoğrafçı diye, kalkıp da bir toplum önderi, muhalif bir kişi falan diye görürsen, e, mutlaka öyle olmadığını da bir vesileyle fark edersin ve hayal kırıklığına uğrarsın. Sonra bir de bu hayal kırıklığının nedeni, onun kendisini öyle yansıtmasıymış gibi, o adama kızarsın.

Böyle insanlara "dönek" falan denebilir mi? Kesinlikle hayır. Zaten herhangi bir politik yolda değildi ki dönsün! Buna bir de Ermeni çekingenliğini ekle.

Bütün Ermeniler gibi bu ülkede "güvercin tedirginliği" içinde yaşadı elbette. Bir akşam Hrant'ı konuşurken "Bizim ülkede öne çıkan insanları öldürürler" demiş ve kaygılı gözlerle "sen zamanında çekildin siyasetten. Yoksa seni de vururlardı" diye eklemişti.

Makine mi, göz mü, gönül mü?

Ama örneğin, "Fotoğraf makinayla çekilmez, gözle, dünyaya bakışla çekilir; yoksa en iyi daktilosu olan en iyi yazar olurdu" türünde sözleri de var. Yani, sadece fotoğrafın teknik olarak iyi olması meselesini aşan bir bakışı vardı. Kendisine haksızlık yapmadı mı?

Kendisi öyle demese de büyük bir sanatçıydı. Fotoğrafçılıkta önemli işler yaptı. Dediğin sözü de bu kapsamda söylenmiştir. Sen dünyaya politik açıdan bakıyorsun; bizim gibi hayata toplumsal bilinçle bakanlar diyelim, bu tür sözleri de toplumsal bir konuda söylenmiş gibi algılayabiliyoruz. Oysa nerede söylediğine, hangi soruya yanıt verdiğine de bakmak gerekiyor. Sanırım fotoğrafçılık uğraşı kapsamında, o konu içinde bir söz bu. Çerçeveyi belirlemek, konuya doğru odaklanmak, uygun açıyı oluşturmak gibi "ustalıklar"dan söz etmiştir.

Dünyada başka birçok sanatçı, birçok usta edebiyatçı da konuya böyle yaklaşmıştır. Demin Neruda'yı, Márquez'i andık, politik bilinçle ve toplumsal duyarlılıkla yazdıklarını söyledik, ama örneğin Borges'te hiç öyle bir angaje olma durumu yoktu. O tamamen farklı bir sanat anlayışına sahipti. Ona da kimsenin dönek demeye hakkı yok. Siyasal bir yolda hiç bulunmadığı için, orada yön değiştirmiş, dönmüş falan olamaz.

Evet, hiçbir zaman toplumsal bir mücadeleye katıldığı izlenimi vermeyen, bu sayede bir "ilave saygınlık" peşinde koşmayan yetenekli sanatçıları biliyoruz. İyi de bu sanatçılar, örneğin Márquez veya Saramago gibi duyarlı olmadığı için, o bilinçle tavır almadığı için, politik eleştiriden muaf tutulabilir mi?

Sanatçılar ve kamuoyu önündeki kişiler, sadece işini iyi yapmaktan mı sorumludur, yoksa yapmadıklarından ve söylemediklerinden de sorumlu mudur? Bu da eskiden beri tartışılır.

Politik tavır almamak konusu biraz karışık. Ama yanlış politik tavır aldığı gerekçesiyle eleştirilen sanatçıların ne kadar çok olduğunu biliyoruz. Bazen devlet gücü kullanarak, bazen de iktidarların yönlendirdiği insanlar aracılığıyla saldırılar hep yaşanıyor. İktidar dediğim de sadece siyasal alandaki güç değil, dünyanın her yerinde, iktidar konumunda kültür sanat güçleri var. Onlar genellikle muhalif görünümlü ama özünde dünyadaki egemen düzene bağlı sanatçıların yolunu açarlar.

Öte yandan, halkın, yani okurların da büyük tepki gösterdiği oluyor, iktidar yanlısı edebiyatçılara. Örneğin, İkinci Dünya Savaşı'nda Nazileri destekleyen yazarlar var. Nazi ordularının işgalini onaylayan Knut Hamsun gibi büyük bir romancı var Norveç'te. Aynı şekilde, Ezra Pound da İtalyan faşizmini destekledi. Direnen, savaşan halk içinde ona karşı büyük bir öfke ortaya çıktı, sonra onu sokaklarda kafes içinde gezdirdiler.

Böyle açık taraf olma durumlarında yorum yapmak daha kolay. Elbette halk yargılayacaktır, tarih yargılayacaktır.

Burada bir şey hatırlatmak istiyorum. Her zaman şunu söyledim: Namuslu yaşayan insanların namuslu ölmek gibi bir borcu vardır. Çünkü kitleler, sana belli toplumsal tavırlar, politik tutarlılıklar nedeniyle değer vermiştir. O insanları aldatma hakkına sahip değilsindir. Birçok insanın kendi çevresinde bazı tavırlar almasına neden olmuşsundur. Kitapların, şiirlerin, şarkıların bazı insanları harekete geçirmiştir. Daha güzel bir dünya, daha güzel bir ülke için mücadeleye seninle katılıp belli bir yol seçmişlerdir. Belki de bedel ödemişlerdir. Öyleyse, hayatın ve ismin sadece sana ait değildir.

Böyle bir durumda "döneklik" kabul edilemez. "Ben yeteri kadar rahata kavuştum, para kazandım, ünlü oldum, artık halkın o kesimine ihtiyacım yok" falan gibi tutumlar, kesinlikle affedilemez. Aşağılık bir tutumdur bu.

Peki, yazarın dünya görüşü değişirse? Herhangi bir çıkar amacı gütmeden yolunu değiştirirse? Gelişmeler sonucunda yanılmış olduğunu düşünürse?

Net yanıta geçmeden önce şuna dikkat çekmek isterim: Görüşlerinin değişmesi konusunda insanlar bazen kendilerini de kandırabilirler. Yaşadığı çevre ve ekonomik şartlar değişince, ezilen insanlardan uzaklaşabilirler. Özellikle başarı, bu nedenle de tehlikeli şeydir. Refah, saygınlık, ün gibi hedeflere, bunları hedef olarak görüyorsa insan, ulaşınca, aslında hak etmediğini kabul edemez. Neden hak ettiğini kendine kanıtlama derdine düşer. Bu durumda, o hedeflere ulaşamayanların neden ulaşamadıklarını da kendine açıklama gereği duyar.

İşin içine medya, egemen ideoloji, kültürel iktidarların etkisi falan girince, daha karmaşık süreçler de ortaya çıkar. Önceki bölümlerde söyledin ya, yoksulluğu yoksulların suçu, başarısızlığı başarısız insanların yetersizliği gibi görme eğilimi ortaya çıkabilir. İşsizliği bile işsiz insanların varlığıyla açıklamak işine gelir bazı kişilerin.

Yoksulluk kötü bir şey elbette, acı verici, öyle günleri çok yaşadım. Ama başarıya, üne ulaşmak da insanı yozlaştırabilir. Tehlikelidir.

Marx'tan da biliyoruz, Yaşar Kemal'den, Sartre'dan da; insanın nitelikleri ancak koşulları içinde somutlaşabilir. Kişi, varoluşunu kendi tercihleriyle yaratır ama o tercihler, daha doğrusu seçenekler, içinde bulunduğu koşullardan bağımsız olamaz. Ancak düşüncelerini, inançlarını, duygularını üreten koşulları analiz edebilirsen koşullarının etkisini aşabilirsin.

Düşünsel terör

Ciddi yanılgılar yaşayan, önemli günlerde yanlış tavır alan yazarlar olduğunu düşünen çok sayıda okur var. Sizin de topluma, memlekete zarar verdiğini düşündüğünüz yazarlar var mutlaka. Öylesine köklü, öylesine belirleyici hata yapınca, bu telafi edilemez mi? Hatasını telafi etmek amacıyla radikal tavır alan birini gördünüz mü hiç?

İdeolojiye göre değil de gündelik politikaya göre tavır alan ve bunu da bir "güç" olarak gören kanaat önderleri var. İdeoloji, yani tutarlı bir dünya görüşü geri planda olduğu için biz yanıldık demek yerine, o gün için o tavır doğruydu demekte bir sakınca görmüyorlar.

Entelektüeller düşünsel yanılgılarında hatalıydım demeyi bilirler, hatta bunu bir erdem sayarlar. Çünkü özeleştiri süreci de bir tür düşünme eylemidir. Ama bizde bu özeleştiri süreci işlemedi. Niye? Çünkü düşünceye göre değil çıkarlara, konjonktüre göre tavır alanlar nasıl özeleştiri verebilirler ki?

Örneğin Sivas Olayları'nın ilk günlerinde kim ne yazdı,

nasıl tavır aldı; sen bunların bir kısmını derleyip yayınlamıştın. Sanırım internetten ulaşabilir merak eden okurlar. Sivas Olayları'nın yanlış yorumlanması ve bu yüzden özeleştiri verilmesi gibi bir şey var mı?

Başka birçok önemli konuda da kısa süre sonra yanıldığı ortaya çıkan birçok kişi köşe yazarlığına devam ediyor. Kitaplar yazıyor. Askeri darbe günlerinde, ölüm oruçlarında, halkoylamasında yanlış tavır alan, normalde utanç içinde ortamdan çekilmesi gereken birçok köşe yazarı, yazmayı sürdürüyor. Hem de oldukça pişkin tavırlarla, ahkâm kesmeye, kesin kanaatler bildirmeye devam ediyorlar. Savunduğu bir düşünceye tamamen ters başka bir düşünceyi, hemen bir iki yıl sonra ukala sözlerle dile getiriyorlar.

Bunların araştırılması, teşhir edilmesi çok önemli. Öyle söylenti, iftira havası falan yaratmadan, belgelerle ortaya konmalı. Son dönemlerin kayıtları zaten internette bolca var ve herkese açık. Daha eski kayıtlara da kütüphanelerden, gazete arşivlerinden ulaşılabilir.

Böyle şeyler olmamış gibi, katillere mazeret üretilmemiş, darbeciler alkışlanmamış gibi, tehlikesiz günlerde yüzsüzce demokrasiyi savunan sözler etmekten geri durmuyorlar.

Bu iktidara en büyük desteği vermiş, onu Batılılara anlatmış olan yazarlardan bazıları, iktidarın onuncu, on beşinci yılından sonra başka bir çizgiye geldiler. Erdoğan'a övgüler yağdırıyorlardı. Hem toplum içinde hem de etkili Batılı çevrelerde kredi kazanmasına sebep olmuş yazılarıyla bu iktidarın meşruluğuna, fikirsel temeline katkı sağladılar.

Bu da belki kabul edilebilir. Hata yaptığını itiraf edip artık farklı görüş dile getirebilirler. Aslında hiç değişmemiş olan Erdoğan'ı sonradan eleştirme hakkını kendilerinde görebilirler. Ama bu eleştirilerinde de o zamanki gibi bir kibir var. "Biz biliriz" havasıyla sözler etmeye devam edip o zamanlar yanılmış olmayı gayet normal bir durum gibi gösteriyorlar. En ufak bir pişmanlık belirtisi yok. "Yanlış düşünmüşüz, yanlış anlamışız" demiyorlar.

AKP'yi desteklemek konusunda neredeyse düşünsel bir terör estiriliyordu. AKP'yi eleştirenler "ulusalcı", "faşist" olarak yaftalanmışlardı. Bu düşünsel teröre maruz kalanlardan biri de sizsiniz.

AKP'ye körü körüne bağlılık gösteren bazı aydınlar bir ara, kendileri gibi düşünmeyen ve AKP'yi tehlikeli bulan arkadaşlarını baskı altına almayı deneyerek işi hakarete kadar vardırmışlardı. Bu konuda epey üzüldüğüm bir olay aklıma geliyor. 2013 yılında *Kardeşimin Hikâyesi* romanı çıkmıştı ve üst üste söyleşiler yapılıyordu benimle. Bir internet sitesinden genç bir kadın geldi. İlk sorusu dışında, söyleşi boyunca romanla ilgili bir şey sormadı. Belli ki okumamıştı. Sonra çantasından bir dosya çıkardı. İçinde benim çeşitli tarihlerde AKP'yi eleştirdiğim yazılarım vardı. Onlardan cümleler okuyarak beni adeta sorguya çekmeye başladı. "Evet" dedim, "bunları ben yazdım." "Niye yazdınız?" dedi ve bana AKP'nin ne kadar iyi bir parti olduğunu, Erdoğan'ın dünya liderliğini ve devrimciliğini de katarak ballandıra ballandıra anlatmaya başladı. Bir yandan da benim tavrımı suçluyordu. Dedim ki "Sorguda mıyım? Benimle romanım üzerine söyleşi yapmaya mı geldiniz beni sorgulamaya mı?" Baktım ki genç gazeteci aynı şekilde devam ediyor, özür dileyerek söyleşiyi yarıda kestim. Şimdi o site Erdoğan aleyhine en ağır yazıları yayınlıyor ama ünlü deyimle "Atı alan Üsküdar'ı geçti." Ne yazık değil mi!

Erdoğan'ın onları yanıltmayı başarması, hani sıkça söyleniyor ya, iyi hatip olması, göz boyamakta ustalığı falan gibi açıklamalar geçerli olabilir mi?

Yok, öyle bir şey yok. Tayyip Erdoğan bu insanlardan daha tutarlı davrandı her zaman. Başından beri aynı şeyi söylüyor. 1994 yılında belediye başkanı olduğunda neler diyordu? "Bale ahlaksızlıktır." "Referansımız İslam'dır." "Demokrasi bizim için bir tramvaydır, istediğimiz yere ulaşınca ineriz." "Kazanmak için her yol mubahtır, gerekirse papaz elbisesi giyerim." Karşı çıktığımız bu sözleri sonradan söylemeye başlamadı ki! Hatta başlarda daha direkt sözler ediyordu.

Değişen Erdoğan değil, memleketin onu körü körüne desteklemeyi demokratlık gibi yansıtan bir aydın kesimi. Bunlar, İran'daki Tudeh örneğini veren arkadaşlarına burun kıvırarak, hatta alay ederek memleketin bu noktaya gelmesinde önemli roller üstlendiler.

Oysa bir entelektüel hayata sürekli kuşkuyla bakar. "Böyle görünüyor ama gerçek farklı olabilir mi?" "Benim böyle sanmam veya böyle olmasını dilemem yanılmama neden olmasın!" Entelektüel bu açıdan bilim insanına benzer. Düşüncelerini sürekli test etmek ve açıklamak zorunda. Bu kadar vahim hatalar yapmışsa, bizi bir ülke kaybetme tehlikesiyle karşı karşıya getirmişse, elbette bunun çıkıp kamuoyu önünde açıklıkla söylenmesi lazım. Açık biçimde özür dilemesi gerekir.

Şu değişime de bakmak lazım: Eskiden entelektüel dediğimiz kişi düşünceleriyle kendi başını belaya sokardı; sürgünler, hapisler... Şimdi iktidarın yanında saf tutarak halkın başını belaya sokuyor. Bu değişim birçok şey anlatıyor aslında.

Bunu Hıristiyanvari bir günah çıkarma ya da kişisel bir şey olarak söylemiyorum. Ama sonuçta onların işi kamuoyunu yönlendirme amacıyla yazı yazmaktır. Siyasi yazı böyledir. Topluma birtakım durumları açıklama, yol gösterme iddiasıdır. E, kamuoyunu yanlış yönlendirmişsen, okurları yanıltmışsan, sonra bunu fark etmişsen, o tavrım yanlıştı, demen lazım. "Biz dincilikle demokrasiyi bir araya getirdik, akılları karıştırdık, özgürlük karşıtı eğilimleri güçlendirdik" diye itiraf etmeleri şart.

Yaşar Kemal kitabımda, bu konuyla ilgili olarak Stefan Zweig'ın bir mektubunu örnek göstermiştim.

Özeleştiri erdemdir

***Gözüyle Kartal Avlayan Yazar* kitabınızda... Yaşar Kemal için, "Hayatı boyunca yazdığı binlerce sayfa içinde, daha sonra utanacağı, pişman olacağı tek bir cümle bile yoktur. Eğer olsaydı bunu da toplum önünde açık yüreklilikle itiraf edebilecek cesarete sahipti" demiştiniz. Ve Zweig'ın geçen yüzyılın başlarında Hermann Bahr'a yazdığı mektuptan söz etmiştiniz.**

Öyle demiştim. Öyledir Yaşar Kemal.

Genç Zweig, o mektubunda, bazılarının iktidara yanaşmak amacıyla hatalı sözler etmesini, yanlış düşünceler dile getirmesini konu ediyordu. Daha doğrusu, onların sonra bu yazılardan sessizce sıyrılma isteğini eleştiriyordu. Bu önemli, bu içten ve cüretli satırları burada alıntılamakta fayda var:

> Nihayet benim ve en iyi dostlarınızın bulunmanızı beklediği yerdesiniz. Açık açık söylüyorum sevgili Hermann Bahr, o sıralar siz beni hayal kırıklığına uğratmıştınız... Şimdi göreviniz, düşüncelerini hep dosdoğru açıklamış biri olarak kendi kendinizle hesaplaşmak, o günlerde yazmış olduğunuz her şeyi yırtıp atmaktır. Ve bunu kamuoyu önünde yapmak zorundasınız.
>
> Şimdi ilk adımı siz atın, diğerlerine örnek olun, yazdıklarınızı geri alın, yazdıklarınızı yok edin ve ötekilerden de sizin gibi davranmalarını talep edin. Ancak herkesin önünde pişmanlık duyup günah çıkardığınız zaman kutsal göreve yararlı olacaksınız.
>
> Bir anlık coşkuyla kendinizi Nasyonalist düşünenler arasında bulmuş olmanız utanılacak bir şey değil. Şimdi o günkü coşkum budalaca ve tehlikeliydi demekten utanmayın. Ben bir an bile tereddüt etmezdim, ama tabii bu sefer suçlu his-

setmiyorum kendimi. Yazdığım hiçbir satırı inkâr etmem gerekmiyor.

İnsanın başkalarından hesap sormasının her zaman pek yararı olmaz ama kendinden hesap sorması her zaman yararlıdır.

Evet, Zweig böyle diyor.

Kişisel çıkardan dolayı sık sık tavır değiştirmek veya bazı tehditlerden dolayı geri adım atmak kapsamına girmeyen yanlış tutumlar da olabilir. Bir yazar, "Daha önceki tutumumda yanılmışım" diye düşünebilir. Örneğin bir referandumda evet oyu kullanılması gerektiği yönünde görüş bildirmiştir, ama birkaç yıl geçtikten sonra, o kararının yanlış olduğunu görmüştür.

Yazarın gerçekten farklı düşünmeye başlaması başka bir şey. Artık önceki düşüncesini dürüstçe yanlış buluyorsa, o zamanki düşüncelerinin bugünkü varlığını temsil etmediğini deklare etmesi gerekir.

Hatta bazı durumlarda, çok belirleyici hatalar yapmışsa, telafisi mümkün olmayan zararlar verilmesinde işbirliği içine girmişse, bundan sonra o konularda bir daha yazmamak, bir daha görüş bildirmemek gibi bir karar almalı. Son kez, açık ve ayrıntılı biçimde bunu anlatıp, belki de tamamen yazarlığı bırakmalı.

Onlarca yıldır halkın gözü önündesiniz. Askeri darbeler, hapislik günleri, sürgün yılları yaşadınız. Sivas Olayları'nda, ölüm oruçlarında, askeri anayasanın değiştirilmesi için yapılan referandum günlerinde ve birçok kritik olayda açık tavır aldınız. Aynı şekilde Gezi'de de öyle. Bunları en kısa nasıl özetlersiniz?

Böylesine kritik gelişmelerdeki önemli ve net tavırlarınız zaten tarihe kaydedildi. Ama onların dışında, hayatınızın bazı dönemlerinde hatalı davrandığınız,

bir şekilde aklınızda kalmış, bugün pek doğru bulmadığınız bir tutumunuz, açıklamak istediğiniz bir şey var mı?

12 Mart ve 12 Eylül barbarlığına karşı çıkmak konusu çok net. Zaten bize karşı yapılmış bir darbe. Onca yıl sonra, darbe anayasasını değiştirmek adı altında yapılan referandumda da "Hayır" yönünde açıkça taraf oldum. Çünkü aslında 12 Eylül'ün bir sonucu olan ve kendisi de başka tür bir darbeciliğe eğilimli siyasal iktidarla uzlaşmam söz konusu olamazdı. Hatta "İki kere hayır" diye bunu yazdım.

Meclis'te TCK'nın değiştirilen 301. maddesine karşı mücadele verdim, gençlikte artan şiddeti araştırmak için bir komisyon kurulmasına önayak oldum, daha önce de 1995'te televizyonlardaki şiddetin önlenmesi için yüz binlerce imza toplayıp Cumhurbaşkanı'na götürmüştüm, yine Meclis'te kadın cinayetlerindeki cezaların hafifletilmemesi görüşünü savundum, UNESCO'nun Barış Kültürü Programı'nda yer aldım.

Ne bileyim hepsi aklıma gelmiyor ama hayatım hep bu mücadelelerle geçti. Ölüm oruçlarının sonlanması için gayret ettim. 20'li yaşlarımda hapiste, '70'li yaşlarımda Silivri Cezaevi'nin ve Bakırköy Kadın Cezaevi'nin önünde umut nöbetindeydim. Ne kadar çok aydınlar bildirisine imza attığımı, ne kadar toplantıya katıldığımı, konuştuğumu hatırlayamam. Bunlar benim için bir övünç değil elbette. Keşke Türkiye böyle olaylar yaşamasaydı da bunları yapmak zorunda kalmasaydım.

Aslında, daha önce başka bir vesileyle dedim ya, toplumsal işlevi olan, insanlara, kitlelere bir şekilde etki etmiş kişilerin adı da hayatı da yalnız kendine ait değildir. Livaneli adı, bazı tarihsel koşullardan dolayı, bazı gelişmelerle, bazı nedenlerle, bir şekilde, bana ait olmaktan çıkmış durumda. Bu nedenle, sorduğun bu soru bence önemli. "Kritik günlerdeki Livaneli tavırlarının özeti..." Doğrusu, kısa da olsa böyle bir arşiv çalışması yapılmasını isterdim. Kendimi anlatmakla ilgisi yok, toplumda, çok sayıda insanın hayatında bir "Livaneli olgusu" bulunduğunu biliyorum. Zaten onların yarattığı, onların yolunu açtığı ve varlığını sürdürdüğü bir olgu, "Zülfü Livaneli." Bu o kadar öyle ki '70'lerde albüm ve kitaplarımı hep gerçek adım olan Ömer Zülfü Livaneli diye yayınlattım çünkü büyükdedemden gelen Ömer adını çok severim ama halk ısrarla Zülfü dedi.

Ama sorunun yanıtı olarak şu anda aklıma gelen örneklerden daha fazla söz etmek istemiyorum. Bu benim işim değildir herhalde.

Zaten sen bu kitap için söyleşiyi, "Livaneli'nin kendisi ve hayatı konu edilmeyecek, düşüncelerini toparlamak ve düşünürken tanıklık etmek..." diyerek teklif etmiştin.

"Pusulam vicdandır"

Peki sorumun ikinci kısmıyla ilgili kısa bir yanıt alabilir miyim?

Evet... Diyorsun ki, dönüp geçmişe baktığımda, bugün onaylamayacağım bazı dönemler yaşadım mı? Kritik günlerde ve önemli tavırlarda sorun yok, diyorsun anladığım kadarıyla, ama pek bilinmese de, kendi kendime düşündüğüm, aklıma gelen bir hata, hatalar...

Düşüneyim gerçekten. Herkes düşünür bunu. Düşünmeli. İşte, çocukluğunda kızıma daha fazla zaman ayıramaz mıydım, gibi şeyler de aklıma geliyor. Bunlar önemsiz, basit konu olarak görülemez elbette. Bir okur buluşmasında, fotoğraf çektirmek isteyen güzel insanlara yeterli zaman ayırmamak ve bunun açıklamasını bile yapmaya fırsat bulamadan oradan ayrılmak zorunda kalmak gibi anılar da var. Bir mektuba, mesaja yanıt yazamamak, imza günü yapamamak... Böyle yüzlerce, hepsi bir anda aklıma gelmeyecek binlerce ukde var hayatımda.

Daha da önemlisi onca yıl günlük parti siyasetine direndikten sonra 1994 yılında zoraki adaylığı kabul edip, Türkiye'nin aslında rant paylaşımı olan ama adına siyaset denilen cehennemine girmek oldu. Adaylık dönemi sağlığımı bozdu, ailemi ve beni çok yıprattı. Daha da acısı, o kadar sevdiğim Türkiye'nin korkunç kirli bir yüzü olduğunu da gösterdi bana. İnsanlara duyduğum güven sarsıldı.

Bizler toplumu, hayatı sürekli sorgulayan insanlarız. Aynı şekilde kendimizi de. Özellikle kritik günlerde hata yapmamak, biraz da bu özelliğimize dayanıyor.

Genel olarak yaşam biçimimizi, dünya görüşümüzü hatalı bulanlar var elbette. Kanımıza ekmek doğramak isteyenler de hep oldu. Bu nedenle, hata yapmış veya yapmamış olmayı, ancak bunları konuştuğumuz günkü dünya görüşümü referans alarak yanıtlamam anlamlı olabilir. Yoksa, başka görüşteki birine göre zaten hep hatadır yaşadıklarım.

Dünya görüşümün kökleri değişmedi. 50 yıl öncekine göre temel bir fark yok. Başta Marx olmak üzere, Sartre, Gramsci, Homeros, Nâzım, Yaşar Kemal, masallar, efsaneler, halklar... Sonra Bertolt Brecht, William Faulkner, Charlie Chaplin... Daha birçok isim, birçok kaynak sayabilirim. İbn Haldun, Ortega Gasset, hatta Gandhi, Che gibi isimler; sadece felsefi kaynak değil, kişilik özellikleri, hayata karşı alınan tavırlar, beslendiğimiz çeşitli kökler var.

Bunlar bizim için birer kutupyıldızı niteliğindedir. Örneğin Nâzım; en karanlık günlerde ve en akıl çelen gelişmeler karşısında bile, yolumuzu şaşırmayız, çünkü Nâzım gibi bir kutupyıldızımız var. Başımızı kaldırıp bakarız, her durumda yönümüzü buluruz.

Bütün bunlarla bağlantılı olarak ve hiçbir şekilde kişisel bir mesaj kastetmeden şunu söylemek isterim: Sonradan utanacağım, saklayacağım hiçbir şey yapmadım. Marx'ı, Nâzım'ı, Pir Sultan'ı, Deniz Gezmiş'i, Gülten Akın'ı, demin saydığım isimleri doğru bulanlar, zaten böyle düşünüyordur. Onları sevmeyenler ise Livaneli'yi ya sevmiyorlardır ya da yanlış anlamışlardır. Kişisel eksikliklerim, kusurlarım olmuştur ama izlediğim yol doğrudur. Hiç şaşmamıştır. Çünkü fırtınalı denizlerde pusulamı hiç kaybetmedim. Pusulam vicdandır.

Zaferciğim, bu belki de en dolaylı yanıtladığım sorun oldu. Sonuçta, aynı yolu izlediğim değerli isimlerden dolayı, hep doğru yolda yürümüş olduğumu düşünüyorum. Acaba eksiklerim neler oldu, neleri eksik yaptım? Bunu düşünüyorum. Daha da düşüneceğim.

Yolun doğru olması, doğru yönde yürümek... Dile getirdiğiniz bu anlayış, belki de en belirleyici yaklaşımdır. Nâzım'ın sözünü ettiği, "Kazanan tarafta değil, haklı tarafta yer almak" tercihi gibi. Sonuç ne olursa olsun, doğru yönde hareket etmek.

Buraya kadar bir şey demedim ama bölümün başında sorduğun soru, "Bazı dostlarınız, acaba birkaç yıl az yaşasaydı, daha mı çok yaşayacaktı?" dedin ya, doğrusu, kalbimi sızlattı.

"Dönmek" konusuyla ilgili söylemiştim, elbette her kişiyi, her sanatçıyı kendi seçtiği yolda değerlendirmek gerekir. Yol bazen çok bireyseldir. Bazen çok ağır sorumluluk isteyen bir yüktür. Borges'e veya Ara Güler'e "dönek" diyemezsin hiçbir şekilde. Başka bir gerekçeyle eleştirmek ayrı konu, ama "dönek" demek, büyük olasılıkla, onlardan bağımsız biçimde senin onu yanlış konuma yerleştirmenden kaynaklanır.

Fakat başka bir sanatçı, ağır sorumluluk gerektiren bir yola girmişse, artık onun pes etme, o yükün altında ezilme hakkı kalmaz. İnsanlara umut vermişse, sömürüye ve kapitalizme karşı, zulme, işkenceye karşı duygular geliştirmişse, sonra o zalimlerin safına geçmek kabul edilemez. Öyle yapanlar sonsuza kadar lanetlenir.

Bu çok karışık bir konu. Sanıyorum bizim söyleşi sınırlarını aşar. Cumhuriyet'in başından beri, aydınların kurucu iktidarla ilişkisi hep sorunlu oldu bizde. İşin tuhafı, hem Cumhuriyet'in temel ilkelerini kararlı biçimde savundular hem de düzene muhalif oldular.

Son dönemleri, '80'lerden sonra gelişen farklı politik ittifaklarla birlikte düşünmek lazım. Kürt Hareketi'nin Cumhuriyet'e ve Kemalizm'e eleştirileri, solun bir kesiminin buna destek vermesi Cumhuriyet'i savunma konusunda bazı aydınları duygusal tepkilere itmiş olabilir. Kemalizm ve Cumhuriyet düşüncesinin yükselen siyasal İslam karşısında eleştiriye uğraması belli bir kesimde ittifakların yeniden sorgulanmasına yol açtı. Eski düşmanlar yeni dönemde dost gibi görünmeye başladı. Bunu olumlayarak söylemiyorum tabii. Sadece durumu analiz ediyorum.

Kemalizm konusunu da açıklığa kavuşturmak lazım. Bu ülkede herkesin Mustafa Kemal'e dair bir tavrı vardır. Çünkü o Türkiye Cumhuriyet'i demektir. Kubbelerin merkezindeki kilit taşı gibi vazgeçilmezdir; çekersen bina çöker. Gazi'yi ne kadar sevdiğimi, saydığımı bir kez daha belirtmeme gerek yok sanırım. Onu komutan ve kahraman olarak ancak Spartaküs'le, Selahaddin Eyyubi ile karşılaştırabilirim. Çünkü Büyük İskender başta olmak üzere diğer komutanlar "kahraman" değildir, büyük katillerdir. Makedonya'dan çıkıp önüne çıkan halkları öldüre öldüre Hindistan'a kadar gitmek, narsisist kişilik bozukluğu ve kan dökme tutkusundan başka neyle açıklanabilir? Kahraman denilen bu kan dökücüler karşısında Gazi "Vatan savunması için kaçınılmaz değilse her savaş bir cinayettir" diyebilmiş tek komutandır. Sivas'ta kendisini ziyaret eden Amerikalı General James Harbord'a da bu durumu belirtmişti zaten. Harbord'un, kendisini Makedonyalı İskender'e benzetmesi ve "Zaten aynı bölgede doğmuşsunuz" demesi üzerine,

"Orada durun general, benzerlik burada biter. Çünkü o dünyayı fethetmeye uğraşıyordu bizim ise anavatanımızı korumaktan başka bir amacımız yok" demişti.

Merhametli bir insan olduğu, kuruyan bir ağaca, ölen atına gözyaşı döktüğü bilinmekte. İran Şahı Pehlevi ile üstü açık bir arabada Çanakkale'yi gezerken, yeni yapılacak Alay Köşkü temel atma töreni için kesilecek bir kurbanı yere yatırmış beklettiklerini görünce "Aman sakın yapmayın" diye haykırmıştır. Durumu Şah'a "Kusura bakmayın, ben kesilen bir hayvana bakamam" diyerek açıklamıştır. Şah'ın "Ama Paşa Hazretleri, o kadar savaş idare ettiniz" diyerek hayret etmesi üzerine de "O başka" demiştir. "Harp alanındaki çarpışma farklıdır."

Gazi, bir entelektüel olarak büyük bir barışseverdir. İzmir zaferinden sonra Selanik'i de almasını telkin edenlere "Hayır" demiştir "vatanı kurtardık, artık savaş bitti. Bundan sonra kalkınma savaşına giriyoruz." Savaştan sonra, çarpıştığı ülkelere derhal dostluk elini uzatmış, eski Osmanlı hinterlandında kurulacak paktlar, anlaşmalar yoluyla verimli bir barışı hayal etmiştir. Bazılarını hayata geçirmeyi de başarmıştır. Yunan Başbakanı Venizelos'un Gazi'yi Nobel Barış Ödülü'ne aday gösteren mektubu, bu durumun en büyük kanıtı değil mi? Tarihte eşi var mı bunun?

Bu karşılıklı anlayış ve işbirliğinde Gazi'nin kibarlığının da etkisi vardır mutlaka. Kalıplaşmış *officer and gentleman* sıfatını hak eden ve 19. yüzyılın son romantik subayı olarak nitelendirilebilecek bir zarafete sahiptir. Savaştığı, memleketini kaybetmesine sebep olan onca "düşman" devlete en ufak bir hakarette bulunduğu duyulmamıştır. Tam tersine esir düşen Trikupis'e şerefli bir subay gibi davranmıştır. Hiç kimse onun ağzından Yunanistan, Bulgaristan, İngiltere, İtalya, Fransa vs. aleyhine tek bir söz duymamıştır. Her gün yüzlerce küfürle uyandığımız günümüze ne kadar benziyor değil mi!

Kemalizm mi Kemalizmler mi?

Şimdi en büyük ayrıma geleyim. Mustafa Kemal ile Kemalizm aynı şey değildir. Kestirme düşünce ve ifade tarzı böyle bir kolaycılığa yol açıyor ama belki de iyi niyetle yapılan bu yanlış değerlendirme, çok büyük sorunlar yaratıyor. Gazi'nin hastalık döneminde ve vefatından sonra yüzüne Atatürk maskesi takan birçok asker ve sivilin, onu zerre kadar anlamadan yaptığı feci uygulamalar, bir tek Kemalizm değil, Kemalizmler yarattı. Kenan Evren gibi mediokr NATO subayları, kurdukları zulüm ve işkence düzenini bile Gazi'ye mal etmeye çalıştı. Ve böylece "Ben size hiçbir değişmez kural bırakmıyorum. Sadece akıl yolu ve çağın gerekleri" diyen bir büyük adamın neredeyse hatırasını lekeleyecek bir faşist düzen kurarak, Gazi'ye en büyük kötülüğü yaptılar. Bu düşüncemi belirten birkaç yazı yazmıştım. Kenan Evren de bana iki sayfalık bir mektupla cevap vermişti ama o mektup da saçma sapandı.

Bizler o dönemde sol düşünceliler olarak; resmi, büst haline gelmiş Atatürk'ü savunmazdık. Elbette ona karşı değildik ama Cumhuriyet'in gerçek bir demokrasiyle tamamlanması gerektiğine inanıyor, bunun için mücadele veriyorduk.

Ne zaman ki dinci partiler iktidara geldi ve laiklikten başlayarak onun bütün mirasını yok etmeye başladılar, o zaman gençlik arkadaşlarımız bile ikiye ayrıldı.

Kimi, dincilerle kol kola girip Atatürk nefreti korosuna katıldı; bizler de kendimizi Gazi'nin hatırasını ve fikirlerini yaşatma mücadelesi içinde bulduk.

Çünkü artık Gazi, bir devlet politikası değil, anısı yok edilmeye çalışılan bir halk kahramanıydı, laiklikti, çağdaşlıktı.

Onun üç sütun üzerine dayandığını yazardım sık sık. Ordusu, partisi ve halkın duyduğu sevgi. Ve en karanlık günlerde derdim ki: Ordusuyla oynuyorlar, çökertebilirler; partisiyle oynuyorlar, yoldan çıkarabilirler ama bu halkın aydınlık kısmının ona duyduğu sevgi ve hayranlığı yok edemeyecekler ve dalga dalga kabaran bu sevgi onun anısını yaşatmaya yetecek. Öyle de oldu doğrusu.

Mustafa Kemal İstiklal Savaşı'nı Kürtlerle birlikte yaptı. Zaten ayrı gayrı yoktu ve cephelerde dinci halife güçleri dışında herkes birleşti, kan kardeşi oldu.

Daha 1922'de Mustafa Kemal'in İzmit İstasyonu'nda gazetecilerle buluşmasında, Kürtler konusunda neler dediğini biliyoruz. Türklerle Kürtlerin bir arada yaşadığını, bunun için bir sınır çizip ayırmanın mümkün olmadığını, bu yüzden Kürtlerin yoğunlukta olduğu illerde Kürt özerkliği olması gerektiğini söylüyor. Eğer 1925'te özünde hilafet isyanı olan Şeyh Sait İsyanı patlamasaydı belki de gerçekleşecekti bu. Ama Musul-Kerkük konusu yüzünden yeni Cumhuriyet'in başını derde sokmak isteyen Binbaşı Noel'in kışkırtmalarıyla baş gösteren kalkışma, bu umutları ters yüz etti. Takrir-i Sükûn Kanunu'nu getirdi. Elbette ki bu olayda, bölgedeki Türk asker ve sivil yönetimin Kürtler üzerinde uyguladığı şiddetin rolü de görmezden gelinemez.

Burada asıl sorun, sanırım bu tutumun "solculuk" diye tanımlanması.

Kapitalist bir ülkede sistemin temel yapısına itiraz etmeden uygulamalara karşı çıkmak, dünyanın her yerinde "merkez sağcılık" kabul edilir. "Bu sistem aslında iyi, yaşanan sorunlar sistemden, anayasadan, devletin yapısından değil, uygulayanlardan kaynaklanıyor; sistemi değil, yöneticiyi değiştirelim" gibi bir anlayış... Merkez sağcı budur. Aşağılanacak bir şey değil. İdeolojik veya felsefi olarak hatalı da olsa, namuslu bir insan böyle düşünebilir, böyle sanabilir. "Bu düzen kendi mantığına uygun işletilsin, kişisel çıkarla veya ayrımcılıkla değil, kendi adaletiyle yönetilsin."

Bir solcu ise, "Ortaya çıkan olumsuzluklar bu sistemin

yanlış uygulanmasından değil, tersine, doğru uygulanmasından kaynaklanıyor" diye düşünür. Böyle düşündüğü için solcudur. Yöneticileri veya bazı uygulamaları değiştirmeyi çözüm olarak görmediği için, düzeni, siyasal anlayışı, iktidarda temsil edilen sınıfsal değerleri değiştirmek istediği için solcu diye anılır.

Türkiye'de, Menderes ve onun devamı olan siyasal gelenek, merkez sağcıdan çok, gerici bir çizgide olmuştur. Ne yazık sol çevrelerde, Menderes çizgisinin, Demirel'in, merkez sağcı kabul edilmesine pek itiraz edilmedi.

Örneğin imam hatip okulları, bildiğimiz meslek lisesi statüsündedir. Fakat bu okulların sayısını, imam ihtiyacını onlarca katına yükselten Demirel, eleştirilere yanıt verirken, "Evet, biz bu okulları imam yetiştirmek için açmıyoruz. Dindar insanları çoğaltacağız. Müslüman doktor, Müslüman mühendis yetiştirmek için bu okulları kullanacağız" gibi sözler etmişti. Yönettiği devletin kuruluş ilkelerine aykırı davranan gerici adamlardır bunlar.

Üç kutuplu Türkiye

Yazılarınızda Türkiye'de klasik sol-sağ kutbunun dağıldığından söz ettiniz sık sık?

Söyleşinin başlarında bizim gibi ülkelerde "düşünce"nin pek önem taşımadığından söz etmiştik. Şimdi yeri geldi diye söylüyorum. 1990'lardan itibaren köşe yazılarımda, konferanslarda, söyleşilerde "Üç Kutuplu Türkiye" tezini işledim. Bugün açıkça görülebilen bu gerçek o dönemde bilinmiyordu. Türkiye sağ-sol olarak kutuplaşmıştı ve bu çatışmanın yarattığı acılar toplumun belleğinde yerini koruyordu. Fakat ben sağ-sol kutbunun giderek dağıldığını, eridiğini, başka bir forma dönüştüğünü görüyordum, seziyordum. İnsanlar dini, etnik ve milli değerlerine doğru savruluyordu. Bunlar, ideolojik ayrımlara göre çok daha derin tarihsel kökleri olan ve insanları gerçekten ayrıştıran kavramlardı.

Bu açıdan Türkiye'nin bütünlüğünü tehlikede görüyordum. Bu üç kutbu kısaca şöyle tanımlıyordum: İslam'ı referans alan kesim, laik Atatürkçü milliyetçiler ve Kürt hareketi. Unutmayın ki bir zamanlar Ahmet Türk dahil birçok Kürt siyasetçi CHP milletvekiliydi. Fakat ülkenin çevresine üç dev mıknatıs yerleştirilmiş gibi insanlar üç ayrı kutba doğru çekiliyordu. Türkiye'deki her grubun, her etnisitenin, her dinin, her mezhebin, her kültürün, her cinsel tercihin, her inancın ve elbette her bireyin haklarını savunma ilkesine sahip birisi olarak bu ayrışmayı en büyük tehlike olarak gördüm. Çünkü demokrasi iki kanatlı bir kuştur.

Demokrasinin sadece seçim yapmaya indirgenmediği ülkelerde ufak tefek farklarla merkezin solunda ve sağında iki büyük nehir akar. Toplumun değişik kesimleri bu nehirlerden/partilerden birine girerek siyaset yapar. Amerika'da Cumhuriyetçi ve Demokrat Parti, İngiltere'deki İşçi Partisi ve Muhafazakâr Parti ülkeyi, ekonomideki ve dış politikadaki küçük farklarla yönetir. Çünkü ortada sadık kalınması gereken bir anayasa, kuruluş ilkeleri ve sistemi denetleyen, dengeye getiren kurumlar vardır. Mesela Obama bir siyahi partisinden seçime girmemiştir, Demokratları kendisine uygun bularak orada siyaset yapmıştır. Belki de mecburiyetten kurulan etnik ve din esaslı partiler, o ülkede demokrasinin işlemediğini gösterir.

Bizim de mükemmel olmasa da iki ana partimiz oluşmuştu. CHP ve DP/AP/DYP çizgisi. Herkes kendi meşrebine göre bu partilere giriyor, siyaset yapıyor ya da oy veriyordu. Ne var ki 1980 darbesi partileri kapattı, parçaladı, yok etti; böylece ülkenin kutuplaşmasına yol açtı. Çünkü darbeciler; tarih, siyaset, sosyoloji bilmeyen adamlardı. Bu kadar karmaşık sorunları olan bir ülkeyi, kafalarındaki basit düşüncelerin tetiklediği ani emirlerle yönetmeye kalktılar ve doğal olarak yüzlerine gözlerine bulaştırdılar.

Bu darbeci generallerin bir özelliği daha vardı. Soğuk Savaş yıllarında SSCB'nin komşusu olan bir NATO ülkesinde gözleri, kırmızı pelerine saldıran bir boğa gibi sadece sol hareketlere dikilmişti. Solu yaşatmamak için meşru ya da gayri meşru her yola başvurdular. Gözaltılar, tutuklamalar, işkenceler ve idamlarla yüz binlerce insanın hayatını kararttılar, bir aydın kuşağını yok ettiler. Sola karşı İslamcıları destekleyerek Türkiye'yi bugünlere getirdiler.

Siyasal alandaki kavramları, tanımları çok karışık bir ülke bizimki. Ve siyaset bu memlekette çok sert, barbar bir alan. Bir yandan insanlara, hayata politik açıdan bakmalarını, meydanı boş bırakmamalarını telkin etmeye çalışıyoruz ama öte yandan, o alanın pisliğine ve tehlikelerine karşı da dostlarımızı uyarmak zorunda kalıyoruz.

Bu çok yıpratıcı bir gerilim. Bana da hep siyasete girmem yönünde çağrı yapılıyor, aynı zamanda da sürekli siyasetin çamuruna bulaşmamam yönünde uyarılar geliyor. Bu konuyu, siyasal terimleri falan da konuşuruz. Ama şimdi, bu bölümde konuştuklarımızla ilgili bir korkumdan, kaygımdan söz etmek istiyorum.

Korkuyorum Zaferciğim, dostlarıma buradan da seslenmek istiyorum; bir tekinizin acı çekmesinden, üzülmesinden korkarım. Benim yüzümden insanların başına bir iş gelmesinden çekinirim.

Örneğin sen, Ankara'ya gittin, hem de çocuğunla, 10 Ekim'de. Orada bomba patladı. Barış isteyen, çoluk çocuk orada toplanan memleketin en güzel insanlarını, binlerce insanı öldürmek istediler. Onca canımızı kaybettik.

"Bir dahaki sefer yine git" diyebilir miyim sana. "Meydanları boş bırakmayın, direnin, mücadele edin!" demek kolay mı? Başına bir şey gelmesinden korkarım. Senin, diğer dostlarımın, en yakınlarımın oradan sağ kurtulmasına sevinmek, ne büyük bir mahcubiyet!

Biliyor musun, o gün, yıllar önce hapiste yaşadığım duyguları yaşadım. Gelen jandarmaları pencereden görüyorduk. İçimizden birkaçını alıp işkenceye götürecek olan jandarmalar. Sonra adımız okunmayınca... Tam sevinecek gibi olunca, böyle bir şey hissetmenin ağırlığını düşünsene! Arkadaşları, yoldaşları işkenceye götürülürken sevinebilir mi insan? Ve ben, o gün kendimi; dostlarım, kardeşlerim bombalı saldırıdan sağ kurtuldular diye sevinirken yakalamaktan korktum. Kaybettiklerimiz de benim canımdı.

Böyle çok örnek var. Daha genel olarak, insan çocuğunu, kardeşini, devrimci bir kişi olarak yetişmesi için çekinmeden yönlendirebilir mi? Ama "Hayır, yapma" da diyemez ki. Hiç diyemez. Belki tek çare, bu yükü kaldırabilecek kişiliği ve gücü kazanmaları için dostlarımızı biraz desteklemek olabilir.

Düzgün insan olmanın bedeli çok ağır bu memlekette. Dünyada da kolay değildir, ama bizde, bazen dehşet verici hale geliyor.

Sevgili dostlar, birbirimize sahip çıkmak zorundayız. Bu kadar ağır bedelleri sadece içimizdeki az sayıdaki kişiye bırakamayız. Güzellikler kadar, sevgi kadar, mücadeleyi de, bedelleri de paylaşmaktan başka çaremiz var mı? Özgür, adil, eşitlikçi bir dünya için bir arada durmak, birlikte savaşmak zorundayız. Ve bu savaşın her alanda yaşandığını unutmayalım. Sadece barikat, sadece meydanlar değil söz konusu olan. Daha önemlisi günlük hayatta, kitaplar dünyasında, habercilikte, sanat dünyasında, sendika üyesi olarak, okur olarak, derneklere, hareketlere katılarak, hatta müşteri olarak bilinçli hareket etmemiz, birbirimizi kollamamız şart. Bedel ödemekten kurtulmak için onursuzluğu, korkaklığı seçemeyiz ki! Bedeli azaltacak, birbirimizi koruyacak biçimde hareket edeceğiz.

En güzel, en yiğit insanlarımızı kaybettiğimize göre, daha yiğit, daha güzel yaşamak zorundayız.

Katliam yaşanan Ankara'daki o 10 Ekim buluşmasındaki sarsıcı gürültü, havada uçuşan insan parçaları... Korkunçtu. Kızım ortaokul öğrencisiydi, çocuktu. Çok etkileneceğinden kaygılanmıştık. Sonraki günlerde şaşırdık. Hiç öyle bir olay yaşamamış gibi davranıyordu. Hatırlamıyormuş gibi.

Bir gün sabaha karşı gelip beni uyandırdı. "Baba, akşam gelirken fabrikadan bana baret getirir misin?" diye sordu. Kalkıp yerine yatırırken kısaca konuştuk. Günlerdir, bir daha öyle bir eylem olursa katılıp katılmama konusunu düşünüyormuş meğer. Ve kararını vermiş. "Ben iyi insanları yalnız bırakamam" dedi.

Onun bu mesajı da okurlarımıza ulaşsın. Gözlerinden öpüyorum Beste kızımın.

– 11 –
Toplumun şarkısı

"Ne cenaze olur müziksiz ne de düğün; ne devrim ne direniş ne de cinsellik. Hayat da böyledir aslında. Hayatın, toplumun bir şarkısı vardır. Gerçekliğin bir yönünü veya bazı yönlerini yok saymak yaşamın dengesini bozar. Aynı şekilde, belli bir konuya verilen ağırlık aşırı artınca da denge bozulur."

Batılılaşmak, zalime direnmek, güzellikler üretmek, toplumsal özelliklerimiz, yozlaşmak, geleneksel değerlerimiz, modernleşme sürecimiz ve başka birçok konudaki düşüncelerinize karşılık geleceğini tahmin ettiğim şöyle bir soruyla bu bölüme başlamak isterim:

Memleketimizin müzik serüvenini nasıl görüyorsunuz?

Maddenin doğası, hayatın gerçekliği, bir insanın kişiliği, toplumların özellikleri, ne varsa hayatta, her şey ancak devinim durumunu dikkate alarak anlaşılabilir. Ancak bir dönüşüm, bir değişim süreci içerisinde ve birbirleriyle ilişkilendirerek kavranabilir.

Marx bir Roma sözünü çok kullanır, "İnsanım ve insana dair hiçbir şey bana yabancı değildir." Bu söz sanat çalışmalarında en temel ilkelerden biri kabul edilmeli. Hem işlenen konu hem de sanatın işlevi açısından bakıldığında, "Hayata dair her şey" esastır.

Elbette bütün konular aynı anda, bir kerede işlenemez. Fakat hiçbir konu hayatın diğer yönlerinden kopartılamaz da. Tek başına aşk konusu, sadece politik bir mesele, bir tek eğlenceli ve kolay yaşam, böyle herhangi bir şey, gerçekliğe uygun olabilir mi?

Genel olarak sanatla değil de daha çok müzikle ilgili sözler edeyim, öyle sordun, müzik sadece eğlence aracı olabilir mi?

Olamaz. Peki, eğlenmeyi yok sayabilir mi, karşı çıkabilir mi? O da olmaz. İnsanlar sevinir, kutlamalar yapar, düğünlerde, şenliklerde bir araya gelir. Aynı şekilde yakınları ölür, acılar çekerler, sömürülürler, başkaldırırlar, utanırlar, âşık olup karşılık bulamazlar, aşklarını dile getiremezler, sürgünde yaşarlar, özlem ateşiyle yanarlar... Bunların hepsi müziğe dahildir.

Örneğin Gezi Direnişi günlerinde, orada bir konser düzenlemeyi düşünmüşlerdi. Sizinle birlikte Grup Yorum gibi, Edip Akbayram gibi sanatçıların adı geçiyordu. Sonra, "Bu direnişte can kayıpları yaşadık, müzik uygun olmaz" gibi yorumlar etkili oldu, konserden vazgeçildi.

Bizim müziğimizde, Anadolu müziğinde, güçlü bir başkaldırı damarı vardır ve öyle büyük bir direnişin müziksiz yaşanması olacak iş değildir. Ben de müzik ve konser çalışmalarıma hiçbir zaman eğlence aracı gibi bakmadım. İnsanları göbek atmaya çağırmıyoruz ki. Daha güzel bir dünya için bir araya gelmeye, birbirine sahip çıkmaya çağırıyoruz.

Orada konser düzenlemek doğru bir fikirdi, ama uygulama hazırlıkları ve duyuru anlayışında eksiklikler vardı. Olayların çok hızlı geliştiği ve organizasyonların çok zor olduğu günlerdi elbette. Konser fikrini doğru anlatma fırsatı bulamadılar. Senin az önce saydıklarından başka adı geçen bazı şarkıcılar da kitlede "eğlence düzenlemek" kaygısı yarattı. Bu nedenle, o gün konserden vazgeçilmesini doğru buldum.

Girişteki sorunla ilgili sözlerime devam edeyim... Ne cenaze olur müziksiz ne de düğün; ne devrim ne direniş ne de cinsellik. Hayat da böyledir aslında. Gerçekliğin bir yönünü veya bazı yönlerini yok saymak yaşamın dengesini bozar. Aynı şekilde, belli bir konuya verilen ağırlık aşırı artınca da denge bozulur.

Fakat bu demek değildir ki, her şeye eşit ağırlık verilmeli.

Bir köyde yaşadığını düşün. Köyün müzisyenisin, âşıksın diyelim. Son zamanlarda sık sık insanlar ölmüş, pek de düğün falan yapılmamış olsun. E, "Ben hem düğün havalarını hem ağıtları eşit sayıda çalacağım, hayatın dengesi..." falan diyemezsin. Bu anlamda denge, koşula uygun tavır demektir.

Bizim geleneğimizde ağıt ve direniş içerikli türkülerin zengin olduğu kabul edilir fakat eğlenceli türkülerin az olduğu yönünde eleştiriler vardır.

Bu eleştiri doğru mu, ayrı bir tartışma. Çokça mizah ve eğlence yapıtı var aslında. Ama son yüz yıldır, modernleşme çalışmaları kapsamında seçilen türküler ve yeni üretimlerde elbette hüzünlü içerikler çok daha fazla. Başka nasıl olabilirdi ki? Onca acı yaşanırken, onca insan hayatı pahasına direnirken, sahneye çıkıp "Haydi eller havaya, oh, oh!" diye mi bağıracaktık?

Diyorsunuz ki, "Nasıl yaşıyorsak, hayata nasıl müdahale etmek istiyorsak, müziğimize o yansıyor." Öyleyse, iktidarların istediği ve istemediği müzik de önemli bir konu olmalı.

Sadece iktidarların değil, yanlış muhalefetin de bu açıdan incelenmesi lazım. Düşünsene, bir kadın cinayeti işleniyor, bir kadın tecavüz edildikten sonra öldürülüyor ve buna tepki göstermek için çok sayıda insan sokaklara dökülüyor. Çok doğru, umut verici bir tepki. Üstelik o bilinçli insanlar, kadın cinayetlerinin politik bir konu olduğunu da anlatıyor. "Buraya politika karıştırmayın" diyenlere karşı, bunun aslında iktidarın ve medyanın kültür politikasıyla bağlantılı bir sorun olduğunu açıklıyorlar. Kadınların gece sokağa çıkmakla, istediğini giymekle, hatta çalışmakla ilgili bazı haklara sahip olmaması gerektiği görüşünü yaymak, böyle "cinsel suçların" da yolunu açıyor.

Peki, o eylemde yer alanlardan birinin, ertesi gün başka bir konu açılınca, arabeskle ilgili olumlu bir söz söylemesi anlaşılır bir şey midir? Hep söylüyorum; bu memleketteki tecavüzcülerin, katillerin, çocuk tacizcilerinin dinlediği müziklerle ilgili bir istatistik çalışması yapılması gerekir. '60'lar, '70'ler, sonraki on yıllar boyunca hangi müziği dinleyen insanlar nasıl yer almışlar toplum içinde?

Arabesk üzerine o kadar çok kitap yazıldı. Belki de popüler kültür alanında, toplumsal açıdan kültür sanata bakışla ilgili en fazla çalışma bu konuda yapıldı. Genellikle de şirin gösterildi arabesk. Varoşlardan merkeze yürüyen halkın beğenisi, geleneksel değerlerin şehre uyarlanmış hali falan gibi sözler edildi. Aynı yazarlar da cinsel suçlara ve tacizlere karşıdır. Ama bu "başka" bir konu değil ki, kadın cinayetleriyle doğrudan bağlantılı bir konu. "Ya benimsin ya toprağın!", "Toprak alsın muradımı" gibi arabesk nihilist şarkılarla büyüyen gençlerin halini düşün.

Yasakçılığa karşı olmak, dışlananları anlamak ve desteklemek falan. Bir de böyle meşru kılıflar uydurdular. Oysa düpedüz hastalıklı bir erkeklik anlayışı, ezilmeye karşı yalandan bir "isyan" yaklaşımı, ölümseverlik, kadercilik, başka da birçok yoz değer o kanaldan beslendi.

Şimdi kimse kalkıp da "Ben arabesk dinliyorum ama sapık-katil değilim" diye itiraz etmesin. Arabesk dinleyenlerden değil, o suçları işleyenlerden söz ediyorum; onlar arasında arabesk sevme oranını merak ediyorum. Mahzuni Şerif dinleyen, Moğollar veya Cem Karaca, Edip Akbayram dinleyen, Sait Faik, Nâzım, Sabahattin Ali okuyan oranı nedir onlar arasında? Bir tane bile var mıdır? Öyle suç düzeyinde değilse de genel tavır olarak bunu günlük hayatındaki çevresinde de gözlemleyen çok kişi vardır mutlaka.

Herhangi bir müzik türünün böylesine geniş etkisinden söz edebiliyorsak, hem toplumu anlamak, gidi-

şatı yorumlamak için önemli bir konudur müzik hem de aslında bir mücadele alanı demektir.

Çok geniş bir konu müzik. Birçok sorunun, birçok durumun açıklaması için belirleyici bir öneme sahip. Ben de en az 50 yıldır, konunun çeşitli yönleri üzerine zaman zaman düşünürüm. Örneğin 1979 yılında ODTÜ'de verdiğim bir konferans da bununla ilgiliydi. "Türkiye'de Müziğin Yerel ve Evrensel Boyutları" başlıklı bir konuşma metni hazırlamıştım. Onu şimdi anmamın nedeni, öğrencilerin gösterdiği olağanüstü ilgiydi. Dört bin kişi gelmişti dinlemeye. Konser falan değil, epeyce geç bir saatte ve uzunca bir konuşmaydı, ilgi gösterdikleri. Üstelik bu söyleşi gerçekleşmesin diye iki gün önce beni gözaltına almışlar, ODTÜ'ye giden otobüs seferlerini de kaldırmışlardı.

O konferansı bir hafta sonra Boğaziçi Üniversitesi'nde, İstanbul'da tekrarladım. Aynı yüksek ilgi, aynı bilinçli ve konunun özüne odaklanan sorular, düşünce üreten ve kültür birikimini önemseyen gençler orada da vardı.

Sonraki yıllarda da 1980'lerde, 2010'larda da aynı durumu defalarca gözlemledim. Önemli bir gerçeğe tanığım ve bunu ilan edercesine dile getirmek isterim: İnsanlarımız kendilerine sunulan nitelikli yapıtların değerini biliyor. En nitelikli şiirleri, en iyi müzikleri, değerli filmleri, doğru odaklanan konuşmaları, böyle kaliteli her şeyi anlıyorlar, seviyorlar, destekliyorlar.

Sahi, halk ne ister?

Bu kadar çok yüzeysel yapıt, bunca sığ düşünce neden ve nasıl karşılık buluyor?

Bu, "Halk bunu istiyor" yalanıyla ilgili. Medyanın ve kültürel iktidarların bir uydurması bu. Medya hep "reyting uğruna" değersiz yapıtları yaymakla suçlanıyor ya, bu da yalan.

Başını biraz çevirirsen, yönlendirmelerden sıyrılıp doğru pencereden bakarsan, gerçek apaçık ortada. Medya, asla halkın istediği gibi yayın yapmak derdinde değil. Hiç olmadı. Popülizmin de gerisindedir bizim medya.

Örneğin, '90'lı yıllarda yayına başlayan çok kanallı televizyonlarda en çok dinletilen şarkılar nelerdi? İnsanların evlerinde dinlediği, kasetlerini aldığı, konserlerine gittiği sanatçılarla sürekli televizyonlara çıkarılanlar aynı mıydı? Değildi elbette.

50-60 milyon nüfusumuz varken bu ülkede her yıl bir milyondan fazla bağlama satılırdı. Hâlâ da ilgi yüksektir. Türküler, onların çağdaş yorumları, nitelikli çalışmalar, ancak medyaya rağmen varlığını sürdürebiliyordu. Televizyonların sanki herkes öyle talep ediyormuş gibi tekrar tekrar insanlara ulaştırdığı, toplumu alıştırdığı, "reyting uğruna" diye bir yalanla sürekli desteklediği müzik, gerçekte halkın tercihini yansıtmıyordu. Halk bunu istiyor diye değil, halk bunu istesin diye yayın yapıyordu medya.

Entelektüel kesim ise, "özgürlük" kaygısıyla, halkın tercihlerinin dikkate alınmasını ileri sürerken, engellenen sanat anlayışları arasında bir tek arabeske sempatik bakıyordu. Kötü niyetli yaklaşımların dışında, entelektüellerimizin halkın değerlerine, kültürüne yabancılığı da buna neden oluyordu.

İnternet kullanımının yaygınlaşması bu tür "profesyonel zararları" önlüyor mu? Medya ve iktidar onayı almadan insanlara ulaşabilmenin yolu açılıyor, insanların iletişim olanakları artıyor.

"İnternet ve iletişim" kendi başına önemli bir konu başlığı. Şimdi sadece, medyanın verdiği zararların azaltılması açısından bakalım.

İnternet çağı, aslında, kişisel tercihlerin medya tarafından daha zor kontrol altına alınacağı dönem. Ama ne yazık ki, bu döneme biz artık zehirlenmiş bir toplum olarak girdik. Öncesindeki televizyon çağının güçlü manipülasyonları nedeniyle, insanlar bir şey isteme iradesini, bir tercih kullanma iradesini önemli ölçüde kaybetmişlerdi. Yani kendilerine hileli yollarla empoze edilen beğenileri, kendi tercihleri gibi kabullenmişlerdi.

Bir anlamda, medya ve kültürel iktidarın elindeki olanaklar azalmış gibi görünse de, aslında insanlarda içselleşmiş durumda. Fakat bu durum, daha çok, internet çağına geçme sürecini yaşayan kuşak için geçerli. Bir sonraki kuşak zaten internet iletişiminin yaygın olduğu koşullarda büyüyor. İnsanlara zehir enjekte eden o medya ve kültürel iktidar, bu yeni kuşak üzerinde çok da etkili olamıyor. Mutlaka aktarılan sorunlar olacaktır, ama gençler her zaman toplumun umududur.

Toplumlar deniz gibidir. Zaten doğanın bir parçasıdır insan toplulukları. Okyanuslar gibi dalgalanır, durulur, kendini de temizler aslında. Ama denizlerin, doğanın kendini temizleme gücü de sınırsız değildir. O kapasitenin üzerinde atık, akıtılan zehirler, derelerden taşınan zehirli maddeler sonuçta denizlerin kirlenmesine neden olur.

Ama sosyal medyanın, internetin çok olumlu işlevleri de var. Güncel bir örnek vereyim: Eğer sosyal medya olmasaydı Ekrem İmamoğlu kardeşim İstanbul seçimlerini kazanamazdı. Çünkü bir ikisi hariç bütün kanallar ve gazeteler ona kapatıldı. İftiralar atıldı ama buna cevap verme hakkı tanınmadı. Ancak sosyal medya sayesinde başa çıkabildi bunlarla. Acısını çok çektiğim için bilirim. İnternet öncesi dönemde iftiralara cevap verme imkânı bulamıyordum. Tam bir "Susarlar, sesini boğmak isterler" durumu.

Son bir örnek de 11 yaşında öldürülen kızımız Rabia Naz Vatan'ın durumu. Acılı babanın itirazlarını Metin Cihan ısrarla Twitter'da tekrarlayıp vicdanlı insanların dikkatini çekmeseydi, muktedirler olayı kapatmıştı bile. Anlamadığım şey; bu kadar vicdansız politikacıyı, ahlaksız hâkimi, savcıyı, sahte rapor yazabilen polisi, doktoru nasıl yarattı bu toplum? Asıl soru bu.

Ama inanıyorum ki insan toplulukları kendini temizler, hayat kendini düzeltir. Yeter ki yeni gelen atıklar azalsın, doğanın yenilenme gücünü aşmasın.

Müzik ve toplum ilişkisini konu alan kitaplarda, önceki on yıllar boyunca aydınların iki temel tavrı öne çıkıyor. Birincisi, Cumhuriyet değerlerine bağlı biçimde toplumu Batılılaştırmak amacıyla insanların müzik tercihini dönüştürmek. İkincisi ise, bu "Batılılaşmak" yolundakilerin müdahaleciliğine ve yasakçılığına karşı halk beğenisi adı altında arabeske sempatik yaklaşmak.

Toplumla ve tarihle ilgili bazı kavramların ne kadar yanlış anlaşıldığını gördükçe insan şaşırıyor. Hani kimse ilgilenmiyor, umursamıyor olsa neyse; ama Cumhuriyet, Osmanlı, modernlik gibi en çok kullanılan sözcükler nasıl bu kadar çarpık ve yüzeysel kullanılır? Çok da karmaşık konular değil ki. Her gün her gün bunları konuşan insanlar gerçekten ilgilense, beş on kitap okusa, biraz uğraşsa bolca bilgiye ulaşmak çok zor değil.

En yanlış anlaşılan kavramların başında Batı geliyor. Eskiden beri devletin müzik politikası, bu politikaları destekleyenler veya karşı çıkanlar, hep "Batılılaşmak" meselesiyle ilgiliydi. İnanılmaz biçimde, "Batılılara benzemek veya benzememek" açısından birbirleriyle tartıştılar.

Oysa, "Batı" deme kolaylığına saplandığımız o modern dünya kendi içinde oldukça ciddi farklılıklar barındırıyor. Hatta "Batı kültürü" denen şeyi bu farkların korunmasıyla bağlantılı olarak tanımlayabiliriz. Söz konusu olan teorik görüşler veya yaşam biçimleri değil, farklı bir üretim aşamasıdır. Batı kültürü, büyük ölçüde bir üslup çeşitlemesidir.

Batı dediğimiz dünyada birçok dil, birçok halkın farklı gelenekleri, kültürleri, kendi özelliklerini, renklerini koruyan akarsular gibi gelir, bir ana nehir yatağına dökülür. Bu Batı nehrinin, kendisini oluşturan akarsulardan bağımsız bir kaynağı yoktur aslında. Modern sanat, her akarsuyun bu nehre çağıldayarak katılmasıyla, özgürce akmasıyla gelişti.

Anadolu insanı da o dünyaya ancak kendi değerlerini katarsa girebilir. Kendi üslubuyla modern hayatın içinde yer alabilir. Yoksa onlar gibi giyinmekten ibaret bir benzerlik işe yaramaz. Davranış biçimlerini, damak zevklerini, yaşam biçimini taklit etmek ne o büyük modern sanat akarsuyuna bir şey katabilir ne de bizim varlığımıza.

Nasıl olabilirdi peki? Yani bizim üslubumuz neydi? Nedir? Mimaride, sporda, giyim ve yaşam biçiminde, müzikte, mutfakta, hayatın çeşitli alanlarında kendi özelliklerimizi nasıl geliştirebilirdik? Nasıl geliştirebiliriz?

Tam da buradan hareket ederek başlamalıydı Batılılaşma tartışması.

Kökleri 20. yüzyılın başlarına, hatta biraz daha öncesine dayanabilir ama özellikle yüzyılın ortalarından itibaren, sanat ve düşünce alanlarında yoğun kargaşalar yaşanmaya başlandı. Bir üslup yitimiydi söz konusu olan. Kendi bütünlüğünü, uyumunu, kimliğini yitirmiş bir ülkeye dönüşüyorduk. Hem de büyük bir hızla.

Önceki bölümlerde başka vesilelerle de konuştuk, bizim zaten yerleşik uygarlıklar geliştirmek ve orijinal kültür yaratmak gibi özelliklerimiz yok. Fakat benzerine rastlanmayan bir kültür taşıma, fethettiğimiz toprakların kültürüyle sentez kurma, bir zenginlik yaratma gibi özelliklerimiz var. Daha doğrusu vardı.

Marx'ın "Fatih uluslar, fethettikleri ulusların kültürüne aşırı bir biçimde açıktır" saptaması, belki de en çok bizim için geçerlidir. Bizim bu, geldiğimiz yerden kültür taşıma ve yeni coğrafyamızdakilere katkıda bulunarak onları sahiplenme özelliğimiz, Anadolu'nun zenginliğini ortaya çıkarmıştır. Bu toprakları, bu kültürü zenginleştirmiştir. Buralarda yaşamış onca eski kültür, onca halk, bunların yarattığı armoni, Osmanlı'nın epeyce ileriki dönemlerine kadar birbirlerini besleyerek bir arada bulunuyordu. Aynı coğrafya içinde bir arada bulunmanın ötesinde, ayrı ayrı varlıklar olarak toplamından daha büyük bir değere ulaşıyorlardı.

Sonra birbirini yadsıyan saldırganlıklar, gelişme yollarını kapayan yerel kavgalar ortaya çıktı. Aslında zenginliğimiz ve belirleyici özelliğimiz olan çeşitlilik, bizim ayak bağımız, baş belamız haline gelmeye başladı. Her alandaki bu karmaşa, doğası gereği müzikte adeta bir gümbürtüyle ortaya çıkıyordu.

Yani Türk müziği, Anadolu müziği veya ne diyeceksek, işte bu toprakların müziği, bizim son on yıllarda bildiğimizden farklı bir şey miydi?

Müzik türlerinin tanımlamaları da elbette aynı karmaşayı yansıtıyordu. Üç ana grup altında toplandı bunlar: Türk Sanat Müziği, Türk Halk Müziği, Türk Hafif Müziği. El yordamıyla anlaşabilmek için, konuşurken birbirlerinin ne kastettiğini insanlar anlasın diye, yüzeysel biçimde uydurulmuş ayrımlar bunlar.

"Sanat müziği!" Bu türe girmeyenler sanat olmayan müzik mi kabul ediliyor? Ya, "Hafif müzik" nedir? O "sanat müziği" dediğimiz şey daha mı çok kilo basıyor da buna böyle diyoruz? Öyleyse, köçekçe, sirto, longa gibi tarzları da nasıl "ağır sanat" kabul etmeyeceğiz?

Son zamanlarda "Türk hafif müziği" ve "Türk sanat müziği" kavramları pek kullanılmıyor. Onlardan kurtulduk diyelim. Yani o ifadelerden. Ama "Türk halk müziği" daha yaygın kullanılıyor. İyi de Anadolu'daki farklı dillerden, tarzları farklı yörelerden hangilerini kapsıyor bu kavram? Aslında bazıları, tamamen sınırlarımız dışındaki kültürlerin buralarda yaşayan etkisini yansıtıyor, kuzeydoğu tarafımızdaki Azerbaycan ve diğer bölgelerin müzikleri varlığını sürdürüyor memleketimizde. Türkü söylenen birkaç dilden hangisini, nereye kadar içeriyor? Girit'te kullanılan Pontus kökenli "Lyra–kemençe" Karadenizliler arasında çok yaygın. Sadece o bölgede değil, çeşitli şehirlerimizdeki Karadenizli mahallelerde, birçok Karadenizli aile çevresinde de öyle. Kürtçe türküler başlı başına bir zenginlik.

Tek tek sayıp sözü çok uzatmak istemiyorum ama ilk aklıma gelenleri çabucak saymakta fayda olabilir: Doğu'da klarnetli kemanlı halaylar, Orta Anadolu'da Türkmen abdallarının bozlakları, Alevi Bektaşi nefesleri, Batı Anadolu'da İyon uygarlığından kalan zeybekler, Güneydoğu'da Arap etkilerini yansıtan ezgiler, Toroslarda Orta Asya Şaman geleneğine dayanan büyük ses aralıklı Türkmen bozlakları, Trakya türküleri, Roman havaları, dengbejler... Ayrıca âşık geleneğimiz sekiz yüz yıl boyunca görkemli değerler, büyük ozanlar yetiştirdi.

"Türk sanat müziği" dediğimiz tür içindeki çeşitlemeleri uzun uzun anlatabiliriz. Itri'den, Dede Efendi'den süzülüp gelen ve artık tamamen halka mal olmuş bir zenginlik var orada da. Şevki Bey'den Saadettin Kaynak'a, klasikleşmiş birçok sanatçımız, Batı'dan, Doğu'dan, Hint ve Arap kültürlerinden çeşitli etkileri içeren ama özgün değerler olarak ortaya çıkardıkları büyük yapıtlar ürettiler.

Hâlâ da devam ediyor bunların derinlerdeki etkileri. "Hafif müzik" veya "pop" dediğimiz çalışmalarda bile zaman zaman etkileyici zenginlikler ortaya çıkıyor. '70'lerden beri

Batı'dan ve Doğu'dan ödünç aldığımız tınılarla, tekke müziği mirasıyla, rock esintilerle devam ediyoruz. Bu durum, büyük olanaklarla birlikte büyük riskler de içeriyor.

Bildiğim kadarıyla, müzik konusu, 1930'lu ve 1970'li yıllarda daha ağırlıklı biçimde, hep devlet politikası olarak ele alındı. Batılılaşmak hedefiyle, ilerici adımlar hedeflenerek ve iyi niyetle uğraşıldı. Ama biraz tuhaf bir durum çıkıyor ortaya. O çabalar bazı açılardan belki amacına ters yönde de sonuçlar ortaya çıkardı.

Kabaca ve en kısa biçimde özetleyecek olursak, "Bu politikaların sonucunda ortaya arabesk çıktı" diyebiliriz. Oysa amaçlanan bambaşka bir şeydi. Diğer alanlara benzer biçimde, klasik Batı müziğine halkı yaklaştırmaya, geleneksel değerleri de Batılı bir tarzda yeniden işleyip modernleştirmeye çalışıyorlardı.

Bu politikaların aslında '70'lerin ortalarından itibaren iflas edeceği görünüyordu.

Demin sözünü ettiğim '79'daki o konferanslarımla ilgili yazımı, sanıyorum 1980'de *Cumhuriyet* gazetesinde yayınlamıştım. Orada da bu konuyu incelemiştim. "Türkiye'de müziğin bugünkü çıkmazını yaratan, halkın beğenisini Yunus Emre bilgeliğinden, Ferdi Tayfur yakınmasına getiren birçok etkenden biri de devletin müzik politikası mıdır?" sorusuna yanıt aramıştım.

Sadece müzik alanıyla sınırlı kalarak bile bu mesele ele alınınca, aslında Türkiye Cumhuriyeti'nin kurucu felsefesini, sonraki on yıllarda o düşüncelerin uygulanış biçimini, genel olarak "Cumhuriyet serüvenimizi" anlamak için önemli ipuçları bulabiliriz, diye düşünüyorum.

Deminden beri sözünü ettiğim kargaşaya, büyük ölçüde kraldan çok kralcı Cumhuriyetçi kadrolarının uyguladığı devlet politikaları neden oldu. Kuruluş aşamasındaki felsefe çarpıtılarak konservatuarlar, TRT'nin müzik kurulları, festival komiteleri ve kültür merkezi yöneticileri, kavrayamadıkları bir anlayışın uygulayıcıları olarak, halen içinden çıkamadığımız karmaşaları yarattılar.

Bu yetkililer, en temeldeki sentez gerçeğini göremediler. Halkın müzik beğenisini, yaşam biçimini, modern dünyaya uyum yollarını emirlerle ve yasaklarla yönlendirme yanılgısına düştüler. Üstelik o uygulamalarını "Atatürkçülük" diye tanımladılar. Halka ulaşmanın tek yolu TRT'ydi, o da sansür uyguluyordu.

"Müzikal" politikalar

Radyolarda Türk müziğinin yasaklanması bunun en trajik örneklerindendir herhalde. İşin içinde bir düşmanlık, Anadolu kültürüne bir kasıt olsa belki bu kadar acı gelmezdi bize. Atatürkçü yöneticiler, daha onun sağlığında ve Batılı nitelikte bir "Türk kültürü" yaratma amacıyla, Türk müziğini yasakladılar.

Sahiden, acı sonuçlarını yaşamasak böyle saçma uygulamaları komik de bulabilirdik. İnanılmaz aşırılıklar. Atatürk'ün çoksesli müziği öven bir konuşmasını yanlış anlayan radyo yöneticisi kalkıp aceleyle Türk müziği çalınmasını yasaklıyor. 1934'te miydi? Oysa Atatürk o günlerde "Köşküm var deryaya karşı" şarkısını severek dinlemeye devam ediyor. Ve neredeyse iki yıl sonra, Atatürk'ün tesadüfen bundan haberdar olmasına kadar sürüyor bu yasak.

Aynı konudaki yanlış anlamanın sonucu başka inanılmaz hatalar da yapılıyor. O dönemde saz da yasaklanıyor memlekette. Jandarmalar köylere gidiyor, birçok âşığın sazını alıp kırıyor, yakıyor. Ahmet Kutsi Tecer, Veysel'in sazlarının nasıl yakıldığını anlatır.

Herhalde tarihteki bütün devrimlerin hemen sonrasında, ne yaşandığını anlayamadan devrimi benimsemiş yöneticilerin böyle çarpık uygulamaları vardır. Ama bizdeki bu örnekler, görülmemiş aşırılıkta değil mi? Neden böylesine basitlikler ortaya çıkmış olabilir?

Bunu ben de çok düşündüm. Düşünüyorum. Farklı yanıtlar, uzun uzun ifade edilmesi gereken düşünceler geliyor aklıma. Şimdi en kısa değinebileceğim düşüncelerimden biri; acaba ileriye doğru atılan adım, öncesinde verilen mücadeleye ve yaşanan hazırlık süresine oranla çok mu büyüktü? Yeterli kadrolar oluşmadan, çok büyük değişimler mi yönetildi?

Oysa Atatürk'ün özenli giyimi, dinlediği müzik, okuduğu kitaplar, damak zevki ve genel tavırları ne kadar da uzak bu uygulamalara.

O incelmiş zevkleri olan bir devrimci. Bir toplumun gidişatını, yüzyıllardır aktığı yatağı değiştiren büyük bir devrimin önderi. Şehirlerde fesli adamların doldurduğu ve ara sıra da feraceli kadınların göründüğü meydanları düşünsene. Mistik bir havada birbiriyle iletişim kuran, Doğu görünüşlü bu insanların birkaç yıl sonra milli bayramlarda alanlarda toplanacağı, kız ve erkek öğrencilerin flamalarla dolaşacağı, hep birlikte bayraklar sallayacağı tahayyül edilmesi zor gelişmelerdi. Hele kız öğrencilerin öyle giyinmesi, kuşaklar boyunca alışılmış tarzların yanında yarı çıplak dolaşmak gibi görülebilirdi.

Hayatın her alanında ve elbette ülke yönetiminde böylesine köklü değişikliklerdir devrim. Öyle günlerde toplum şiddetli sarsıntılar yaşar. Önderler adeta halkın gövdesini kavrar, silkeler. İhtilal günleridir onlar, adı üstünde, tarihsel süreçlere müdahale edilen, normal akışın bir anlamda kesintiye uğradığı dönemlerdir. Ve hemen sonrasında, süreçler bir başka yatakta tekrar bir ritim tutturup ilerlemeye başlar. Daha önce bilinmeyen çelişkiler ortaya çıkar. Belki de konunun en acı tarafı, devrimci değişimleri gerçekleştiren kadroların önemli bir kısmı, yeni kurulmaya başlanan düzenin bekçisine dönüşürler; devrimcilikle ilgisi olmayan bir kurumsallaşmanın ve durağanlığın yöneticisi haline gelirler.

Cumhuriyet'in hemen başından itibaren bu yönde gelişmeler yaşandı. Mustafa Kemal'le mesai harcayanların bir kısmı da dahil, yöneticiler kendi varlıklarını toplum çıkarıyla özdeşleştirdi, eleştiriye tahammülsüz, statükocu anlayışlarla çalıştılar.

Devrimlerin biçimsel olarak kurumsallaştırılması durumu, müzik alanında da açıkça görülebilir. Cumhuriyet'in müzik politikası, kısa sürede, Klasik Batı Müziğini Sevdirme ve Yaygınlaştırma Derneği çalışmalarına dönüşmüştü. Aydın kesimde de "halkçılık ilkesi"nin geniş karşılık bulmasıyla bağlantılı olarak müzikçilerimiz Anadolu'ya yöneldi, türküleri çoksesli hale getirme çalışmalarına giriştiler. Zaten hangi dilde şarkı ve türkü diye ayrı kelimeler var? *Song*, *lied*, *chansonne*, *tragudi*... Hep tek kelime. Bizde Arap/Fars etkisiyle oluşan ezgilere şarkî, Anadolu Türk halkının müziğine de türkî deniliyor. Bir de kürdî var tabii.

Her devrimde özellikle içerik tam olarak topluma benimsetilinceye kadar "biçim" ağır basar. Neredeyse tüm devrimlerde böyledir bu. Aceleci ve gülünç kararlar da belki bundan kaynaklanır.

Diyelim ki Bolşevik devrim gerçekleştirdiniz. Devriminizin bir ideolojisi, bir içeriği var. İçerikle biçim uyumsuzluğuna düşmek sizi başarısız gösterebilir. Bu yüzden aceleyle belli biçimleri dayatmak zorunda kalıyorsunuz. Sovyetler'de de partili sanat oluşmuş. Neden? İşte devrimin içeriğine uygun biçimi yaratmak için. Türkiye'de de olan bu galiba. Çağdaş uygarlık düzeyi diye bir içerik tayin ettikten sonra, ona uygun biçimleri de ortaya çıkarmaya çalışıyorsunuz. Tabii bazı işgüzarların elinde bu çaba bir komediye, hatta trajediye dönüşebiliyor... Uzun lafın kısası, o yüzyılda bütün modernist hareketlerde var olan iradi müdahaleler Türkiye'de de var. Ne eksiği ne fazlası. Yalnız bu aşırı müdahaleyi eleştireyim derken, modernizmi tukaka edenlerin halleri pek arabesk, onu söylemem lazım.

Kendi geleneklerinden beslenip onları çağdaşlaştırarak zenginleştirmek doğru bir yaklaşım değil miydi?

Doğru ama bu işe kalkışan müzikçilerimizin geleneği Osmanlı kökenliydi. Bu kadar ideolojik ezberlerle hareket etmeyip Osmanlı müziğiyle ilişkilerini sürdürebilselerdi büyük bir zenginlik yaratabilirlerdi. İçinde yetiştikleri saz semaileri, peşrevler, ayinler üzerinde çalışıp Batı'dan öğrendikleri armonilerle, kontrpuanlarla yaratılarını sürdürebilirlerdi. Genelde yetenekli ve aydın insanlardı. Cumhuriyet politikalarını destekliyorlardı. Daha doğrusu, öyle anlıyor, anladıkları tarzda destekliyorlardı. Edebiyatta Servet-i Fünun'un Anadolu'ya yaklaşımının müzikteki karşılığı gibiydi onlar.

İyi niyetli olmaları, onların hem Batı müziğine hem de Anadolu müziğine yabancı oldukları gerçeğini değiştirmiyor. Bu ikisi arasında kaldılar. Anadolu insanına, sanki kendi müziğini zorla dinletmeye çalışan bir girişime dönüştü onların çabaları. Yabancı birileri gelip, "Siz bu müziği seveceksiniz" diyormuş gibi bir durum ortaya çıktı. "Cumhuriyet müzisyenlerinin" halk müziği ile kurduğu ilişki bu nedenle hep bir soğuk kaldı, hep yukarıdan aşağıya duygusu verdi.

Oysa zaten güçlü bir âşık geleneği vardı Anadolu'da. Köklü tarzlar, güçlü ezgiler, zengin bir müzik kaynağı bulunuyordu. Olanak sağlansa, desteklense, işte o zaman geleneklerin modernleşmesi sonucuna ulaşılabilirdi. Bir yandan Osmanlı birikimi, bir yandan Anadolu'nun çeşitli dillerden ve kültürlerden gelen zenginliği, bugünkü varlığımızı da büyüten etkiler yaratacak biçimde zenginlikler yaratabilirdi.

Ne var ki, müzik alanında bu müdahale Anadolu'da varlığını sürdüren müzik ırmaklarını "zapturapt" altına alma işine dönüştü.

Bunun en büyük zararı halk müziğine oldu elbette.

Çeşitli yöresel kaynakların kayıt altına alınması, plaklarda arşivlenmesi gibi büyük ve faydalı işlere de başlanmıştı. Ama bunlar Ankara Konservatuarı'nın bir odasında kimsenin ulaşamayacağı biçimde saklanıp sonra da ziyan edildi. Orada sadece plaklar, bazı kayıtlar çürümedi, ülkemizin büyük bir birikimi harcandı.

Böyle bir kaynağın da yokluğuyla, "çağdaş biçim" veya "çağdaş yorumlama" adı altında yöresel özellikler silikleşmeye, binlerce yılda oluşmuş gırtlak teknikleri kaybolmaya başladı. Bütün yörelerin türküleri birbirine benzer okuma tavrına bağlandı. Bağlamanın bile "bağlama düzeni" çeşitli armonik biçimleri kaldırıldı, "sol, re, la" ses temeline göre ayarlanan ve adeta tek tip havası veren saz takımları oluşturma alışkanlığı gelişti. O dönemde "Yurttan Sesler" programında çalınan türküleri seven hiç kimse görmedim.

Daha önce de o sözünü ettiğim konferansta anlattıklarımın çok kısa özeti bunlar. Fazlasıyla özet geçiyorum, çünkü büyük olasılıkla bu sözlerimi dinleyen gençler, okuyan gençler diyeyim, sıkılacaklardır.

Öyleyse, genç arkadaşlar, bu sözler size sıkıcı geliyorsa, bu bile, ne büyük bir zenginlik kaybettiğimizin, büyük bir kültür birikiminden ne denli uzaklaştığımızın göstergesidir.

Eğer müzik eğitimimizin başına Alman Klasik müzikçi Paul Hindemith değil de, halk ezgileri üzerinde çalışan Bela Bartok getirilseydi sonuç farklı olurdu sanıyorum.

Müzik alanında devlet politikaları nasıl bu kadar etkili oldu? Belki farklı sonuçlar hedeflenmişti, uygulayıcılar da istediği sonucu elde edemedi, ama ortaya

çıkan sonuçta, sanırım '90'larda başlayan çok kanallı televizyon dönemine kadar hep belirleyici durumdaydılar.

E, diyorsun işte, çok kanallı televizyon yoktu daha önce. Daha önemlisi, plakçalar, kasetçalar da pek yoktu. Onlarca yıl boyunca, bunlar yurtdışından getirtiliyordu. Pahalıydı. İnsanların zorunlu harcamalarında pek sıraya giremeyen giderlerdi. Kitap veya gazete okurken sadece okuyacağın şeyi alıyordun ama plak dinlemek için plak alman yetmez ki, plakçaların da olmalıydı. Bu nedenle radyolar, kitlelere müzik ulaştırmak için çok önemliydi. Daha sonra da televizyon girdi hayatımıza.

Dolayısıyla, devletin müzik politikasındaki yasakçılık meselesinde, doğrudan yasaklama örneklerinden daha önemlisi, radyo ve televizyona çıkarılmamaktır.

Müzisyenlik yolunda ilerlemek isteyenler de çok yaygın biçimde, TRT onayına bağımlı hissediyordu kendini. Bu da diğer alanlarda, örneğin edebiyatta, özellikle de şiirde bir ölçüde ulaşılan sentezleri, özgür çalışmaları müzik alanında çok zorlaştırdı.

Elbette edebiyatımızın, hele şiirimizin uzun geçmişe dayanan bir direnme geleneğinin bulunduğunu da hatırlamak gerek. Onlarda onay aramak gibi, kabul görmek için uygun yol bulma gibi eğilimler daha azdır. Daha özgür, daha bağımsız çalışmalar yürüttüler ve müzikte eksikliğini gördüğümüz sentezlere ulaştılar.

En büyük örnek de Nâzım Hikmet. Osmanlı aristokrat çevrelerinden taşıdığı aruz ritimli şiir duygusunu, Anadolu halk şiirleriyle uyumlu biçimde birleştirdi. Uzun yıllar zor koşullarda ve hasretlerle, acılarla yaşadığı hapishaneleri, Anadolu kültürüne ulaştığı bir kaynak gibi de değerlendirdi. Bir yandan ise, dünyanın en ileri, en çağdaş akımlarına da hep açık oldu.

Fazıl Hüsnü Dağlarca da aynı şekilde, Yunus bilgeliğinin modern sesini ortaya çıkaran sentezi yarattı.

Başka da çok örnek var. Ahmed Arif var, diğerleri var. Resimde, romanda, mimaride, hiçbir alanda müzikte TRT'nin yarattığına benzer bir etki yaşanmadı.

Diğer ülkelerde, diğer toplumlarda müzik alanında bu kadar karmaşa yaşanmış mıdır? Kitleselleşmek için en avantajlı sanat dallarından olsa da, galiba çok zor bir alan müzik.

Bizimkine en benzeyen müzik yapısı, herkesin bildiği gibi, Yunanistan'da. Çalgıları ve makamları bize ne kadar yakın, değil mi? Ama dünyanın başka yerlerinde de çok tanıdık bulunuyor. Theodorakis, Dalaras, Faranduri, Hacıdakis gibi değerli müzisyenler, uzun zamandır dünyanın sevilen ve saygın müzisyenleridir. Onlar da çok zorlu yollardan geçtiler, engeller aştılar ama sonuçta kendi geleneklerini, önceki kuşaklardan devraldıkları değerleri çağdaş biçimlerde zenginleştirdiler.

Yunanistan'ın daha çok kıyı taraflarında, adalarında, 1920'lerde "Rebetika" müziği gelişmeye başladı. Bizim Ege yöresinden, İzmir çevresinden gidenlerin yarattığı bir müzik türüydü bu. Buzuki adlı çalgı ile çalınıyordu. Zaten bizdeki bağlamanın "bozuk düzen" dediğimiz akort biçiminden geliştirilmiş bir çalgıydı. Rebetika Yunanistan'ın iç taraflarına da yayılmaya başlayınca, özellikle şehirlerin varoşlarında ve proleterleşen kesimde karşılık buldu.

Amerika'da çeşitli müzik yapıları iç içe gelişti. Blues... Madenlerdeki, demiryollarındaki işçilerin türküleri, Zenci duaları gibi halk müziğinin en özgün örnekleridir orada üretilenler. Dünya müziğine zenginlikler katmış olan Woody Guthrie'nin Amerikan halk müziği üzerindeki kapsamlı araştırmaları önemlidir. Onun yaptığı türküler kendisinden sonrası için de önemli bir kaynak oluşturdu. Devamında Bob Dylan çıktı, yelpazeyi daha da genişleten, Mevlana'yı ve

Ferîdüddîn Attâr'ı da kaynak olarak kullanan Kanadalı "rock şairi" Leonard Cohen çıktı.

Kendi geleneğinden beslenmek ve diğer kültürlerle etkileşim halinde bulunmak. Bu ikisinin bir arada yürümesi gerekir. Yoksa tek başına kendi kültürünü korumak kaygısı bir tutuculuğa neden oluyor. Gelenekten beslenmek kadar yeniliklere açık olmak da gerekiyor. Hatta deneysel çalışmalar çok önemlidir. Sadece gelenekte ve yerellikte çözüm aramak da sadece evrensellikte ve yenilikte çözüm aramak da çıkmaz bir yol.

Müzik konusunda bunca hata yapılınca, kültürel hayata bu kadar yanlış müdahaleler gerçekleşince, ortaya kötü bir şey çıkmaması mümkün mü? Bu konuda başından beri savunduğum sentez gereğiyle ilgili büyük bir boşluk oluştu. Ve bu sentez eksikliği, sağlıklı biçimde değil, arabesk biçiminde giderildi.

Cumhuriyet'in trajedisi

Sentez dediğimiz, farklı kaynaklardan unsurların ve parçaların bir araya getirilerek yeni bir şey, bütünlüklü bir varlık oluşturmak, değil mi? Peki, böyle bir "toplama" işleminin sağlıklı veya sağlıksız olmasının ölçütü ne olabilir?

Şöyle bir ölçüt düşünebiliriz: Bir toplama işlemi gibi bakarsak; o yeni bütünlük, farklı kaynaklardan alınan öğelerin her birinden daha büyük değerde olmalı. Bir araya getirdiği öğeleri de güzelleştirmeli ve sonuçta onlardan farklı, onlardan daha hacimli bir güzellik ortaya çıkarmalı.

Bu sağlanamıyorsa, bir araya getirilen unsurlar ve onların kaynağı talan ediliyor demektir. Bir katkı, bir güzellik, zenginlik değil, bir yağma olur, farklı parçaların bir araya getirilmesi. Arabesk böyle bir şey. Arap, Hint kökenli müzik yapıları, Osmanlı geleneği, sanat müziği dediğimiz türün bazı özellikleri, türkülerimiz, bunların hepsinin yağmalanmış halidir.

Çok yüksek bir hızla şehirleşen, çalışma alanı sanayiye doğru ilerleyen bir topluma, yeni başladığı şehir hayatında radyodaki "Yurttan Sesler" korosunun ağırlaştırarak, uyur gibi okuduğu eski türküler bir şey söylemiyordu artık. Köyünden kopan insanları klasik Batı müziğine alıştırmaya çalışmak da sonuçsuz kalmaya mahkûmdu.

Devlet politikaları ve aydınlar, topluma uzak kalmışlardı; özellikle de çoğunluğu oluşturan yeni şehirlilere yabancıydılar. Oysa halkın hayatına, modern ilişkiler içinde her gün yeni boyutlar katılmaktaydı.

Radyoların yönetimi ve kültür politikaları nedeniyle kitlelerin doğal gelişme süreci kesildi. Yeni ve çağdaş yaratıcılıkların geliş yolları da kapatıldı. Arabesk müziğin ortaya çıkışında hep bir dönüm noktası gibi anlatılır; o dönemde gelen *Avare* filminin müziği, adeta bir mucize gibi yayıldı toplumda. Hint ve Arap etkileriyle bu müzik, Anadolu insanının eskiden beri alışkın olduğu özellikler taşıyordu.

Konu elbette sadece kültür alanındaki yanlış politikalardan ibaret değil. Köyünden kopup gelen insanlar, şehirlerde sadece yaşam biçimi olarak yabancı kalmadılar. Eski aile bağlarında, kendilerini güvende hissettikleri iletişimlerden, dayanışma ağlarından da kopmuş oldular. Onların yerine de çağdaş kurumlar gelmedi; sosyal devlet anlayışı, toplu halde yaşayan insanların birbirlerine güvence sağlama bilinci falan yerleşmedi.

İktidarların en başından beri emek düşmanlığı, örgütlenmeyi adeta vatana ihanet kabul eden yaklaşımları da en az kültür politikaları kadar kötü sonuçlar doğurdu. Farklı alanlardaki bu politikalar birbirini besledi. Değer yaratan, üreten, sonra da emeğinin karşılığını isteyen, örgütlü mücadele eden bilinçli insanlar yerine, talana eğilimli, gecekondu arazisinin değerinin artması için yerel siyasetçilerle işbirliği yapan insan tipleri beslendi.

Merkezdekilere tepkili bir varoş kültürü... Ama tepkilerini sömürüye karşı olmak bilinciyle değil, merkeze ulaşmak, orasını yağmalamak anlayışına dayandıran kişilik özellikleri, böyle dünya görüşleri; bunların karşılığıdır arabesk.

Osmanlı'nın ezan okuma usulleri bile değişti. Ezanlar da arabesk artık.

Sol ve arabesk

"Arabesk" deyince insanın aklına ilk önce elbette bir müzik türü geliyor. Ama üzerinde durduğunuz, bu müzik türünü "sevmek-sevememek" meselesi değil. Daha çok, sözlerinden, hatta onun ötesinde, "Bir yaşam biçimi olarak arabesk" gibi olgulardan söz ediyorsunuz.

Öyleyse, "Arabesk bir politik tutumdur" denebilir mi?

Estetik değer açısından üzerinde durulacak sözler pek yok ortada elbette. Genelde manzume düzeyinde şeyler. Ama toplumun hiç de az olmayan kesimini yansıtması açısından önemli.

Bakın size bu konudaki düşüncelerimi özetleyen bir örnek vereyim. 1 Mayıs 1978 tarihinde Zeynep Oral dostum benimle bir söyleşi yapmıştı. Kitap burada. Şöyle şeyler söylemişim:

> Bir insanın dünyası, dinlediği müzikle, okuduğu kitapla, yürüdüğü yolla bütünleşir. İdam kararı veren bir yargıç, Telemann ya da Yunus Emre dinleyemez. Dünya görüşü yaşam biçimini de beraberinde getirir.

Biraz daha alıntı yapayım:

> Türk insanını sürüde tutmak, kaderini piyangoya bağlı tutmak isteyenler gazino müziğini yaydılar. Basının belli bir bölümü, gazinolar, devletin televizyonu ve radyoları sürekli olarak bu müziği yaydılar. Bir süre sonra bu tarza alışıldı, çünkü günde bin kez dinletildi, alışıldığı için de sevildi bu şarkılar. Ülkemizdeki burjuvazi önce bu müziği benimsememişti. O sıralarda "dolmuş müziği" dedikleri müzik tarzını lumpen proletaryanın müziği diye küçümsüyorlardı. Kendileri lumpenleştikçe bu müziği benimsediler. Bugün sol kesimin de bu çizgiye yaklaşmaya başladığını görüyorum.

Bu sözlerin 1978 yılında söylendiği düşünülürse anlamı daha çok ortaya çıkıyor. Evet ne yazık ki sol da bir zamanlar dinlediği Ruhi Su'yu ve o müthiş âşıkları, dünya işçi şarkılarını bırakıp arabeske yöneldi.

1980 darbesinden sonra arabeske yönelmenin teorisini yapmaya başladı sol. Akademik ve entelektüel kılıfını uydurdu. Bunun birçok sebebi olabilir. Birincisi, '80 darbesinden sonra yenilginin nedenlerinin solun halktan kopukluğu üzerinden tartışılmasıydı. Elitist olmakla o kadar çok suçlandı ki sol, aksini ispatlamaya çalışırcasına Orhan Gencebay, Müslüm Gürses dinlemeye ve tabii ki teorik zeminini hazırlayarak arabeske toplumsal itibar kazandırmaya başladı. Aynı şey dine yaklaşımı için de geçerli. Din düşmanlığı ile suçlanan sol, aksini ispatlamak için uğraştı durdu. Kültürün ve düşüncenin en geri yanlarıyla uzlaşma çabasının bir yönü bu. Diğer bir yönü de tam da aynı dönemde akademiyi saran postmodern düşünce... Artık *kitsch* olanın övgüsü yapılmaya başlanmıştı.

Orhan Gencebay'ı akademik tezlerle tanrılık katına yükseltip ondan muhalif-isyankâr bir filozof kimliği yaratmaya çalışanlar, Külliye'deki kahvaltı sofralarına bakıp ne düşünüyorlardır bilmem ama bunda Orhan Gencebay'ın bir kabahatinin olmadığı kesin. Ona o muhalif entelektüel kimliği vehmeden solcu akademisyenler ve entelektüellerdi çünkü.

Bu kesimler büyük bir tutarsızlık yaşadılar. Bir yandan Mimar Sinan estetiğini savunur, Faulkner ve Tanpınar romanı ile meşgul olurken öte yandan çarpık kentleşmeyi, üstünde demir filizleri bırakılmış kaçak binaları, İstanbul'un rant hırsına kurban edilmesini, "Ben de isterem!" diye çığlık çığlığa höyküren bir anti-müzikaliteyi savundular. Üstelik bu tutumu "ezilenlerden yana tavır almak" olarak sundular. Bunun doğal sonucu da o kesimlerin siyasi temsilcisi olan Erdoğan'la kol kola girmeleri oldu. Bu entelektüel-lumpen işbirliği bizi çok kötü yerlere sürükledi.

Saydığım ve sevdiğim bir tarihçi dostumla bu konuda bir gazete polemiğine sürüklenmiştik. Hoca, arabeski blues'a benzetiyordu. Oysa blues Afrika'dan zorla götürülüp insanlık dışı koşullarda çalıştırılan kölelerin feryadıdır. Arabesk ise "taşı toprağı altın" şehirlere akan ve "kabile asabiyyeti"ne dayanarak arazi çeviren, kaçak bina diken, otopark terörü yaratan mafyalaşmış bir düzenin sesidir. Sahtedir. Arabesk, blues ile değil olsa olsa Amerikan şehirlerinin varoşlarında filizlenen rap ile karşılaştırılabilir.

Bu düşünsel ortamda, yoksulluk olgusu; kolektif üretimle ve bu üretimden pay almanın sınıfsal mücadelesiyle ilgisiz, "Allah'tan gelen" bir bela gibi görülüyor. Bu durumda, "Yaradan'a isyan" etmeye bile cüret edebiliyorlar ama gerçek anlamda muhalefet bilinci gelişmiyor.

Bu anlamda, sorunu "Evet" diye yanıtlıyorum, "arabesk, politik bir tutumdur." Demin dediğim "Merkezdekilere tepkili bir varoş kültürü" olgusunun siyasal alandaki karşılığı AKP'dir. Sömürüye bilinçle karşı çıkmak yok. Ezilenlerin dayanışması yok. Benzin, ÖTV ve birçok yoldan tahsil edilen dünyanın en yüksek tüketim vergileri sayesinde yürütülen bir sadaka dağıtım sisteminden pay kapmaya çalışan insanlar yarattılar. Daha çağdaş, daha kolay, güzel bir hayat yaşama hevesiyle değil, "Merkez" dedikleri yeri yağmalamak tutkusuyla büyüyen bu siyasal hareketi yaratan kültürdür, arabesk.

Şerif Mardin'in merkez-çevre analizi biliyorsun akademide, medyada çok taraftar buldu. Elit merkeze karşı dışlanmış çevre analizi sınıfsal değil, kültürel çerçevede yapılınca ortalık arabeske ve mazlum çevrenin temsilcisi olarak AKP'ye kalıyor. Bu analizde zerre kadar sınıfsal perspektif var mı? Türkiye'de siyaset sahnesini bunun gibi bir sürü kavramla tanınmaz hale getirdiler.

Burada, gerek var mı bilmiyorum, açıkça belirtmek istiyorum; arabesk şarkıcılarla, arabesk dinleyen insanlarla bir meselem yok. Konu bu değil. Yasaklanmasını, engellenmesini hiçbir zaman doğru bulmadım. Bir sonuç olarak arabeski yaratan uygulamalara, politik tavırlara karşıyım. Ezilenlerin sesini duyurmasına, zulme itiraz etmeye, haksızlığa direnmeye, halkın, Anadolu'nun estetik değerlerine karşı olabilir miyim ben? Tersine, bu kavramların çarpıtılmasına isyan ediyorum.

Yağmacılık, talancılık proletaryadan tamamen farklı bir şey. Marx'ın anlattığı lumpen proletaryayı, bunca yüzyıl sonra bile anlamamak entelejansiyamız açısından acı verici bir şey. Bu arada kelime Almanca paçavra demek olan *lump* sözünden gelir. Ü yoktur. Yani lümpen değil lumpen.

Ne var ki, demokrat kesimden, hatta solcu birçok arkadaşımız, bu tarz müziğe, "halk beğenisi" diye sempatik bakıyor. Lumpen saplantıları, onları Erdoğan'ı da desteklemeye götürdü. Yıllarca övdüler. İlk yıllarında Erdoğan'ın Batı'da da sempatik görünmesinde çok etkili oldular. Bugünlerde ters düşüyorlar.

Bu, sözünü ettiğim aydın kesim, örneğin *Birikim* dergisi çevresi, aslında oldukça küçük bir grup. Birçok konuda önemli değerler, ciddi düşünceler de üretmişlerdir ama ne yazık ki, bu konuda medya ve toplum üzerindeki olumsuz etkileri çok güçlü olmuştur. Kalıcı olmuştur.

Arabesk ve insandaki yıkıcılığın kökenleri

O entelektüel çevrenin estetik ilgileri de aslında çok farklıdır. Dünyanın iyi müziklerini, filmlerini, nitelikli sanat yapıtlarını takip ediyorlardır. Onların dışında da galiba, arabeski sevmeyen ama sempatik yaklaşan oldukça çok insan var.

Arabeskin açık sevdalıları dışında, bir de o tarza değilse de o öze bağlı insanlar var. Örneğin, "İnsan doğadaki en vahşi canlı, kötü, zararlı, yıkıcı" gibi sözler etmeyi severler. Özellikle sosyal medya yaygınlaştıkça böyle düşünceler daha da sık dile getiriliyor.

Oysa Erich Fromm, yıllar önce "İnsandaki Yıkıcılığın Kökenleri"ni açıklamıştı.

İnsanın, evrimin önceki aşamalarında bu kadar saldırgan olmadığı, bugün de kendisine genetik olarak en yakın türlerde yıkıcılık bulunmadığı biliniyor. Bu demektir ki, yıkıcı şiddet ve saldırganlık genetik değil, kültüreldir. İnsan türünün içsel bir özelliği değil, yaşadığı koşulların sonucudur.

Elbette evrimin ilk aşamalarından beri, varlığını sürdürmeyi de sağlamış olan bir saldırganlık var insanda. Avcılık için ve av olmamak için gerekli bir şiddet eğilimi hep olmuştur. Ama grup içi dayanışma kadar, ortaklaşa hayat, kolektif üretim kadar belirleyici değil. En önemlisi, bu özelliklerden hangisinin baskın hale geleceği, genetik mirastan çok, yaşanan koşullara bağlı.

Öyleyse, "insanın kötülüğü" hakkında ahkâm kesmeden önce, bazı kavramlar üzerinde düşünmek gerek:

- Mülkiyet biçimi.
- Egemen azınlık.

- Varlığını ancak yalan ve şiddetle sürdürebilen toplumsal sistem.
- Boyun eğen (eğdirilen) çoğunluk.

Fromm, insandaki şiddet ve saldırganlık eğilimlerini besleyen aynı koşulların şu üç saplantıyı da ürettiğini belirliyor:

1. Ölümseverlik 2. Narsisizm 3. Aile içi zina bağlılığı.

Arabeskin bu üç saplantıyı beslediği veya bu üç saplantının arabeski beslediği gibi bir düşüncenin ötesinde, bunların hepsinin aynı toplumsal koşullar sonucu geliştiğini söylüyorsunuz? Doğru anladıysam, böylece vurgulamış olayım.

Evet. Ve doğal olarak, bunlar birbirini besliyor. Bu açıdan baktığımızda, arabesk, toplumdaki ölümseverliğe karşılık geliyor ve onu daha da yaygınlaştırıyor, geliştiriyor. "Batsın bu dünya!", "Ben doğarken ölmüşüm!", "Hayat yok bize bu yaşantıda!" Bu türün temelini acı çekmek ve bundan gizli bir haz duymak oluşturur. Sevgi ifadelerinde bile bu özellik vardır.

Aynı şekilde, "Ben yanmışım arkadaş!" gibi ifadelerde görülen bireysel narsisizm ile insanlarımızın "Gariban, acı çeken ama bir söz uğruna ölüme atlayan yiğit kişiler" olarak kabul edilmesindeki toplumsal narsisizmi birleştirmektedir.

Belki psikoloji bilimi kapsamında derin araştırmaların konusudur; ana rahmine geri dönüş eğilimiyle ilgili "Anam, anam garip anam" gibi çığlıklar, toprak özlemini dile getiren "Toprak alsın muradımı" benzeri feryatlar da incelenmelidir.

Fromm, "yaşamseverlik" özelliğini, en öz haliyle "bir şey yaratma" yetisi olarak açıklıyor. Bunun içinse üç ön koşul arıyor: 1. Güvenlik 2. Adalet 3. Özgürlük.

Umarım bir gün "Bir ülke nasıl kaybedildi?" diye bir kitap yazılmaz. Eğer yazılırsa, bu sürecin kente göçle birlikte duyulan ilk arabesk tınısıyla başladığı anlatılacaktır.

– 12 –
Komünist Picasso, devrimci Mustafa Kemal ve kapitalist kültür

"Mustafa Kemal, birçok yönüyle elbette Che'den çok farklı. Marksist olmadığı gibi, kendini o terminolojiyle ifade etmez. Kişiliklerindeki devrimci yönleri benzer olabilir ama konumuzla ilgili olarak, onlara yönelik magazinel yaklaşımlarda benzerlik var. Toplum üzerindeki etkisi yok edilemediği için, Atatürk'ü de sistem mecburen sahipleniyor, ona yönelik sevgiyi, bağlılığı, oradan gelebilecek tehditleri kontrolünde tutmaya çalışıyor."

Dün 10 Kasım'dı. Atatürk, yaygın biçimde, içtenlikle anıldı. Son yıllarda bu anma etkinlikleri öyle bir halk hareketine dönüştü ki aslında karşıt değerleri savunan hükümeti de önüne katıp sürükleyen güçlü bir dalga haline geldi. On yıllar boyunca iddia edilenin tersi bir durum çıktı ortaya: Toplum Atatürk'e devlet zoruyla sahip çıkmıyor, tersine, toplumsal baskı nedeniyle iktidar onu sahiplenmek zorunda kalıyor.

Ne var ki, bu sefer de Atatürk'e yönelik ilginin magazinleşmesi, kitle kültürüne dahil edilmesi sorunu yaşanıyor. Böyle bir konuda nicelik kuşkusuz çok önemli. Özündeki değerleri pek yansıtmasa da, Atatürk'ün böylesine kitlesel biçimde sahiplenilmesini olumlu buluyor musunuz?

"Kitle kültürü" denen şey insanlığın başına bela olmadan önce, kitlesellik ve nitelik aynı tarafta yer alıyordu. Ne kadar derin, ne kadar kaliteliyse, kültürel değerler o kadar yaygın biçimde karşılık buluyordu.

Kapitalizmin en büyük tahribatlarından biridir bu. Özellikle medyayı bir iktidar bileşeni haline getirdiğinden beri, kapitalizm, toplumların kültürel değerlerini katletmeye başladı. Yerel, evrensel, derinlikli, ne kadar değer varsa hepsini, insanlığın büyük kültürel mirasındaki zenginlikleri teker teker yok ediyor. Unutturamadıklarını, yok edemediklerini de özünden uzaklaştırıyor, yabancılaştırıyor, çarpıtıp kendine dahil ediyor.

Bu yılki 10 Kasım anmalarında, aslında birkaç gündür yoğunlaşan sosyal medya paylaşımlarında, kitlesel ilgide, o reklamlarda da bu bela bir kez daha görünür hale geldi. Atatürk'ü ilericiliğinden, bağımsızlıkçı ve devrimci özelliklerinden kopuk biçimde anmaya yönelik bir gayret göze çarpıyor.

"Türkiye Cumhuriyeti'nin temeli kültürdür" demiş ve yeni bir kültür yaratabilmek için kapsamlı, üst düzeyde çalışmalar yapmış, Auguste Comte çevirmiş, orijinal dilinde okuduğu Fransızca kaynaklardan bilgileri araştırmış, felsefeye kafa yoran bir lideri, bir magazin figürü haline getiriyorlar. Bizdeki çok yaygın olan aşırılaştırmak, belirleyici olmayan yönlerini asıl konu haline dönüştürmek huyları kendini gösteriyor. "Gözlerin, kaşların, ah o bilmem ne halin..."

Bu popülistlik, Atatürk düşüncesinin ve Cumhuriyet devrimlerinin düzeyli bir kültürle bütünlük oluşturduğu gerçeğini çarpıtıyor. Atatürk'e veya Cumhuriyet'e destek gibi görünen bu reklamlar, aslında toplumda zaten var olan eğilimlerden kendine sempati çıkarmak derdinde. Yoksa yeni bir ilgi yaratmıyor, düşünsel bir katkı sağlamıyor.

Bu durumu dün internette, sosyal medyada eleştirdim. Bir sürü tepki geldi. "Herkes kendi sevdiği biçimde ansın, kendi istediği gibi anlatsın" diyorlar. Olur mu öyle şey? Amacı nitelikli kültür yaratmak olan bir lider, en alt düzey kültürel değerler eşliğinde anılabilir mi?

Karşı olanları anlamak daha kolay. Arabesk taraftarları, kitle kültürüne dahil olanlar, magazinciler; bunlar Atatürk'ü kendilerine yabancı bulsalar, olumsuz sözler etseler normal. Ama böyle yaparak kurucu lidere şunu demiş oluyorlar: "Bak, biz senin onaylamayacağın, değiştirmek istediğin anlayışlara uygun zevkler geliştirdik, seni de böyle çarpıtarak anıyoruz. Düşüncelerin, tercihlerin, dünya görüşün önemli değil bizim için."

İmge ve gerçek

Neden böyle oluyor? Dünya genelinde, örneğin Che Guevara gibi simgelerde de, onun değerlerine karşıt yönde bir anlayışla sahiplenme durumu ortaya çıkıyor. Hem karşıt değerleri savunmaktan vazgeçmemek hem de öyle bir özneyi sahiplenmek nasıl açıklanabilir?

Öncelikle, kapitalizm her şeyi, ama her şeyi bir kazanca dönüştürmek istiyor. İnsanların içlerindeki isyana karşılık gelen, anti-kapitalist duygularla sevdiği sembolleri bile kullanıyor, onu seven insanlar üzerinden para kazanmak için her türlü hileyi uyguluyor.

Fakat daha derinde, ideolojik bir refleks bu. Para kazanmaktan da öncelikli amaç, sistemin varlığını sürdürmesi. Elbette Che sayesinde kazanacakları üç kuruştan kolayca vazgeçerlerdi. Asıl konu, kitleler onu özüne uygun tanımasın; yüzeysel biçimde algılasın. Felsefi ve politik bilinçle değil, magazinel bir ilgiyle sevilsin Che. Yok edebileceklerini bilseler, insanların onu unutmasını sağlayabilseler, mutlaka öyle olmasını tercih ederler.

Ne var ki, insanlardaki vicdanı, adalet talebini, haksızlığa isyan duygusunu bastıramıyorlar. İktidarlarla uzlaşmayan devrimci özellikleri yok edemiyorlar. Çözümü mecburen onları sahiplenmekte, bu sayede çarpıtıp kitleleri kontrol altında tutmakta arıyorlar.

Mustafa Kemal, birçok yönüyle elbette Che'den çok farklı. Marksist olmadığı gibi, kendini o terminolojiyle ifade etmez. Kişiliklerindeki devrimci yönleri benzer olabilir ama konumuzla ilgili olarak, onlara yönelik magazinel yaklaşımlarda benzerlik var. Toplum üzerindeki etkisi yok edilemediği için,

Atatürk'ü de sistem mecburen sahipleniyor, ona yönelik sevgiyi, bağlılığı, oradan gelebilecek tehditleri kontrolünde tutmaya çalışıyor.

Bugün, Atatürk'ü görmüş, onunla aynı günlerde yaşamış insan sayısı kaçtır? 1938'de kendini bilecek yaşta olanlar, onun yaşadığı günleri hatırlayanlar, nüfusun çok küçük bir kısmı. Çoğunluğunu Atatürk'ten birkaç kuşak sonraki insanların oluşturduğu bugünkü toplumda, onun büyük etkisi devam ediyor.

Atatürk'ün kendi özelliklerine aykırı olarak, o reklamlardaki gibi düzeysiz biçimde, öyle magazinel yaklaşımlarla ele alınması, genelde AKP karşıtı ve Atatürkçü çevrelerde karşılık buluyor.

Çelişkili bir durum bu. Oldukça büyük bir kesim, Atatürk'ü savunuyor, onun unutturulmasını, gözden düşürülmesini önlüyor. Ama böylesine içten duygular hissetmekle beraber, o insanlar gerçekte kendileri de pek anlamıyor Atatürk'ü.

Anlamıyorlar. Böyle bir ortamda onu anlamak çok zor. Sebeplerin bir kısmını konuştuk zaten. Daha da açmak gerekebilir. En önemlisi, son kuşaklar, alternatiflerden habersiz halde yoz bir kültür içinde yetişti. Eğitim sistemi zaten Cumhuriyet düşmanlarının elinde. Medyaya, moda haline getirilen düşüncelere, kültür ortamına bak; kaç on yıldan beri insanların üzerine yalanlar adeta şelale gibi dökülüyor. Televizyonlara uzman diye çıkarılanların veya düşünür yerine konan yazarların dile getirdiği düşünceler büyük oranda insanların gün boyunca ayaküstü konuştuklarıyla aynı düzeyde kalıyor. Sanki bir işyerinde çay molasında veya kahvehanede kâğıt oynarken aralarda toplumsal konularda fikrini belirtir gibi sözler. Bunlar öyle üç beş gün değil, yıllar yıllar boyunca, milyonlarca saat birikiyor.

Bu düzeyi bir de "halkın anlayacağı dil" diye savunuyorlar.

Sanki halk daha iyisinden anlamaz! Madem günlük hayatın içindeki insanlar için bile sıradan düşünceler dile getirmeyi savunuyorsunuz; neden hep siz çıkıyorsunuz halkın karşısına? Sokaktan tutup getirin birkaç kişiyi, televizyonda onlar konuşsun!

En çok tahrip edilen kavramlardan biri, "halk insanı." Bir politikacıyı "halk adamı" diye överken, bir sanatçı hakkında öyle derken, dikkat et bak, hangi özellikleri olumluyorlar? Özensiz giyinmek, kaba konuşmak, saygısızlığa varan tavırlar takınmak... Bunlar mı halk değerleri? Mustafa Kemal, biliyorsun, özel bavullar taşırdı yanında. Ahşap, yüksek, bir kişinin taşıması zor; içinde her zaman törenlerde, akşam yemeklerinde giymeye hazır giysiler bulundururdu. Ömrünün önemli bir kısmı cephelerde geçmiş bir adam olduğu halde, gerektiğinde, çok kısa sürede şık biçimde hazırlanıp ortaya çıkmıştır.

Farklı düşünceler savunan, farklı özellikteki diğer değerli insanlar da öyle. Marx'ı düşün. Nâzım Hikmet, Deniz Gezmiş ve arkadaşları, bunlar halkın içinden insanlar değil mi? Elbette koşulların, mücadelelerin getirdiği zorluklar yaşadılar, ama her zaman estetik kaygılarla hareket ettiler. Güzellik diye bir mesele hep vardı hayatlarında.

"Güzellik" tanımında veya estetik değerler konusunda farklı düşünmekten de kaynaklanmıyor sorun. Hani, bir şeyi güzel yapmaya çalışıp yapamıyorlar diye bir eleştirim yok. Zaten güzel yapmaya çalışmıyorlar ki hiçbir şeyi. Müzikte, yemekte, giyimde güzelliğin önemsenmesini küçümsemeye çalışıyorlar. Pespayelikleri, çirkinlikleri, düşük düzeyli her şeyi popülist biçimde yansıtıp halk değeri diye ileri sürüyorlar. Bir de utanmadan, estetik duyarlıklarla tavır alanları elitist olmakla itham ediyorlar.

Sevdalınız "bildiğiniz gibi değildir"

Atatürk'e bakışla ilgili bu eleştirilerinizi, belli ki, memleketin kültür ortamındaki genel sorunların bir yansıması olarak dile getiriyorsunuz.

Düşünüyorum; Atatürk anmalarına böyle yansıyan kültür dünyamızdaki temel soruna karşılık gelen en uygun sözcük nedir? Asıl sorunun adı? Evet, galiba "ucuzlatmak" diyebiliriz. Her şeyi, her konudaki değeri, hakkını vermeden, emek harcamadan, kolayca elde etme hevesi, sonunda değerleri ucuzlatmaya varıyor.

Toplumumuzda, daha doğrusu medya ve entelektüel dünyamızda her şeyi alıp anında abartmak ve bu yolla ucuzlatmak eğilimi vardır.

Biz Mustafa Kemal'in düşüncesini; bağımsızlıkçı, ilerici, halkçı, laik, devrimci niteliğini yılardır savunurken, o dönemlerde bize pek yaklaşmayanlar şimdi halkın sahiplenmesini görüp öne atılıyorlar.

Halkın en az yarısında, hükümete tepkiyle birleşen, bir Atatürk'e sarılma tercihi var. Öte yandan hükümet de karşısında duramadığı bir Atatürk gerçeğini kabulleniyor, "Biz de Atatürkçüyüz, Atatürk'ü severiz" gibi bir yaklaşımla kendine pay çıkarmaya çalışıyor. Aynı durum birdenbire Atatürk'e yönelen aydınlarda, medyada da görülüyor. Daha önce uzak durdukları Atatürk'e, herhangi bir düzey, birikim gerektirmeyecek biçimde yaklaşmak, asla niteliksel bir değişim yaşamadan sahiplenmek; bu ancak ucuzlatma yoluyla gerçekleştirilebilir. Her alanda böyle.

Başka alanlarla ilgili örnekler var mı, hemen aklınıza gelen?

Türkiye Yunanistan dostluğu için çabalarken maruz kaldığım saldırılardan sonra yaşananlar da bu ucuzlatma sorunuyla ilgili. '70 sonları ve '80'ler boyunca bana küfürler edenler, gazetelerde hakkımda vatan haini diye sayfalarca yazanlar, bir ara hava değişince, bizim de önümüze geçip pozisyon kapma yarışına girdiler.

İsmail Cem ve Yorgo Papandreu dostlarım etkili işler yaptılar. Yaşanan büyük deprem sonrası Yunan halkının içtenlikli tutumu çok takdir edildi. Böyle bazı gelişmeler sonucunda, toplumda Yunanlarla yakınlık duyguları ortaya çıkmaya başladı. Bir baktık herkes konuya atlıyor. Herkes destekliyor.

Ama işte hızla kendi seviyelerine indirdiler. Ucuzlattılar. Hiçbir zaman Mikis Theodorakis'le, Maria Faranduri'yle, Haris Aleksiu'yla kurduğumuz iletişimdeki o seviyede olmadı gelişmeler.

Yunanistan'ın beşinci sınıf pavyon şarkıcılarını getirdiler. Bodrum'da ellerinde Türk Yunan bayrakları sallatarak insanlara çağrılar yaptılar, sirtaki yapalım falan gibi şeyler.

Bir başka örnek, Picasso sergisi açıldığı günlerde yaşananlardı. Nasıl bir rüzgâr esti, ne büyük bir ilgi gelişti. Reklam şirketleri ve medyadaki holding sempatizanları etkili tabii. Millet ayılıp bayılmaya başladı, pop sanatçısı gibi yaklaştılar Picasso'ya. Aşkları şöyleymiş, orada bunu demiş, öbürü buna böyle demiş, kızı Paloma Picasso şöyleymiş, parfümü çıkmış, yeni moda yaratmış... Koca Picasso, sosyetenin gülü oldu.

"Picasso komünisttir" diye bir yazınız vardı galiba.

Öyle bir şey veya "Sevdalınız Komünisttir" diye bir yazı yazmıştım. Nâzım'ın ünlü dizesi. Çünkü o Picasso sergisi sırasında da aynı ucuzlatma tavrı öne çıkmıştı. Sanki faşizme direnmiş, dimdik savaşmış, komünist partisi üyesi büyük bir sanatçı değildi söz konusu olan. Bizimkiler adamı, resimleri çok pahalıya satılan bir sosyete figürü gibi görüyordu.

Mecbur musunuz Picasso ile ilgilenmeye? Onu araştırmadınız, tanımıyorsunuz diye kimse sizi kınamaz ki. Madem ilgi alanınıza girmiyor, uzak durursunuz. Veya ilgileniyorsanız, anlamaya çalışıyorsanız, bunun hakkını vermeniz lazım. Bu kadar kolaycılık, sahtelik olmaz ki! Popüler kültür felaketimizdir. Bernard Shaw "popüler olan her şeyden nefret ettiğini" söylerken ne kadar haklıydı.

– 13 –
Ten, can, insan

"Üstünden onca yıl geçtiği halde, katıldığım bir cem ayinini unutamam. 'Can'a değer vermek konusunun anlatılmasını aşan, deneyimini yaşatan bir uygulamaydı. Öyle bir cem törenine katılan kişi, belki kendisine o düşüncelerin yıllarca anlatılmasından daha kalıcı biçimde etkilenecektir.

Çorum'da katılmıştım o cem ayinine. Bir koyun, töre gereği kurban edilecek ve eti dağıtılacaktı. Kınalarla ve kurdelelerle süslenmiş hayvancağızı içeri aldılar. Bu işi yapanlar nazikçe hareket ediyordu. Koyunu dedenin önüne getirdiler. Dede, yani, töreni yöneten kişi, uzanıp onu okşadı. Sonra saz çalıp bir türkü söylemeye başladı. 'Seni incitmek istemezdik' deniyordu türkü sözlerinde. 'Kusura bakma' anlamında sözlerle hayvana hitap ediliyordu. 'Ama etinle cemaatin beslenmesini sağlamamız gerekiyor. Bunun için sana teşekkür ederiz.'"

Sanatçı olarak memlekette tanınmaya başladığınız '70'li yıllarda göz önünde değildiniz. Yurtdışında sürgündünüz. Doğrulanmamış bilgilerle toplumda hızla tanınmaya başladığınızdan beri, size çeşitli kimlikler, tavırlar, sözler yakıştırıldı. Örneğin, pek çok kişi Alevi olduğunuza inandı. Hâlâ da sizi öyle tanıyanlar olabilir. Konu açıldığında veya sorulduğunda Alevi olmadığınızı söylediniz elbette ama hem müzikte, sanatta, hem de dünya görüşünde kendinizi hiçbir zaman Aleviliğe uzak görmediniz galiba.

Öte yandan, Alevi kesimler içinde bile bu inancın, bu kültürün tanımı ve özellikleri üzerinde tam bir anlaşma sağlanamadı gibi görünüyor. Siz Aleviliği nasıl görüyorsunuz?

Sünni bir ailede doğdum. Ama ilerleyen yıllarda bazen Alevi sanılmamdan onur duydum. O kültürü kendime hep yakın bulmuşumdur.

Samimi dindar olan ailemde bana öğretilen İslam da hiç öyle karanlık bir inanç değildi. Tersine, aile büyüklerim, hakkında konuştukları biri için "Müslüman adam" veya "kadın" dediklerinde, bu, "iyi ve temiz insan" anlamına geliyordu. Biraz büyüyünce bazı arkadaşlarımda hissettiğim gibi bir korku kaynağı değildi benim için dinsellik. Zaten çocukluk dönemimde, din konusuna benim ailemdeki yaklaşımlar yaygın olandı. Kimseye kötülük düşünmemekle, güzel ahlakla özdeşti insanların dini inancı. Sadece böyle söyleniyor olmasından daha önemlisi, böyle hissediyorduk.

Ne yazık ki on yıllardır, insanlarımızın din algısında sürekli bir kötüye gidiş yaşandığını gözlüyorum. Özellikle 2000'li yıllarda, hiç de azımsanmayacak bir yaygınlıkta, dinin bir baskı aracına, korku unsuruna dönüştüğü görülüyor. Oysa çocukken boynumda Elifba Cüzü taşıdığımda kendimi iyi hissediyordum. Onu ezberlemiştim. Ailedeki yaşlıların dinsel konularda verdikleri bilgileri dinlerken de hiçbir şekilde bir tedirginlik duymuyordum. Özellikle hacı dedemin verdiği eğitimleri seviyordum. "Allah korkusu" denen şey daha çok kötülük yapmaktan, zalimleşmekten, insanlara zarar vermekten, haram yemekten çekinmeye karşılık geliyordu. Kısacası din, halkın kültürüne olumlu bir gelenek olarak sinmişti.

Bu bilgiler ve böyle bir dinsel eğitim, daha sonra İngilizce eğitim aldığım Ankara'daki Maarif Koleji yıllarımda herhangi bir soruna neden olmadı. Bir çelişki yaşamadım.

Alevilikle ise tesadüfen karşılaştım denebilir. Babamın görevi dolayısıyla bulunduğum Mecitözü'nde, daha çok saz çalmadaki farklardan dolayı dikkatimi çeken Aleviliği tanımaya başladım.

Çocukluğumda bir süre bağlama çalmış, bu alanda kendimi geliştirmeye çalışmıştım. Bir yandan da gitarla ilgileniyordum. Ama Mecitözü'ndeki o dedenin sazını dinleyince adeta çarpıldım. Şelpe tarzıyla çalıyordu. Yani tezene kullanmadan, tellerden parmaklarıyla ses çıkarıyordu. Ama asıl fark buradan gelmiyordu. Bambaşka bir şeydi, benim çaldığım sazla ilgisi yoktu.

Sonradan öğrendim, akordu farklı ayarlanıyormuş. Oysa telleri sol-re-la olarak akort etmeyi değişmez kural sanıyordum. O dedenin uyguladığı, Anadolu'nun en eski saz çalma tekniğiydi. Dede Perdesi... Teller mi-re-la olarak akort ediliyordu. O güne kadar alışkın olduğum gibi ezgi sadece alt telden çalınmıyordu, bütün teller eşit biçimde kullanılıyordu. Büyülenmişçesine bir etkiyi uzun süre yaşadım. Aklımdan çıkmıyordu, öyle çalmak bir tutku haline geldi bende.

Daha sonra o tekniğe çalışırken, kendimi o yolda geliştirirken, bunun üzerine bir de gitarda yapılan akor basmayı ve arpeji de eklemeyi denedim. Kendi kendime, sevdiğim bazı Batı parçalarından alışkın olduğum çoksesli biçimleri bizim türkülere uyguluyordum.

Böylece Aleviliğe yakınlaştım, ilgi duydum, sevdim. Zaten ailedeki eğitimimde de aşılanan değerlerden, övülen tavırlardan dolayı, Aleviliğin özü bana yakın geldi.

Başlangıçta sezgi düzeyindeydi bu. Zamanla başka konularda öğrendiklerim, araştırdıklarım çoğaldıkça; aydınlanmayı daha bilinçli savunur, hümanizmi daha kapsamlı algılar hale geldikçe, Alevi düşüncesine akıl ve mantıkla da yakınlık duyar oldum. Sanatsal üretimlerimle ve politik tavırlarımla da uyumlu oldu Alevi kültürü.

İnsanı aramak

Çok zorlu günler yaşadınız, sert tepkiler aldınız, politik saldırılara uğradınız. Bütün bunlara hümanizm gibi, barış, sevgi gibi "yumuşak" denebilecek değerleri savunmanızdan dolayı maruz kaldınız. Bu açıdan da ömrünüz, Alevilerin yüzlerce yıldır başına gelenlere benzer biçimde geçiyor.

Hep söylüyorum ya, bütün sanatsal çalışmalarımla göstermek istediğim şey, insana insan olarak bakabilmek. Alevilik bu çabalarımla çok uyumlu bir kültür, çok önemli bir inanç sistemi.

Farklılıklarımızı hem dünyada hem ülkemizde her zaman zenginlik kaynağımız olarak gördüm. Bunu hep önemsedim, çeşitli yollarla, çeşitli vesilelerle anlatmaya, buna uygun değerler üretmeye çalıştım.

Bunu anlatmak, bu konuda netleşmek hiç kolay değil. Dünyada da kolay değil, bizde ne yazık ki daha da zor.

Söylerken çok kolay elbette. Ama duru biçimde algılamaya, o saflığı hissetmeye pek uygun olmayan koşullarda yaşıyoruz. Futbolcular aralarında "milli" maç yapıyor. Şarkıcılar bile kendi milletlerini temsil ederek yarışıyor. Çocuklar okullarda dünyanın uluslara göre bölünmüş olduğunu öğrenerek, o haritaları ezberleyerek yetiştiriliyor. Haberlerin veriliş biçimine bak, Fransa, Arjantin'den bir talepte bulunuyor. Sanki Fransa ve Arjantin toplumları tek parçalı birer toplummuş ve içlerinde birbirinden farklı unsurlar bulunmuyormuş gibi. Ve sanki oralarda yaşayanlar birbiriyle ortak yönleri olan aynı dünyanın canlıları değilmiş gibi. Hele bir de dinsel açıdan bakınca, dünyayı dinlere, mezheplere göre bölünmüş bin parça halinde görüyor insanlar.

Bir kişi, bu parçaların herhangi birinde dünyaya geliyor. Kendi seçmediği bir kültürün, bir ailenin içine doğuyor. Kendisini büyütenleri sorgulayamayacağı yaşlardan itibaren bir milliyete, bir dine ait olacak biçimde yetiştiriliyor.

Diğer parçalardan herhangi birinde doğmuş ve kendisi gibi yetiştirilmiş insanları farklı canlılar gibi algılıyor. Onların da tutkuyla bağlı oldukları bayraklarına, inançlarına karşı kendisininkini savunuyor. Savaşıyor, nefret ediyor, öldürüyor. Dost veya kendine yakın kabul ettiği insanlar için de yine aynı şekilde, doğduğu sırada belirlenmiş ölçütleri esas alıyor.

Ayvalık'ta doğmuşsa Müslüman Türk milliyetçisi, biraz açığında, Midilli'de doğmuşsa Ortodoks Yunan milliyetçisi olması bekleniyor, beynine bu değerler ve düşmanlıklar kazınıyor.

Böyle sözlerinizi dinleyince çok kolay ve açık bir konu diye düşünüyoruz. Ne var ki, elli yıldır anlatma ge-

reği duymanız, dünyada başka birçok sanatçının aynı amaç için uğraşıp durması da hayatı bu anlattığınız gibi algılamanın ne kadar zor olduğunu gösteriyor. Aşılması bunca zor bir engeli nasıl tanımlamak uygun olur? İlk aklıma gelen sözcük "fanatiklik."

Bütün bu etkilerin dışına çıkıp konuşurken "insana insan olarak bakmak" deyince, çok basit bir şeyden söz ediyormuşuz sanılabilir. Fakat ömrünün çoğu kısmında insanlar bu etkiler altında yaşıyor. Bir kişinin karşısındakini kendisiyle aynı biyolojik özellikleri bulunan bir canlı gibi görmesi çok zor oluyor. Çevresindekilerle iletişim halinde, karnını doyurmak isteyen, bazı şeylerden korkan, yorulan, seven, susayan ölümlü bir insan diye kolay kolay göremiyor. Başka önemli bir mesele yoksa, önce cinsiyetini dikkate alarak yaklaşıyor. Bakıyor, kadın mı, erkek mi? Sonra artık o andaki ortama ve yetiştirilirken ezberlediği önceliklere bağlı olarak renk, milliyet, din, mezhep gibi ayrımlara göre algılıyor karşısındakini. Tabii ki, bir tür fanatikliktir burada ortaya çıkan.

Özellikle futbol taraftarları kendilerine düşünmeden "fanatik" diyorlar. Oysa bir tür hakarete karşılık gelir bu kelime. Yobazlık, bağnazlık gibi.

Bir futbolcu koşarken rakibi ona çelme takıp düşürür, hakem de düdük çalıp ceza atışına karar verir. Yan yana oturmuş bu maçı seyreden iki arkadaş aynı olaya bakarken de aynı şeyi görmez. Biri hakemin yanlış karar verdiğini, diğeri de doğru düdük çaldığını düşünür. Sahiden öyle görürler, kendi gördüklerinin gerçek olduğuna inanırlar.

"Fanatiklik" demeyelim istersen, şu anda konuştuğumuz konuya dahil olmayan farklı bir tartışma oluşmasın okurun kafasında; ama yobazlık budur işte. Bağnazlık budur. Aynı maçı izleyen, aynı olaya bakan o iki arkadaşın asıl amacı birbirini kandırmak değildir; onların maçı izlerkenki duygularından, hayata bakışından kaynaklı bir sorun vardır. Bir türlü gerçekte ne yaşandığı konusunda anlaşamazlar.

Daha vahim durumlarda ise, insanlar hayatı farklı algılayan kişilerin kendilerine kasıtlı düşmanlık yaptığını düşünür. Hani, o hakem de aslında gerçeği görüyor ama kasıtlı olarak yanlış karar veriyor gibi. Nefret oluşur, varlığına tehdit gibi algılar veya karşısındaki insanı hastalıklı, zararlı gibi görür. Birçok toplumsal ve politik olayda böyle örnekler çıkıyor karşımıza. Birine suikast düzenleniyor, bir yerde bomba patlatılıyor, insanlar göç yollarında aç sefil kırılıyor. Ve, "çoğunluk" demeye dilim varmıyor ama galiba çoğunluk, hatta ülkemizde korkarım epeyce büyük bir çoğunluk, bir türlü bunları "insan acısı" olarak, o kayıpları "insan canı" olarak algılayamıyor. Herkesin gözü önünde gerçekleşen bir olayı kimse olduğu gibi göremiyor.

Ne yazık ki dünyada iki kişi herhangi bir ortamda karşılaşınca, sadece iki insan karşılaşmış olmuyor. Bir Müslüman'la bir Yahudi veya bir Doğulu ile Avrupalı vs. karşılaşmış oluyor. Çünkü aynı sorunlu anlayışla yetiştirilmişlerdir. Aralarındaki farkları bazen rekabet, bazen iyice savaş, ölüm, nefret kaynağı gören hasımlar gibi karşı karşıya geliyorlar.

İyi ki yüzlerce, binlerce parçaya bölünmüş dünyadaki her bir parçada, böyle yapay ayrımları aşmak ve barış dolu bir dünyada yaşamak isteyen insanlar da varlığını sürdürüyor.

İnsandan "Can"a

Chaplin'in ünlü *Diktatör* filmindeki o harika konuşma sahnesinde de böyle düşünceler dile getiriliyor. Sizin dışınızda da birçok büyük sanatçı, onca yeteneğiyle, onca yaratıcılığıyla böylesine "basit" bir konuyu anlatmaya öncelik verdi. Bir türlü insanların diğer insanları kendileri gibi bir canlı olarak görmeleri sağlanamadı.

İnsanları sadece insan olarak görmek sağlanamadığı gibi, diğer canlılar da sadece canlı olarak görülemiyor. Özellikle doğadaki diğer memeli hayvanlar. İnsan da onlardan biri, o nedenle "diğer" diyorum, onların da yavrular dünyaya getiren, korkularla, kaygılarla yaşayan, yavruları için canını veren canlılar olarak algılanması pek gerçekleşmiyor.

Bunun nedenleri üzerinde durulabilir. En önemlisi yaşanan koşullar. İnsanların geçimlerini sağlama, maddi değer üretme biçimi, üretim ilişkileri ve bunlara bağlı yönetim biçimleri elbette en belirleyici. Sonuçta medya, eğitim sistemi, kültür kurumları hep oradaki sınıfsal yönetimin oluşturduğu temel üzerinde şekilleniyor. Politik mücadele ihmale gelmez.

Ama kültür sanat alanındaki çabalardan da asla vazgeçemeyiz. Zaten politik bilinçten pek de bağımsız bir konu değil bu. Nâzım da hep insanı anlattı, Yaşar Kemal de Charlie Chaplin de. Onlardan öncekiler, sonrakiler... Ve ünlü olmayan onca sanatçı. Ayrıca, biliyoruz ki, sanatçı olmayan birçok düzgün insan, yaşadığı çevrede böyle tavırlar alıyor, bu düşünceleri anlatıyor.

Üstünden onca yıl geçtiği halde, katıldığım bir cem etkinliğini unutamam. "Can"a değer vermek konusunun anlatılmasını aşan, deneyimini yaşatan bir uygulamaydı. Öyle bir cem törenine katılan kişi, belki kendisine o düşüncelerin yıllarca anlatılmasından daha kalıcı biçimde etkilenecektir.

Çorum'da katılmıştım o cem ayinine. Bir koyun, töre gereği kurban edilecek ve eti dağıtılacaktı. Kınalarla ve kurdelelerle süslenmiş hayvancağızı içeri aldılar. Bu işi yapanlar nazikçe hareket ediyordu. Koyunu dedenin önüne getirdiler. Dede, yani, töreni yöneten kişi, uzanıp onu okşadı. Sonra saz çalıp bir deyiş söylemeye başladı. "Seni incitmek istemezdik" deniyordu deyişte. "Kusura bakma" anlamında sözlerle hayvana hitap ediliyordu. "Ama etinle cemaatin beslenmesini sağlamamız gerekiyor. Bunun için sana teşekkür ederiz."

Düşünsene, insanlığın kendini evrenin merkezi olarak görmediği, canlı cansız her şeyin hakkını gözettiği, incelmiş bir düşünce. Bugün ilkel diye adlandırdığımız dönemlerde insan asla bu denli benmerkezci değildi. Sözgelimi, yemek için kesilen hayvanlardan af dileme geleneği Meksika yerlilerinde ve Hıristiyanlık öncesi Slav toplumlarında da varmış. Hatta Eski Mısır'da hayvanların insanlardan şikâyetçi olma hakları da vardı. Dünya böyle zamanlardan geçti. Oysa "kurban" etme kültüründe şiddet vardır. Burada bir parantez açıp dünyada gittikçe tırmanan şiddet eylemlerinin kazandığı barbar görünüme değinmek istiyorum. Artık televizyonlarda canlı yayınlarda seyreder olduk. İnsanlar birilerinin boğazını keserek "savaşıyorlar." Şövalye çağlarının savaşlarından sonra tüfek icat oldu, mertlik bozuldu denilmiş ya şimdikine ne demeli? İcat olan ne, bozulan ne? Bir insan bir başka insanın ellerini ayaklarını bağlayıp boğazına bıçağı dayayıveriyor.

İşte başka canlıların yaşam hakkını gözetmeye bir de bu gözle bakmak lazım. Çorum'daki cem törenine dönelim, bu tören bana evrendeki canlılara karşı dost olan insanı hatırlattı.

Yumuşak bir tarzla sazını çalıp türkü söylüyordu dede. Hitap ettiği koyuna bakıyordu. Hayvan da tuhaf biçimde sakince duruyor, huysuzlanmadan dinliyordu. Sonra aynı nazik hareketlerle salondan çıkarılırken herkes koyunu saygıyla izledi.

İlle de benim gibi bir hayvansever olmasa bile, bu töreni izleyen bir kişi nasıl etkilenmez? Aleviliğin, insanı insan olduğu için önemseyen bir inanç olmasının doğal sonucu bu. Doğadaki her canlıya saygı göstermekle insanlığa değer vermek, birbirinden ayrılmaz bir bütün.

Başka kaynaklardan bulunabilecek bilgiler vermekten kaçınıyoruz bu söyleşide ama burası önemli. Sonra Alevi dedelerinden öğrendiğiniz tekniğin üstü-

ne orkestra çalışmaları yaptınız, başka çalgılar eklediniz, hem köklü hem de yepyeni bir tarz yarattınız... Teknik veya sanatsal anlamda büyük iş yaptınız ama asıl önemlisi, toplumda şaşırtıcı bir karşılık buldunuz. Bunu tarihsel ve sanatsal açıdan nasıl yorumluyorsunuz?

Sahiden önemli bir konu bu. Demin dedim ya, bir şeyleri anlatmaktan, tarif etmekten daha önemlisi, örnek oluşturmak. Bir düşünceyi veya bir görüşü anlatmaktan daha etkilidir, ona uygun uygulamalarla üretimler gerçekleştirmek.

Toplum, yaptığım müziği köklerden beslenerek çağdaşlaşmanın, geleneksel zenginlikleri unutmadan şehirleşmenin karşılığı kabul etti. Bu anlayışı onayladı. Bir geçmişin devamı olması şartıyla, yepyeni tarzlara açık olduğunu, değişen yaşama uygun bambaşka ürünleri sevdiğini kanıtladı.

Toplumda yaşanan hızlı değişimlerde, köklerden beslenecek ama o değişimlere karşılık gelecek yeni tarz yapıtlara ihtiyaç doğuyor. Köyden kente göç, Batılılaşma dönemleri de öyle. '60'lardan sonraki toplumsal hayatımızda da yeni tarzların ortaya çıkması engellenemezdi. Bu ihtiyacı karşılayan türlerden başlıca ikisi arabesk ve Livaneli müziğidir, diyebilir miyiz? Biri sağlıksız kentleşmenin, diğeri de sağlıklı kentleşmenin karşılığı olarak...

Doğrusu, bunlar önemli sorular. İncelenmesi, üzerinde düşünülmesi gerektiğini düşünüyorum. Ama ben kendi sanatımla ve yaptıklarımla ilgili fazla görüş belirtmeyeyim.

Sadece soruna katkı anlamında şunu ekleyeyim: '70'lerin başında ülkede elektrosaz modası vardı. Gitardan elektrogitara geçiş sürecinin aksine, gelenekte bir yenilik yaratan değil, daha çok, şehre kabul edilmeyenlerin kaderine ağlayan bir ses olarak yaygınlaşıyordu. Ne köylü ne de şehirli bir sesti o. Şehirde köylü olarak varlığını sürdürmeye, bir yandan da şehri yağmalamaya karşılık geliyordu diyebilirim.

Bu, günümüzdeki birçok sorun, birçok politik hareket, hatta AKP hükümetinin kökeni açısından da incelenmesi gereken bir konu.

Umarım bu tür araştırma inceleme çalışmaları gelişir. Şimdi, bölümün başındaki asıl sorumuza dönelim mi? Aleviliği nasıl tanımlıyorsunuz, nasıl görüyorsunuz?

2000 yılında Amerika'da, Princeton Üniversitesi'nde bu konuda konferans vermiştim. Şimdi orada anlattıklarımı tekrarlamama gerek yok, çünkü o konuşmayı, Aleviliği bilmeyen, hatta Türkiye'yi pek tanımayan insanlar için hazırlamıştım. Sonra yayınladım da zaten o konuşma metnini. Alevilik hakkında temel bilgi arayanlar kolayca ulaşabilirler. Daha ayrıntılı, daha kapsamlı birçok çalışma da piyasada bulunuyor. Çok sayıda kitap yazıldı.

Hacıbektaş kapısı

Biz yine de Alevilikle ilgili temel bilgileri hatırlatmanızı isteyelim. Çünkü sizden dinleyeceğimiz böyle bir özet, Aleviliğin hangi yönlerini, hangi niteliklerini vurguladığınızı da belirginleştirecek.

Bu konuyu konuşurken sözün "İnsanı insan olarak görmek" meselesine gelmesi normal. Çünkü Aleviliği, insana ayrımsız bir gözle bakmaya, her türlü değer ve ölçünün merkezine insanı yerleştirmeye uygun bir kültürel kaynak olarak görüyorum.

Buna çok sayıda örnek gösterebilirim. Bana en çarpıcı geleni, Hacıbektaş kasabasındaki hapishanenin kapatılması. 1995 yılında Adalet Bakanlığı o hapishaneyi kapattı. Çünkü lazım değildi, boş duruyordu. Türkiye Cumhuriyeti Adalet Bakanlığı kayıtlarına göre, Hacıbektaş ve çevresinde işlenmiş suç bulunmamaktaydı.

O zamanlar araştırmıştım, mahkemelerde görülmeye devam eden cinayet davalarının sayısı 27 bindi. Bir de diğer suçları düşün. Bugün sayı daha az değildir. Daha geçenlerde, hükümet yetkililerinin, sanki önemli bir yatırım yapmışlar gibi hapishane açılışına katıldıkları haberini okudum. Zaten özellikle "Adam öldürmek" konusunda memlekette hastalıklı bir sempati var. Namus, vatan, din gibi gerekçelerle insan öldürmek adeta onaylanıyor.

Hacıbektaş, böyle bir ülkenin kasabası, ama hiç suç işlenmiyor. Üstelik her yıl ağustos ayında düzenlenen şenlikler nedeniyle oraya yüz binlerce insan gidiyor. Kısa bir sürede nüfusun 500 bine çıkması, normalde 10-12 bin kişinin yaşadığı bir ilçenin kaldıramayacağı ihtiyaçlara neden oluyor. Türkiye'nin her yöresinden gelen konuklar için yeterli otel de yok. İnsanlar ağaçların altında yatıyor. Kadınlar ve erkekler sularını, ekmeklerini bölüşüyorlar.

Kontrol altında tutulması, denetlenmesi mümkün olmayan bir şenlik organizasyonu bu. Ama o günler boyunca da herhangi bir suç çıkmıyor ortaya. Devletin yasalarına aykırı bir olay da olmuyor, ayıplanacak, kınanacak, kaba bulunacak hareketlere de rastlanmıyor.

Bu insanlara yıllarca iftira atıldı. On yıllarca devlet, onların çocuklarına okullarda zorla Sünni din dersleri okuttu. Hep dışlandılar. Onlardan kesilen vergilerle sürekli imam hatip okulları açıldı, televizyonlarda, gazetelerde sanki Türkiye'de herkes Sünni'ymiş gibi yayınlar yapıldı. Aleviler yok sayıldılar. Bu devletin yöneticileri "İyi din eğitimi almış insanlar terörist olmaz" dediler ve "din eğitimi" derken Sünniliği, "terörist" derken de bazen solculuğu bazen de Aleviliği kastettiler.

Oysa Hacıbektaş'ta ve oradaki köylerde cami yok. Gelmiş geçmiş iktidarların kastettiği anlamda din eğitimi yerleştirilememiş orada. İnsanlar namaz kılmıyor, Ramazan orucu tutmuyor. Kadınları evlere kapatmadıkları gibi, giysilerle ve örtülerle de kapatmıyorlar. Bir arada yaşıyorlar. İbadetlerini de kadın erkek bir arada yapıyorlar. Saz çalıyorlar, semahlar söyleyip buna uygun danslarla gerçekleştiriyorlar ibadetlerini. Dört kadınla evlenmek diye bir şey zaten tarih boyunca olmamış. Çok eskiden beri şarap yapmayı biliyorlar. Bazıları bade içiyor. Şenlikleri Dionysos bağbozumu törenlerine benziyor, coşkulu bir hayat yaşıyorlar.

İşte hiç suç işlenmeyen, insan kardeşliği denen şeyin doğal biçimde yaşandığı Hacıbektaş böyle bir yer. Alevilik, özünde böyle bir kültür.

Suç işlenmeyen bir hayat; insanların birbirine sahip çıktığı, birbirini ezmediği, ama birbirini denetlediği bir ortamda sürdürülebilir. Hacıbektaş'ta ve genel olarak Alevi çevrelerde böyle bir hayatın mümkün olması, inançlarına bağlı olmalarıyla mı açıklanmalı?

Öyle düşünmek yanıltabilir. İnancın derecesinin pek belirleyici olduğunu sanmıyorum.

Sünni gözle bakınca da Alevi gerçeğini kavramak biraz zor. Alevilerdeki "inançlı yaşam" bir sofuluğa, gündelik hayatın dışındaki değerlere karşılık gelmiyor.

İnançtan çok, daha genel anlamda "kültür" demek doğru geliyor bana. Bu insanların suç işlemeden, diğerlerine zarar vermeden yaşamalarını, onların kültürü sağlıyor.

Şimdi düşününce kendini korumak zorunda olan bir azınlık grubunun kendi içinde bütünlüğünü sağlama, dış dünyaya karşı korunma çabasının bir ürünü olarak da görülebilir suçtan arınmış bu düzen. Sürekli ezilen, dışlanan bir grup kendi içinde dağılmayı, yozlaşmayı önlemek zorunda, aksi takdirde onu yok etmeye çalışan dış dünyanın etkilerine daha çok maruz kalır.

Örneğin, bir Alevi için en korkunç durum, "yol düşkünü" olmaktır. Toplum dışına itilmek, cemlere kabul edilmemek anlamına gelen yol düşkünlüğü ile karşılaşmamak için, kültürlerine aykırı tavırlardan kaçınmaları gerekiyor. Ama kaçınmaları gereken o davranışlar, zaten toplu halde yaşama diğer insanlarla ortak çözümler ve güzellikler yaratma mantığına uygun olarak belirlenmiştir. Yasaklanan uygulamalar, hayatı kolaylaştıran veya güzel yaşamayı günah sayan şeyler değil.

Böyle bir kültürün bugünkü koşullarda gelişmesi herhalde beklenemez. Hatta bu koşullarda varlığını sürdürmesi bile çok kolay açıklanamaz gibi geliyor bana.

Elbette kapitalizm değerlerine ve bu düzenin geliştirdiği insan özelliklerine uygun değil Alevilik. Ortaya çıkış koşullarını incelemek için 13. yüzyıla bakmak gerekiyor. O dönemde bu topraklara kök salmış bir kültür bu.

Demek ki "muhafazakârlık" denen şey bazen olumlu da olabiliyor. Böylesine evrensel ve zengin bir değeri koruyarak değişen koşullara, yozlaşan hayata direnmek gerekiyor.

Aleviliğin en önemli işlevi de bu, toplumumuzda. Kırsal bölgelerde yaşayan, modern sanatla ilgilenmeyen kesiminde bile estetik bir gelişmişlik vardır. Örneğin arabesk müzik Aleviler arasında yayılamamıştır.

13. yüzyıla bakarak devam edebilir miyiz?

Anadolu'nun 13. yüzyılda en dikkat çeken özelliği, insan çeşitliliği. Bir tarafta Mezopotamya'nın kültürü devam ediyor, Kürtler, Ermeniler, bir tarafta Rumlar... Hepsi de köklü kültür. Yakın geçmişteki Selçuklu etkisi de vardı, devam eden Bizans etkisi de. Sahiden de bir tarafı Asya bir tarafı

Avrupa olan, üzerinde dünyadaki dinlerin, ırkların, dillerin önemli bir kısmının bir araya geldiği, iç içe geçtiği bir köprüydü. Araplar, Kürtler, Yahudiler, Ezidiler, Mecusiler, Pontuslular, Persler... Bunlara Orta Asya steplerinden at sürüp gelen göçebeler, Türkler de katılmıştı. Birbirlerine karışmış biçimde değilse de birbirlerine yakın ortamlarda ve iletişim halinde yaşıyorlardı.

Az önce konuştuğumuz o kasabaya adını veren Hacı Bektaş da Anadolu'ya, Suluca Karahöyük denilen bölgeye 13. yüzyılda geldi. Buraya yerleşti. Kendisinden bir iki kuşak önce Horasan'da yaşamış çok güçlü bir manevi otorite olan Ahmed Yesevî'nin öğretisini benimsemişti. Kendisiyle yakın tarihlerde Horasan'dan çeşitli bölgelere yayılan diğer dervişler gibi, o da insanlara Yesevî'nin dünya görüşünü anlatıyordu.

Hacı Bektaş'ın Anadolu'ya gelişiyle ilgili tarihsel bilgilerden daha önemlisinin, bununla ilgili efsane olduğunu düşünüyorum. Bu efsane, Aleviliğin ortaya çıkışını ve özünü de yansıtıyor.

Hacı Bektaş, bugün kendi adını taşıyan kasabaya güvercin kılığında gelmiştir. Bilindiği gibi, güvercin Şaman inancına göre de kutsaldır. Ve evrensel olarak barış simgesi kabul edilir. Efsanedeki barış vurgusu buradan da anlaşılmaktadır.

Hacı Bektaş, güvercin olarak oradan geçerken, yerdeki bir kadın, üstlerinden bir erkek geçtiğini söyler. Oradaki Karadonlu Can Baba adlı bir adam hemen bir şahin kılığına bürünüp güvercinin peşine düşer. Kurtulmak için aşağıya yönelen güvercin, tam Kara Donlu Can Baba'ya yakalanmak üzereyken silkelenip insana dönüşür. Son anda şahinin boğazını kavrayıp kendini kurtarır.

Şahin, kendisinin de insan olduğunu söyleyip "İnsan insana zulmeder mi?" diye sorar. Hacı Bektaş da oraya insanlara zulmetmek için gelmediğini anlatır. "Ben Anadolu'ya, bulabildiğim en masum yaratığın kılığına girerek geldim" diye açıklar. "Güvercinden daha masumunu bulsaydım o kılığa girerdim."

Alevi kültürünün yarattığı diğer efsaneler de böyledir. Şiirlerle, özdeyişlerle güçlü bir edebiyat yaratmıştır Alevilik; masumiyeti, dostluğu, eşitlik temalarını işlemiştir hep. Komşuluk, gibi, sevgi gibi değerleri savunmuştur.

Anlaşılan Ahmed Yesevî öğretisinin temeli Anadolu'da o dönemde çok sağlam kurulmuş.

Hemen öncesinde Anadolu insanları çok zorlu bir dönem yaşamıştı. Tahrip edici din savaşları görmüştü, Haçlı Seferleri'nde saldırılara uğramışlardı. Bir yandan inançları ve gelenekleri onca farklı insanın bir arada yaşayabileceğini görüyor, bir yandan da bu farkların konu edildiği savaşların ortasında kalıyorlardı. Barışı özlemişlerdi. Savaş için, kırımlar için bahaneler üretilmesinden çekiniyorlardı. Sevgi ve birlik duygularının yayılmasını istiyorlardı.

Yunus Emre gibi Anadolu'yu dolaşan dervişlerin bulduğu karşılık, aslında bu beklentiyle ilgiliydi. Mevlana da o dönemlerde Konya'da yaşıyordu. Doğu Roma'da yaşayan anlamında ona Rumi deniyordu. Bu eski Bizans kentine babası Belh şehrinden gelip yerleşmişti.

Öte yandan Ahi Evran da Anadolu'nun çeşitli bölgelerindeki esnaf ve zanaatkârlar arasında iletişimleri geliştiriyor, lonca örgütlenmesini kuruyordu. Bu yapı Osmanlı döneminde de etkili biçimde varlığını sürdürecekti.

Aynı şekilde, benzer hümanist düşünceleri yaymaya çalışan Şeyh Edebali, kısa süre sonra Osmanlı devletini kuracak olan Osman Bey'in çok önemsediği, rehber kabul ettiği bir dervişti.

Bunların hepsi aynı dönemde, birbirine yakın zamanlarda Anadolu'ya geldiler, burada yaşadılar. Belki Mevlana biraz farklı denebilir, ama genel olarak bunların hepsi, Ahmed Yesevî öğretisinin temsilcileridir. Bir iki yüzyıl önce, Selçuklular döneminde başlayan ve 13. yüzyılda yaygınlaşan bir gelişme bu.

Bu gelişmede Horasan'dan Anadolu'ya gelen dervişler çok etkili oldu. O gezici dervişlere Türkistan Erenleri, Horasan Erenleri ve Rum Erenleri deniliyordu. Türkistan Orta Asya'da, Horasan İran'dadır. Rum deyimi ise, Doğu Roma toprakları için, yani Anadolu'nun önemli bir kısmı için kullanılıyordu. Tarih biliminde bunlar, Rumeli'ye geçen Sarı Saltuk gibi "kolonizatör dervişler" adıyla anılırlar.

Rahmetli Halil İnalcık hocayla keyifli bir yemekte buluşup şarap içerken, aklımda kalan iki dizeyi söylemiştim. "Rumelin fethinde ol gerçek veli/ Tahta kılıç tutar ol batın eli." Tahta kılıcın hem Şaman kültüründe önemli bir simge olması hem de Rum ellerinin kansız fethedildiğini belirtmesi hocanın çok hoşuna gitti.

O büyük tevazuuyla bu dizeleri kullanıp kullanamayacağını sordu ve işlek bir Osmanlıca yazıyla peçeteye yazdı. Bu anı beni çok onurlandırır.

Bu erenlerin hepsi Ahmed Yesevî'nin yolunda ilerliyordu. "Türkistan'ın doksan dokuz bin pirinin piri" diye anılıyordu Yesevî. *Vilayetname* gibi kaynaklarda, Horasan'daki yetmiş yedi bin pirin de ona bağlı olduğu yazılıdır. Rum'da, yani Anadolu'da da elli yedi bin pir olduğu söyleniyordu. Bir de Bacıyan-ı Rum var. Tabii bunlar hep halk söylencelerine dayalı.

Bektaşilik Cumhuriyet'in manevi kaynağıdır

Hacı Bektaş'ın ve diğerlerinin Anadolu'ya yerleştiği yıllar, İslam'ın da hızla yayıldığı bir dönem. Bu iki durum birbirini güçlendirmiş, desteklemiş olabilir mi?

İslam'ın da hızla yayıldığı bir dönemdi. Fakat Ortodoks İslam anlayışından oldukça farklı bir öğretiydi bu. Ahmed

Yesevî'nin öğrencileri, barışçıl söylemleriyle, Anadolu'da yaygın biçimde onaylandılar. Hacı Bektaş'ın dışında, Amasya civarlarında Baba İshak'ı ve Otman Dede'yi, Bulgaristan tarafında Sarı Saltuk'u, Antalya bölgesinde Dede Kargın'ı halk benimsedi. Bugün Balkanlar'da ve Anadolu'da süren bir etkidir bu.

Hele Bektaşi kültürü için Osmanlı devletinin, hatta sonrasında kurulan Türkiye Cumhuriyeti'nin manevi kaynağı diyebiliriz. Türkçenin de Anadolu'daki kaynağıdır bu kültür.

O yüzyıldaki koşullar genel olarak Yesevî öğretisinin karşılık bulmasına uygundu. Ve bu akım, dünya tarihinde benzerine herhalde pek rastlanmayan büyük bir sentez yarattı. Anadolu'da etkili diğer unsurlarla bir çatışma değil, bir etkileşimle gelişti; her türlü ayrımcılığa karşı bir söylemle yayıldı. Irk farkından cinsiyet ayrımcılığına kadar her sorunu birer zenginliğe dönüştürdü.

Kısa süre öncesine kadar üst üste Moğol saldırıları ve Haçlı Seferleri yaşanmış olmasından dolayı, insanlar bu öğretiye hasretle sarıldılar. Yaşanan acı deneyimlerle, hoşgörülü olmanın önemini, hatta zorunluluğunu anlamışlardı. Birbirine saldırmadan bir arada yaşamanın tek yolu olarak gezici dervişlerin tanıttığı hoşgörü öğretisine, o hümanist ilkelere sarıldılar.

Bu öğretinin oluşmasında ve yayılmasında, bölgedeki yerleşik kültürlerle gerçekleşen etkileşimin etkisi elbette çok büyük. Yesevî'nin öğrencileri Anadolu'ya geldiklerinde, Mezopotamya ve İran taraflarında ortaya çıkmış binlerce yıllık kültürlerle karşılaştılar.

Bunların birkaçını kısaca analım: Zerdüşt dini, tarihsel kaynaklarda Zarahustra diye de anılıyor, milattan önce 6. yüzyılda ortaya çıkmıştı. İyilik ve kötülük ruhlarının varlığına inanıyorlardı. *Spenta* ve *Angra* diye anıyorlardı onları.

Ondan yaklaşık bin yıl sonra ortaya çıkan Mazdek akımı da iyilik ve kötülük arasındaki mücadeleye inanıyordu. Işığın ve karanlığın savaşı olarak görüyorlardı hayatı. Işık Tanrısı'nın 7 veziri ve 12 ruhsal varlığı vardı. Bu inanca bağlı olanlar insan öldürmezdi. Dinin kurucusu Mazdek, düşmanlık yapanlara bile iyilikle karşılık vermeyi, kibar davranmayı öğütlüyor, insanlar arasındaki kavgaları yok etmeyi amaçlıyordu. Bunun içinse tarlaların ve malların ortaklığını savunuyordu.

Bunlar İran bölgesinde kökleşmiş ve sonra çevreye de yayılmış inançlardı. Şamanizm'le epeyce benzer yönleri vardı. Alevilerde ise oldukça belirgin bir Manicilik etkisi vardır. Alevi inancında da 7 sayısı kutsal kabul edilir, Mazdek inancındaki 12 olan ruhsal varlık sayısı, Alevilikteki 12 İmam'ı çağrıştırır.

Güneydoğu Anadolu'da, Bulgaristan'da ortaya çıkıp Anadolu'ya yayılan Bogomil mezhebi de bir başka eşitlikçi kültür geliştirmişti. Heretik Hıristiyan bir mezhepti bu. Bogomiller de insanların eşitliği ilkesine bağlıydılar ve mülkiyetsiz bir hayatı savunuyorlardı. Sonraları, Ege Bölgesi'ndeki Alaşehir'e (ki orijinal adı Philadelphia'dır) oradan da Akdeniz kıyılarına ve Fransa'ya geçtiler. Burada kaleler inşa ettiler, Cathar Şövalyeleri diye anıldılar.

Umberto Eco'nun kitaplarında geçiyor bu konu. Galiba daha çok Balkanlar tarafında ve 15. yüzyıla kadar varlıklarını sürdürmüşler.

Bazı kaynaklarda biraz daha farklı bilgiler vardı. Ayrıntılar çok önemli değil, sözünü ettiğimiz inanç ve akımların konuştuğumuz konuyla ilgili kısmı, Hacı Bektaşların geldiği dönemdeki Anadolu halklarının beklentilerini, eşitlik ve barış özlemini yansıtmaları.

O dönemdeki kültürlerden söz ederken anılması gereken bir başka topluluk da Ezidilerdi. Varlıkları bugün de sürüyor. Yanlış biçimde "Şeytana tapanlar" diye anılıyorlar. Şeyh Adi bin Misafir'in takipçileridirler, cennetten kovulmuş olan Melek Tavus'un Tanrı tarafından affedildiğine ve en büyük melek olduğuna inanırlar.

Ahmed Yesevî dervişlerinin, Anadolu'ya yayılmaya başladığı dönemde karşılaştıkları başka kültürler de sayılabilir. Gezici halk şairi olarak dolaşan bu dervişler, şiirlerini o kültürlerle yaşayan insanlara okuyor, onlarla iletişim kuruyorlardı.

Sözel edebiyatımızın önemli bir kısmını oluşturan bu şiirler genellikle 6 hecelidir. Bir kısmı da 6 artı 5 ölçülüdür. Zaten Anadolu'daki birçok insan şiirdeki bu ölçülere alışkındı. Dilden dile dolaşan Homeros şiirleri de *heksametre*, yani 6 heceliydi.

En bilinen 6+5 vezinli Hacı Bektaş şiirlerinden biri şudur:

Hararet nardadır, sacda değildir
Keramet baştadır, tacda değildir
Her ne arar isen kendinde ara
Mekke'de, Kudüs'te, hacda değildir

O dönemde yaşayan büyük şair Yunus Emre'nin dizeleri de aynı anlayışı dile getirir:

Sen kendine ne sanırsan
Ayruğa da onu san
Dört kitabın manası
Budur işte var ise

Bu dizeler ve bu şairler Aleviliğin özünü yansıtıyor. Öyle diyorsunuz. Ve bunlar, bugün de toplumda oldukça yaygın biçimde onaylanıyor. Peki, Alevilik inancı aynı yaygınlıkta tanınıyor mu? İnsanlar biliyor mu?

Bu şairleri toplumun çok büyük kısmı din büyüğü olarak tanıyor, çok saygı duyuyor. Hacı Bektaş'ı, Yunus'u, diğerlerini seven insan sayısı Alevi nüfusundan çok daha fazladır. Ama dünya görüşlerini ne kadar özümsüyorlar? Tabii, insanlar sevdiği bir sanatçıyı ne kadar tanıyor, onayladığı bir politikacının dünya görüşünü ne kadar biliyor; dünyanın her yerinde böyle sorunlu konular var. Ama yaklaşık 800 yıldır sahiplenilen, dilden dile aktarılmış, gönüllerde yaşatılmış bu ozanların daha iyi anlaşılması gerekirdi, diye düşünüyorum.

Bu kadar popüler isimlerin bile yeterli tanınmadığı durumda, örneğin Alevilikteki "Oluşum" ilkesinin pek bilinmiyor olmasına şaşıramayız.

Alevi inancına göre, insanla bir özdeşliğe sahip olan Tanrı çeşitli evreler geçirmiştir. Sonunda "doğa" ve "insan" biçiminde tezahür etmiştir. Yüzyıllar sonraki Hegelci anlayışla benzerlik gösterir bu açıdan.

Dolayısıyla, insan bir yaratısı olduğu gibi, Tanrı'nın yeryüzündeki belirtisi, yani onun suretidir. Âdem'in yeryüzüne gelişi, bir sürgün cezasından çok, terfi gibi görülür. Çünkü Alevilikte, insan bedeni günah kaynağı kabul edilmez. Tersine, beden insanın kendi bilincine varmasının, böylece, "kâmil insan" düzeyine ulaşmanın bir fırsatıdır. Kâmil insanın değeri, Tanrı düzeyindedir. İnsanın ruhsal varlığı bir bedenle birleşince, meleklerden daha yüksek bir değere ulaşır. Düşünme, tercih kullanma hakkına sahiptir. Ama bu yeteneğini; düşünmesini ve irade geliştirmesini, hakkıyla yerine getirmekle yükümlüdür.

Bu yaklaşımın doğal sonucu olarak, insan bedeni ve sanat, Alevilikte şüpheye yer bırakmayacak biçimde olumlanır.

Toplumumuzda konuların özünü merak etme ve araştırma eğilimiyle ilgili genel bir sorun olabilir. Ama Alevilikle ilgili "tanımama" sorunu bu genel sorunla açıklanamayacak bir durum gibi görünüyor. Çünkü

geniş bir kesim yüzyıllardır Aleviliği konuşuyor, konu ediyor, buna rağmen gerçeği görmeye yanaşmıyor.

Gösterilen ilginin önemli bir kısmı ne yazık ki düşmanlık ve çarpıtma amaçlı; tanıma ve anlama uğraşı pek yok.

Sünnilik, bir anlamda Ortodoks İslam sayılır. Özellikle Sünni kitleyi yönlendirme konumunda olanlar, Alevilikteki temel düşünceleri Sünni kesime, bir tür düşmanlık nedeni, kendi varlıkları için bir tehdit gibi aktarabilirler. Öyle de olmuştur hep. Bu topraklardaki Sünni kesimin bazı ileri gelenleri tarafından, yüzyıllar boyunca nefret üretilmiştir. Özellikle Yavuz Selim'den beri.

Tartışılmayacak kadar açık gerçekler hepimizin gözü önünde duruyor. Aslında küçük bir kesimidir, ama Ramazan'da göz önünde yemek yiyenlerden rahatsız olanlar, Cuma'ya gitmeyenleri dışlayanlar, böyle zorlayıcı ve ayrımcı tavırlara Sünni tarafta rastlanır. Oysa toplumun çoğu, Alevilerin Hızır orucu tuttuğu günleri bilmez bile. Fark edilecek biçimde, diğerlerinden "saygı beklemek" adı altında rahat bozan tavırlar hiç ortaya çıkmaz.

Sünni kesimdeki bazı kışkırtıcıların tutumu, sadece "Müslüman mahallesinde hassas davranma" şartı ileri sürmekten de ibaret değil. İnsanların Aleviliğe inanmasını, başlı başına bir suç gibi görüyorlar. Aleviliği, kendi varlıklarına, daha doğrusu kendi iktidarlarına tehdit kabul ediyorlar.

Mutasavvıflar da çok ezildi. Örneğin şair Nesimi'yi, 1417'de Halep'te derisini yüzerek öldürmüşlerdi. Tasavvuf ehline ve Alevi topluluklarına çok büyük baskılar uygulandı, kitle halinde öldürüldüler. Dediğim gibi, sayıları az da olsa, Sünni kesimdeki bu kışkırtıcılar, en çok Alevilerin kadın ve erkeğe eşit değer vermesinden rahatsız olmuşlardır. Kendi halinde de yaşıyor olsa, bir kadının özgürce hareket etmesini, serbestçe giyinmesini tehdit ve düşmanlık gerekçesi kabul etmişlerdir. Uydurdukları iftiralar da çoğunlukla bu konuyla ilgili. Alevileri "ahlaksızlık"la, ensest ilişkilerle suçladılar yüzyıllar boyunca. Böyle söylentiler yaydılar.

Oysa... Alevilikte "Eline, diline, beline sahip olmak" ilkesi vardır. Yani elle yapılacak hırsızlık, şiddet gibi kötülüklerden uzak durma, dille hakaret edip yalan söylememe, cinsellikte de kimseyi rahatsız etmeme gibi kurallar.

Azınlıklar ve haklar

Ülkedeki egemen anlayışta böyle genel bir yaklaşım hatası var. Kürt sorununda, kadın sorununda, herhangi bir kesim veya kişinin en doğal haklarını kabul etmek için, ille de onların özelliklerini onaylamak, onları sevmek gerekiyormuş gibi bir yaklaşım dikkat çekiyor.

Evet, Kürtlerin örneğin bir talebini destekleyen bir kişi, onların aslında iyi insan olduklarını, iyi niyetli olduklarını da sözlerine ekleme gereği duyuyor. Başka konularda da böyle. Bu aslında, en temelde "insan hakları" meselesine yaklaşımdaki yanlışlıklardan kaynaklanıyor.

En doğal insan haklarını kabul etmek, bir kişinin veya topluluğun özelliklerini sevmemize bağlı olamaz. Sevmezsen sevme! Sen öyle ulu bir yaratık mısın ki diğerlerinin haklarını kullanabilmesi senin onlara duyduğun sempatiye bağlı olsun? Eğer dünya görüşün gereği kültürel hakları, insan haklarını, ulusal hakları onaylıyorsan, insanların bu haklarını, onları sevme şartı aramadan kabul edersin. İnsan haklarıyla bir derdin varsa, doğru bulmuyorsan, eşitliğe inanmıyorsan, o zaman lafı evirip çevirmeye, duygusal ve kişisel yorumlara gerek yok; "Ben insan haklarına karşıyım" diye dürüstçe söyle!

Yok, bunlar ille kendilerinin ayrıcalıklı konumunu öne çıkaracaklar! Birilerini haklar açısından eşit kabul ettiklerini söylerken bile, bunu bir lütuf gibi dile getiriyorlar.

Farklı etnik kimlikten kişilerin, kadınların, çocukların,

farklı inanca bağlı insanların, hepsinin, bu niteliklerinden bağımsız olarak temel insan haklarına sahip olduğuna inanıyorum. Hatta yasalara göre suç işlemiş kişilerin, hatalı davranış sergilemiş olanların, herkesin, o konudaki kısıtlamaları ve cezaları bir hukuk sistemi içinde belirlenir; onun dışındaki hakları kısıtlanamaz.

Kişisel tercihler başka bir konudur. Hoşlandığım kişilerle arkadaşlık yaparım, sevmediklerimle çok gerekmedikçe görüşmem. Temel insan haklarını kabul etmenin bununla bir ilgisi olabilir mi?

İnsanların inanç ve düşünce özgürlüğü için egemen konumdakilerle aynı ilkeleri benimsemek şartı olsaydı, "insan hakları" diye bir kavram olmazdı.

Bir kişi Aleviliği eleştirebilir, karşı görüş dile getirilebilir, hatta zararlı bulduğunu söyleyebilir. Ama hiçbir şekilde saldırma, aşağılama, iftira atma hakkı olamaz.

O saçma sapan iddiaların, çarpıtmaların, iftiraların en büyük zararı, aslında toplumun tamamını kirletmesidir. Alevileri rahatsız etmenin, taciz etmenin, onlara saldırıp zarar vermenin çok ötesinde bir sorun bu. Çünkü toplum içinde, bu saçmalıklara inanacak insanlar yaratılması gibi bir sonuç ortaya çıkıyor. Toplumun geneli için olumsuz niteliklerin çoğalmasına neden oldular.

– 14 –
Halk ne ister?

"Toplumu birbiriyle ortak özellikteki bireylerden oluşan tek parça bir yapı gibi görmek, temel bir yanılgı kaynağı. Herhangi bir olay veya nesne herkese faydalı olabilir mi ki kitap öyle olsun? Yöneticilere itaat etmek, patronlara hayranlıkla bağlı olmak gibi özelliklerin geliştirilmesini savunuyorsan, son on yılların popüler kitaplarını faydalı kabul edersin. 'Halk beğenisi' diye de bula bula arabeski veya pop kültürünü bulup savunursun.

Böyle bir anlayışa göre, İnce Memed *iyi bir roman olabilir mi? Faydalı kabul edilebilir mi?*

Bu nedenle, neye 'iyi' dediğin, neyi 'faydalı', neyi 'zararlı', 'güzel', 'değerli' bulduğun, o dediğin şeyden çok senin değerlerini, ölçüt aldığın referansları yansıtır."

Havemann'ın dediği gibi, her ağaçtan binlerce, milyonlarca tohum etrafa saçılıyor. Binlerce ağaçtan oluşan bir ormanda, her yıl milyarlarca yaşam olasılığı üretiliyor. Ve bunların çevre koşullarına en uygun olan küçücük bir kısmı tutunuyor toprağa. Böylece, filizlenen yaşamlar birbirlerine benzer özellikte oluyor. Diğerlerine benzemeyen ve çok az bulunduğu için farkına varılamayan çeşit çeşit olasılıklar da aslında varlığını sürdürebiliyor. Çevresel koşullar değişince, bu sefer o çeşitlerden biri yaygınlaşmaya, bir süre sonra da genel görünümü oluşturmaya başlıyor.

Bu biyolojik gerçeklik, edebiyat, siyaset, ticaret alanlarında, dolayısıyla toplumsal hayatta da geçerli midir?

Öyleyse; Beethoven gibi, Mustafa Kemal gibi devrimci kişiliği olan bir insan, kendi özelliklerinin yeşermeyeceği bir dönemde, örneğin bugünlerde ve sıradan bir ortamda yaşıyor olsaydı, onun farkı nasıl ortaya çıkardı?

Pek çıkamazlardı ortaya. Çıkamıyorlar zaten.

Özgün insanlar, devrimci ruhlu insanlar elbette yaşıyor. Ve elbette bulundukları çevrede takdir görüyorlar. Selam verişleri, gülüşleri, işlerini yapış biçimi ve çeşitli tavırlarıyla kendilerini belli ediyorlar.

Fakat toplumsal ölçekte karşılık bulmak, sadece kişilerin kendi özelliklerine bağlı değil. Bazı dönemler, yüksek insanlık değerleri "para etmez" hale gelebiliyor. Örneğin son on yıllar, büyük bir sanatçı yetişmesinin herhalde en zor olduğu dönemlerden biridir tarihte. Nitelikli sanat yapıtlarıyla ortaya çıkıp medyanın onayını almak çok zor. Böyle bir onay almadan toplumdaki modaları aşabilmek de çok zor.

Burada sorunlu bir kavram çıkıyor karşımıza: Başarı. Eskiden beri söylerim, başarı bir virüstür. Bulaşıcı bir hastalık kaynağıdır. İnsanlığın içinde çeşitli alanlarda ilerler, yayılır ve kişilikleri bozar. Bu dediklerim, başarıyı öncelikli hedef kabul etmekle ilgili. Yapılan işin ve hayatın amacının "başarı" olması, büyük bir sorundur. Yoksa kendiliğinden ortaya çıkan bir sonuç olarak başarı başka bir şey.

Ama özellikle sanatçılar için, yaratıcı süreçlerle uğraşanlar için, kendiliğinden gelen başarılar da ölümcül sonuçlara neden olabilir. Çünkü bir kez başarılı olunca, sanatçının önünde garantili bir yol açılır; kanıtlanmış çalışmalarını tekrar etme isteği duyabilir. Oysa yeni yapıt üretmenin anlamı, sadece başkalarının önceki çalışmalarını değil, kendini de tekrar etmemeye bağlıdır. Buna ileride değinmek isterim. Şimdi başarı kavramının daha toplumsal yönü üzerinde durayım.

Özetlemek için biraz kabalaştırarak birkaç örnek düşünelim. Başarılı öğrenci ne demektir? Eğitim sisteminin amacına uygun özellikleri bulunan öğrenci demektir. En azından okuduğu okulun ölçütlerine göre değerlendirilir başarı. Diyelim ki, test yöntemiyle yapılan sınavlarda çok soru çözmek, ezberlediği bazı formül ve bilgileri iyi kullanmak gibi konularda kendini iyi geliştirmesi bekleniyordur öğrenciden.

Aynı şey, ticaret alanında daha belirgin. Bir tüccar, "Ben bu piyasa denen şeyin kurallarına uymayacağım, buna uygun davranmayacağım" diyerek başarılı olabilir mi?

Fakat bir öğrenci, araştırma ve anlama sevdasıyla da derslerine çalışabilir. Sınavlarda alacağı sonuçla pek ilgilenmeden, öğrenmenin heyecanıyla çeşitli konulara yoğunlaşabilir, araştırabilir. Böyle bir öğrenci, eğitim sisteminin ölçütlerine göre başarılı da olabilir başarısız da. Bu durumda, başarılı olmayı insanın zihinsel gelişimi açısından iyi bir şey kabul edemeyeceğimiz gibi, başarısızlığı da övemeyiz.

Tabii ki bu eğitim sistemi, bu medya, bu kültürel iktidar başarıyı övecektir. Onların başarıyı yüceltmesi, "İnsanlar bizim istediğimiz gibi olmak için çırpınmalı, üstelik bunu kendi tercihi gibi görmeli" anlamına geliyor. Birbirleriyle ne için yarışacak ne için uğraşacak insanlar, bu iktidarların tanımladıkları başarı hedefine ulaşmak için.

Çoksatarlık ve edebi değer

Peki, bir sanat eserinin, örneğin bir romanın başarılı olması da kötü bir şey midir?

Apaçık ve basit bir gerçeğe hemen değinip geçelim: Çok satılmış olması bir kitabın yazınsal değerinin yüksek olduğunu kanıtlamayacağı gibi, kötü bir kitap olduğunu da göstermez.

Ne kadar satıldığından çok, neden satıldığı daha önemlidir bir kitabın. Hangi beklentilere karşılık gelmiştir, okur onda ne bulmuştur, topluma ne yönde etki etmiştir? Bir duygu, gerçek bir düşünce üretmiş midir, yoksa hazır duyguları kullanmış, bir anlamda tüketmiş midir? Kafasındaki düşüncelerin onaylanmasını isteyen insanların beklentisini mi karşılamıştır? Neyi başarmıştır?

Başarıyı kimin tanımladığı önemli. "İyi", "faydalı", "çirkin", "başarılı" gibi kavramlar herkes için aynı anlama gelmez. Kime faydalı? Hangi dünya görüşüne göre iyi? Hangi ölçüte göre güzel?

Bu piyasa ortamında "başarılı roman" deyince; çok satmış

ve yayıncısına, yazarına, satıcısına iyi para kazandırmış kitap kastediliyorsa, ki öyle, bu ölçütler bizi ilgilendirmiyor.

Ama iyi niyetli bir insanın, hümanist ve evrensel değerlere bağlı, estetik düzeyi gelişmiş bir eleştirmenin bir romana "başarılı" demesi, elbette olumlu bir şey. "Başarı" kavramını yanlış kullandığını söyleyebiliriz, tartışabiliriz, ama kastettiği şeyin iyi olduğunu, kendine göre tanımladığı biçimde o sözcüğü kullandığını kabul ederiz.

Yine terminoloji meselesi...

İnsancıl değerlere bağlı, eşitlikçi, özgür bir dünyadan yana bir yazarın, derinlikli duygularla, bu değerleri açıklayan düşüncelerle ortaya çıkardığı bir yapıt çok satınca, buna elbette seviniriz. O yazardan çok, toplum adına, o dönemde varlığını sürdüren insanlık değerleri adına umutlanırız. Ama böyle bir yazar, çalışmalarını asla "çok satmak" amacıyla yürütüyor olamaz.

Kitlesellik ya da popülerlik estetik değerden taviz vermeyi gerektirmiyor öyleyse?

Kendi deneyimimden yola çıkarak cevap verirsem: Hayır! Milyonlarca insanın söyleyeceği şarkı yapmak, estetik değeri düşürmekten geçmiyor. Kaliteyi de kitlelerle buluşturabilirsin. Aynı şey edebiyat için de geçerli. "Toplum bunu istiyor" yargısı, piyasanın kendi yüzeyselliğini ve değersizliğini topluma dayatmasından başka bir şey değil.

Milyonlarca insan hâlâ Dostoyevski okuyor. Niye? Değersizliğinden mi? Neden milyonlarca insan müzelere akın ediyor? Kalıcı olan güzelliği görmek için değil mi?

Uzun zamandır yayın dünyasında çoksatanlar listesinde iki farklı kutup çekişme halinde. Bir yandan Sabahattin Ali, Harper Lee, Steinbeck vb.'leriyle edebiyat, bir yandan da kişisel gelişim ve yeni din dediğimiz astroloji, mistisizm kitapları.

Şimdi bu çoksatanlar listesini, tıpçısı, eğitimcisi, ilaç şirketleri, danışmanları ve psikologlarıyla devasa endüstriden ayrı düşünebilir miyiz? Piyasa, tüketicisini kendisi yaratıyor. Bunun için de yeni dinler icat ediyor. Belli kitapları okuyup kişisel gelişiminizi sağlayabileceğinize inanıyorsunuz. Ama o da yetmiyor. Psikolog seanslarından geçmeniz, sürekli mutlu olup olmadığınızı test etmeniz, bu dünyada en iyi şeyleri hak ettiğinizin "uzman kişiler" tarafından onaylanması, kendinizi iyi hissetmeniz için sürekli tüketmeniz gerekiyor. Bu, piyasanın işlemesi için gerekli bir zincir. Bu zincirin görülmediğini farz edip "Halk bunları okumak istiyor" gibi bir cümleyle her şeyi açıkladıklarını sanıyorlar. Düşünsene, hepsi birbirini reddeden tavsiyeleri takip edip duruyor insanlar.

Bütün dünya kaosun, açlığın, savaşın, yoksulluğun içindeyken mutluluğun sırrını veren kitaplar satılıyor. İnsanı bencilleştiren, narsisist bir varlık haline getiren bir yeni din bu!

Uzun yaşamanın formülünü satıyorlar ama üzerinde yaşadığımız gezegenin daha ne kadar yaşayabileceği belli değil. Kapitalizmin çevreye ve doğaya karşı işlediği suçları kimse sorgulamıyor, tam tersine üstünü örtmeye çalışıyor ama bütün bu suçların yarattığı tahribatın yükünü de bireylere yüklüyorlar. Satın alarak, tüketerek çözüm bul! Bu, korkunç bir kandırmaca. İnsanlarımızın bu kandırmaca karşısında uyanık olması lazım!

Her kitap değerli mi?

Bu demektir ki, örneğin, "Kitap okumak faydalıdır" gibi bir yaklaşım doğru değil. Bir kitap için "faydalı" veya "güzel" diyeceksek, kime göre öyle olduğunu da belirtmemiz gerekir.

O kadar genel bir ifadeyle "Kitap okumak faydalıdır" demek, ancak "Kitap okumak zararlıdır" demek kadar doğru olabilir. Veya o kadar yanlış. "Başarılı" diye yorumlamak için de aynı durum geçerli. "Güzel", "yüzeysel", "kötü"... Bunlar hep bir referansa göre anlamlanır.

Kitaplar neden her durumda faydalı olsun? Çıkarcılığı, kâr amaçlı üretim sistemlerini, bilim karşıtı inanışları yücelten kitaplar yok mu? Komplo teorilerini yaygınlaştırıp düşünme yetilerini köreltenler, yüzeyselliklerle estetik tahribatlar meydana getirenler, boyun eğmeyi şirinleştirenler?

Toplumu birbiriyle ortak özellikteki bireylerden oluşan tek parça bir yapı gibi görmek, temel bir yanılgı kaynağı. Herhangi bir olay veya nesne herkese faydalı olabilir mi ki kitap öyle olsun? Yöneticilere itaat etmek, patronlara hayranlıkla bağlı olmak gibi özelliklerin geliştirilmesini savunuyorsan, son on yılların popüler kitaplarını faydalı kabul edersin. "Halk beğenisi" diye de bula bula arabeski veya pop kültürünü bulup savunursun.

Böyle bir anlayışa göre, *İnce Memed* iyi bir roman olabilir mi? Faydalı kabul edilebilir mi?

Bu nedenle, neye "iyi" dediğin, neyi "faydalı" neyi "zararlı", "güzel", "değerli" bulduğun, o dediğin şeyden çok senin değerlerini, ölçüt aldığın referansları yansıtır.

Kitap yazmak, dağıtmak, okumak uğraşları aslında bir mücadele alanında gerçekleşiyor. Çok az kişi bu mücadelenin farkında olabilir, ama dünyanın ve memleketin geleceğine etki edecek bir cephedir edebiyat.

Konuya "daha çok kitap okunsun" veya "daha az kitap okunsun" yönünde bir tartışma varmış gibi yaklaşmak yanılgı yaratıyor. Çünkü asıl mücadele "hangi kitapların okunacağı" konusunda.

Türkiye'de çok az kitap okunduğu yönünde çeşitli rakamlar yayınlanıyor. Oysa bunlarda alınan ölçütler oldukça muğlak. Gerçek olan bir şey var ki hiç de küçük olmayan bir sektör dönüyor. Kıran kırana bir "piyasa" var ortada.

Unutmayalım ki bugün dünyada tehlike haline gelen obezliğin yanı sıra bir de popüler kültür ürünlerinin beslediği bir ruh obezliği var.

Kişinin gelişmesine ağırlıklı olarak kitaplar kaynaklık etmişse de benzer durum geçerli.

Çoğu zaman insan, kendini belirleyen etkenlerin net biçimde farkında değildir. Bu önemli! Kişi, varoluşunu belirleyen etkenlerin farkına vardığı oranda, onlardan bağımsızlaşabilir, onları aşabilir. Yoksa, yaygın biçimde olduğu gibi, kişi sadece içinde yaşadığı koşulların ve farkında olmadığı etkilerin bir sonucu olarak ortaya çıkar.

Nasıl ki bir davranışı veya bir gelişmeyi bağlı olduğumuz değerler açısından zararlı bulabiliyorsak, aynı şekilde bazı kitapları da zararlı bulabiliriz. Hatta onlarla mücadele etmek, onların etkisine karşı kendi değerlerimizi savunmak gerekir. Bunun yasakçılıkla falan bir ilgisi yok. Aksi halde Adolf Hitler'in *Kavgam* kitabını da savunmak durumunda kalabilir insan.

Şuna dikkat çekmek gerek: Saygı duymak ve değer vermek, insanlara yönelik olmalıdır. Yoksa "her türlü görüşe, her türlü inanca" niye saygı duyayım? Yobazlığın nesine saygı duyacağım? Kadınların ikinci sınıf kabul edilmesini, kaderciliği, itaatin yüceltilmesini, böyle değerleri, "Bazı kişilerin inancı" diye, onların tercihi diye hoş görebilir miyiz?

Yanlış bulduğum bir inanca bağlı olan, yanlış bulduğum değerleri savunan bir kişinin insan olmaktan kaynaklanan haklarına elbette saygı duyacağım. Onu kendi doğrularıma bağlı biçimde yaşamaya zorlamayacağım. Saygı denen şey bu açıdan anlamlı. Yoksa onun görüşü, inancı saygın değildir. Her görüşe ve düşünceye saygı duymam söz konusu değildir. O zaman 50 yıldır ne için mücadele ediyorum? Deminden beri bunu anlatmaya çalışıyorum. O şarkıları, o romanları, yazıları, onca yapıtı üretmemin amacı "başarılı olmak" değil ki? Onları okuyup dinleyen insanlar güzel zaman geçirsin, bazen eğlensin; elbette buna sevinirim, ama asıl amaç, insanlık değerlerine, savunduğumuz değerlere bir katkı sunabilmek. Saygı duymadığım, zararlı bulduğum çarpık anlayışlarla mücadele etmek.

Temel amacım her zaman çirkinliğe karşı güzellikle, zorbalığa karşı umutla direnmek oldu. Özgürlük, eşitlik, emek, kadın hakları, çocuk hakları, serbest zaman hakkı, seyahat hakkı, anadilinde konuşma hakkı, bunlar gibi birçoklarının özgür olmasını, serbest olmasını isterim. Bunların kısıtlanmasını savunan düşüncelere ve inançlara da asla saygı duymam.

Doğrudan yana taraf olmadan güzellik olacağına inanmıyorum. Bu bilinçle ortak hareket etmeden varlığımızı sürdürebileceğimize de inanmıyorum. Ama her zaman bunu başaracağımıza inandım, inanıyorum.

Öyleyse baştaki konuya dönüp öyle devam etmeniz için izninizle tekrar sorayım: Beethoven gibi, Mustafa Kemal gibi devrimci kişiliği olan bir insan, kendi özelliklerinin yeşermeyeceği bir dönemde, örneğin bugünlerde ve sıradan bir ortamda yaşıyor olsaydı, onun farkı nasıl ortaya çıkardı?

Önce ilk aklıma gelen karşı soruyu söyleyeyim: Öyle birilerinin yaşamadığını nereden biliyoruz? O zaman konunun iki yönü belirginleşiyor. Birincisi, sanatçı ruhlu ve devrimci kişilikli insanların varlığı. İkincisi ise, öylesine özel kişilerin değerini ortaya çıkaracak koşullar meselesi, dönem meselesi.

Tarih bize hep sonradan değeri anlaşılmış sanatçılar örneğini verir. Çünkü değeri hiçbir zaman anlaşılamamış ve kaybolup gitmiş sanatçılardan kimsenin haberi yoktur. Belki de onların sayısı, değeri sonradan anlaşılanların onlarca katıdır.

Yaşadığı toprakta yeşerecek olanak bulmuş devrimcilerin

adı bize ulaşmıştır. Devrimciliği ortaya çıkmamış ama içinde bu değeri barındıranlardan haberimiz bile olmaz. Belki de tanıyoruz, sıkça görüyoruz, aynı ortamlarda yaşıyoruz ama onları anlamıyoruzdur. Olabilir mi?

Olabilir elbette. Ve onların ortaya çıkamayışı, hiçbir işe yaramadıkları anlamına gelmez. Bugünkü sohbetin girişinde sözünü ettiğin biyolojik evrim mantığı, en azından kısmen, burada da geçerli. Tür içinde çeşitlilik olmasaydı, koşullar değişince niteliksel değişim de meydana gelmezdi. En azından Darwin'den beri biliyoruz bu gerçeği.

Demek istiyorum ki bu dönemde yaygınlaşamayan, karşılık bulamayan devrimci ve sanatçı niteliklerin varlığını sürdürmesi önemli. Tek tek, dağınık, yalnızlık içinde de olsa, öyle insanların yaşaması bir umuttur. Bir gün çevresel ve kültürel koşullar değişince, onların varlığı sayesinde yeni olanaklar filizlenecektir, toplumsal dönüşümler gerçekleşecektir.

Diyorsunuz ki: Kendi düşlerinden yorgun bir ozan, direnir acıya tek başına!

Öyle demiştim yıllar önce.

1984'tü değil mi? *Ada* albümünün son parçası.

1980'den sonraki, 12 Eylül darbesinden sonraki ilk albüm sayılır. Yeni bestelerden oluşan ilk albümdü.

Eğitim değil, daha iyi bir dünya şart!

Az önce şöyle dediniz: "Neye 'iyi' dediğin, neyi 'faydalı' neyi 'zararlı', 'güzel', 'değerli' bulduğun, o dediğin şeyden çok senin değerlerini ve ölçüt aldığın referansları yansıtır."

Bu mantıkla, popülerleşen sanatçılar ve düşünür-

ler de o dönemdeki halkın niteliğini yansıtıyor. Başka türde sanatçı veya düşünürün ortaya çıkmayışı, onların ortalıkta bulunmayışından değil, halkın o günlerdeki beklentilerine karşılık gelmeyişlerindendir.

Böyle bakarak toplumu, dönemi, entelektüel dünyayı anlamaya çalışıyoruz. Ama bu, bazen benzer gibi görünse de "Halk ne ister?" sorusuna yanıltıcı karşılıklar veren popülist bakış açısından çok farklı.

"Hayata dair anlatılarla nasıl karşılık bulunur?" kaygısı ile "Halk ne ister?" popülizmi arasındaki ayrım çok önemli.

Birincisi, döneme ve modaya direnerek bir meselesi olan yapıtlar üretmekle ilgili. İkincisi ise, "Halk Böyle İstiyor!" gibi, ucuz işlere mazeret geliştirmek için kullanılan bir klişe.

Filmler, kitaplar, haber yayınları, düşünce yazıları, hepsindeki yüzeysellikler için gerekçe hazır: Halk böyle istiyor! Yıllarca emek vermek yok, farklı alanlardaki bilgileri ilişkilendirmek, akıl yürütmek, anlatım biçimleri geliştirmek, hiçbiri yok; neden? "Halk böyle istiyor!"

Bu bir yalandır. Hatta iftiradır. Ne var ki o kadar uzun süredir ve o kadar etkili biçimde yayılıyor ki bu yalanlar, artık sorgulanmaz hale gelmiş durumda. Kanıksandılar. Toplum her alanda düzey kaybediyor ve daha kötüsü, bu durumun neden-sonuç ilişkisi yanlış kuruluyor.

Toplumsal yapılar da sonuçta bir tür bileşik kaplar özelliği gösteriyor. Bütün sistemleri iyi işleyen ama sadece hukuk sistemi kötü durumda olan bir toplum olabilir mi? Veya sağlık veya eğitim gibi bazı alanlarda kötü, diğer sistemleri iyi bir toplum, mümkün mü? Sokakları, sanat üretimi, trafiği, siyasal mekanizmaları, medyası birbirinden bağımsız bir toplum var mıdır?

Son dönemlerde toplumsal gidişimizin bozulması da herhangi bir alana özgü değil. Dolayısıyla, herhangi bir alanın düzelmesiyle sistemin ve ortamın düzeleceğini düşünmek, bir tür aymazlık. Örneğin en sık kullanılan klişe sözlerden biri, "Eğitim şart", hiçbir şekilde geçerli bir çözüm önerisi olamaz. Hiçbir sistemde eğitim, o sistemin niteliğine aykırı olamaz ki.

Bir ülkede popüler sanatın düzeyi, sokaklarda satılan "Ağlayan Çocuk" tablosu kadarsa, eğitim sisteminin düzeyi de o kadardır. Sağlık da hukuk da.

Bileşik kaplar sisteminde düzey düşüyorsa, bu durum bütün bölmelerde gözlenir elbette. Herhangi bir bölmedeki delik, herhangi bir kaçak buna neden olabilir. Böyle düşünürsek, bazı alanlardaki seviye kaybının diğerlerinde de aynı durumun yaşanmasına neden olduğunu söyleyebilir miyiz? Yani bir öncelikli neden...

"Bir toplumda müzik bozulursa her şey bozulur!" diyor Konfüçyüs. Diğer alanlardaki seviye düşüklüğüne neden olur gibi bir anlam yüklemek doğru olmayabilir ama müzik, toplumun genel düzeyi için, diğer alanlardan daha erken sinyal veren, düzeyi net biçimde ortaya koyan bir göstergedir.

Hayatın her alanına şike ve hilenin, toplumsal ilişkilere nefretin ve şiddetin egemen olduğu bir ortamda sanatın çökmesi kaçınılmazdı ve öyle de oldu... Günlük hayattan ve kanıksanmış durumdan biraz uzaklaşıp Türkiye'nin son yıllarda içine sürüklendiği yaratıcılık fukaralığına bir bak. Mesela müzikte, birkaç on yıldır, "Elleri havada göriimmm!" çığlıkları ve cıs-tak bilgisayar ritimleri üzerinde söylenen tekerlemeler, ağlamalar, inlemeler, ilkel sesler ortalığı kaplamış durumda.

Müzik, sosyologların da üzerinde durmasını gerektiren önemli veriler sunuyor. Geçen gün bir haber okudum. Müzikli bir mekânda istediği şarkıyı söylemediği için şarkıcıyı vurmuş adam. Böyle olaylar yıllardır yaşanıyor. Ama o adamın hangi şarkıyı istediği bilgisi verilmiyor. Oysa bu önemli. Tek bir olaydan yola çıkmak yanıltıcı olabilir, fakat insanların müzik zevkiyle dünya görüşü arasındaki ilişki istatistiksel olarak incelenmeli. Hangi toplumsal tavırlar, hangi yaşam biçimleri hangi müziği dinleyenler arasında yaygın?

Aynı şekilde, dün, bir papağana işkence eden adamın haberi yer aldı medyada. Sokaklarda saçma sapan bir konuda tartışırken birdenbire birbirine saldıran insanlar, apartmanda varlığı sorun kaynağına dönüşen komşular, dengesiz tavırlar sergileyenler, kendi çocuğuna bile düşmanca davrananlar... Ve elbette trafikte, işyerlerinde, mahallelerde uygarca yaşayan insanlar; bunların hepsinin müzikal beğenisi incelense, anlamlı sonuçlar çıkacağına eminim.

Hatta iddia ediyorum, örneğin İkinci 12 Eylül Anayasası için referandumda "Yetmez ama evet" tavrı alan aydınlar ile arabeske olumlu yaklaşan aydınlar arasında bir korelasyon vardır.

Neden böyle oldu, bu duruma nasıl geldik? Aslında apaçık ortada ama kısaca tekrarlamakta fayda var. Her zaman yozlaşma, lumpenlik, nitelikli sanat, halk sanatı, onurlu tavırlar, hepsi her dönemde ortaya çıkıyordu. Yüzlerce yıldır bazen bir kısmı, bazen diğer kısmı çoğalarak bunlar hep bir arada bulunuyordu. Dolayısıyla bir kültür sanat düşmanlığı her dönemde vardı. Ama 12 Eylül 1980 darbe dönemi kadar büyük bir düşmanlık, o kadar büyük ve açık saldırılar hiç olmamıştı.

Hatta o darbenin etkisi o kadar uzun sürdü ki hâlâ da devam ediyor diyebiliriz, sonraki on yıllar boyunca incelmiş zevkler, düşünsel faaliyetler hep küçümsendi. Memleketin en aydın kesimi öldürüldüğü, engellendiği, halkla iletişim kanalları tıkandığı için, yıllarca tek taraflı yayınlarla kabalık, yüzeysellik, çirkinlik yayıldı.

Üstelik bu durum büyük ölçüde normalleşti. Artık sakızlardan çıkan maniler düzeyindeki şarkı sözlerini, kahvehane sohbeti düzeyindeki köşe yazılarını, yılların birikimi değerlere karşı ayaküstü üç beş cümlelik yorumlarla kanaat saçılmasını kimse yadırgamıyor.

Sonuçta 12 Eylül darbesi sürüyor. İktidar koltuklarında askerler yok çoktandır, ama medyada, kültür sanat politikalarında, eğitim sisteminde 12 Eylül devam ediyor. Tabii bu tahribata, Türkiye'yi Araplaştırmak isteyen iktidarın bu konudaki aşırı kararlılığı ve mücadelesi de eklendi.

"Halk adamı" sözünü konuştuk. Ama onun daha iyi kavranması için, galiba "Elit" ve "Elitist" sözcükleriyle ilişkilendirerek düşünmek gerekiyor.

Bu sözcüklerin kullanıldığı sohbetler sırasında içimde hep bir tedirginlik hissediyorum.

Çünkü böyle sözlerin yanlış anlaşılabileceğini düşünüyorsun, değil mi? Düşünce tartışmak sahiden tedirgin edici bir şey bu memlekette.

Entelektüel düşmanlığı ileri düzeyde bu memlekette. Gelişmiş zevklerle yaşamaya, estetik değerlere bağlı olmaya karşı yaygın bir düşmanlık var. Ama bunu açıkça dile getirmiyorlar. Entelektüellik ve estetik gibi değerlere doğrudan karsı çıkmıyorlar. Onun yerine ne yapıyorlar? İste böyle, "Elitizm karşıtı" sözlerle konuşuyorlar. Ve "elitlik" kavramının anlamını çarpıtıyorlar.

Elit, çok net biçimde, benzerlerine göre üstün nitelikleri bulunan, birikim ve uygulama olarak bir fark ortaya koyan kişidir. Kimya mühendisi, ekonomist, şair, araştırmacı, öğretmen olabilirsin. İşini yaparken bir fark ortaya çıkarıyorsan, diğerlerinden üstün nitelikler geliştirmişsen, bir elitsin demektir. Sözcüğü bu doğru tanımına uygun biçimde kullanıp düşünce açıklamaya çalıştığımızda, sanki halkı küçümseyen ayrımcı görüşleri olan biriymiş gibi algılanma tehlikesiyle karşılaşıyoruz. Sahtekârların kirlettiği ortamlarda iletişim çok yorucu ve fazla oyalayıcı oluyor.

Elitlerin varlığına karşı olmak, ancak ve ancak sıradanlığı tercih etmekle, vasat işler yapıp ayrıcalıklar elde etme peşinde koşmakla açıklanabilir.

Demek ki asıl sorun, elitist ve elit sözcüklerinin karıştırılması.

Tabii. Elitizm çok tartışmalı bir görüş. Zararlı, yanlış. Elit, biliyorsun, aslında seçkin demek. Olumlu bir şey. Seçkincilik ise, ayrıcalıklı hak kullanmayla, ayrımcılıkla ilgili bir sorun. Elitizm, toplumu üstün nitelikleri olan bir azınlığın yönetmesi gerektiğini savunmakla ilgili bir şey. Veya kullanılacak haklarla ilgili ayrımcılığı savunmak. Bunun da kendi içinde çeşitleri, daha iyi ve daha kötü yorumları var. Platon'dan beri seçkinci görüşler savunuluyor. Toplumu yönetenler filozoflar arasında seçilmeli, diye görüş savunmak, elitizme varabilir. Biz yanlış bulsak da, tartışılabilir elbette. Yeter ki, kimin ne dediği anlaşılsın, kavramlar birbirine karışmasın.

Dikkat çekmek istediğim şey, elitliğin savunulması ve onaylanması, hiçbir şekilde elitizmin savunulmasıyla aynı şey değil.

– 15 –
Yüzyıllık huzursuzluk

"Bu düşünsel kargaşa ve düşmanlık ortamında kendimizi güvende hissetmiyoruz. Bastığımız zemin kayıyor duygusunu yaşıyoruz. Birçok anlamda yenildiğimizi düşünüyoruz.

Yenilen bir topluluk, yenildiğini düşünen bir topluluk sürekli öfke üretir, düşmanlık üretir. Türkiye'de kutuplaşmaların, farklı grupların birbirine yönelik ölümcül düşmanlıklarının temelinde bu duygu yatıyor. Yenilen spor takımlarında da böyle olur, yenilen şirketlerde, kaybeden ordularda, işlerin kötüye gittiği düşünülen ve güvensizlik hissedilen ortamlarda hep kavgalar çıkar."

Bizde bir kişinin birkaç gün arayla hem Batılı değerleri savunmasına hem de Batı karşıtı sözler etmesine çok yaygın biçimde rastlanıyor. Toplumda hoşgörü ilkelerinin yüceltilmesi ve görülmemiş düzeyde düşmanlıklar bir arada bulunuyor. Hem kitap okuma övgüsü yaygınlaşıyor hem de entelektüel düşmanlığı. Aynı toplum, hatta aynı kişi içinde bunca çelişkili duyguların ve düşüncelerin bulunması, toplumsal kimliğimizin ve tercihlerimizin bir türlü netleşmemesiyle açıklanabilir mi?

Düşünsel kargaşamız, aydın meselemiz ve kimlik sorunumuz öyle çok konuyla ilişkili ki bunlardan kurtulamıyoruz. Hikmet Kıvılcımlı'nın "İçinden çıktığımız, daha doğrusu içinden bir türlü çıkamadığımız Osmanlı" sözü sıkça aklıma geliyor. Daha önce de söyledim, o kadar doğru bir tespit ki bu, Osmanlı'dan beri devam eden böyle sorunların içinden bir türlü çıkamıyoruz. Son on yılların ve son yüzyılların bu kadar çok gündeme gelmesi, bu kadar çok tartışılması tarih merakından falan değil. Sürekli geçmişe bakarak yaşıyoruz.

Bir yandan da "En önemli şey şu andır; geçmişi, geleceği boş verin" falan gibi, "Sen eşsizsin, bir tanesin, dünyada her insan tektir" gibi popüler ezberler, özlü söz merakı, kişisel gelişim eğilimleri, hayatın önemli belirleyenlerinden biri haline gelen hız dolayısıyla anlık paylaşımlar, konulara değinip geçmeler... Böyle bir düşünsel düzeyde, böyle bir iletişim ortamında, bir de geçmişe takılıp kalan düşünceler işin içine girince, çelişkiler dünyası ortaya çıkıyor.

Herhangi bir konu üzerinde biraz durmayı başarabilince, biraz kapsamı genişletince, sürekli karşımıza Osmanlı'dan beri devam eden konular çıkıyor. Abdülhamid onu demişti, Tanzimat buydu gibi tartışmalar tekrar tekrar gündeme geliyor. Büyük bir düşünsel huzursuzluk yaşıyoruz. En az 200 yıldır böyle.

Bu sözlerinize devam etmeden önce, az önce değindiğiniz "popüler ezberler" meselesini birazcık açar mısınız?

Konuyu fazla dağıtmadan, en kısa biçimde şöyle söyleyeyim. Bize özgü bir sorun değil bu. Tüm dünyada, toplumların düşünsel düzeyi açısından olumsuz bir dönemde yaşıyoruz. Kişisel gelişim gibi tarzlarda, oldukça da çok satan bir sürü kitap basılıyor, öyle yüzeysel düşünceler hızla yayılıyor, ezberleniyor.

Aslında ideolojik tavır olarak görmek gerek onları. Bir yandan apolitik gibi görünüyorlar, insanların politik açıdan bakmayacağı bir dil kullanıyorlar, öte yandan, doğrudan bir dünya görüşüne hizmet ediyorlar.

Herkes kendi başının çaresine baksın, bu ekonomik ve sosyal yapıların değişmesi mümkün değildir, diye düşünülmesini tercih ediyorlar. Ancak diğer insanlarla rekabet ederek, birbirinin payından bir şeyler kaparak daha güzel yaşanabileceğine insanları inandırıyorlar. İnsanların bakışını kapitalizmin yarattığı yoksulluklardan, işsizliklerden, acılardan başka tarafa yönlendirerek, her sorunu kişisel hatalara bağlamaya, çözümü de kişisel yollardan aramaya çalışıyorlar.

Ve bu düşüncelerini pek bir havalı sözlerle dile getiriyorlar. "Örgütlenmeyin, benzer amaçları olan insanlarla ortak hareket etmeyin" demiyorlar da "Sen eşsizsin, her insan dünyada biriciktir" diyorlar. Sanırsın ki birileri "Her birimizden dünyada ellişer tane var" diye iddia ediyor da sürekli o görüşe itiraz ediyorlar. Elbette her birimiz tekiz. Farklıyız. Ama farklı yönlerimiz kadar ortak yönlerimiz de var, ortak çözümlerimiz, ortak yollarımız var.

Son zamanlarda moda haline gelen "kendini şımart", "kendini sev" kavramları var. Kendini şımartmakla kastedilen şey alışveriş tabii. Ya giysi alacaksın ya banyo köpüğü ya da bir tatil paketi. Aslında insanlara "kendini şımart" derken "bizi daha da zenginleştir, çünkü sen modern bir kölesin" diyorlar.

Şimdi, 200 yıldır yaşadığımız düşünsel huzursuzluk konusuna, daha bize özgü meseleye döneyim.

Lütfen.

Bu düşünsel kargaşa ve düşmanlık ortamında kendimizi güvende hissetmiyoruz. Bastığımız zemin kayıyor duygusunu yaşıyoruz. Birçok anlamda yenildiğimizi düşünüyoruz.

Yenilen bir topluluk, yenildiğini düşünen bir topluluk sürekli öfke üretir, düşmanlık üretir. Türkiye'de kutuplaşmaların, farklı grupların birbirine yönelik ölümcül düşmanlıklarının temelinde bu duygu yatıyor. Yenilen spor takımlarında da böyle olur, yenilen şirketlerde, kaybeden ordularda, işlerin kötüye gittiği düşünülen ve güvensizlik hissedilen ortamlarda hep kavgalar çıkar.

Kışlık Saray ile Yıldız Sarayı

Bu yenilmişlik düşüncesini, başarısızlık duygusunu ortaya çıkaran nedir?

Batılılaşamamak. Bazen tutkuyla, hevesle, bazen de buruk çabalarla, hatta gönülsüzce, kendimize bile pek itiraf etmeden

Batılılaşmaya çalışmak, Batı'da kabul görmeye uğraşmak, takdir edilmek isteği, ama bunu hak ettiğimize, çoğu zaman kendimiz bile pek inanmadan yaşamak... Biz bu Doğu-Batı çelişkisini çözemiyoruz. Pek çözülebilecek gibi de değil.

Bu konuda başarılı veya başarısız olmak olgusundan daha belirleyici olan, bizim böyle hissetmemiz. Sıkça tersi yönde hislerle dolmamız da bununla ilgili bir sorun. Bazen de tüm dünyanın bizimle başa çıkmak için adeta işbirliği yaptığına ama güçlerinin yetmediğine inanırız. Çünkü bu tür düşmanlıkların bulunduğuna inanmak, birçoğumuza kendini iyi hissettirir. Olumsuz yönde de olsa bizi ciddiye aldıklarına, sevmeseler de önemsediklerine inanmak isteriz.

Oysa gerçekte olan durum, dünya toplumlarının ve entelektüellerinin bizi yok saymaya eğilimli olmalarıdır. Özellikle de Avrupa'da ve Amerika'da durum böyle. Dünyayı çok gezmiş, dünya aydınlarıyla iletişimde bulunmuş, çalışmalar yapmış biri olarak söylüyorum bunu. Biliyorsun, birçok sanatçı ve politikacıyla ahbaplıklar, tartışmalar yaşadım. UNESCO'dan Birleşmiş Milletler'e, Avrupa Konseyi'nden çeşitli kültür sanat kurumlarına kadar birçok ortamda buna tanık oldum. Avrupa Konseyi'nin kültür komisyonunda yer aldım. İyi ki o yıl Avrupa Müzecilik Ödülü'nü Edirne'deki II. Bayezid Külliyesi'ne kazandırabildik. Ödülü de bizzat ben takdim ettim.

Tek tük çabalara ve başarılara rağmen şu gerçeğin gözünün içine bakmak zorundayız. Batı bizi görmezden geliyor. Yok saymayı tercih ediyor. Sevmiyor, istemiyor.

Biz burada iç kavgalarımıza çok yoğunlaştığımız için bu gerçeği pek göremiyoruz. Bunu söylemek ne ilericilik ne gericilik, sadece bir gözlem. Yorum veya tercih dile getirmeyen bir saptama. Biz en azından iki yüzyıldır Batılılaşmaya çalışıyoruz, Osmanlı'dan beri o yöne gidiyoruz, ama Batı bizi istemiyor. Hiçbir zaman istemedi, şimdi de öyle. Bizi sevmiyor. Sadece Avrupa Birliği meselesi değil bu. Birçok ayrıntıda, farklı farklı maddelerle ele alındığında haklı oldukları görülebilir, ama genel olarak bir ayrımcılık var. Günübirlik perspektifin dışına çıkınca bu gerçek daha net görünüyor.

Avrupa'da bizi seven, değer veren dostlarımız da var elbette ama ben birçok kibar davranışın arkasında yatan zihniyeti anlatmaya çalışıyorum.

Örneğin, Rusya bir çarlıktı, Osmanlı da bir padişahlık; ikisi de imparatorluktu. Hem Avrupa'yla ve dünyanın farklı bölgeleriyle ilişkileri oluyordu hem de kendi aralarında birçok savaş, birçok gelişme yaşanmıştı. Sonra aşağı yukarı aynı dönemlerde ihtilaller oldu, imparatorlar devrildi. Bütün dünya Lenin'i, Stalin'i, Troçki'yi bilir. Onları inceler, yorumlar, önemser. Ama kim Enver'i, Talat'ı ve Cemal'i bilir?

Ama bunların dünya tarihine etkisi ve bugünün dünyasındaki ağırlığı farklı değil mi?

Dünyanın büyük sosyalist devrimi ile İttihat ve Terakki kadrosunun yaptıkları elbette bir tutulamaz. "Bunların dünyadaki bilinirliği, bunlara gösterilen ilgi eşit olmalı" demiyorum ki. O Rus devrimciler, o Sovyetler anlayışı keşke daha da çok bilinse, anlaşılsa.

Fakat dünyada, hatta bizim kendi insanlarımızda bile, aynı dönemlerde buralarda yaşanan gelişmelerin bilinirliği, tarihe etkisine oranla çok düşüktür. Dünyada konuya biraz ilgi duyan herkes örneğin Rus Çarlığı'nın çökmesinde, bizim Parvus Efendi adını verdiğimiz Rus asıllı Alman Alexander Parvus'un rolünü bilir ama aynı kişinin Osmanlı'nın çökmesindeki rolünü, Jön Türklerle ilişkilerini bilmez.

İttihat Terakki'nin de dünya tarihine etkisi yok sayılabilecek bir şey değil ki. İmparatorluk deviren gruplardan biridir sonuçta. Sovyet devrimcileri kadar olması beklenemez ama dünya tarihine etkileri oranında da kimse bilmiyor bunları. Oysa birbirine benzer yönü olan şeyler yaşandı. Orada Kışlık Saray işgal edildi, burada da Yıldız Sarayı. Orada da sürgüne gönderildi imparator, burada da. Orada sürgün uygulaması ölümle sonuçlandı. Türkiye sert bir ülke olmasına rağmen, daha yumuşak bir şekilde geçti.

Bu karşılaştırmayı, iki devrim sürecini karşılaştırmak için yapmıyorum; bunların dünyadaki bilinirliğine, dünya ve hatta Türk aydınlarının ilgisine, bakışına dikkat çekmek istiyorum. Birçok örnekten sadece biri. Çok genel bir durum bu.

Aynı şekilde, örneğin İngiltere'de okul kitaplarında Osmanlı tarihi diye bir şey neredeyse yok. 6 yüzyıllık bir zaman dilimindeki onca önemli gelişmeye ne oldu? Bazı yerlerde, İngiltere'yle doğrudan ilgili olaylarda, savaşlarda adı geçiyor ama bir Osmanlı İmparatorluğu tarihi okutulmuyor. İlginç biçimde bu tarihsel konunun üzerine çarpı çekilmiş. Daha öncesi, hatta bugün Batı'da etkisi süren konular da tarihsel süreçten kopuk ele alınıyor.

Bununla ilgili, özellikle senin gibi matematiğe ilgisi olanların, mühendislerin ilgisini çekecek bir örnek vereyim:

Bugün dünyamızdaki çeşitli işler, çeşitli alanlardaki faaliyetler algoritmalar yoluyla yürütülüyor. İnternetteki aramalar, belli verilerle ilerleyen işlemler; sadece bilgisayar programları değil, her şey algoritma mantığıyla işliyor.

Doğu Rönesansı

Evet, bir işlemin yürütülmesi veya bir problemin çözülmesi için izlenecek yol demek zaten, algoritma. İşlemciler hızlandıkça daha da belirleyici bir hale geliyor. Akış şemalarıyla falan bir şablon çözüm, bir işleyiş mantığı kuruluyor, her türlü sistemin kontrolü sağlanıyor. "Ve", "veya", "ve-değil" kapıları gibi ifadelerle, hangi şarta bağlı olarak akış şemasında hangi yönde ilerleneceği belirtiliyor.

Geçen gün konuyla ilgili bir belgesel seyrettim. Oxford profesörleri ve başka otoriteler konuşuyordu, algoritma hakkında bilgiler veriyor, Öklid'in çalışmalarını anlatıyorlardı. Ama bugünkü algoritma uygulamalarının aslında Türkmenistanlı Alharidmi'nin yürüttüğü cebir çalışmalarından geldiğini söylemediler. Oysa "algoritma" sözcüğü bile, onun adından geçmiştir Batı'ya. "Al" ile başlayan Al Hamra, Alcazar, Al Cezire gibi kelimeler, bilindiği gibi, Arapçadır. Harezmli bu Türk matematikçinin de Arap kaynaklarda adı Alharidmi olarak geçer. "Dat" harfi vardır ya Arapçada, "d" ile "z" arası bir sesle okunur. "Ramazan"-"Ramadan" denir, bu da öyle "Harezmli" anlamında "Alharidmi." Onun çalışmalarını kullanırken, onu geliştirirken, Batı'da bu kelime "Algoritma" haline geldi.

Sözünü ettiğim o belgesel, algoritma konusuna ayaküstü değinmiyor. Kapsamlı biçimde, kökeninden tut da güncel uygulamalara kadar, ayrıntılı ele alıyor. Böyle bir filmde, Alharidmi'nin adının anılmaması, anlatmaya çalıştığım durumun bir kanıtıdır.

Bu kibir Batı'nın iliklerine işlemiş durumda. Doğu ile ilgili hiçbir olumlu gerçeği görmek istemiyor. Bütün uygarlık tarihini kendine dayandırmak istiyor, her şeyi, bütün değerleri Yunan/Latin kökünden kaynaklanmış ve kendisiyle birlikte gelişmiş gibi yansıtıyor.

Bağdat halifeler medeniyetini, koskoca Selçuklu ve Osmanlı gerçeğini göz önüne almadan Avrupa'nın tarihsel gelişimi ve bugünkü durumu algılanabilir mi? Avrupa, bize karşı birlik kurduğu için Avrupa olmuştur. Hiçbir bölgenin veya toplumun gelişmesi diğerlerinden kopuk tarihsel süreçler değildir ki? Örneğin, dünyanın ilk kâğıt fabrikasını Harun Reşid'in veziri Cafer el Bermeki kurdu; bu Avrupa'yı etkilemez mi? Gerçeğe sadakat, bilimsel ahlak, doğru bakış açısı bozulunca, bundan kendileri de zarar görecektir.

O kadar ileri gittiler ki resmi adı Doğu Roma ya da Yeni Roma olan imparatorluğa, çok eski bir koloni şefinin adından türeterek Bizans dediler. Roma'nın Müslümanlar tarafından fethedilmiş olmasını hazmedemediler.

Görünmeyen Doğu

Böyle bakınca, Doğu ile Batı arasında kalmış olmamız, iyice acıklı bir konu haline geliyor.

Ne yazık ki öyle. Batı'nın kibriyle Doğu'nun cahilliği arasında kaldık.

Batıcı şairimiz Tevfik Fikret "Çiğnendi, yeter, varlığımız cehl ile kahre" diyor. II. Meşrutiyet'in ilanından günler önce yazdığı "Millet Şarkısı" şiirine böyle başlıyor. "Yaşa, ey sevgili millet" dizeleriyle, umut veren, haksızlığa ve gericiliğe direnen sözler ediyor, ama cehalete ezilmek durumuna da dikkat çekiyor.

Eskiden Doğu cahil değildi. Araplar da İslam dünyası da geri değildi. Hep tartışılır; Türkler mi İslam'ı geri bıraktı İslam mı Türkleri? Sonuçta ortada bir geri kalmışlık gerçeği var. Gerilikten kurtulmanın yolunu Batı'ya yönelmekte gören insanlar, Batı'nın dışlayıcı tavrıyla, ayrımcı, kibirli haliyle karşılaşınca, öfkeleniyorlar, hayal kırıklığı yaşıyorlar. Ve bunun sonucunda tamamen Doğu dünyasına dönüyorlar. Ne yazık ki o dünyada çoktandır fıkıh, tefsir, meal, şerh gibi dini konular dışında hiçbir şey yok. İlim diye sadece bunlarla uğraşıyorlar.

Bazılarıysa Batı'nın o olumsuz yönlerini görmezden geliyor, tamamen Batı'ya kapılanıyor. Bu da sonuçta, kendi kültürüne, kendi tarihine onların gözüyle bakmayı, kendi kendini aşağılamayı getiriyor. Kimi İngiltere merkezli, kimi Paris, son dönemlerde daha çok New York merkezli algılamaları sahipleniyor, "Biz de sizdeniz" diye mesajlar vermeye çalışıyorlar. Sadece Batılıları değil, kendilerini de ikna etmeye çalışıyorlar, Batılı olduklarına.

Nasıl bunu kabullenirler, nasıl rahatsızlık duymazlar, anlaşılır gibi değil. Çünkü yurtdışıyla o kadar yoğun iletişim halinde olanlar, dünyaya Batı'nın gözüyle bakanlar, o çarpık algılamaları çok daha net biçimde görebilirler.

Nâzım Hikmet'in dünyada örneğin Pablo Neruda'dan çok daha az tanındığını görürler. Bunu sorgulamaz mı insan? İkisi de bir anlamda bizim şairimiz elbette. Böyle düşündüğümüz için, durumu tarafsız bir gözle de değerlendirebiliyoruz. Nâzım'a hak ettiği kadar değer verilmiyor. Beni böyle şeyler çok üzüyor. Hele evrensel değerlerin direniş sembolleri, devrimci kahramanlar arasında Batılı bakışın oluşturduğu hiyerarşiye isyan ediyorum. Che Guevara ile Deniz Gezmiş arasında, Pablo Neruda ile Nâzım Hikmet arasında, Picasso'yla Abidin Dino arasında...

Ama bunların dünya tarihine etkisi gerçekten de biraz farklı değil mi? Örneğin Che ile Deniz Gezmiş?

Tamam, Che, gerçekleşen bir devrim içinde yer aldı. Ama saydığım isimlere yönelik ilgiyi ve ilgisizliği pek açıklamıyor bu durum. Örneğin Türkiye'deki sosyalistlerin, devrimcilerin önemli bir kısmı Ulrike Meinhof'u da bilir. Bizler Bobby Sands'i de biliriz. Konuyla ilgilenen herkes bunları tanır dünyada. Ama Nurhak'ta vurulan Sinan'ı, 12 Eylül cuntasına direnirken Metris'te hayatını feda eden Haydar Başbağ'ı, Diyarbakır Cezaevi'ndeki Kemal Pir'i, bunlar gibi onlarca ismin kaçını, ne kadar bilir dünya aydınları?

Bizim sağcımız da solcumuz da tanınmıyor dünyada. Bu memleketin despotları da aynı şekilde, pek anılmazlar. Augusto Pinochet'yi bilmeyen yoktur, Kenan Evren'i ise bilen yoktur. En büyük sanatçılarımız, ancak çok büyük engelleri aşarak dünya insanlarına, o da sınırlı biçimde ulaşabiliyor.

Bir başka örnek, Atatürk'tür. Dünya tarihinde onun yanında çok önemsiz olmasına rağmen Juan Peron'u daha fazla bilirler. Ve bizim burada birbirine saldırıp duran, birbirini boğazlayan farklı düşüncelerdeki birçok kişi, nasıl da hep birlikte inanırlar; Che'nin çantasından Atatürk'le ilgili kitap çıkmış, falanca ülkede lise öğrencileri Nâzım'ın şiirlerini ezbere bilirmiş, birçok tıp fakültesinde İbn Sina kitapları okutuluyormuş... Böyle masallara inanmak söz konusu olunca, bizdeki düşman taraflardan birçok kişi bir araya gelebiliyor.

Dolayısıyla, bu sözlerime farklı kesimlerden birçok insan tepki duyacaktır. Hoşlanmayacaktır. Ama bunu dile getirmek gerekiyor. Bu gerçeği bilmemiz gerekiyor.

Üstelik sevilmiyor ve göz ardı ediliyor oluşumuz, sadece Batı'da geçerli bir durum değil. Doğu'da da özellikle Ortadoğu'da yaygın denebilecek bir nefret var bize karşı. Oysa Doğu'da, Batı'da, Akdeniz'de, Kafkaslar'da, hepsinde geçmişi bulunan bir toplumuz.

Oralarda işgalci olarak veya baskıyla yönetmiş olarak tanınıyor olabilir miyiz? Gerçek öyle değilse bile geçmişe dönük öyle bir kanı oluşmuş olabilir mi?

Oraları yönetmiş bir hanedanla ilişkili biçimde algılanıyoruz hâlâ. Bütün o coğrafyalarda yaşayanları, kültürlerini, hepsini biraz etkilemiş, çokça da onlardan etkilenmiş bir toplumuz. Ama hiçbiriyle özdeşleşmemişiz. Bugün Anadolu içinde, o coğrafyalardan göç etmiş insanlar yaşamaya devam ediyor. Osmanlı toprakları küçüldükçe "anayurt" kabul edilen topraklara gelmişlerdi. Bu, büyük bir kültürel zenginlik kaynağı olduğu halde, ne yazık ki, yeterince güçlü bir senteze ulaşamadık.

Bu kendi içimizde aşamadığımız bir sorun. Ama eskiden aynı yönetim altında yaşadığımız bölgelerdeki insanların bize yönelik olumsuz duyguları bununla ilgili değildir herhalde. İngiltere'nin çekildiği ülkelere bak. Eski sömürgelerine, Hindistan'a, Afrika'daki ülkelere bak. Aynı şekilde Latin

Amerika'nın bir kısmı, Karayip Adaları, hepsi hâlâ İngiliz kültürünün yoğun etkisini taşır. Polo oyunlarıyla, kriketle İngiliz yaşam tarzıyla ve diliyle devam ediyorlar. Commonwealth 2.5 milyar insanı bağlıyor. Rusya çekildiği bütün ülkelerde kültür ve dil üstünlüğünü koruyor. Asya'daki Türki dünya Rusça konuşuyor. Fransa'nın o kadar zulüm yaptığı yerler, çekildiği eski sömürgeler de Fransız kültürü ile devam ediyorlar. Devam eden bir düşmanlık duygusu da pek yok. Üstelik Osmanlı'nın Balkanlar'da da diğer yerlerdeki tutumu sömürgeci bir devletin tutumu değildi. Daha doğrusu, topraklarındaki diğer bölgelerden farklı bir politika uygulamamıştı. Ama geçen bunca zamana rağmen oralarda bir düşmanlık duygusu vardır.

Böyle algılanan bir dünyada, bir zamanlar boyunduruk altında kalmış toplumlar, eski yöneticilerine karşı kin duyabilirler, öfke biriktirmiş olabilirler. Bu bir miktar anlaşılır bir durum. Fakat Osmanlı'ya duyulan düşmanlık, diğer imparatorluklardan ayrılmış toplumların eski yöneticilerine yönelik duygularından çok daha şiddetli.

Aslında, kendi ırkını veya milliyetini en yüce görmekten kurtulmaya en çok yaklaşabilenler sosyalist ülkeler oldu. Onlar bile tam aşamadılar. Bu açıdan belki de en ilginç örnekler Osmanlı ve Çin İmparatorlukları. Kubilay Han Moğol'du ama Çin imparatoruydu. Osmanlı'daki çok kültürlü yaşam da Jean Jacques Rousseau'yu çok etkilemişti. Bir süre İstanbul'da saatçilik yapan babası Isaac'ın anılarına ilgi duyup onun İstanbul hikâyelerini dinledi.

"Türk gecesi"nin karanlığı

Bu arada, itiraf da kabul edilebilecek iki şey söyleyeyim. Biri kişisel gibi; algoritma mantığının kurucusunun Alharidmi olduğunu bilmiyordum. Teknik eğitim aldığım, sayısal sınavları kazanarak okuduğum

halde, hatta elektrik kumanda devrelerinin temel mantığını oluşturan algoritma yöntemini iyi kullanabildiğimi iddia ettiğim halde, bunu bilmiyordum. Tahminde bulunmam istenseydi, "Algoritma büyük olasılıkla Batı'da geliştirilmiştir" derdim.

İkincisi, toplumumuzda çok yaygın biçimde ezbere kullanılan "Ortaçağ karanlığı" sözü. Oysa bu söz Batılı bakış açısında geçerlidir. Ortaçağ'da Doğu dünyası çok daha aydınlıktı. Dünya genelinde geçerliymiş gibi bu sözü etmek, Batılı gözlerle yaşadığımızın kanıtı olsa gerek.

Böyle tek tek örneklerle kişileri değerlendiremeyiz elbette. Seni bu şekilde sorgulayamayız. Ama genel olarak eğitim sisteminin, kültür dünyamızın bir yansıması kabul edebiliriz, kendinle ilgili verdiğin örneği.

"Ortaçağ karanlığı" sözünün bütün insanlığın yobaz bir dönemi diye kullanılması örneği daha önemli bir gösterge. Göz ardı edilmemiz sorununun bir kaynağı da bizim kendimize bakışımız. "Ortaçağ" deyince nasıl olur da aklımıza Yunus Emre'nin, birçok insancıl ozanımızın ve düşünürümüzün yaşadığı bir dönem değil de; Avrupa'daki engizisyon mahkemeleri, akıl karşıtı uygulamalar gelir? Çünkü hayatı onların gözüyle algılıyoruz.

Tatil köylerinde Türk gecesi diye sürekli göbek dansı ve döner kebap sergileniyor. Kendimizi böyle görüyoruz ve yabancılara böyle tanıtıyoruz. Oysa göbek dansı bizim kültürümüzde yoktu. Son yüz yıldır yaygınlaşmaya başlayan bir şey. Döner de çok eski bir gelenek değil. *Eski İstanbul Yaşayışı* kitabında Musahipzade Celal "Son zamanlarda göbek dansı diye bir şey çıkardılar" diyor, "Bu bizim ne halk müziğinde var ne de sarayda. Bize ait bir şey değil" diye eleştiriyor.

Oysa koskoca bir kültürümüz, zengin bir geçmişimiz var. Bin yıl önce üretilen değerler, Horasan'dan beri geliştirilen, aktarılan hümanist düşünceler, Yunus gibi ozanlar... Böyle bir kaynağın içinden bula bula göbek dansıyla kebap çeşitlerini bulmuşuz. Bulmak da değil, uydurmuşuz, taklit etmişiz, gerçekte onlar yok bizim geçmişimizde. Hangi bölgemizde, hangi halk oyunumuzda öyle kıvırmalar, göbek sallamalar var ki?

Dünya insanları, entelektüel çevreler bizi küçük görüyor diye onları eleştireceğiz ama biz kendimiz de öyle davranıyoruz. Kendimizi küçültüyoruz. Çünkü bizim insanımız kültürüne sahip çıkmıyor. Almanya'nın sıradan bir fabrikasındaki sıradan bir işçi bile, Goethe'yle övünür, benim Schiller'im var diye düşünür. Beethoven, Kleist, Bach var diye bilir. Bir Fransız da öyle, İngiliz de öyle. İran her zaman Hafız'la, Sadi'yle, Hayyam'la anılır.

Peki, "Benim Dede Efendi'm var, Itri'm, Mimar Sinan'ım var" diye düşünen, bu büyüklüğü hisseden kaç tane Türk var?

Bu durum, bizdeki düşüncelerin ve kanaatlerin genellikle dış merkezlerle bağlantılı biçimde gelişmesini, en azından bir yönüyle açıklıyor. Politik tavırlar da öyle ortaya çıkıyor. Ve anlaşılan, bu son yılların sorunu değil.

Bu sorun ne yazık ki bizim politikacılar ve entelektüeller arasında, eskiden beri çok yaygın. Bugünlerde yazdığım romandan dolayı, Abdülhamid dönemini inceliyorum. O zamandan kalma kayıtlarda, sıkça büyükelçilerin saray çevresindeki ilişkilerinden söz ediliyor. Özellikle büyük devletlerin inanılmaz bir etkisi var.

Padişahların, sadrazamların, diğer yöneticilerin öncelikli işi onlarla iyi ilişkiler kurmak. Bir "Sefaret" lafı almış gitmiş, kayıtlarda duruyor hâlâ. Her türlü karar, ilgili sefaretin onayıyla uygulanıyor, farklı sefaretler arasında dengeler gözetiliyor. En temel konularda, kritik kararlarda, hep sefaretlerin izi var. Bu elçiliklerin çevirmenleriyle iletişimler, dikkat çekecek kadar yoğun biçimde yürütülüyor. Sürekli "Rus sefaretinin baş mütercimi geldi" ya da "Fransa'nın baş mütercimi geldi" notlarına rastlanıyor. Anlamak zor ama bu mütercimlerden çok çekiniyor bizimkiler.

O dönemdeki aydınların da kimi bir sefaretin etkisinde kimi diğerinin. Bugün de böyle devam ediyor. 2000'lerin başlarında bütün Batı büyükelçilikleri, devletlerinden aldıkları görevle Erdoğan'ı destekliyordu. Bizim Batıcı aydın takımı ise adeta onların yardımcılığına soyunmuştu. Tek tek bazı olumlu uygulamaları desteklemeyi aşacak biçimde, ölçüyü kaçıracak kadar hükümeti destekliyorlardı. Fakat 2010'larda Batı'nın politikaları değişince, çok hızlı bir manevrayla tutumlarını değiştirdiler, Erdoğan'ın karşısına geçtiler.

Aydın kesimde yaygın denebilecek hale gelmiş olan bu yapı, bu huy, rüzgâra göre tavır alma niteliği, çok ciddi bir sorun. Elbette koşulları dikkate alarak hareket etmek gerekir. Sonuçta doğru olan ile mümkün olan, yani uygulanabilecek olan, o günkü koşullara bağlıdır. Bir mücadele, ancak, bazı şartlara bağlı olarak uzlaşmayı kabul edince anlamlı hale gelebilir. Bunlar çok geniş konular. Ama bizdeki birçok aydının tavır değiştirmesi, küçük ve basit bir konu. Bu düşünsel meseleyle ilgili değil.

Konunun önceki bir kısmını konuşurken, "Türkler mi İslam'ı geri bıraktı İslam mı Türkleri?" tartışmasından söz ettiniz. O sırada üzerinde durduğunuz asıl konuyu kesmemek için araya girmemiştim ama not almıştım. Şimdi bu meseleyi biraz açmanızı isteyebilir miyim?

Büyük dinlerin niteliği birbirinden pek farklı değildir sonuçta. Azınlıklara hoşgörüyü, iletişimlerin sevgi dolu olmasını telkin eden birer kaynak olarak ele alınabileceği gibi, bunların tersi yönde yaklaşımlar da ortaya çıkarılabilir. Gerekirse zor kullanarak insanları dönüştürmek, kişisel tercihleri yok sayarak tahakküm etmek...

Böyle düşünmeye başlayınca karşımıza çıkan ilk şaşırtıcı durum, İslam'ın epey yeni bir din olması. Düşünsene, Ayasofya'ya gidip geziyoruz; Ayasofya yapıldığı zaman dünyada Müslümanlık yoktu.

Aslında, biliyorsunuz, önceki peygamberlerin de Müslümanlığı tebliğ ettiğine inanılır. O anlamda "Müslümanlık hep vardı" denebilir.

Doğru. İslam'a göre bu din Âdem'den beri var, bozuldukça, insanlar uzaklaştıkça, yeni bir peygamberle uyarılar ve çağrılar yapılmıştır, son peygamber ise Hz. Muhammed'dir: İslam inancı böyle. Demek isteğim, gidip gezdiğimiz Ayasofya'nın yapıldığı tarihler çok eski değil. Ve o günlerde Hz. Muhammed yoktu, bugün evlerimizde bulunan Kuran yoktu. Böyle bakınca, Hıristiyanlığın bile geçmişi oldukça yakın.

Hz. İsa öldüğünde kendisine inanan çok az insan vardı ve onlar da çoğu zaman kendilerini gizleyerek yaşamak zorunda kalıyorlardı. İdam edilmiş bir kurbanın aranan dostlarıydılar sonuçta. O koşullar elbette azınlık hakları gibi, farklılığa hoşgörü gibi değerleri öne çıkarmaya uygundu. Ne aralarında bir iktidar savaşı ne de dünyaya güçlü biçimde yayılma çabaları mümkündü.

Hz. Muhammed'den sonra ise, büyük bir iktidar savaşı başladı. Ortada bir güç vardı, dünyaya yayılmak yönünde çeşitli politikalar uygulanabilirdi ve bunları yönetmek için bir hükümet gerçeği vardı.

Sonuçta Araplarda yayılmacılık tercihi baskın hale geldi. Yahudilerle Araplar akraba olduğu halde, bu konudaki tercihleri birbirinden farklı yönde belirdi. Yahudilerde içine kimseyi almamak, dışa kapanmak tercihleri belirleyici oldu. Onun için Yahudiler bugün dünyada 15 milyon civarında ama Müslümanların sayısı milyarın üstünde.

Arap yayılmacılığı, Müslümanlığın yayılmasıyla birlikte yürüdü. İlk önce elbette Mekke, Medine, onların çevresi, o coğrafya Müslümanlaştırıldı. Sonra İran... Bugün dünyanın herhangi bir yerinde yaşayan bir kişi, İranlıları en başından beri Müslüman'mış gibi algılayabiliyor. Oysa o Pers dünyasındaki insanların İslamiyet'in başlangıç yıllarındaki gelişmelerle hiçbir ilgisi yoktu; sonradan Müslüman yapıldılar. Ondan sonra, Turan Müslümanlaştırıldı. Yani Türklerin yaşadığı bölge, Orta Asya. Sonra Kuzey Afrika, sonra Endülüs... İnanılmaz bir şekilde dünyaya yıldırım hızıyla yayıldı.

Burada asıl konu etmek istediğim, Müslümanlığın ve Arapların medeniyet kurması. Çok ciddi bir İslam uygarlığı ortaya çıktı. Özellikle de Bağdat'ı kuran halifeler döneminde bu uygarlık büyüdü. Bağdat, Dicle kenarındaki küçük bir yerken, yeni bir şehir olarak geliştirildi. Ve kısa sürede dünya kültür başkenti haline geldi. Dünyanın en önemli kütüphanesi oradaydı. En önemli çeviri eserleri toplandı. Eski Yunan düşünsel mirası bile Batı'ya buradan geçti.

O dönemdeki bilimsel çalışmaları sıralayacak olsak upuzun bir liste çıkar.

Kan ve mürekkep

Avrupa'nın üstüne de "Ortaçağ karanlığı" iyice çökmüştü o yüzyıllarda.

Bağdat'ın ulaştığı düzey Avrupa'yla karşılaştırılacak gibi değil tabii. Dünyanın diğer taraflarıyla karşılaştırınca da çok büyük bir fark görünüyor.

Peki, dünyanın bu kadar önünde giden bir medeniyet, ne oldu da sonraları böylesine geri kaldı, bugünkü hale düştü?

Yerleşik bir medeniyet bilimden, kültürden, düşünceden nasıl bu kadar uzaklaşabilir? Bunu çok düşündüm.

Arapların veya Müslümanlığın diyelim, bu gerilemesini, iki kavimle ilişkisine bağlayabiliriz. Biraz zorlayarak da olsa "Orta Asya'dan çıkan iki kavim" diyebiliriz onlara. Birincisi, Moğollar. İkincisi ise Türkler, daha doğrusu, Osmanlı.

Moğollar, ekili alanda hareket eden dev bir buldozer gibi, geçtikleri coğrafyayı yerle bir ederek ilerliyordu. Şubat 1258'de Bağdat'ı istila ettiler. O dönem halifelik Abbasilerdeydi ve halife Bağdat'taydı.

Hülagü, yönetimindeki Moğol ordusuna şehirde bulunan sivil halkı katletmeleri için emir verdi. Sonra da halifeye haber gönderip, ancak maiyetiyle birlikte teslim olursa katliamı durduracağını bildirdi. Halife, oğulları ve yardımcılarıyla birlikte teslim oldu. Hemen vahşice öldürüldüler. Kesilen başları teşhir edildi. Üstelik katliam hemen durmadı, halkın önemli bir kısmı kılıçtan geçirildi, şehir tahrip edildi.

Kütüphaneyi yıktılar, insanları öldürdüler. Dicle günlerce kırmızı ve siyah aktı. Kan ve kütüphanedeki eserlerin mürekkebi günlerce nehre karıştı. Bağdat ve oradan beslenen kültür dünyası bir anda yok edildi. Bitirildi.

Endülüs tarafında medeniyet biraz daha devam etti. Orada da çok geçmeden İspanyollar etkili oldu, İslam egemenliği ortadan kalktı.

Tabii, bir medeniyet birdenbire çökmüyor. O zenginliğin etkisi biraz daha devam etti. Çeşitli alanlardaki o bilimsel çalışmalar, geliştirilen düşünceler, yorumlar, yavaş yavaş söndü.

Çökertilen o büyük uygarlık, birkaç yüzyıl içinde öylesine gelişmişti ki. Neden tekrar toparlanamadı? Moğollar ne kadar tahrip etseler de kültür alanında hiç de kalıcı olmadılar, değil mi? Arap-İslam uygarlığı

eski gücüne bir daha ulaşamasa da en azından bugünkü düzeyini aşması beklenemez miydi?

Sonraki yüzyıllarda İslam'ın gücü ve Müslüman dünyasının liderliği Osmanlı Hanedanı'na geçti. Osmanlı, dünyanın en önemli İslam devleti haline geldi. İlk dönemlerinde, özellikle Hacı Bektaş etkisiyle, bunu önceki bölümlerden birinde konuşmuştuk, Anadolu'da insancıl düşünceler gelişti, bir kültür sentezi yaratıldı. Fakat sonra, Osmanlı egemenliği altında, İslam gitgide katı bir yönetim aracına dönüşmeye başladı.

O sıralarda Avrupa'da büyük gelişme yaşandı. Ortaçağ'da cehalet içinde kıvranan, yüzyıllar boyunca hurafelere takılıp kalmış olan Avrupa'da, Gutenberg matbaayı kurdu. Bunun devrimci bir etkisi oldu. Matbaa, bilginin yayılması ve çoğalması, halkın bilgiye ulaşabilmesi demek sonuçta. Düşünce üretiminin yeniden başlamasında, düşüncenin kitlelere ulaşmasında tarihteki en önemli etkenlerden biri. Bugünün interneti gibi bir şey.

Düşünsene, bugün internetten hiç haberi olmayan bir ülkeye internet götürüyorsun. Nasıl kullanılacağını öğretiyorsun, tanıtıyorsun. Bilgiye ulaşmanın yeni yollarını, sağladığı kolaylıkları anlatıyorsun. Öyle bir şey. Ne var ki, Osmanlı bunu almadı. Günümüzde bir ülkenin interneti reddetmesi gibi bir tutum ortaya çıktı. Bu durum hep konuşulur, bilinir zaten ama ben başka bir şeye dikkat çekmek istiyorum.

1485'te, matbaayı II. Bayezid'a getirdiler. Avrupalı tüccarlar getirip tanıttı.

Osmanlı sultanı ne yaptı? O dönemde öncekilere göre daha sık başvurmaya başladıkları bir yolu seçerek, ulemaya sordu. Bu tabii, tuhaf bir durum. "Ulema", derken kastettikleri, din adamları; sadece din alanında çalışma yapmış kişiler. Bunu sıkça hatırlatmak durumunda kalıyoruz, "ulema" aslında "âlim" sözcüğünün çoğulu. Âlimler topluluğu, bilginler kesimi gibi bir şey. Ama Osmanlı'da ulema kesimi sadece din adamlarından oluştuğuna göre, demek ki din dışında herhangi bir referansı, bir bilimsel bakışı kabul etmiyorlar. E, böyle bilimsel gelişmelerle ilgili kararları, dinsel bir güce sorarsan ne olur? Onlar da tamamen günah olduğunu, kitap basmanın sakıncalı olduğunu söylediler. Matbaanın memlekete girmesine izin vermediler.

Ama bu karar sadece bizi, bizim memleketi, buradaki insanları ilgilendiriyordu. Diğer Müslümanlarla, Ortadoğu'da yaşayanlarla bir ilgisi yoktu. Fakat Bayezid'ın oğlu Selim, gidip Arap ülkelerini fethettikten, Hicaz'ı, o bölgeleri ele geçirdikten sonra, bu arada halifeliği de aldı tabii, bu yönetim anlayışı bütün İslam dünyasında geçerli hale geldi. Yeni halife babasının Osmanlı için koyduğu matbaa yasağını bütün İslam âlemine yaydığı için geçerli hale geldi diyorum. Arapların da matbaaya ulaşması yüzyıllar boyunca engellendi. Bugün bir toplumun internetsiz kalması gibi böyle bir durumun açıklaması Osmanlı egemenliğidir. Üstelik 300 yıl sürdü bu engel.

Dolayısıyla, Osmanlı'nın o yasakçı uygulamaları, sadece Anadolu'yu değil, Arap coğrafyasını da fazlasıyla etkiledi. Halkların geri kalmasına neden oldu. Moğolların tahribatını aşamayan Müslüman dünyası, sonra da Osmanlı egemenliğinde kalınca, matbaaya, bilgiye, düşünceye ulaşamayınca, bir daha toparlanamadı. Müslüman topluluklarda ve Araplarda bilimin gelişememesinin bir nedeni de biziz.

Bu duruma bir örnek daha vereyim. Pek çok insan Yahudileri dünyanın en zeki halkı olarak kabul eder. Gerçekten de bilim alanında Nobelleri, buluşları vardır, kurdukları şirketler, bankalar çok güçlüdür. Ama Yahudi diye genellediğimiz bu halkın Avrupalı kısmı yani Aşkenazlar, bir de İspanya'dan bize gelen Sefaradlar var. Dünya çapında övülen başarıların tamamı Aşkenazlara aittir. Sefaradlara ait bir tek bilim Nobel'i yoktur. Demek ki ortam çok önemli. Yahudi de olsan ülkendeki koşulların izin verdiği kadar gelişebiliyorsun. Buradan bir, Marx, Freud, Einstein hatta Rothschild çıkmıyor. Balık gölüne göre büyüyor.

Mağrur olma padişahım...

Bu durumda Osmanlı'nın da gelişememiş olması gerekiyor.

E, yok zaten, Osmanlı yüzyıllarına bak, bilim adına hiçbir gelişme yok. Yüzyıllar geçtikçe daha da artan bir gericilik var. Aslında padişahlardan da kaynaklanmıyor bu. Ulema, onların da başına bela. Bir rasathane yapmaya çalışıyorlar yakılıyor. Çünkü gökyüzüne bakınca meleklerin etek altı görünürmüş. Fesuphanallah!

Osmanlı ailesinin son üyelerinden rahmetli Ertuğrul Osmanoğlu, bir televizyon programında bu konuya değindi. "Bizim ailemiz ulemadan çok çekti" dedi. Bulunur kayıtlarda. Padişahların bile üzerinde bir güç haline gelmiş olan o ulema grubu, ille bir kulp bulup her şeyi engelliyordu. Bugün de görüyoruz o adamları. Çıkıp nasıl bir bilim karşıtlığı, nasıl bir gericilik yayıyorlar. Yüzyıllar boyunca öyle onlar. Sadece fıkıh, tefsir, sadece dinsel metinlerin yorumu, ki çoğu zaman onun da çarpıtılmasından ibaret bir "ilim" faaliyeti.

Avrupa matbaadan faydalanırken, Rönesans yaşarken, çeşitli bilimsel gelişmelerle büyük düşünsel ilerlemelere yelken açarken, bizimkiler ona günah, şuna sakıncalı, buna haram demekten başka bir şeyle ilgilenmiyor. Felsefe yasak, düşünmek yasak, bilim, deney yasak. Osmanlı böyle. Zavallı padişahlar, özellikle Batı karşısında savaşlarda kaybetmeye başlayınca bir şeyleri değiştirmeye çalıştılar ama ulemayı aşamadılar. Doğu'yu geri bırakan, sonra da Batı'dan bir şeyler öğrenmeyi, o yolda ilerlemeyi engelleyen; Osmanlı'nın "ulema" denen kesimidir.

Osmanlı'da, o kadar büyük bir güç, öylesine mutlak bir iktidar gibi görünen padişahlar, ulemanın tercihleri dışına çıkmaya başlayınca gücünü kaybediyordu. Hanedan olarak Osmanlı, o ulema kesimi gibi gerici değildi. Hatta birçok açıdan Batıcıydı.

Bugün en çok sözü edilen padişahların başında Abdülhamid geliyor. Sürekli İslami çizgisini övüyorlar. Oysa Abdülhamid oldukça Batılı tarzda yaşayan bir kişiydi.

Abdülhamid'in Batılılaşma tercihiyle ilgili çok kanıt var, çok örnek var. Alaturka saat sistemini alafranga saatle değiştirme çalışmaları bunlardan biri. Ama padişahların da "Ol" dediği hemen olmuyor. Abdülhamid, Selanik'e, İzmir'e, çeşitli şehirlere birçok saat kulesi yaptırdı. Halkı alafranga saat kullanmaya alıştırmaya çalıştı. Ulemayla sorun yaşayacağını bildiği için, önce toplumsal bir onay yaratmak istedi. "Bundan sonra alafranga saat geçerlidir" diye karar açıklaması kolay değildi. Daha önce de sözünü etmiştik, Osmanlı'da Kadızadeliler gibi hareketler vardı, padişahı da mürted ilan edebiliyorlardı.

Bugün de o tür bir ulema anlayışının iktidarda olduğu dönemde yaşıyoruz. Günümüz Osmanlıcıları o dönemin padişahlarından çok ulemasıyla aynı anlayıştalar. Yüzyıllardır tekrar tekrar canlanan o anlayış yine hortlamış durumda. "Ölen karısıyla şu kadar saate kadar cinsel ilişkiye girebilir bir adam" gibi sözler ediliyor. "Âdet görmeye başlar başlamaz kız çocuğu evlendirilir" diyorlar. Yanmaz kefen falan gibi çeşitli saçmalıklar konuşuluyor. Ulema etkisi bu sefer Türkiye Cumhuriyeti'ni yok etmeye başladı. Yine bir felaket tehlikesiyle karşı karşıyayız.

Asker, polis, eğitim, hukuk, medya, bütün kurumlarıyla birlikte neredeyse mutlak bir ulema iktidarı sağlanmış gibi görünüyor. Ama böyle bir durumda bile, iktidarın istediklerini gerçekleştirmesi için "Ol" demesi yetmiyor. Öylesine güçlü ve kapsamlı uygulamalara rağmen,

örneğin ortaokullardaki, liselerdeki öğrencileri istedikleri gibi dönüştüremiyorlar. Çocuklarla başa çıkamıyorlar. Sanatçılarla, gazetecilerle, birçoğunun işbirliği yapmasına rağmen, itaat etmeyenlerle başa çıkamıyorlar.

2019 Mayıs'ındayız. Tarihe not düşelim: Ekrem İmamoğlu'nun kazandığı İstanbul Büyükşehir Belediyesi seçimleri iptal edildi. Toplumu susturacaklarını sandıkları yerde, bir çocuğun "Her şey güzel olacak Ekrem Abi" sözleri insanlara umut ve cesaret verdi. Bu yüzden diyorum ki, başa çıkamayacaklar zaten. Yakın gelecek daha kötü veya daha iyi olabilir, ama ulemanın istediği bir düzen, tam olarak ve kalıcı olarak kurulamaz. Ulema elbette vazgeçmeyecek iktidarından ve amaçlarından. Ama halkın aydınlık kesimleri de vazgeçmeyecek, teslim olmayacak.

Bu nedenle hep bir kargaşa atmosferi hissediliyor toplumda. Ya kargaşa çıkarmak tercih ediliyor ya da öyle bir tehlikenin varlığı hissedilsin, insanlar tedirgin olsun isteniyor.

Sadece toplumsal hayatta bir "korku toplumu" yaratmaktan ibaret değil konu. Siyaset dünyasında da hep bir kargaşa tehlikesi hissedilir. Padişahlık döneminde de öyleydi. Osmanlı'nın en kuvvetli dönemlerinde bile padişah öldüğü zaman kargaşa yaşanıyor. Yerine bir padişah gelene kadar isyanlar çıkıyor. Bir şehzadeyi padişah yapana kadar çeşitli dolaplar dönüyor, adeta deliriyor siyaset dünyası. Bilindiği gibi, Fatih Sultan Mehmed'in cenazesini odunluğa attılar. İktidar mücadelesine dalıp onunla ilgilenmediler. Koktu adamın cenazesi. Günler sonra cenaze töreni yapıldı.

Dünyada bizim insanlarımıza ve bizim kültürümüze hak ettiği değerin verilmeyişi, biraz da bu konuyla ilgili olabilir mi acaba? Biz zaten kendimize değer vermiyoruz ki. Birbirimize korkunç bir düşmanlıkla yaklaşıyoruz. Ama neden? Eskiden beri toplumsal hayatı

hep dinsel referanslarla yaşamış olmanın sonucu mudur acaba bu?

Sadece Müslümanlara veya Osmanlı'ya özgü bir durum diyemeyiz buna. Eski toplumların tamamında din çok etkiliydi. Batı toplumlarında da öyleydi. Din olmadan bir şey düşünmek, kurumlaşmak mümkün değildi. Laik kurumlar yoktu, sadece din organizasyonları vardı.

Ama buna rağmen, ruhban sınıfının sarsılmaz gücüne rağmen, insanlar direndiler. Yavaş yavaş gelişen itirazlarla da olsa, toplumsal tavırlarda yaşanan kesin gelgitlerle de olsa, büyük bedeller ödemeyi göze alıp direndiler. Özellikle bilim insanları ve düşünürler arasında susmayanlar, susturulamayanlar çıktı.

İngiltere'nin, Fransa'nın, Almanya'nın, bütün gelişmiş ülkelerin bugüne gelmesinde, laiklik mücadelesi önemli yer tutar. Papalığın dini otoritesine karşı mücadele, bu toplumların tarihine damga vurmuştur. Laik kelimesi Yunanca halk demek olan *laos*'tan gelir. Mesela o dilde halk müziği, *laiki musiki* olarak adlandırılır. Laiklik, ruhban sınıfının mutlak dini otoritesine karşı, halkın haklarının tanınmasıdır. Böyle bakınca ne kadar yalın hale geliyor değil mi! Yine terminoloji meselesi.

İngilizler büyük bir mücadele sonunda kendilerini Papalıktan kurtarıp İngiliz Kilisesi'ni kurdular ve İngiliz dilinde ibadet etmeye başladılar. Martin Luther Almanya'da aynı şeyi yaptı. Biliyorsun, İtalya ve Fransa'da da girişilen zorlu mücadeleler sonunda Papalık ikiye ayrıldı.

Modern ülkelerin tarihleri Skolastik anlayışa karşı mücadeleyle geçmiştir. Bruno'lar, Galile'ler, Kopernik'ler, diğerleri, canlarını ortaya koyanlar, halk desteğini alarak direnenler, tek başına mücadele edenler, adı fazla bilinmeyenler, tarihe geçmiş olanlar, çoktur bunlar.

Osmanlı tarihi boyunca bunlardan kaç tane var? Neredeyse hiç yok. Bir iki zayıf istisna dışında bilimle uğraşan yok zaten. Uğraşmayı akla getirmek bile pek mümkün değil.

Günümüzde varlığını açıkça sürdüren, eskisi gibi tanımlanan bir ulema yok. Ama o anlayışın dönüşmüş ve daha geniş alana yayılmış etkisi devam ediyor. Hatta siyasette, medyada, kamu kurumlarında iktidar konumunda. Bizim tarihimizde gericilikle hesaplaşma henüz gerçekleşmedi. Oysa bu şart.

"Ulemacılık" diyebileceğimiz gericilikle mücadele, bu hesaplaşma mutlaka başarılmalı. Ama böyle düşünmek insanı biraz ürkütüyor da. Batı'nın yaşadığı acılı ve yıkıcı dönemler aklımıza geliyor. Bu tehlikeyi aşma şansımız var mıdır? Bu süreci Batı'dan farklı yaşayabilir miyiz?

Hiçbir şey kendiliğinden iyiye gitmez. Bedeli ödenmemiş, hak edilmemiş hiçbir kazanım anlamlı olmaz, kalıcı olmaz. Gerçek olmaz.

Bunun en somut örneklerinden biri, Atatürk'ün kadınlara seçme ve seçilme hakkı vermiş olması. Dünya ülkelerinin çoğundan, Avrupa'daki çoğu ülkeden daha erken verilen bir haktır bu. Ama kadınlarımızın önemli bir kısmı, hâlâ gönüllü biçimde kendini ikinci sınıf kabul ediyor. Toplumsal hayatta, belediyecilikte, siyasette, çalışma hayatında, memleketimiz kadınları, kendilerinden çok sonra seçme seçilme hakkı elde eden toplumlardakilere göre geri kalmış durumdalar. Çünkü kendilerine "verilmiş" olanı hak edecek kadar etkin olmadılar, kazanmadılar.

Oysa bizim umudumuz kadınlarda. Emek, kadın, laiklik, çağdaşlık gibi değerler, özgürlük, eşitlik gibi haklar, birbiriyle doğrudan bağlantılı. Birinin eksikliği diğerlerinin de yolunu tıkıyor.

Sonuçta kalıcı toplumsal gelişmeler, ancak bedelini ödemekle sağlanabiliyor. Özellikle laiklik ve çağdaşlık gibi alanlarda "ulema" diye tanımladığımız anlayışı aşmak için böyle bir zorunluluk var önümüzde. Zaten çok uzun süredir, yüzyıllardır bu mücadele sürüyor.

Aslında sürecin uzaması, sorduğun tehlikeleri yaşamamak açısından bizi umutlandırıyor. Çünkü şiddetli acıları bir ölçüde hafifletecek, küçük küçük kazanımlarla ilerliyoruz. Hatta bazen geriye gidişler, yenilgiler de meydana geliyor.

Bir başka etken de bedelin daha fazla kişiye yayılması. Her dönemde büyük bedeller ödemek zorunda kalan insanlar oluyor. Oysa onlara daha aktif, daha bilinçli destek verilse, mücadeleye katılım artsa, hiç de büyük bedellere, büyük acılara gerek kalmayacaktır.

Entelektüel etkinliklerde de aynı şekilde, yorulmaz biçimde kararlı bir mücadeleye devam etmek zorundayız. Öncelikle "bilim" kavramını, düşünsel ve bilimsel metotları netleştirmek zorundayız. Bu alandaki mücadele elbette sadece entelektüellerin, sadece yazarların, sanatçıların işi değil. Okur olarak da, dinleyici olarak, yurttaş olarak da doğru tavırlar almalıyız. Doğru yazarları, nitelikli sanatçıları okumak, desteklemek gerekiyor. Kültür sanat asla boş zaman eğlencesi değildir.

– 16 –
Hız çağında bilgisizlik

"Bilgi deyince, daha doğrusu bilgilenmek deyince, aklımıza ne geliyor? Araştırarak ve gözlemleyerek gerçeği öğrenmek gibi bir şey, değil mi? Genelde hep olumlu bir kavram olarak düşünürüz bilgiyi. Bu bizim eskiden kalma alışkanlığımız. Elbette sahtekârlığın, sömürmenin, öldürmenin de bilgileri hep vardı; olumsuz yönde de kullanılabilen bir güçtü bilgi. Ama daha yaygın biçimde, bilginin artmasını faydalı kabul ederdik. Kuşaklar boyunca oluşmuş bu kanaat hâlâ devam ediyor.

Oysa son on yıllardaki gelişmelerle, bilgi, çok açık biçimde piyasa sistemi içindeki önemli metalardan birine dönüştü. Özellikle iletişim alanında ve veri işleme konusunda artan hız, bu sonucu ortaya çıkardı. Artık daha hızlı yaşıyoruz, daha hızlı işlemler yapıyoruz, bilgilere daha hızlı ulaşıyor, daha hızlı kazanıyor, daha hızlı kaybediyoruz."

Bu dikenli yola başladığınız yıllarda, o ünlü türkünüzde sormuştunuz:

Bir insan ömrünü neye vermeli?

"Livaneli" adı, medya çağında yok edilmek istenen değerleri koruyan kitlelerin umudunu temsil ediyordu. Sürüleşmeyen, yenilikçi ama kadim değerlerini koruyan insanların direnişine dönüştü, varlığınızı sürdürmeniz. Çok zorlu bir yoldu bu:

Söz söyleyen dillere
Kalem tutan ellere
Gün akşama değerken
Kan bulaştı güllere

Artık, internet çağında yaşıyoruz. Bu döneme, "Bilgi Çağı" da deniyor ve hayatımızdaki Livaneli olgusu varlığını sürdürüyor. Belli ki onlarca yıl daha, belki gelecek bambaşka dönemlerde de devam edecek.

Bilgiye ulaşmanın çok kolaylaştığı ve hayatın çok hızlandığı bu dönemde kitlelerle iletişim konusu, Livaneli'nin Penceresi'nden nasıl görünüyor?

O ünlü türküm diye andığın parçanın sözleri nasıl devam ediyor?

Ağacın köküne inmek mi yoksa
Çırpınıp duruyor yaprak dediğin

Ondan sonra sözünü ettiğin çalışmam nasıl bitiyor?

Sormuşlar yoldakine
Kardeş yolun nereye
Ben bilmem rüzgâr bilir
Düştüm yelin önüne

Bir insan teki ne ki bu dünyada? Rüzgârın önüne düşmüş bir yaprak gibi, savrulup durur. Bu kaderi kabullenmemek için sanatla uğraşıyoruz galiba. Bunun için çalışıyoruz, yazıyoruz, okuyoruz, konserlerde, etkinliklerde bir araya geliyoruz. Bunun için düşünüyoruz, anlamaya çalışıyoruz.

Peki. Şimdi, iletişimin kolaylaşması ve bilgiye ulaşma yollarının açılması meselesini düşünmeye çalışalım.

Nâzım Hikmet, sanırım Orhan Selim müstear ismiyle yazdığı bir yazısında, bir yazarın "Kitaplar yol kenarlarında tezgâhlarda satılıyor" diye yakınmasına yanıt veriyordu. "Keşke öyle olsa" diye düşünüyordu Nâzım. "Keşke herkes edebiyata öylesine ilgi duysa, kitaplara, bilgilere öyle kolay ulaşılsa."

Bilgiye ulaşmak insanlık tarihi boyunca çok zahmetli bir uğraştı. 1930'lar Türkiye'sinde ve dünyasında da öyle. Nâzım, kitapların daha kolay basılmasını, radyoların, ses kayıtlarının yaygınlaşmasını olumlu bir gelişme olarak görüyordu. Sadece ayrıcalıklı bir kesimin değil, herkesin araştırma, düşünme, öğrenme olanaklarına kavuşmasını istiyordu. Tabii, Nâzım gibi bir büyük yaratıcı bile, 2000'ler dünyasındaki internet olgusunu hayal edemezdi.

Bilgiye ulaşmak, artık önceki dönemlerde hayal bile edilemeyecek kadar kolay hale geldi. Aslına bakarsan, teknolojik gelişme açısından Nâzım'ın çok sevineceği olanaklar ortaya çıktı, ama ne yazık ki, "Keşke öyle olsa" derken kastettiği durum ortaya çıkmadı. Çünkü "bilgi", insanlığın önceki kuşaklarında olduğundan farklı bir niteliğe bürünmeye başladı.

Alvin Toffler de bilgiye ulaşmanın kolaylaşmasını ve bilgiyi işleme hızının yükselmesini, toplumsal yapıları değiştirecek kadar etkili bir gelişme olarak görüyordu. Yanılmıyorsam '90'lı yıllarda kendisiyle görüşüyordunuz, arkadaşınızdı.

Doğru, bu konuda önemli çalışmalar yürütüyordu. Epeyce konuşmuştuk, kitaplarını tartışmıştık kendisiyle. Hatta birinin çevirisine önsöz yazmıştım. Tarihteki dönüşümleri ve insanların hayatını belirleyen "güç" kavramı üzerine çalışıyordu. Bin yıllardır, "Güç"ün üç temel bileşeni olduğunu anlatıyordu:

İlk dönem toprak, ikinci dönem fabrika, şimdi ise bilgi devrimi diyordu.

Her türlü iktidar, bu üç bileşenden oluşuyordu. Daha doğrusu, bu üç bileşen, insanın fiziksel, düşünsel ve ahlaksal her türlü etkisini oluşturuyordu. Ve bu üç güç kaynağı birbirine dönüşebiliyordu. En eski dönemlerde, fiziksel güç diğerlerinden daha belirleyiciydi; kolayca paraya ve bilgiye dönüşüyordu. Sonraki dönemde, sermaye en baskın güç kaynağı haline geldi. Fizik gücü ve bilgi, paranın egemenliğine girdi. Ve Toffler'in birkaç on yıl öncesinden gördüğü gibi, içine girdiğimiz dönemde, bilgi diğerlerinden daha belirleyici bir güç kaynağı oldu.

Toffler, bu gelişmeyi bir fırsat olarak görüyordu. Umutlanıyordu. Çünkü fizik gücü ve sermayeye göre bilginin daha demokratik bir güç kaynağı olduğunu düşünüyordu. Sermayenin ulaşılmazlığına, kişiye büyük miraslar kalmasına falan bağlı olmadan, fiziksel güç ve cinsiyet ayrımı gibi fırsatçılıklara da gerek kalmadan, insanların çeşitli olanaklara daha adil biçimde ulaşacaklarına inanıyordu.

Böyle çok aşırı özetliyorum elbette Toffler'in çalışmalarını. Konuştuğumuz konuyla ilgili çok kısa biçimde değiniyorum.

Bilgi artık bilmiyor

Az önce, bilgiye ulaşma yollarının böylesine açılmasının, ne yazık ki Nâzım'ın "Keşke öyle olsa" derken kastettiği durumu yaratmadığını söylediniz. "Çünkü 'bilgi', insanlığın önceki kuşaklarında olduğundan farklı bir niteliğe bürünmeye başladı" dediniz. Bunu biraz açar mısınız?

Bilgi deyince, daha doğrusu bilgilenmek deyince, aklımıza ne geliyor? Araştırarak ve gözlemleyerek gerçeği öğrenmek gibi bir şey, değil mi? Genelde hep olumlu bir kavram olarak düşünürüz bilgiyi. Bu bizim eskiden kalma alışkanlığımız. Elbette sahtekârlığın, sömürmenin, öldürmenin de bilgileri hep vardı; olumsuz yönde de kullanılabilen bir güçtü bilgi. Ama daha yaygın biçimde, bilginin artmasını faydalı kabul ederdik. Kuşaklar boyunca oluşmuş bu kanaat hâlâ devam ediyor.

Oysa son on yıllardaki gelişmelerle, bilgi, çok açık biçimde piyasa sistemi içindeki önemli metalardan birine dönüştü. Özellikle iletişim alanında ve veri işleme konusunda artan hız, bu sonucu ortaya çıkardı. Artık daha hızlı yaşıyoruz, daha hızlı işlemler yapıyoruz, bilgilere daha hızlı ulaşıyor, daha hızlı kazanıyor, daha hızlı kaybediyoruz.

Eskiden yaygın biçimde bilimsel, kültürel, düşünsel alandaki bir kavram olarak kullanılan bilgi, artık çok yüksek oranda, bir "piyasa" kavramına dönüşmüş durumda. Bilgi, çoğu durumda, kâr amacıyla yürütülen çalışmalarda işlenecek veriye karşılık geliyor.

Bilgiye çok kolay ulaşılmaya başlanması, eskiden beri olumladığımız anlamda bir bilgilenme durumu yaratmadı.

Her dakika, her saniye, her türlü bilgi sağanak halinde yağıyor, adeta insanın üstüne boca ediliyor.

Profesyonel alanda çok hızlı aygıtlar ve hızlı işlemciler aracılığıyla işleniyor bilgiler. Ama günlük hayatımızda karşımıza çıkan bilgileri bir düşün. Politikayla, kültür sanatla, bilimsel gelişmelerle, magazin dünyasıyla, edebiyatla, o kadar çok konuyla ilgili birçok bilgi, müthiş bir hızla önümüzden geçip gidiyor. Aslında bu duruma "Bilgiye kolay ulaşmak" demek doğru değil. Gerçekte olan şey, biz bilgiye maruz kalıyoruz. Korkunç bir bilgi enflasyonu içinde yaşıyoruz.

Her türlü enflasyon ortamında olduğu gibi, bu bilgi enflasyonu içinde de bilginin değeri düşüyor. Nelerin önemli, değerli olduğu, hangi bilgilerin fazlalık olduğu, yanılsamalar yarattığı, hangi bilginin ne işe yarayacağı, hangilerinin doğru, yanlış, yalan olduğu, bunların hepsi karışıyor, müthiş bir karmaşa oluşuyor.

Bilgi Çağı denen bu dönemin kendine özgü büyük tehlikeleri var. Galiba bunlar üzerinde, henüz yeterince durulmadı. Veya o tür düşünceler pek karşılık bulmadı. İnsanın sindirebileceğinden, işleyebileceğinden fazla bilgiye maruz kalması ne tür sorunlar yaratabilir?

İnsan beyni bir işlemci değil. Bu bilgi enflasyonu ortamı, "bilgiye kolay ulaşma" açısından getirdiği faydadan çok daha fazla zararlar getiriyor. İnsan özelliklerini, kişiliklerini, alışkanlıklarını değiştiriyor.

Örneğin, son zamanlarda çok yaygın biçimde bir "cahillik" ithamı dikkat çekiyor. İnsanlar sürekli çevrelerindeki kişileri cahil diye eleştiriyor. Topluma ikide bir "cahil" diyen düşünürleri seviyor, onları entelektüel dünyadaki kendi temsilcileri kabul ediyorlar.

Herkes; karşı olduğu siyasal partiye oy vermeyi, yanlış bulduğu düşünceleri savunmayı, ticarette başarısız olmayı, işyerinde terfi edememeyi, apartmanda rahatsızlık vermeyi, trafikte mantıksız davranmayı, bambaşka sorunlardan kaynaklı her türlü durumu "cahillik" ile açıklıyor. Psikolojik gerçekler, güvensizlik üreten koşullar, kültürel yozlaşmalar, hiçbir şey üzerinde durmaya gerek yok; hepsini aynı kefeye koyup kabaca "cahillik" demek yetiyor, bu "hız" ortamında yaşayanlara.

Çünkü önünden bunca bilgi akarken, bir göz atmayla bunca bilgiyi görebilecek durumdayken, insan kendisinin yeterli bilgiye ulaştığını sanıyor. Durup yoğunlaşma, derinlemesine düşünme, analiz etme özellikleri köreliyor, yüzeysel biçimde değinip geçme tarzları yaygınlaşıyor. Çok önemli buldukları ve kendilerini yeterince bilgili gördükleri önemli bir konuda, oturup düşüncelerini toparlamasını istesen, çoğu insanın söyleyecekleri üç beş sayfa boyutunu aşmaz. Ayrıca, çeşitli alanlardaki böyle azar azar bilgiler arasında da bir ilişkilendirme pek yapamazlar; birbirinden kopuk, bazen çelişkili düşünceleri savunurlar. Ama bu kadarlık bir "birikimi", diğer insanlara "cahil" demek için yeterli görürler.

İnternetteki haberlerin altına yazılan yorumlarda, sosyal medyada ve günlük hayattaki sohbetlerde hep karşımıza çıkan bir "kanaat fışkırtma" denebilecek durum var. İnsanların görüşlerini gözden geçirmek, doğru bildiklerinden şüphe etmek veya yeni bir düşünceye ulaşmaya çalışmak gibi eğilimleri azalıyor, bir kanaate sahip olmak ve onu kesin ifadelerle savunmak yaygınlaşıyor.

Bu galiba sözünü ettiğiniz olumsuz gelişmelerin sonuçlarından biri. Toplumdaki bu dönüşümü, siz nasıl deneyimlediniz?

Bak, "galiba" dedin; eskiden beri düşünürken, bir şeyleri anlamaya çalışırken "acaba" diye sözler ederiz. İnsan, bilgilerini kesin kabul ediyorsa, görüşlerini değişmez biçimde katılaştırmışsa, artık düşünmüyor demektir. "Acaba"sı olmayan insanlarda düşünmek diye bir süreç yoktur.

Gündelik dile de yansıyor bu durum. "Düşünüyorum" gibi, "galiba", "belki" gibi sözcükler çok daha az kullanılıyor artık. Örneğin, "Bir fikrim var" gibi sözler ise eskisinden çok daha yaygın kullanılıyor. Bu dediklerim yapılmış bir çalışmaya falan dayanmıyor, sadece gözlem. Belki böyle bir çalışma yapılabilir. Örneğin 2000'li yıllardan sonraki ve birkaç on yıl öncesindeki romanların, köşe yazarlarının, televizyonda konuşanların kullandığı kelimeler karşılaştırılabilir.

Ben, insanların düşünme süreçlerinden uzaklaşıp düşünceye sahip olmak eğilimine yöneldiklerini gözlüyorum. "Bir düşüncem var" türü ifadeler de bunu yansıtıyor. Düşünmek, bilgileri inceleyip ilişkilendirerek yürütülen bir zihinsel etkinlik değilmiş de "Bu da benim fikrim" denecek türde bir kişisel özellikmiş gibi. Sahip olunacak, katı ve değişmez halde saklanacak bir şey.

Bu durum, hayatın gittikçe hızlanmasıyla ve düşünmeye ayrılan zamanın kısalmasıyla da ilgili olabilir mi?

Hız, kuşkusuz çok önemli bir etken. Düzenli köşe yazdığım süre boyunca deneyimlediğim iletişim hızındaki değişim konusundan söz edeyim.

'90'lı yıllarda, okur mektupları klasik biçimde gelirdi; zarfa konmuş kâğıt biçiminde postalanırdı. O zamanlar, yazdığın bir yazıyla ilgili geri dönüşleri üç-dört günden önce alamazdın. Hatta o dönemden kısa bir süre öncesinde ise, gazeteler ve dergiler ülkenin birçok yerine bir iki gün gecikmeyle ulaşırdı.

Zaten her köşe yazarına her gün mektup da gelmezdi. Ben şanslıydım o konuda, her birini yılına ve ayına göre dosyaladığım mektuplar sürekli geliyordu. Onlardan hep beslendim, çok şey öğrendim. Ama yine de, hepimiz, her köşe yazısından sonraki en azından ilk günler, dipsiz kuyuya atılan taşın yankısını duyamamak duygusunu yaşardık.

2000'li yıllardan itibaren ise, okur mektupları e-posta yoluyla, genellikle Word dosyası biçiminde gelmeye başladı. Bu müthiş bir şeydi bizim için. Akşamüstü yazıp gazeteye teslim ettiğimiz sözlerimize, 5-10 saat sonra karşılıklar gelmeye başlıyordu. Artık dipsiz bir kuyuya taş atmıyorduk, dostlarla adeta diyalog kuruyorduk. Gerçi gelen mektupların sayısı sürekli çoğaldığı için, pek yanıt yazamıyordum ama günlük yazılarım onlara ulaşıyordu ve daha bir sonraki yazıya başlamadan onların düşüncelerini okuma fırsatı buluyordum.

Yine öyle tarihlerine göre, bu sefer elektronik ortamda arşivliyordum hepsini. Zarf içinde gelmiyordu ama bunlar da sonuçta birer mektuptu. Çoğunda, yazmak için bir uğraş harcandığı, üzerinde çalışıldığı anlaşılıyordu.

Bu güzel gelişmeden 5-10 yıl sonra, gelen okur mektuplarının sayısı iyice artmaya başladı ama ne yazık ki yazarken gösterilen özenin düştüğü açıkça görülüyordu. Onlar benim için her zaman çok değerli oldular; eleştirmen ve yazar dostlarımın görüşlerinden daha öncelikli, daha önemliydiler gözümde. Aslında nitelikli mektupların, üzerinde düşünülecek değerde olanların sayısı azalmıyordu, hatta çoğalıyordu, ama toplam gelen e-postaların sayısı öyle büyük bir hızla artıyordu ki içindeki nitelikli olanların oranı düşüyordu.

Bundan sonraki aşama ise, okur yorumlarının e-postaya bile gerek kalmadan, hemen ekrandaki metnin altına yazılmaya başlanması oldu. Aynı zamanda yaygınlaşan sosyal medya da okur eğilimini bu yönde tamamen dönüştürdü.

Yazının yayınlandığı sayfada yorum yapmak ve sosyal medya iletişimi yaygınlaşınca, zaten e-posta gönderme alışkanlığı azaldı. Metnin altındaki kutucuğa hızlıca üç beş kelime yazmak yerine e-posta yazmaya devam eden insanlar arasında, gözlediğim kadarıyla, genellikle gerçek anlamda düşünmeye eğilimli olanlar çoğunlukta. Sosyal medyada açıkladığımız bir düşünceye veya yayın organı sitesinde çıkan yazıya yapılan yorumlar, gün geçtikçe daha yüzeysel, bir özen göstermeden geçerken değinmek haline geliyor.

Bu dönüşümün görünen yönüyle gerçek durumu arasında ciddi fark var bence. İnternet ortamında, altına çok fazla yorum yapılan bir yazıya bakıyorsun, seksen tane, yüz tane yorum oluyor. On binlerce kişinin okuduğu bir yazıya yönelik okur tepkisi onlarmış gibi görünüyor. Oysa yorum yazmayanların sayısı yazanların belki iki yüz katı. Fakat sadece yorum yazanlar ortalıkta görünüyor. Ne yazık ki, her alanda özensiz hareket edenlerin sesi daha çok çıkıyor. Bu şekilde zaman geçtikçe, "normal okur öyle olur" gibi bir kabul oluşuyor. Özellikle bu ortamda okuma alışkanlığı edinen yeni kuşaktan gençlerde, "normal okur" niteliğiyle ilgili yanılgılar oluşuyor.

Bu konunun merkezinde aslında hız meselesi var. Bütün bunlar hayatın hızı yükselince ortaya çıkan durumlar. Daha hızlı yaşamak, hayatın daha yavaş akmasına göre sadece niceliksel bir fark ortaya çıkarmıyor; toplumsal hayatın, iletişimin, düşünce üretiminin, politik tepkilerin, genel olarak hayatın başka türlü yaşanmasına neden oluyor.

"Hızlı" ve "yavaş" gibi sözcükler, açıktır ki göreceli kavramları ifade ediyor. Neye göre hızlı? Neye göre yavaş? Bu gibi özelliklerle ilgili hazır bir "iyi" veya "kötü" diye değerlendirmemiz olamaz. "Hız mı iyidir, yavaşlık mı?" gibi bir soru, yanıtlanamaz. Neyin hızı, hangi hız?

Örneğin, son on yıllarda artan iletişim hızı, bilgiye ulaşmak açısından iyidir. Ama bir anlamda maruz kaldığımız bu hız, düşünmek için, kolayca ulaştığımız bilgileri değerlendirmek ve anlamak için hiç de iyi değildir. Bilim de hızla ilerleyemez. Deneme yanılma süreçleri zaman ister.

Düşünmek de öyle, hızlıca yapılacak, birkaç tuşlamayla bazı sözler edilecek bir uğraş değil. Dolayısıyla, sosyal medya ortamı düşünce tartışması için uygun bir yer değil. Taraf belirtmeye, tercih açıklamaya uygun olabilir. Kitlelerin takip ettiği insanlar için önemli günlerde kutlama veya hatırlatma mesajları yayınlamaya, duyuru yapmaya uygun olabilir. İnsanlar kendileriyle ilgili bir gelişme konusunda tanıdığı kişileri oradan toplu halde bilgilendirebilir. Ama düşünceleri tartışmak, hele düşünce geliştirmeye çalışmak orada olacak iş değil.

Sosyal medyanın sosyalliği

Ama sosyal medyada çokça zaman geçiren birinin düşünme yeteneğinin gelişmediğini söyleyemeyiz herhalde. Kişinin hallerinden biri olsa gerek, oradaki varlığı. Aynı kişi, onun dışında kitap okuyarak, bazı konulara yoğunlaşıp derinlemesine düşünerek, dostlarıyla sağlıklı ilişkiler yürüterek de yaşıyordur belki.

Olabilir elbette. Zaten konunun başında dedim ya, ortaya çıkan olumsuzlukları teknolojideki gelişmelere bağlamak doğru değil. Teknolojiye karşı çıkmanın ne anlamı var? Dönüşümleri doğru algılamak, hayatta bir yaprak gibi savrulmamak için gelişmeleri doğru yorumlamak gerekiyor.

Televizyon yayınlarını, Twitter'ı veya herhangi bir iletişim ortamını eleştiren birine, "Beğenmiyorsan orada bulunma, izleme" demek anlamlı değil. "Hava kirli" diyene, "Öyleyse nefes alma!" demek gibi bir şey bu. Televizyonu kapasa da onu izleyenlerle birlikte yaşayacak toplumda. Sosyal medyanın topluma ve kendisine olan etkisi, bir kişinin orada bulunmasını çok aşan bir mesele.

Bu nedenle, konuyu sadece "Kendimizi kişisel olarak korumak" çerçevesi içinde ele alamayız. Mesele bundan ibaret olsaydı, bir kitap ortaya çıkarmak için yaptığımız bu söyleşide bu konu üzerinde durmazdık, öyle değil mi?

Bütün bu sözleri etmenizin nedeni elbette kişisel kaygılarınız değil. Konunun özünü toparlamak için neler söylersiniz?

İletişim yollarındaki gelişmeler ve hız olgusunu, iki özetlemeyle toparlayayım.

Birincisi... Kişinin dünya görüşü nasıl oluşur? Aynı şekilde bir toplumun eğilimi? Bunda her zaman iki temel etken belirleyici olur. Nesnel gerçekler ve kişisel durumlar. "Kişisel durum" dediğim, kişinin duygusu, o sıradaki morali, motivasyonu, oluşmuş kanaatleri gibi bir şey. (Parantez içinde ekleyeyim; bunların da sonuçta nesnel gerçeklerle ilişkili olduğunu şimdilik dikkate almayalım.)

Bir süredir, hem kişisel görüşlerin hem de kamuoyunun oluşmasında, kişisel duruma bağlı etkiler, nesnel gerçeklerin önüne geçti. Bilgiye böylesine kolay ulaşabilmeye karşıt biçimde, insanların kanaatleri eskisinden daha fazla kişisel biçimde oluşuyor. "Bu da benim fikrim" sözünü çok daha kolay söylüyor artık insanlar.

Bu da beraberinde şöyle bir tehlikeyi getiriyor: İnsanlara eskisinden daha kolay biçimde "duygu" ile etki edilebiliyor. Akılla ve mantıksal ikna gerekliliğiyle değil de, taraftarlıkla ulaşılabiliyor. İnsanların objektif değerlendirmeler yapmasını, hayatı nesnel biçimde algılamasını zorlaştıran bir dönem, bu yaşadığımız.

Doğrusu, biz toplum olarak bu sorunu tam anlamıyla aşacak bir düzeye hiçbir zaman gelmemiştik. Dünyayı nesnel gerçeklerle algılama yeteneği, biraz da okur niteliklerinin yaygınlaşmasına bağlı; bizim toplumsal iletişim biçimimiz "okur" düzeyine hiç ulaşmamıştı. Ve henüz okur niteliği kazanamamış bir toplum olarak kendimizi internet ortamında bulunca, düşünmek ve anlamak konularında önemli karmaşalar yaşamaya başladık. Ne yazık ki, kısa sürede aşılacak bir sorun değil bu.

E, bu dediğinize göre, içeriği böyle olan bir söyleşi kitabı hazırlamamız da aslında yaşadığımız döneme ve toplumun gidişatına pek uygun değil.

Değil tabii. Ama iletişimlerin böylesine hızlanmasıyla birlikte duygu ve düşüncelerin yüzeyselleşmesini kabullenmeyen insanlar yaşamaya devam ediyor. Derinlikli ilişkiler, içten duygular, özgür düşünceler peşindeler.

Onların kültür sanattan beklentisini karşılamaya çalışıyoruz. Kendini gidişata kaptırmayan, rüzgâra karşı yürüyen dostlarımıza karşı bir sorumluluk kabul etmelisin bu kitabı.

Ne güzel!

İletişim yollarındaki gelişmeler ve hız olgusunu iki özetlemeyle toparlayacaktınız. İkincisi?

İkincisini en kısa şöyle diyeyim: Her sorunun çözümü kendi içindedir.

Sorunu görmezden gelmeden, ortamlardan uzaklaşmadan ama uyum da sağlamadan varlığımızı sürdürmemiz, direnişe devam etmemiz gerekiyor.

Güzel müzik dinlemeyi, doğru gazeteleri takip etmeyi, iyi kitaplar okumayı, sadece kişisel tercihlerimiz kabul edemeyiz. Aynı değerleri savunduğumuz insanlara dayanışma duygularımızı hissettirmeliyiz, birlikte hareket etme bilincimizi güçlendirmeliyiz. Yayın dünyasında, medyada, sosyal medyada, apartmanda, fabrikada, trafikte birbirimize sahip çıkmanın önemini unutmayalım.

– 17 –

Dostlara selam, tarihe not

"Bugünlerde yaşadığımız belalar, toplumsal sorunlar, kötüye gidiş... Bunları görmezden gelerek umut hissedemeyiz. Tersine, bunları net biçimde fark etmeliyiz. Tehlikeleri görmeli, bu duruma gelmenin nedenlerini analiz etmeliyiz. Ama her şeyden önce, çıkış yolunu el ele, omuz omuza bulacağımızı bilmeliyiz. Her şey kötüye gidiyor diye geri çekilmek veya bir çözüm gelir nasılsa diye duyarsız kalmak çok tehlikeli. Bir çözüm kendiliğinden gelmez, ama biz bir çözüm getirebiliriz. Umut budur. Böyle olacaktır. Bunu başarabileceğimizi çok defa kanıtladık."

Yapıtlarınızın birçoğu Anadolu insanının dağarcığında, bu kültürün derinliklerinde yer alıyor. Ve politik kimliğinizle de açık bir taraf olarak yaşıyorsunuz. Ama sadece kendini "solcu", "sosyalist" veya "Atatürkçü" olarak tanımlayanlara değil, "düzgün insan" diye tanımladığınız geniş yelpazedeki insanlara da hitap ediyorsunuz. Hayata dair yapıtlar üreterek, elli yıldır halkla iletişim halindesiniz.

Bunca zamandır, hep iktidarlara direnen sanatçılardan biri oldunuz. Bir yandan da toplumu en fazla eleştirenlerden birisiniz. Olumsuzluklara dikkat çekiyor, gidişatla ilgili sürekli uyarılarda bulunuyorsunuz. Bu tutumunuza devam ederken, umut veren sözler de ediyorsunuz.

Halkla aranızda, kuşkusuz, karşılıklı bir etkileşim var. Bundan söz eder misiniz? İnsan ve toplum nasıl görünüyor, Livaneli penceresinden? Demokrasi, estetik, kültür gibi kavramlar nasıl somutlaşıyor?

E, aylardır bundan söz ediyoruz zaten. Yüz sayfadır. Hatta iki yüz sayfayı geçmiştir buraya kadar konuştuklarımız, değil mi?

Şaka bir yana, sadece aylardır seninle böyle konuştuklarımız değil, onlarca yıldır hep bunu anlatıyorum. Bu bölümün giriş soruları o kadar çok konuyla bağlantılı ki ancak üzerinde kapsamlı çalışarak, kalınca bir kitap boyutunda anlatabilirim.

Belki de en kısa yanıtlayabileceğiniz sorulardır bunlar. "Ete kemiğe büründüm, Livaneli diye göründüm."

Teşekkür ederim. Bu sözün asıl sahibi gibi, ete kemiğe bürünüp Yunus diye görünen o büyük şair, büyük tasavvufçu gibi iddialı değilim elbette. Ayrıca, bu dizeleri açıklamak için de kitaplar dolusu söz etmek gerekiyor.

Birkaç dize sonra, "Hem batinem hem zahirem, hem evvelem hem ahirem" diyor Yunus. Hem göründüğüm gibiyim hem de görünüşün ardındaki sır, hem geçmiş birikimlerin toplamıyım hem de gelecekte geçerli kalacak değerler.

Ama "Ben her şeyim, Tanrı'yım, halkım; ben sanatım, evrenim; gerçeklik benim..." Bu anlamda sözler etmekle birlikte, biliyoruz ki Yunus Emre, olabilecek en alçakgönüllü bir insan.

Tabii! Çünkü bu sözler aynı zamanda "Ben hiçbir şeyim" anlamına da geliyor. "Ben tek başıma yokum, nefsim yok..." Şimdi, "nefsim yok" deyince yine çok iddialı, fani kulları aşan bir söz çıkıyor. İyi mutasavvıflar, Doğu dünyasının gerçeği arayan büyük filozoflarıdır.

"İnsan ne yapıyorsa, neyi nasıl yapıyor, nasıl yaşıyorsa odur" düşüncesini de içeriyor bu dizeler. Ne var ki insanın ne olduğunu, daha doğrusu, bir kişinin varoluşunu, tek başına yaşayan bir canlı gibi ele alamayız. Diğer insanlardan, toplumdan, hatta geçmişte yaşamış olanlardan ayrı ve koşullardan bağımsız bir konu değil.

Ama bu konular çok büyük diye, biraz sınırlayayım diye düşünürken, sen araya girerek iyice ciltler dolusu boyutlar ekliyorsun.

Affedersiniz.

Yok, sitem etmek için söylemiyorum. Güzel bir bölüm olacak bu. Bir yandan düşünüyorum. Şöyle devam edeyim:

Bir sanatçı, hangi yapıtları üretmişse, yaşamıyla ve yapıtlarıyla ortaya neler çıkarmışsa, odur. Fakat bu, bir insan teki olarak o sanatçıyı aşan bir meseledir.

Hiçbir insanın ömrü, büyük bir sanatçı olmaya yetmez. Büyüklüğü bırak, alt düzeyde sanat yapıtları üretemez hiçbir insan tek başına. Ancak kendisinden önceki birikimlerin, insanlığın, içinde yaşadığı kültürün mirasından beslendikçe, ama zaman zaman da onlarla hesaplaştıkça, yaratıcılık diye bir nitelik ortaya çıkabilir.

Bu yolda sanatçının beslendiği kadim yapıtların yaratıcılarını günümüze ulaştıran, bir anlamda sanatçıyı besleyen ise, halktır. Önceki kuşakların yapıtlarından ve sanatçılarından varlığını sürdürüp bize ulaşanlar, elbette halkın süzgecinden geçmiş olanlardır.

Aynı şekilde, yaşanan dönemde değerli sanat yapıtlarının ortaya çıkması ve kalıcılaşması, ancak o değerden anlayacak değerde insanların varlığına bağlı. Günümüzün koşullarında bu konu iyice karmaşık hale geldi. Medya manipülasyonlarını ve toplumu şekillendirmek amacıyla yürütülen politikaları daha önce konuştuk. Ama zaten çağa uyum sağlayarak ortaya çıkmaz modern sanatçı. Çağa uyum sağlamak, genellikle modaya uymak, piyasaya teslim olmak anlamına geliyor. Oysa bunlara direnerek, adeta bir mucize gerçekleştirerek gerçek sanat üretimine ulaşabilir.

Buradan "demokrasi" konusuna geçebiliriz. Demokrasiye, en sade ve özet biçimde, halkın egemenliği diyebiliriz. Ama yasalarla denetlenmeyen, kurumları işlemeyen bir "demokrasi" çoğunluk diktasından başka bir anlam ifade etmez. Bu durumda, "Halk ne ister?" sorusuna sanatçının vereceği yanıt, aslında demokrasiden ne anladığına, halkı nasıl tanımladığına da bağlı.

Halkın beğenisi

Öyleyse, halklar nitelikli sanatı sahiplendiği ölçüde demokratik yapıları da geliştirir. Sıkça kullandığınız bileşik kaplar alegorisi burada da geçerli olmalı.

Ben halka güvenirim. "Halk neylerse güzel eyler!" derim. Halkın iyiyi, doğruyu ve güzeli anlayacağına inanırım. Elbette anlaşılmak, karşılık bulmak, daha çok insana ulaşmak da isterim. Düzeyli sanat yapıtları üretmek ve kitlelere ulaşmak, bu ikisinin birbiriyle çeliştiğine inanmıyorum. Herhangi bir çalışma sırasında, "daha çok satmak için" bir şey düşünmem. Çünkü en iyi anlatım, en derin yapıtlar zaten halkın takdirini kazanacaktır.

Bütün sanatçılar konuya böyle yaklaşıyordur. Eskiden beri ve dünyanın her yerinde, böyledir. Tabii, eklemeye gerek yok, "sanatçı" derken, sanat alanındaki herkesi kastetmiyorum. Sanatçı, "başarı" falan gibi hedefleri kafasına takmadan, en azından çalışması sırasında bunları hiç düşünmeden, işine yoğunlaşır.

Halkın sanat ve demokrasi için ölçüt kabul edilmesi konusu, biliyorum, birçok kişinin aklına yatmıyor. Çünkü kafa karışıklığına neden olan iki sorun var burada.

Birincisi, halk biraz soyut bir kavram. Her birimizin çevresindeki insanlar, işyerlerinde, yollarda, günlük hayatta karşılaştığımız kişiler ise somut. Toplumlar, bu tek tek insanlardan oluşuyor elbette. Fakat bir topluma, belli bir coğrafya üzerinde, belli sınırlar içinde yaşayan tek tek insanların basitçe aritmetik ortalaması gibi bakamayız. Her bir üyesinin "ortalamaya" etkisi eşit olamaz. Bazı koşullarda, bazı nitelikteki kişilerin etkisi çok daha ağırlıklı hale gelir. Onların sayısı veya toplum içindeki oranıyla, toplumun niteliğine etkileri doğru orantılı olmuyor.

"Ortega Gasset'nin "Herkes" dediği bir kavram var. "Herkes", bir bölgedeki kişilerin bir araya gelmiş hali değil. Her bir kişinin içinde yaşattığı bir gerçek. En çok "Herkes ne der!" kaygısında görünür hale geliyor.

Márquez'in o kısa romanında, *Kırmızı Pazartesi*'de, asıl özne "Herkes"tir. Her bir kahramanın içinde yaşayan, kendi kişisel özelliklerine aykırı olsa da bütün kahramanların kabullendikleri "Herkes" var orada. İşlenen cinayetin açıklaması da odur.

"Herkes"; o coğrafyanın, o koşulların, o kültürün, mirasın, birçok şeyin karışımıyla oluşur. Bazen toplumu oluşturan bireylerin çoğunluğuna aykırı özellikler gelişebilir bu "Herkes"te. Bazı dönemlerde, yüzde ikilik, üçlük bir kesim o kadar etkili olur ki toplumu, toplumun yönelimlerini belirler. Hem olumlu anlamda devrimci atılımlar bu sayede gerçekleşebilir hem de linç kültürü gibi faşistlikler.

Bu çok önemli bir konu. Demokrasi meselesiyle ilişkilendirerek ve halkla iletişiminizle bağlantılı biçimde devam edebilir misiniz?

Onlarca yıldır konserlerde, çeşitli etkinliklerde dostlarımızla buluşuyorum. Büyük kitlelerle birlikte türküler söylüyoruz, konferanslarda, edebiyat buluşmalarında iletişimler kuruyoruz. Hep ben bir şeyler anlatıyorum gibi görünüyor, çalışmalarımı onlara sunuyorum, düşüncelerimi dile getiriyorum. Ama aslında onlar da bana çok şey anlatıyor. Çok şey öğrendim bu sayede.

Hayatta en önemsediğim konudur, dostlarla bu iletişimin gerçekleşmesi. Yetişemesem de sitem eden birçok mesaj alsam da, benimle görüşmek isteyenler kadar ben de bunu istiyorum. Keşke dostlarımın, o güzel insanların beklentilerini karşılamak mümkün olsaydı. Bu bağın oluşması için ille de yüz yüze iletişim gerekmiyor tabii. Zaten o kadar büyük organizasyonlar mümkün olamıyor. Mekân sorunu var, zaman sorunu var, yetişmem mümkün olmuyor. Çoğu zaman mesajları yanıtlama fırsatı bile bulamıyorum. Ama hepsini okuyorum, anlamaya, öğrenmeye çalışıyorum.

Aldığım en etkili mesajlardan biri, e-postalardan biri diyelim, şimdi bu bölümde konuşmakta olduğumuz konuyla ilgiliydi. Demokrasi konusunu berraklaştıran bir örnek bence.

Biliyorsun, konserlerimde, şarkıların bazı kısımlarını dinleyiciler söylüyor. Biz sahnede çalmaya ve söylemeye bir ara verip, ilgili kısmı halka bırakıyoruz.

Hep bir ağızdan söylenince, o konser buluşması sadece müzikal bir konu olmayı aşıyor. Türkü gerçeğinin en önemli yönü ortaya çıkıyor; halkın bir araya gelmesi, yüreklerin birleşmesi, yolların kesişmesi durumu oluşuyor.

Tabii, bu, bir bestecinin yaşayabileceği en büyük mutluluklardan, en büyük gururlardan biri. Yazdığın bestelerin, yarattığın ezgilerin kitleler tarafından sahiplenilmesini görmek, o duyguyu yaşamak müthiş bir deneyim.

Doğrusu, bunun bir tür "besteci bencilliği" yönü de olabileceği hiç aklıma gelmemişti.

Bir dinleyici, kaliteli bir orkestra eşliğinde, düzgün söylenen iyi şarkılar dinlemeye geldiğini belirtip, biraz sitem ediyordu. Kulağının dibinde avaz avaz bağıran çatlak seslerden söz ediyordu.

Bu okur mektubunu anlattığınız yazınızı hatırlıyorum. Uzun yıllar önceydi. Okuduğumda şaşırmıştım. Çünkü ben deneyimlerimde öyle bir olumsuzluk yaşamamıştım.

Belki senin bir konsere veya müzikal bir etkinliğe katılma tercihinde, müzik dinlemek öncelikli belirleyen değildir. Demin sözünü ettiğimiz bir araya gelmek gibi meseleler daha önceliklidir. Bu nedenle bazı küçük kusurlu seslerden rahatsız olmuyorsundur. Kulağının dibinde bağıran ciddi boyuttaki çatlak seslere de pek denk gelmemişsindir.

Çünkü çevremdekilere sorduğumda, "E, tabii öyle" gibi yanıtlar da aldım. Sahiden de, kitlenin içinde herhangi bir noktada bulunan kişi, o sırada hemen yanındaki veya arkasındaki bir kişinin kötü sesine maruz kalabiliyormuş.

Milyonların sesi güzeldir

Veya kendisi böyle bir şeye neden oluyordur; benim gibi, sorunu pek fark etmiyordur.

Bugün epeyce şakacısın. İyi... Konu biraz ağır mı kalıyor acaba diye düşünüyordum, dengelenmiş olur.

Dinleyiciler içindeki çatlak sesler gerçeğini öğrenmek beni de şaşırtmıştı. Çünkü o güne kadar, sahnedeyken duyduğum kitlenin sesini ustalık düzeyinde iyi buluyordum. Alandaki binlerce, on binlerce insanın hep bir ağızdan şarkı söyleyişi bence mükemmeldi. Daha ilginç bir gözlemim ise, dinleyicilerin şarkıları söyleyişinde ortaya çıkan mükemmellik, kitlenin büyüklüğü ile doğru orantılı oluyordu. Yüz binlerce hançereden çıkan ses iyice kusursuz hale geliyordu.

Orkestradaki arkadaşlarıma, biraz uzaktan izleyip kayıt yapan görevlilere falan sorduğumda, hepsi benim gibi, kitlenin kusursuz söylediğini düşünüyordu. Ama kitlenin içinde yer alanlardan en azından bazıları, o mektupta yazılanları onaylıyordu.

Bizim çalıştığımız stüdyolarda, bilirsin, seslerin düzgünlüğünü ölçen, bunu grafiklerle, ibrelerle gösteren gelişmiş aygıtlar var. Konser kayıtlarını öyle bir stüdyoya götürüp oradaki arkadaşlarla birlikte kontrol ettim. Bütün ibreler, şarkı dinlemeye gelen yüz binlerce insanın birleşik sesinin tam olarak doğru çıktığını gösterdi. Ne bir kayma var ne bir eksiklik. Ne bir milim tiz ne bir milim pes, tam çizginin üstünde. Peki, o kitlelerin içindeki çatlak sesler nereye gidiyordu? Daha tiz veya daha pes seslere ne olmuştu? Eminim ki bu alanda eğitimli olmayan küçük bir grubun sesini kaydetsek, bu yanlışları duyacaktık. Ama kitle büyüdükçe sesi mükemmelleşiyordu.

Bu müthiş bir şey! Sahne ışığının altındayken, karanlık alandaki büyük kitleyi göremiyorsun. Seni gördüklerini, hareketlerini izlediklerini biliyorsun. Bir işaretle sözü onlara bırakıyorsun. Ve bütün mekânların, bütün zamanların ötesinden bir ses yükseliyor. Gök gürültüsü gibi patlıyor, ama aynı zamanda kontrollü, sakin bir ses. Oradaki on binlerce insanın tek tek seslerinden oluşuyor, ama hepsinin dışında, hepimizin dışında, bir büyük öznenin sesi çağıl çağıl akıyor. Evde, geceler boyunca, aylar boyunca notalar yazarak çalıştığın, bağlamayla, gitarla provalar yaptığın ezgileri seslendiriyorlar ama aslında kendi türkülerini söylüyorlar. Tek başınayken çeşitli kusurları bulunan insanlar bir araya gelince harikalar yaratan bir ustaya dönüşüyor.

Keşke olabilseydi de, bu satırları okuyacak iyi insanlar, güzel, yiğit dostlar şu anda burada, sizden bu sözleri canlı biçimde duyabilselerdi. Ama onlar hakkını vererek okuyacaktır. O büyük kitleyi, büyük insanlığı, umudumuzun kaynağı o insanları buradan selamlıyorum.

Selam olsun!

Demokrasi ile ilgili düşüncelerinizi biraz açmanız için konuşuyoruz bunları. Az önce, halkın sanat ve demokrasi için ölçüt kabul edilmesi konusunda, "Biliyorum, birçok kişinin aklına yatmıyor. Çünkü kafa karışıklığına neden olan iki sorun var burada" dediniz. İlk sorun olarak, toplumu tek tek kişilerin basitçe toplanması veya aritmetik ortalaması gibi görmenin yanıltıcılığını anlattınız. İkincisi?

İkincisi de bunun devamı bir mesele. Dikkat edersen, iyi romanlarda, hayata dair derinlikli hikâyelerde, filmlerde, genellikle karakterler "iyi insan" veya "kötü insan" diye çok net çizgilerle ayrılmaz. Yazarı veya yönetmeni ona sevgiyle, şefkatle yaklaşabilir, ama büyük yapıtlarda iyi kahramanların da biraz kusurları bulunur; en kötü karakterin de içinde insancıl bir yön fark edilir. Bir kişinin iyiliği, kötülüğü, bencilliği, dostluğu, diğer özellikleri, ancak onu koşulları içinde ele alarak canlandırılır. Gerçek hayatta da böyledir.

Toplumları da aynı şekilde düşünmek gerekiyor. Tamamı iyi insanlardan veya kötülerden oluşan bir toplum olamaz. Kaldı ki, "kötü" denilen türdeki insanlar bile saf kötü olabilir mi?

Hem kişilerin içindeki özellikler hem de toplumların içindeki özellikler, sabit değerler değildir. Koşullar ve çeşitli etkilerle yozlaşmalar, bilgelikler, dayanışmalar, çeşitli özellikler güçlenebilir, zayıflayabilir.

Bu nedenle değişmez bir insan kişiliğinden veya toplum yapısından söz etmek yerine, bunlara etki eden yapıtları, politikaları, koşulları düşünmek daha doğru.

Örneğin bir konser alanında, sahnedeki o çok güçlü ses sistemine rağmen susmazsanız, sessizliğe gömülüp kitleye fırsat vermezseniz, katılım sağlamaları mümkün mü? Sözü onlara bıraksanız bile, şarkının ezgisi, makamı, ritmi kitleye yabancıysa, tek bir ses haline dönüşebilirler mi?

Hatta sahnenin tamamen sessizleşmesi de doğru değil. En azından ritmi sürdürmek, kitleyi yönlendirmek, melodinin ve armoninin kuralını hissettirmek gerekir. "Özgürlük" ve "başıbozukluk" bazen birbirine karıştırılıyor. Halkın ruhuna ve tercihine uygun ama kesin kurallar net biçimde ortada durmalı. Özgürlük denen şey, herkesin kafasına göre sesler çıkardığı bir kakofoni ortamı değildir.

Bu konuda, bence Fellini'nin en güzel filmi olan *Orkestra Provası*'nı tavsiye edebilirim. Özgürlük ve başıbozukluk, hatta bu tutumun faşizm getireceği konusunda verilmiş en güzel yapıt odur.

Özgürlük kadar yanlış değerlendirilen, herkesin kendi çıkarına göre yorumladığı kavram azdır sanırım. Özgürlük sorumlulukla birlikte var olabilir. Sorumsuz özgürlük bir yanılsamadır.

Konuya Türkiye özelinde bakalım. Bu ülkenin özgür olmadığı, özgürlük rüzgârlarının esmediği çok açık ama hangi açıdan? Elbette ifade özgürlüğü, örgütlenme özgürlüğü, kadınların özgürlüğü, bireylerin özgürlüğü gibi konularda dünyanın en geri ülkeleri arasındayız. Ne var ki başka bazı konularda bu ülkede gereğinden fazla özgürlük var. Mesela yasalara saygı göstermeme, kurallara uymama konusunda dünyanın en özgür ülkesi sayılabiliriz. Kamu arazilerini yağmalama, tarihi eserleri yıkarak, ormanları yakarak kaçak binalar dikme, hatta mahalleler oluşturma konusunda da özgürlüğümüz sonsuz. Berlin, Moskova, Londra, Paris, New York gibi şehirlerin yüzde 80'inin kaçak yapılardan oluşması mümkün mü? İzin almadan kazma kürek girişilen bir tek bina bulunabilir mi? Ama bizim bu konudaki özgürlüğümüz sınırsız. İş dünyamız, piyasamız, işçi-işveren ilişkilerimiz, vergi anlayışımız, siyasetimiz, kısacası hayatımızın her alanı kural tanımaz, kanunsuz. Bir an için İngiliz yasalarının aynı güçle burada uygulandığını hayal edin. Yarın sabah kalktığınızda, adını basında duyduğunuz bir sürü ünlü insan demir parmaklıklar arkasında olur. Ama burada temel yasaları ihlal edenleri, soyguncuları, yolsuzluk yapanları, hatta canileri, tecavüzcüleri değil, şiir yazanları, sivil toplum temsilcilerini, entelektüelleri hapse atarlar.

Bu açıdan Türkiye'deki suç işleme özgürlüğünü aşırı buluyorum. Yasaların uygulandığı, kurallara uyulan bir ülke istiyorum. Tecavüz edenlerin, kadın dövenlerin, töre diyerek kızlarını katledenlerin, şehri yağmalayanların, yayaların üstüne araba sürenlerin hoş görülmesinden, onlara anlayış gösterilmesinden nefret ediyorum. Keşke yasalar çok daha sert uygulansa ama adil biçimde tabii. Bugünkü gibi değil.

Herkesin uyacağı kurallar, ortak hareket etmenin ve bir arada yaşamanın bilinciyle belirlenirse, onlar sayesinde güzellikler üretilir. Yurttaşların birbirlerinin payını azaltmak anlayışını aşan ve ortaklaşmacılığa dayanan bir özgürlük anlayışı geliştirilir.

Demokrasinin özü bu olsa gerek. Yasaların ve kuralların kimseye ayrıcalık tanınmadan uygulanması, bunlara uyma ahlakının geliştirilmesi. Başka bir deyişle, örgütlülük bilincinin gelişmesidir demokrasi.

Özgürlükçü bir örgütte, yasalar tartışılır, kurallara itiraz edilir, değiştirmek için mücadele edilir. Bunların hepsi serbesttir. Ama ortak kararlar ve yasalar kişisel tercihlerin üzerinde kabul edilir. Değişene kadar onlara uyulur. Değiştikten sonra da öyle. Zaten yürürlükteki kuralların ve yasaların meşruluğu, onların değiştirilebilir olmasından gelir. Demokrasi bunun için vazgeçilmezdir.

Umut gerçekçidir

Bölümün girişindeki sorulardan biriyle devam edebilir miyiz: Sanatçının, her durumda umut vermek gibi bir görevi mi vardır?

Bunu çok net biçimde "Evet" diye yanıtlıyorum. Çanakkale'de yaptığım bir konuşmanın başlığı "Umutsuz olanın atı koşmaz"dı. Bence bu ahlaki bir gerekliliktir.

Başka bir sorunu yanıtlarken değinmiştim, Nâzım Hikmet, Orhan Kemal'e yazdığı mektuplarda umut konusunun bir edebiyatçı için ne kadar belirleyici olduğunu anlatıyor. Umutsuz olduğu halde yazarlığa devam etmeyi, tıp biliminin bir işe yaramayacağına inandığı halde hekimlik yapıp insanları kandırmaya, parasını ve duygularını sömürmeye benzetiyor. Bunu ahlaki bir sorun kabul ediyor. Çünkü yazarlığı, edebiyatçılığı, bir yönüyle de umut yaratmak olarak görüyor.

Ama bu, eleştirmemek, uyarmamak, kötü gidişe dikkat çekmemek anlamına gelmiyor. Konuyu biraz açmak için, iyimserlik ile umut kavramları arasındaki farka bakmakta fayda var.

Nâzım, kuşkusuz, iyimser kişilikte bir insandı. "İyimserlik" ve "Nikbinlik" başlıklı şiirleri var. Her gelişmenin iyi yönlerini görüyor, her sorunun içinde çıkış yollarının bulunduğuna inanıyordu. "Bardağın dolu tarafına bakmak" yüzeyselliğini elbette aşmıştı; tarihsel süreçte insanlığın gelişeceğini, koşullarını iyileştireceğini düşünüyordu.

Ama sonuçta, "iyimserlik" denen şey bir kişilik özelliğidir. Hatta çoğu zaman bir ruh halinden ibarettir. İyimserlik tek başına bir mücadele sorumluluğunu içermez. Bazı durumlarda kötümserlikle benzer sonuçlara varır; pasifliğe gerekçe olabilir. Nasılsa her şey iyiye gidecek diye düşünmenin rahatlığını ve sorunları çok da dert etmeme eğilimi yaratır.

Dolayısıyla, üzerine umut eklenmediğinde, iyimserlik, anlık hoşluklar dışında bir değere dönüşmeyebilir. Umutlu olduktan sonra, bir miktar kötümserlik faydalı bile kabul edilebilir.

Umutlu insan, iyimserden farklı olarak, gidişatın iyi yönde olacağını beklemenin ötesinde, o yönde ilerlemek için uğraşma, bir şeyler yapma gereği duyar. Hatta bunun için, ille de iyi sonuç alma şartı da aramaz. Doğru bildiği yönde bir etki yaratmak, yapabileceği kadarını yapmak gibi öncelikleri vardır, umutlu insanın. Yine Nâzım'ın ifadesiyle, kazanan tarafta bulunmaktan çok, haklı tarafta yer almaya öncelik verir.

Yoksa öyle, "Evrene olumlu sinyal gönder" gibi, "İyi dileklerde bulunup pozitif enerji ver" gibi yaklaşımların bu meseleyle bir ilgisi yok. Umut, hayatın bir gerçekliğidir, yaşanan koşulların ürettiği bilincin bir üst boyutudur.

Sonuçta umutlu olmak; güzellik, iyilik, özgürlük, eşitlik, dayanışma gibi değerlerden yana olmak ve bu uğurda yapılabilecek şeyler olduğunu görmektir, bunları anlatmaya uğraşmak, bir şeyler yapmaya çalışmaktır.

Demek ki umut vermeyi, bir sanatçı tavrı, bir aydın görevi kabul ediyorsunuz. Bir sorumluluk. Fakat bu, olduğundan farklı görünmek, gerçeği farklı göstermek falan değil; hayatın gerçekliği, içinde yaşanan bilinç düzeyinin bir üst boyutu.

Bu tanımladığım anlamda her zaman umutluyum. Karamsarlığa düştüğüm, kötü sonuçların ortaya çıkacağını tahmin ettiğim dönemler çokça yaşadım elbette. Tam da bu nedenle umutluyum. Deneyimlerim bana kanıtladı; yaşanan her sorunun çözümü, o sorunun içindedir. Analiz ederek ve müdahale ederek bir şeyler yapılabilir.

Örneğin, hapse atılırsın, kimsenin tanımadığı biri olarak tehlikeler yaşarsın. Öyleyse çözüm, bir araya gelmek, dayanışmak, bunları sağlayacak türküler, sözler üretmektir. Yıllar sonra, dostlarla buluştuğun alanda türküler söylersin, bir araya gelen yüz binlerin sesi, üç beş kilometre ilerideki o zindanı, o duvarları kuşatır.

Bugünlerde yaşadığımız belalar, toplumsal sorunlar, kötüye gidiş... Bunları görmezden gelerek umut hissedemeyiz. Tersine, bunları net biçimde fark etmeliyiz. Tehlikeleri görmeli, bu duruma gelmenin nedenlerini analiz etmeliyiz. Ama her şeyden önce, çıkış yolunu el ele, omuz omuza bulacağımızı bilmeliyiz. Her şey kötüye gidiyor diye geri çekilmek veya bir çözüm gelir nasılsa diye duyarsız kalmak çok tehlikeli. Bir çözüm kendiliğinden gelmez, ama biz bir çözüm getirebiliriz. Umut budur. Böyle olacaktır. Bunu başarabileceğimizi çok defa kanıtladık.

Bundan sonra da elbette uyarmaya çalışacağım, eleştireceğim, kötü gidişe dikkat çekip durum tespitleri yapmaya devam edeceğim. Ama kimse benden umutsuz sözler duyamayacak. Asla! Çünkü umutsuzluğa düşersem, bunu anlatmam ki. Yazmam, söylemem, ortalıktan çekilirim. Umutlu olanlar devam etsin, diye düşünürüm. Umutsuzluk, paylaşılacak bir şey değil. Yaşamak değil.

Bildiğimiz Livaneli olarak devam edeceksiniz. Yeni yapıtlar, yeni tarzlar, aynı çizgi, aynı anlayış. En çok da edebiyatla, romanla devam edeceğiniz görünüyor.

Biraz da edebiyat ve kitap konusu üzerinde duralım istiyorum. Önce, yazarın taraflı veya tarafsız olması meselesi üzerine düşüncelerinizi sorayım.

Edebiyatla ilgili düşüncelerim buraya kadar konuştuklarımızdan, diğer konularla ilgili görüşlerimden bağımsız değil elbette. Hayata genel olarak bakışımla ilgili söylediklerim, edebiyata bakışım için de geçerli. Bir anlamda, edebiyat üzerine düşüncelerimi, biraz dolaylı da olsa, büyük oranda konuşmuş olduk şimdiye kadar.

Taraflı veya tarafsız olmak için söyleyeceklerim de öyle. Tarafsızlık diye bir kavram, hayatın gerçekliğine uymuyor. Öyle bir seçenek yok. Kendisinin tarafsız olduğunu söylemesiyle o insanın tarafsız olması aynı şey değil. "Ben tarafsızım" demek de sonuçta bir seçimdir ve mutlaka mevcut durumda bir tarafta yer almaya karşılık geliyordur. Genellikle de iktidar tarafında. Medyada, kültür alanında, siyasal alanda, bir şekilde bir yerde iktidarı onaylamaktır "tarafsızım" demek.

Zaten edebiyatçının tarafsız olması gerektiğini söyleyen kişi, aslında edebiyattan çok genel olarak dünya görüşüyle ilgili düşüncesini dile getiriyordur.

Elbette bir yazarın kalemini herhangi bir partinin hizmetine sunması, hele hele iktidarlarla işbirliği yapması kabul edilemez. Entelektüel için düşüncede bağımsızlık, bir varoluş meselesidir. Sürüleşmiş kitlelere katılmaz, tam tersine, insanın beynine sahip çıkmasının önemini anlatır, insanlara bu yönde çağrıda bulunur. Bu nedenle, her yönden gelen eleştirilere, hatta saldırılara maruz kalabilir. Fakat bu, insanlara tek başınaymış gibi yaşamayı telkin etmek anlamına gelmiyor. Örgüt bilincini geliştirmek, bir araya gelip etkili olmak da özgürlüğün bir diğer koşulu. İnsan, kafasını kiraya vermeden de bir mücadelede taraf olabilir.

Edebiyatçıda aranması gereken asıl şart, tarafsız olmak değil, objektif olmaktır.

Körü körüne bir tarafa bağlı olanlarla, sadece kendi tarafının bakış açısından dünyaya bakanlarla, konulara fanatikçe yaklaşanlarla o kadar çok karşılaşmış ki insanlar, taraf olmanın hayatı objektif algılamayı engellediği görüşü oluşmuş. Bu görüşü haklıymış gibi gösteren örneklerin çok yaygın olması, en çok "tarafsızlık" adı altında iktidar yandaşı olmayı aklıyor.

Oysa hayat mücadelesi içinde kaçınılmaz biçimde karşı karşıya gelen taraflardan birini desteklemek, hayatta o şekilde yer almak, ille de kişinin objektif düşünebilmesini engellemez ki.

Objektif, biliyorsun, fotoğraf makinesi gibi aygıtlardaki bir tür mercekler sistemine de deniyor. Nesnelerden yansıyan ışıkları toplayıp bir noktaya odaklar. Nesnenin algılanmasını sağlar. Objektif adlı parça bunu yaparken, ortamdan yansıyan ışıklar arasında ayrım yapmaz; bazılarını yok sayıp bazılarını öne çıkarmaz.

Objektif düşünebilen insan da, daha doğrusu, düşünebilen diyelim, objektif düşünemeyen zaten genel anlamda düşünemiyordur, düşünebilen insan da öyle yapar. Gerçeği görmek için verileri, bilgileri, kaynakları sağlıklı biçimde kullanır. Nesnel bir tutumla inceledikten sonra gerçeğe odaklanır. Ve bu şekilde gördüğü gerçeğe göre tavır alır, taraf olur, hayata müdahale etmeye çalışır. Bu şekilde gördükleri sayesinde düşüncelerinde bir bütünlüğe ulaşır, bulunacağı tarafı belirler. Gerçekleri çarpık algılamaya, yanılgıya, fanatikçe yorumlara varan sonuçları, o kişinin taraf tutmasına bağlamak yerine, "objektiflik" niteliğinin bozukluğuna bağlamak gerek.

Bu yorumunuz biraz fazla iyi niyetli değil mi?

Gerçeği gördüğü halde bilerek algıları çarpıtanlar ve düşüncede sahtekârlık yapanlar var elbette. Ama onlar düpedüz kötü insanlar. Söz etmek bile istemedim onlardan. Kötüleri konuşmak, kötülükleri sıkça konu etmek insanı yoruyor. En çok gazetelerde köşe yazdığım yıllarda kötü niyetli yaklaşımlara maruz kalıyordum. Daha doğrusu sataşmalara. Düşünce tartışması olabilir, hatta düşünsel kavga da anlaşılabilir ama kötülük karşısında bazen en iyisi görmezden gelmek. Onları yok saymak. O zaman sahiden yok hükmünde kalıyorlar.

Edebiyatla ilgili düşüncelerinizi birçok yazınızda, konuşmanızda, *Edebiyat Mutluluktur* kitabınızda açıklamıştınız. Söyleşimizin önceki bölümlerinde de bazı yönlerden ele aldınız. Çok satmak olumlu veya olumsuz ölçüt değildir, bir kitabın değeri için okunurluk çok önemlidir...

Okunurluk... Pardon, kısaca araya gireyim. "Okunurluk" niceliksel bir kavram gibi anlaşılmasın. Çok kişinin okuması anlamında değil; okumaya başladıktan sonra, okurun kitaba devam etmek istemesidir okunurluk. Konunun derinliği, içeriğin yoğunluğu, estetik düzeyi, hepsi elbette önemlidir. Aynı şekilde; özgün söz söylemek, aynı temayı daha önce işlemiş yapıtlara göre bir fark yaratmak, gelecekte ve başka bölgelerde de geçerli kalacak biçimde konuları işlemek... Ama severek okunmadıktan sonra, keyif alınmadıktan sonra, bunlar okur için pek anlamlı olmayacaktır. Bir kitabın bütün bu niteliklere sahip olması, onun akıcılığına, hatta okuru eğlendirmesine engel olmamalı. Günlük hayatına devam ederken, insanın bir an önce kitaba dönmek isteği duyması, kaldığı yerden devam etmek için sabırsızlanması, bu anlamda okunurluğu, edebiyatın düzeyi açısından, en az kitabın diğer yönleri kadar belirleyicidir.

Edebiyatın formülü var mıdır?

Bu düşüncelerinizi açmanız için aklıma gelen sorular var ama bunları büyük ölçüde önceki çalışmalarınızda anlatmıştınız. Meraklıları o yazılarınıza ve kitaplarınıza bundan sonra da ulaşabilirler. İyi edebiyatın, büyük sanatın nitelikleriyle ilgili düşüncelerinizi biliyoruz. Bu kitapta daha fazlası olsun istiyorum. Şöyle sorayım: Büyük bir roman, derinlikli bir edebiyat yaratmanın formülü nedir?

Bu bölümdeki şakacı tavrına devam ediyorsun galiba. Sır gibi sakladığım bir formül yok; bu sorunun yanıtını bilmiyorum. Bilsem şimdiye kadar zaten anlatırdım, yazardım.

Biliyorsun, 12 Mart döneminde engellenmeden önce yayıncılık yapıyordum, kitaplar basıyordum. O zamanlar da düşünürdüm bu formülü. Bir okur olarak, bir edebiyatsever olarak, onlarca yıldır düşünüyorum. En sevdiğim kitapları neden sevdiğimi anlamaya çalışıyorum. Dünyanın büyük ustalarıyla bu konuyu konuşma fırsatım da oldu. Onlarla birlikte düşündük. Halen de düşünmeye devam ediyorum.

Şimdi böyle konuşurken aklımdan öyle çok söz geçiyor ki... Bu konuda ne kadar çok söz söylense o kadar eksik kalabilir. Bu nedenle, konunun iki yönüne, bence en önemli iki yönüne, kısaca değineyim.

Birincisi, hikâyesini anlattığımız karakterlere magazinelliğin tersi bir anlayışla yaklaşmak gerekiyor. Sadece bir kişinin iç dünyası gibi, bir insanın kişiselliği gibi bir mesele olamaz. Birçok kişi "Yaşadıklarım yazılsa roman olur" diye düşünür ya, sahiden öyledir. Ama ne kadar önemli bir kişi, ne kadar ilginç bir kurgu kahraman olursa olsun, yaşadıkları sadece onunla ilgili bir mesele olarak anlatılınca, roman falan çıkmaz ortaya. Anlatılanlar, herkesi ilgilendiren konular biçiminde ele alınmalı. Kahramanların başından geçenlere geniş açıdan bakmak ve onları akıp giden hayatın hikâyesi haline getirecek biçimde anlatmak gerekir.

Bence büyük edebiyat niteliğiyle ilgili ikinci önemli konu da, anlatıya makale havası vermemek. Elbette düşünceden yola çıkan romanlar, hikâyeler olabilir; hatta ben okur olarak öylesini tercih ederim. Ama anlatıda düşünceleri, duyguları, atmosferi tarif etmeden, doğrudan anlatmadan, kahramanların davranışlarıyla ve gelişen olaylarla hissettirmek gerekir.

Dünyanın büyük ustalarıyla çeşitli ortak çalışmalar, dostluklar, iletişimler geliştirdiniz. Az önce bir cümle içinde kısaca değinip geçtiniz buna. Ama biraz üzerinde durmanızı isterim.

Sahiden, çok önemli deneyimlerdi onlar. Aklıma gelen ilk isimler artık yaşamıyor. Bu tür iletişimler, ilişkiler, geçmişte kalmış değil elbette, ama doğrusu, eski tadı da tam kalmadı mı acaba diye düşündüğüm oluyor. Tuhaf biçimde, iletişim kolaylaştığı, seyahat olanakları çoğaldığı halde, fırsatlar, hatta, dilim pek varmıyor söylemeye ama anlamlar biraz azalıyor galiba. Bu dönem böyle. Bunu bir iki on yıl öncesiyle karşılaştırma anlamında söylüyorum; yoksa o kapsamdaki iletişimlerin niteliği; derinliği, güzelliği, elbette devam ediyor. Artık devam edemediklerimiz, kaybettiklerimizle ilgili zenginlik, onların etkisi de devam ediyor.

Nihat Behram, Yılmaz Güney'le ilgili yazdığı kitapta, *Sürü* filminin ve *Yol* filminin müziklerini yaptığınız

günleri anlatıyor. İçten bir yakınlıkla söz ediyor sizden. Bir akşam buluşmasında, gurbette çekilen bir fotoğrafı anıyor.

Bu kısa paragrafta bile, hayatınızda yeri olan iki önemli sanatçının adı geçti. Bu sayıyı çoğaltabiliriz: "Kan Çiçekleri" şarkınızı Abidin Dino'nun bir sergisi üzerine yaptınız. Elia Kazan da dostunuzdu Mahzuni Şerif de. Zeki Müren'le, Ülkü Tamer'le, Theodorakis'le çeşitli anılarınız var. Her birini saymaya kalkarsak şimdi, atladıklarımız olur, eksik kalır, aklınıza gelen birkaç isim daha ekleyelim.

Halil İnalcık, Talat Sait Halman, Ahmed Arif, Nesimi, Daimi, Mahir Çayan, Sinan ve Şirin Cemgil, Kâzım Koyuncu, Türkân Şoray, İlhan Koman, Filiz Akın, Ara Güler, Metin Altıok, Gülten Akın, Ülkü Tamer, Münevver Andaç, Zeynep Oral, Sezen Aksu, Nükhet Duru, Demet Akbağ, Sıla, Nilüfer, Cem Karaca, Barış Manço, Füruzan, Nebil Özgentürk, Sunay Akın, Doğan Hızlan... Hiç düşünmeden, hemen aklıma gelen, memleketimizden ustaları saydım. Neden onlar aklıma geldi bilmiyorum, dedim ya, hiç düşünmedim şu anda. Dostluklarından dolayı kendimi şanslı saydığım başka değerli insanlar da var elbette.

Aynı şekilde, senin andıklarından başka, dünyadan ilk aklıma gelenler: Maria Faranduri, Cengiz Aytmatov, George Papandreu, Arthur Miller, James Baldwin, Peter Ustinov, Claude Simon, Afewerk Tekle, Haris Aleksiu, Maria Del Mar, Mihail Gorbaçov, Elia Kazan, Vanessa Redgrave...

Böyle ipe isim dizmekten hoşlanmam ama sen sordun diye söylüyorum. Ayrıca bir süre sonra dostlarını ünlü insanlar olarak görmüyorsun, ünleri, meslekleri geri planda kalıyor. Ruh durumları, aileleri, sağlıkları, kaygıları, neşeleri ön plana çıkıyor.

Her biri büyük usta! Kendilerini kanıtlamışlar, yaşarken klasikleşmişler, dünya kültür tarihinde yerlerini al-

mışlar. Onlarla gerçekleşen iletişimlerinizde dikkatinizi çeken ortak özellikleri nelerdir? Gündelik hayatlarında sizi şaşırtan tavırlarına tanık oldunuz mu? Sanata, topluma, politikaya bakışları ile ilgili neler söylersiniz?

Bin yaşında bir bilge olarak tanıdığın bazı insanlarla konuşurken, onun yenilikçi, devrimci, heyecanlı kişiliğini de fark edersin. Bazen de tersi bir durumla karşılaşırsın. Çılgın diye tanınan bir usta, gündelik hayatında sakindir, durgundur, ağır ağır hareket eder. Bütün fırtınalar içinde kopmaktadır ve sadece yapıtlarında ortaya çıkmaktadır.

Genellikle de çalışmalarına yoğunlaştıkları günlerdeki tutkulu tavırları şaşırtıcıdır. Bildiğin, tanıdığın halde, bir yapıtına çalışırken bir ustayı öylesine tutkulu, öylesine heyecanlı görürsün ki, sanki ilk aşkını yaşayan bir yeniyetmedir. Her seferinde ilk kez âşık olur onlar.

Onlarda hiçbir kıskançlık izine rastlamadım. İşlerini daha iyi yapmaya odaklandıkları için kimseye gözlerini dikmezler. Nâzım Hikmet, Yaşar Kemal en önemli örneklerdir. Ne yazık ki ülkemizde olumsuz örneklere de sık rastlanır. Hayatını ona buna çamur atmakla geçiren şairler, yazarlar; takma adlar altında durmadan hakaret yazıları yayınlayanlar eksik değil. Bazıları seksen yaşında bile sürdürüyor bunu. Demek ki diyorum, bu zavallılar korkunç bir cehennemde yaşıyorlar. Akılları hep başkalarının yaptıklarında. Kendi yaratıları onlara yetmiyor, sığınabilecekleri bir liman sunmuyor.

Büyük sanatçıların, çalışmalarına yoğunlaştıkları günlerdeki tutkulu tavırları şaşırtıcıdır. Bildiğin, tanıdığın halde, bir yapıtına çalışırken bir ustayı öylesine tutkulu, öylesine heyecanlı görürsün ki, sanki ilk aşkını yaşayan bir yeniyetmedir. Her seferinde ilk kez âşık olur onlar.

– 18 –
"Mesleğimiz umut bizim"

"Önce tahammül! Bir apartmanda, bir fabrikada, trafiğe çıktığımızda yolda, buralarda kendi seçmediğimiz insanlarla birlikte işler yapıyoruz, aynı alanı paylaşıp yaşıyoruz. Bu şekilde, toplumsal boyutta da işleri yürütmek, ortak alanları kullanmak, bir arada yaşamak için duygusal yakınlıklara gerek kalmadan, birbirimizi kabul etmeliyiz. Dediğim gibi, daha güzel insani değerler, ancak bunun üzerinde yükseltilebilir. Ama önce duyguları dikkate alırsak, hoşlanma, sevme gibi şartlara bağlarsak, bu duygular da sağlıklı biçimde gelişemez."

Bu söyleşi kitabı fikri ilk ortaya çıktığında pek sıcak bakmadınız. Uzun yıllar köşe yazarlığı yaptığınız ve çeşitli yollarla düşüncelerinizi açıklamış olduğunuz için, tekrara düşmek istemediğinizi söylediniz. Hayat hikâyenizi de büyük ölçüde anlatmıştınız. Ayrıca, hakkınızda yazılan kitaplar da var.

Fakat biraz ısrar ettiğimizde kabul ettiniz. Çoğu konuda şimdiye kadar yazmış olduğunuz düşüncelerinizi yeniden düşünmeyi, sorgulamayı, elden geçirmeyi kabul ettiniz. Sanırım bunda, yıllar önce anlattığınız düşüncelerinizin, özellikle toplumsal gidişatla ilgili uyarılarınızın hâlâ geçerli olduğunu düşünmeniz etkili oldu.

En çok okunan, konferanslarına ve etkinliklerine en fazla katılım gerçekleşen yazarların başında geliyorsunuz. Yine de yeteri kadar anlaşılmadığınızı mı hissediyorsunuz?

Doğrusu, şimdi bu kitap için konuşurken de ortaya çıkan bir sıkıntım var. Uzun süredir, topluma düşüncelerimi anlatırken karşıma çıkan bir sorun. Yıllar boyunca o kadar çok yazı yazmışım, o kadar çok konuya değinmişim ki!

Memleketin gidişatıyla ve çeşitli gelişmelerle ilgili uyarılar dile getirmişim.

Bunların da hemen hepsi doğrulanmış. Doğrulanmamış

olsaydı belki bu kadar üstünde durmaya gerek yoktu. Ama şu anda öyle bir durumdayım ki kendimi tekrar etmem gerekiyor. Yazı yazdığım veya örneğin burada fikirlerimi söylediğim zaman, "Ben bunu şu zaman yazmıştım" diye sürekli aklımdan geçiyor. Bugün doğrulanan bazı düşüncelerim için "30 yıl önce yazmıştım, 20 yıl önce uyarmıştım" gibi bir şeyler deme sevimsizliğine düşmek istemiyorum. (Bazen mecburen düşüyorum) Kendini tekrar eden yazılar da yazmak istemiyorum. Fakat o kadar tuhaf bir ülkeyiz ki biz.

Günü yaşıyor Türkler. Türkiye'deki insanlar diyelim, Türkler demeyelim. Osmanlı'dan beri böyle. Gezi kitabı yazan eski bir seyyah, "Türkler için dün ve yarın yoktur. Onlar bugünü yaşar" diyor. Ben buna yürekten katılıyorum. Gerçekten bugünü yaşar Türkiye. İşadamı, politikacısı, işçisi için sadece bugün önemlidir. Yarın şöyle mi olacak, buraya mı gidecek, bu eğilim şunlara mı yol açar falan, böyle kaygılara belki sıra gelmiyordur, bunları önemsemezler.

Yıllarca o sözünü ettiğin yazılarımda, yakın gelecek için gördüğüm tehlikeler konusunda toplumu uyarmaya çalışırken, kendimi, henüz vizyona girmemiş bir filmi anlatan adam gibi hissettim. Eskiden filmler bizim sinemalara epeyce gecikmeyle gelirdi. Yurtdışına çok seyahat ettiğim için orada izlediğim önemli filmleri konu ederdim bazen. Sonradan gösterime girince herkesin konuştuğu o filmlerle ilgili "erken" yazılarım hiç yankı yapmazdı.

Toplumun gidişiyle ilgili uyarı yazılarımda da kendimi sıkça bu pozisyonda hissettim. Bir de Nâzım'ın o meşhur "Saman Sarısı" şiirindeki bir bölümü hatırlarım hep. Surlardaki nöbetçi kulübesinde bekleyen bir borazancıdan söz eder. Tehlikeli bir durum olursa içeridekileri uyaracaktır. Bu görevini yerine getirirken bir okla vurulur ve ölür.

Nâzım, böyle dedikten hemen sonra ekliyor:

ve ben yaklaşan düşmanı görüp de haber veremeden
öldürülmenin acısını düşündüm

Bu duyguyu hep hissettim. Yaklaşan düşmanı görüp de haber verememek, en az, insanın bu görevi yerine getirirken boğazına bir ok saplanıp ölmesi kadar kötü bir şey olsa gerek.

Daha çok, köşe yazarlığınızın ilk yılları olan '90'lar için mi geçerli bu söyledikleriniz?

Değil. İlk kez o zamanlar söylediğim birçok düşüncemi daha sonra defalarca tekrar ettim, çünkü memleketin bazı gerçeklikleri pek değişmedi. Demin sözünü ettiğim o "tekrar etme ve ben demiştim deme" sevimsizliği de bir tür zorunluluk olarak ortaya çıkıyor. İnsan bazı sözlerinin geçerliliğinin devam ettiğini ve onların yeterince anlaşılmadığını düşününce, bir kez daha dile getirmeye mecbur hissediyor kendini.

Bugünkü olaylara bakıyorum, yine aynı şekilde günübirlik yaşanıyor. Daha aynı kuşak içinde, kısa bir süre önce yaşananlar bile unutulmuş durumda. Herhangi bir gelecek perspektifi yok. İşte, Türkiye bir kez daha seçime gidiyor. Ama müthiş bir öfke ile gidiyor. Taraflarda karşı tarafı yok etme hedefi ve varlığını koruma kaygısı dikkat çekiyor.

Seçim yaklaştıkça üç ana taraf yine kapışmaya hazırlanıyor. Artık bu üç kutup durumu iyice netleşti. 1993 yılında, "Üç kutuplu Türkiye" ile ilgili tespitlerimi ilk kez dile getirdiğimde, önce tepkiyle karşılaşmıştım. "Böyle bir şey mi olur, sağ-sol var Türkiye'de" diye birkaç itiraz olmuştu. Hem ondan önceki on yıllarda görülen Türkiye'nin yapısından dolayı hem de dünyadaki genel durumdan dolayı öyle ezberlemişlerdi. Fakat tepkiden çok bir duymama, uyarmaya çalıştığım konuyu görmeme, ilgilenmeme tercihi dikkat çekiyordu. Oysa asıl anlatmak istediğim, toplumun böyle kimlikler üzerinden kutuplaşmasının tehlikeleriydi. Sonraki yıllarda biraz farklı kelimelerle birçok kişi bu düşünceyi dile getirmeye başladı.

Tutuklu memleket

Hapisteki gazeteci sayısı, öğrenci sayısı, muhalif siyasetçi sayısı dehşet verici boyutta. İçinde bulunduğumuz bu yılın nisan ayı ortalarındaki gazete arşivleri taranabilir, tutuklu ve hükümlü öğrenci sayısı bir ara 70 bine ulaşmıştı.

Korkunç bir durum bu!

Sürekli tekrar ediliyor. "Onlar gazetecilik faaliyeti nedeniyle tutuklanmadılar" deniyor. Veya "O siyasetçilerin yaptığı siyasal faaliyet değil, öğrenciler de öğrencilik etkinliği dolayısıyla değil; hepsi terörist olduğu için tutuklandı!" türünde açıklamalar yapılıyor.

Tarihte ve dünyanın hiçbir yerinde, "gazetecilik yaptı" suçlamasıyla tutuklanmış bir tek kişi bile yoktur ki zaten. "Öyle gazetecilik olmaz, onun yaptığı gazetecilik değil" derler. Muhalifleri susturmak isteyen, farklı görüşlere yaşam hakkı tanımayan baskıcı rejimlerin ortak söylemidir bu. Öğrencilerin, muhalif siyasetçilerin, gazetecilerin ve yazarların iktidarın onayladığı gibi hareket etmesi gerektiğini, yoksa tutuklayacaklarını veya öldüreceklerini söylemez ki herhangi bir despot iktidar. Ya ne yapar? "Öyle öğrencilik olmaz, onların tutuklanma nedeni öğrencilik değil. Gazetecilikten dolayı tutuklanmıyor onlar. O siyasetçiler siyasal görüşleri dolayısıyla tutuklanmıyor. Hepsi terörist. Terörist oldukları için tutuklanıyorlar" derler. Ne yazık ki bu suçlamayı yalnız iktidar değil basın da yapar, kendi meslektaşlarını böylesine yaftalayan ve hapse girmelerine sevinç çığlıkları atan gazeteler gördük.

Hükümetin bu tutumuna karşı çıkmayı da, ellerindeki medya gücü sayesinde, "suçluları korumak" gibi gösteriyorlar. Gazetecilik kisvesi altında ülkeye düşmanlık yapılmasını onaylamakmış gibi gösteriyorlar. Şunu açıkça söyleyeyim. Hiçbir zaman suçlulara göz yumulmasını savunmadım. Bölücülük yapanlar, düşmanlık ve nefret yaratanlar, savaşlardan beslenenler, kargaşaları, insanların acılar yaşamasını tercih edenler, ölen çocuklarımız, öldürülen askerlerimiz sayesinde halk desteği elde etmeye çalışanlar, hepsi, ama hepsi en ağır biçimde cezalandırılsın isterim. Keşke bütün bunların sorumlularından hesap sorulsa. Bağımsız hukuk bunu gerçekleştirmeli. Ama öyle olsaydı, eminim, Türkiye iktidarlarının gelmiş geçmiş çok sayıda üyesi bu kapsamda yargılanırdı.

Dehşet verici bir kavga ortamı içinde yaşıyoruz. Gündelik yaşama, medyaya, hatta kültür sanat dünyasına yansıyan müthiş bir nefret üretiliyor siyaset alanında. Sağlıklı iletişimi olanaksız hale getiren öfkeler yaşanıyor. İnsanlarımız buna o kadar alışmış ki, politik mücadelenin bir gereği gibi görüyor. Oysa diğer ülkelerin siyasi partilerinde ve liderlerinde böyle tavırlar görülmez.

Aslında bizim politikacıların yaptığı şey, çağdaş dünyada bilinen "politik mücadele" kavramıyla açıklanamaz. Dilime pelesenk oldu, yıllarca söyledim; bizdeki o anlamda bir siyasi mücadele değildir, onlara benzemez, bizde yaşanan şey, rejim mücadelesidir. Bu ülkede her grup ötekini yok etmeye çalışıyor.

Dinci kesim milyonlarca laik insanı denize dökecekmiş gibi bir kavgaya girişiyor. Onlara göre burası "Darülharp"tir. Yani Müslüman olarak yaşamaya uygun olmayan bir ülke anlamında "Darülharp" diyorlar. Burada harp edilmesi, İslam'a uygun bir yönetim getirmek için savaşılması gerektiğini ileri sürüyorlar.

Bunu, "dava"ları kabul ediyorlar. Zaten "dava" diye bir kavramdan yola çıktılar. AKP'nin kurucuları, yöneticileri oradan yetişti. Dava dedikleri mesele, Türkiye'yi kendine özgü İslam anlayışından çıkararak, Arap İslamı'na döndürmek. Parantez olarak gördükleri bu laik dönemi bitirmek. Oysa birçok kez söylediğimiz gibi, karşı çıktıkları bu hareket, Osmanlı'nın son yüzyıllarında başladı, toplumun temel niteliklerinden birine dönüştü, geri alınması da mümkün değil.

Öte yandan, sanki bu ülkenin milyonlarca Kürt yurttaşı Kürt olmaktan vazgeçecek, bir karara uyup başka bir şeye dönüşebilecekmiş gibi bakılıyor. Veya laik kesimlerin bazıları, tarikatlara bağlı ve dinsel referanslarla yaşayan milyonlarca insanı ortadan kaldıracakmış gibi davranıyor.

Öyleyse, hepimizin ortak ülkesi anlayışıyla, burada hep beraber yaşayacağız. Buna uygun bir ortam yaratmaktan başka çare yok.

Tek formül bu. Karşı tarafı yok etmeye dayalı bu kavgaların bir tarafın amacına uygun biçimde sonuçlanması mümkün değil. Geçtiğimiz yüzyıllarda olduğu gibi, bundan sonraki yüzyıllarda da bu ülkede bu insanlar yaşayacak. Birbirimizi sevme şartına bile bağlı olmadan, bir arada yaşamanın koşullarını yaratmak zorundayız.

Akıl gereği, çağdaş ilkeler gereği, barış içinde ve yasalar dahilinde yaşamak, birbirine tahammül etmek şart. Kişisel ilişkilerdeki gibi duygular, yakınlık hissetmeler geçerli değil bu konuda. Haklar ve sorumluluklar bilincinden oluşan bir temel üzerinde durmalıyız. Ancak ondan sonra hoşgörü gibi, dayanışma, paylaşma gibi değerleri yükseltebiliriz.

Önce tahammül! Bir apartmanda, bir fabrikada, trafiğe çıktığımızda yolda, buralarda kendi seçmediğimiz insanlarla birlikte işler yapıyoruz, aynı alanı paylaşıp yaşıyoruz. Bu şekilde, toplumsal boyutta da işleri yürütmek, ortak alanları kullanmak, bir arada yaşamak için duygusal yakınlıklara gerek kalmadan, birbirimizi kabul etmeliyiz. Dediğim gibi, daha güzel insani değerler, ancak bunun üzerinde yükseltilebilir. Ama önce duyguları dikkate alırsak, hoşlanma, sevme gibi şartlara bağlarsak, bu duygular da sağlıklı biçimde gelişemez.

Bu arada dikkatimi çeken bir gözlemi paylaşayım: Toplum dönüşüyor. Yanlış bir değerlendirmeyle "muhafazakâr" olarak anılan halk kesiminin çocukları, gençleri, kentlileşiyor, televizyonun, sosyal medyanın, kitapların etkisiyle bambaşka insanlar haline geliyorlar. Hurafelerden kurtuluyorlar. Kısacası hayat kendini bir kez daha düzeltiyor. İş ki, topluma akıl vermeye çalışan allame-i cihan cahillerden kurtulalım. Hatırlarsın bunların bazıları, yarım yamalak bilgilerle sosyolog/düşünür edalarında köşe yazıları yazıyor ve "başını örtmek kadını özgürleştirir" gibi ipe sapa gelmez fikirler öne sürüyorlardı. Kadınların nasıl giyindiği kimseyi ilgilendirmez. Bugün örter, yarın açar ya da tam tersi olur. Ah şu siyasetçiler bu işten elini bir çekse. Toplum dengesini bulur. Atatürk'le Afgan Kralı'nın hikâyesini biliyor musun? Emanullah Han Türkiye ziyaretinde çok heyecanlanmış, Atatürk'e aynı devrimleri ülkesinde de yapacağını söylemişti. Atatürk onu kadın giysilerine karışmaması konusunda uyarmış, idamla bile yüz yüze kalabileceğini belirtmişti. Dikkat et, Atatürk kadın giysileriyle ilgili hiçbir yasa çıkarmamış, hiçbir şey söylememiştir. Emanullah Han maalesef onu dinlemedi, kadınların giysilerine müdahale etti ve idam edildi. Çok önemli bir konudur bu.

Bir Fransız gazeteci M. Herriot, Gazi'ye bu konuyu sormuş ve kadınların başını açmasını nasıl sağladığını öğrenmek istemişti. Gazi ise kahkaha atarak "Hiçbir şey yapmadım. Güzel olan kadınların hepsi başını açar, çirkinler ise saklanır dedim, ertesi gün bütün kadınlar açıldı" diye şakalaşmıştı onunla.

Küçük kız çocuklarının aile zoruyla kapatılmalarına karşıyım elbette ama yetişkin bir kadının nasıl giyindiğine karışmak haddimiz değildir.

Toplum halinde yaşamak ve devleti tanımlamak açısından çok belirleyici bir fark yaratıyor bu durum. Yaşar Kemal'e, size ve bazı sanatçılara "Devlet sanatçısı" unvanı verilmesi söz konusu olduğunda, bunu kabul etmemiştiniz.

Reklam malzemesi yapmak istemediğimiz için, üzerinde pek durmamıştık. Bana daha resmi düzeyde bir teklif gelmeden, kabul etmeyeceğimi açıkladım. Entelektüeller düzeyinde de konu ele alınabilir ama asıl önemlisi, rejimi koruma refleksiyle ilgili. Devleti kuran ve kendini onun sahibi gibi gören bir ulus söz konusu olmadığı için, toplumda bir devleti koruma misyonu yoktu.

Bilindiği gibi Türkiye Cumhuriyeti'ni Osmanlı generalleri kurdu. İlk Türk anayasası 1924 yılında bireysel kimlikleri tanıyan ama kolektif kimlikleri reddeden bir anlayışla hazırlandı. Uluslaşma sürecini yürütmek, devletin varlığını korumakla aynı anlama geliyordu. Başta askerler olmak üzere, devleti koruma misyonunu yükleneneler, kendilerini devletle de özdeşleştirdiler.

Bu unsurlar, devleti bazen yurttaşa karşı bile koruma refleksiyle hareket ettiler. Seçimle gelen siyasal hareketlere, gazeteciliğe, iş dünyasına, neredeyse kesintisiz biçimde müdahale ettiler. Askeri darbelerin en özet açıklaması bu. Elbette en çok sol kesime karşı yürütüldü bu tahammülsüz politikalar.

Sola karşı mücadele ederken devletin resmi yaptırımları bazen yetersiz kaldı. Özellikle '70'li yıllarda, devlet yasal yoldan önleyemez hale geldi soldaki yükselişi. Öyle durumlarda dinci ve aşırı milliyetçi taraftaki yasadışı odaklarla işbirliği yapıldı. Bir kargaşa ortamı, yasadışı faaliyetler yaratıldı; devlet koruyucularının müdahale etmesini meşrulaştıracak koşullar hazırlandı.

Ne yazık ki sizin gibi aydınların uyarıları dikkate alınmadığı için, birçok olumsuz gelişme yaşandı ve yapısal dönüşümlere engel olunamadı. Bu son sözlerinizdeki eleştirinin hedefinde bulunan, kendini Cumhuriyet ile özdeşleştiren ve rejimi koruyan "kurucu" irade yok artık. Yaşanan dönüşümden sonra ortaya çıkan yeni devlet anlayışında bu eleştirileriniz geçersiz hale gelebilir mi?

Yunan mitolojisinde Kassandra hikâyesi vardır ya... Kassandra'nın tek isteği geleceği görebilen bir bakire olmaktır. Sanatların tanrısı Apollon bir gün Kassandra'yı görür ve çok beğenir, kendisiyle birlikte olursa ona kehanette bulunma yetisini bağışlayacağını söyler. Kassandra, Apollon'a teklifini kabul ettiğini söyler ama niyeti onu aldatmaktır. Böylece Apollon, Kassandra'ya geleceği görme yetisini verir. Ama Kassandra sözünü tutmayınca Apollon'un lanetine uğrar. Geleceği görecek ama söylediklerine kimseyi inandıramayacaktır. Öykünün kendisinden bağımsız, ben ve benim gibi insanları biraz da Kassandra'ya benzetiyorum. Geleceği gören, gelmekte olana dehşetle, endişeyle bakan ama kimseyi inandıramayan insanın trajedisi.

AKP dönemi Kassandralarla ve onlara inanmayanlarla dolu maalesef...

Bu kitap yayınlandıktan bir süre sonra, az veya çok yıl geçtikten sonra yani, insanlar bu sözlerimizi okurken, mutlaka AKP'nin iktidar dönemi geride kalmış olacak. Fakat şimdiden...

Ya öyle olmazsa, rejim falan değişip tamamen denetimsiz, muhalefetsiz bir ortam oluşursa?

Sanmıyorum. Ama öyle bir şey olursa, sadece bu sözlerimde yanılmış olmam ki, bunun gibi kitaplar zaten ortalıkta bulunmaz. Burada kendi kendimize konuşmuş oluruz. "Denetimsiz ve muhalefetsiz bir ortam oluşursa" diyorsun ya, zaten belirleyici olan bu. İktidarda kimin olduğundan daha önemlisi, iktidarın denetlenip denetlenemediği meselesi. Muhalefetsizlik de başka bir büyük sorun. Ama Cumhuriyet döneminde de, ondan önceki yüzyıllarda da, boyun eğmeyen bir halk damarı hep varlığını sürdürdü. Buna uygun bir siyasal temsil, buna karşılık gelen bir toplumsal hareket, mutlaka bir gün yeniden canlanacak.

Peki. Affedersiniz, "fakat..." diye devam ediyordunuz.

Fakat şimdiden açık bir gerçek ortaya çıktı; AKP, herhangi bir parlamenter sistem için çok uzun süre iktidarda kaldı. Ve herhangi bir parlamenter sistemde görülmemiş biçimde, tüm devlet kurumlarında tam iktidar sağlamış durumda. Asker, polis gibi silahlı kurumlardan eğitim, adalet kurumlarına kadar.

Cumhurbaşkanlığı seçiminde aday olan Abdullah Gül, TBMM'deki odamda beni ziyaret etmiş ve destek istemişti. Yanında Abdülkadir Aksu ve Cemil Çiçek vardı. Ben de Abdullah Bey'e, özür dileyerek şahsına karşı değil ama siyasi yapı açısından bu desteği veremeyeceğimi belirtmiştim. Çünkü Cumhurbaşkanlığı hükümete karşı hep bir emniyet supabı olarak görev yapar. O makam dahil, başbakanın, hükümetin, parlamento çoğunluğunun, dolayısıyla bürokrasinin, belediyelerin tek bir partide, AKP'de toplanmasının bu ülkeye hayır getirmeyeceğine inandığımı belirtmiştim. Bugün de aynı şekilde düşünüyorum. Siyasetin göbeğinde olan ve kampanyalar yaparak, rakip partilere ve adaylara yıpratıcı sözler söyleyerek, onları hasım gibi gören bir Cumhurbaşkanı rolünün yanlış olduğu ortaya çıkmadı mı?

Bu durumda, rejimi ve devletin kuruluş ilkelerini savunan herhangi bir devlet gücünün ortada bulunmadığını söyleyebiliriz. Öte yandan, tüm devlet gücünü elinde tutan hükümetin de istediği düzeni tam kuramadığı görünüyor.

Önceki bölümlerden birinde de buna yakın bir konuyu konuşmuştuk galiba. Yönetenler, yönettikleri toplum tarafından dönüştürülürler. Hükümet kadroları, ellerinde bunca güç yokken bile şimdikinden daha kökten biçimde Cumhuriyet karşıtı söylemler dile getiriyorlardı.

Soruna doğrudan yanıt vereyim. Evet, rejimi artık devlet kurumları korumuyor. Demek ki, devlet-ulus sürecinin en önemli sorunlarından birini aşmışız. Artık toplum, Cumhuriyet değerlerini, herhangi bir yönlendirme, özendirme olmadan, yaygın biçimde, doğrudan kendi tercihiyle benimsiyor. Hiçbir şekilde tepeden inmecilik diye bir durum yok.

Baksana; spor karşılaşmalarındaki muhalif sloganlar neredeyse, Bizans hipodromunda başlayan Nika İsyanı'nı andırmaya başladı.

Öte yandan, padişahlık anlayışından kalma bir kendini devletle özdeşleştiren hükümet geleneği, en az eskisi kadar belirgin biçimde devam ediyor. Hükümeti eleştirmek, hatta lideri eleştirmek, devlet-toplum düşmanlığı gibi gösterilmeye çalışılıyor.

Ve Türkiye toplumu, tarihi boyunca her zaman sahip olduğu Batı'ya bakma alışkanlığını bugün de kaybetmiş değil. Ülkenin ruhu birkaç kuşakta değişmiyor.

Söyleşi çalışmamızın sonuna gelip kitabı yayına hazırladığımız bugünlerde, ülke gündeminin ağırlığını yine siyaset oluşturuyor. 31 Mart 2019 Yerel Seçim sonuçlarıyla, özellikle de İstanbul Belediye Başkanlığıyla ilgili tartışmalar sürüyor.

"Apolitik" denemeyecek bir toplum bizimki. Hatta siyasete "aşırı ilgili" bile denebilir. Ne var ki bu ilginin ne kadar sağlıklı olduğu, daha doğrusu, toplumdaki politik bilincin ne düzeyde olduğu tartışmalı bir konu. 1994 yerel seçimlerindeki deneyimlerinizi de örnek

olarak kullanıp, toplumun bu politika merakı üzerine ne söylersiniz?

Ve 2019 yerel seçimleri sonrası, yeni bir dönem başlayacağını düşünenlere katılıyor musunuz?

Önce politik bilincin önemi üzerine birkaç şey söyleyeyim. İnsan, toplu halde yaşayan bir canlı türü. Bununla bağlantılı olarak, dünyayı algılayışında iki yanılgıya düşebilir.

Birincisi, Erich Fromm'un "Özgürlük korkusu" diye adlandırdığı etkilerle sürüleşmek; kişisel varlığını eritip totaliter bir yapının bileşenine dönüşmek. Bunun sonucunda itaat eden, sorgulamadan yaşayan, hatta ölümsever nitelikte kişilikler gelişir.

İkincisi ise, liberalizmden etkilenip tek başına yaşıyormuş duygusuna kapılmak; özgürlük, güzellik, iyilik ve birçok kavramı, kişisel konular gibi algılamak. Bunun sonucunda yabancılaşma ortaya çıkar. Kendi emeğine, üretimine, inancına, kendi hayatına yabancılaşır. O zaman bencillikler, kaygılar, hırslı kişilikler ortaya çıkar. Böyle bir hayatta ne güzellik gerçekten güzeldir ne de sevgi sağlıklı bir duygudur.

İşte "Politik bilinç" dediğimiz şeyi, bu iki sapmadan korunmanın yolu olarak görüyorum. Toplu halde yaşadığının farkında olmak, üretim süreçlerinin kolektif niteliğini anlamak, örgütler ve kurumlar aracılığıyla hayata müdahale etmek ama kişisel özelliklerini, karakterini koruyarak yaşamak...

Bu açıdan bakınca, toplumumuzdaki politik ilginin yüksekliği, umut verici bir durum. Ne var ki bu ilginin pek sağlıklı olmadığına yönelik belirtiler de sıkça karşımıza çıkıyor.

Senin anlattığın bir olayı hatırlıyorum. Kadın cinayetiyle ilgili katıldığınız bir eylemde, Özgecan olayıyla ilgiliydi değil mi, göstericilerden bazıları, "Buraya politika karıştırmayın!" diye tepki göstermişti.

Her şey politiktir

Evet. Birçok kez yaşandı böyle şeyler. İş cinayetleriyle ilgili etkinliklerde "Konuya ideolojik yaklaşmayın" diyenler oluyor.

Sanki kadın cinayeti, iş kazası ve böyle konular, politik mesele değilmiş gibi. Çok yaygın biçimde, yaşadığımız sorunlar teknik konular gibi algılanıyor. Enflasyon belasının çözümü için, ekonomiden iyi anlamak yeterliymiş gibi. Şiddet ve terör olayları güvenlik önlemleriyle önlenebilirmiş gibi. Oysa bunlar kültürel boyutu da olan politik meseleler. Dünya görüşüne bağlı tercihlerle ilgili sorunlar.

İnsanlar çoğunlukla "ideoloji"yi olumsuz bir kavram gibi görüyor. Sorgusuz bağlılık veya dogmatik tavır gibi bir durum gözlediklerinde, bunu "ideolojik yaklaşmak" gerekçesiyle eleştiriyorlar.

Ezberci ve fanatik tavırları eleştirmek, kuşkusuz gereklidir. Ne var ki bu olumsuzlukların "Bir ideolojiye bağlı olmak" diye açıklanması, kafa karışıklığına neden oluyor.

İdeoloji, "düşünceler bütünü" demektir. Çeşitli bileşenlerden oluşan ve insanın davranışlarına yön veren bir düşünceler bütünü. Bir kişinin ideolojisi onun felsefe, inanç, bilim, estetik gibi alanlarda sahip olduğu birikimlerinden oluşur; aynı zamanda o alanlardaki tutumunu belirler.

Ne bir yazarın edebiyat anlayışı dünya görüşünden bağımsız olabilir, ne bir komşunun komşuluğu, ne de bir arkadaşın dostluğu.

Aslında birçok dostumuzun "ideolojik" diyerek eleştirdiği tarzdaki yapıtları ve toplumsal tavırları ben de zararlı buluyorum, çirkin buluyorum. Münazara kültürüne, körü körüne bağlılığa, insanların beynini kiraya vermesine her zaman karşı çıktım. Ama bunlara karşı çıkarken, "İdeoloji kötüdür" gibi kanaatlerin yayılmasına destek vermemek gerektiğine dikkat çekmek istiyorum. Çünkü bu, insanlara "Aman siyasete karışmayın, o işi siyasetçilere bırakın" diye telkin eden anlayışı onaylamak anlamına gelir.

İdeolojiye değil de tarikat ve kabile asabiyyetine karşıyım.

Bu karmaşa nereden kaynaklanıyor? Aslında sizin de doğru bulduğunuz bir anlayışla eleştiri dile getirirken, birçok kişi neden yanlış bulduğunuz biçimde tavır alıyor?

İnsanların politikayla ilgilenmesi istenmiyor. Halktan kopuk bir siyaset tarzını şirin göstermeye çalışıyorlar. Politika, iktidar sahiplerinin rahatça at koşturacağı bir alan olarak kalsın diye uğraşıyorlar. "İktidar sahipleri" derken, muhalif kesimde iktidarı elinde tutanları ayırmıyorum. İktidarda olmayan bir partinin, küçük bir ilçe örgütünde bile bunun izlerine rastlamak şaşırtıcı olmaz.

Paul Valery bu konuyu eleştiren çok güzel bir cümle yazmıştı: "Politika, halka ait işleri halkı karıştırmadan yürütme sanatıdır."

Padişahlıktan Cumhuriyet'e geçiş sürecinin en temel meselelerinden biridir, halkın "siyasete karışması." Bunu önlemeye yönelik uygulamalar en çok, demokrasiden uzaklaşılan dönemlerde yoğunlaştı. En kalıcı biçimde 12 Eylül askeri darbe döneminde etkili olundu.

"Örgütlenmek kötüdür", "Siyaset insanları düşmanlaştırır.", "İktidarın denetlenmesi şart değil, muhalefet olmasın daha iyi"... Biraz daha farklı ifade edilen ama özünde böyle olan görüşler, yaklaşık 40 yıldır topluma yayılmış durumda. Bugünkü nüfusun büyük çoğunluğu, doğduğundan beri böyle bir eğitimin içinde, böyle bir kültür ortamında yaşıyor.

Görüşlerin üzerindeki süslü sözleri kaldırınca, durum daha net anlaşılıyor. Ne diyorlar insanlara? "Siz çalışın, üretin, ama ürettiklerinizin paylaşımı ve yönetimi gibi konularda biz karar verelim." Başka bir deyişle, "Ülke kaynakları da sizin emeğiniz de bizimdir, bunların yönetimine karışmayın" diyorlar.

Böyle telkinlerin siyasetçilerden gelmesi pek etkili olmadığı için, bu işi daha çok medyadaki iktidar temsilcileri üstleniyor. Sadece AKP dönemi medyası değil, '80'li ve '90'lı yılların medyası da insanları apolitik yaşamaya yönlendirmek için adeta görev yaptı. 12 Eylül sonrasında oluşturulan ve yıllarca süren tek taraflı yayın ortamında, böyle sağcı görüşler topluma empoze edildi.

Sovyetler Birliği'nin dağılma sürecine bağlı olarak, dünyadaki emek politikalarının hızla gözden düşmesi de o döneme denk gelince, bu sağ-ideolojik görüşlerin yayılması için çok uygun ortam oluştu. Burada hemen bir açıklama yapayım: Gorbaçov'u tanıyor olmam, onun hakkında kitap yazmam, politik tutumunu onayladığım anlamına gelmez. Bence Gorbaçov, Ronald Reagan tarafından kandırıldı, iyi niyetinin kurbanı olarak çok büyük bir dünya gücünü yok etti.

"İnsanlar siyasetle ilgisiz bir hayat yaşasın" beklentisi, toplum halinde yaşamanın doğasına aykırıydı elbette. Böyle bir şey mümkün değildi. Ama bu telkinler o kadar etkili oldu ki sonunda, siyaset insanla ilgisiz bir konu haline geldi. İnsanlar günlük geçim dertleriyle, çocuklarının eğitim çabasıyla, sağlık kurumlarındaki işleriyle boğuşarak yaşarken, siyaseti bütün bunların dışında, başka dünyadaki tartışmaları izler gibi izledi. O dünyadaki siyasetçilerin giyim kuşam veya etnik köken gibi konulardaki tartışmalarını izleyip bazılarını desteklediler, bazılarına karşı çıktılar. Aynı şekilde, insan hakları, özgürlük, eşitlik konularındaki tartışmaları da aydınlar arasındaki münazaralar gibi gördüler. Ama taraflar arasındaki asıl ideolojik farklarla, daha doğrusu, ideolojik benzerliklerle ilgilenmediler.

O zamanlar dile getirmeye başladığınız "Üç kutuplu Türkiye" tespitiniz de herhalde bu koşulların sonucu oluştu.

Bu gelişmelerin sonunda toplumun tamamen sağa kayacağı görülüyordu. Sol kanadı kırık bir kuş gibi çırpınıp sağlıklı uçamama tehlikesinden dolayı kaygılanıyordum. Çünkü Türkçü, Kürtçü ve dinci olarak adlandırılabilecek üç kutuplu yapının oluştuğunu gözlüyordum. Toplumdaki duyguların ve siyasal yapının bu şekilde bölünmesi çok tehlikeliydi. Kutupların birbirlerini beslediği, sorunları içinden çıkılmaz hale getiren bir yapıydı bu. Bu sefer de bağnaz bir "kutup asabiyyeti" doğuyordu. Bununla ilgili çok uyarı dile getirmeye çalıştım. Ne yazık ki etkili olamadım. Uzunca bir süredir, bu belalı ortamda yaşıyoruz.

İnsanlarımızın çoğu ömrü boyunca başka türlüsünü görmemiş olduğu için, bu sağlıksız ortam normalmiş gibi algılanıyor. Oysa ideolojisiz siyaset, rant mücadelesinden ibarettir. Köşe başlarını kapma yarışı ve kaynakları talan etme didişmesidir. En önemli etkinlik, ihaleleri yandaşlara vermektir.

Bizim bunları konuştuğumuz günlerde, bugün günlerden ne, 12 Nisan 2019, iktidar partisinin seçimi kaybettiği İstanbul'da, belediye başkanlığını devretmek istemeyişinin başka bir açıklaması var mıdır? Gördüğüm kadarıyla büyük çoğunluk, kendi yandaşları da dahil, belediyeyi bırakmamaya çalışan bu tavrı, ekonomik kaynakları kaptırmama çabası diye yorumluyor. Ve meselenin bu yönü normal karşılanıyor.

Haziran umudu

Kitap okurla buluşmak için adeta seçim sonuçlarını bekledi. 23 Haziran'dan sonra söyleyeceğiniz son sözü sorsak?

23 Haziran seçim akşamında Bağdat Caddesi'nde arabayla bir arkadaştan dönüyordum. Caddeyi iki saat boyunca aşamadık. Gençlerin ve halkın coşkusu tarihsel bir gün yaşadığımızı gösteriyordu.

Ekrem İmamoğlu kardeşimin müthiş başarısı, hem tek adam rejiminden ve AKP'den yorgunluğun hem hayat pahalılığının sonucunda ortaya çıktı; halkta bir koalisyon oluştu. Daha önceki seçimlerde "kutup asabiyyeti"yle hareket eden ve bölünen Türk, Kürt milliyetçi unsurlar ilk kez ilerici bir cephe oluşturdular. Olması gerektiği gibi kimlikler üzerinden değil, sınıfsal reflekslerle oy kullanıldı.

Seçimden önce benden Ekrem İmamoğlu için bir yazı isteyen *OT* dergisine görüşlerimi şöyle açıklamıştım:

> Ekrem İmamoğlu kardeşimi ve sevgili ailesini yakından tanıdığım zaman kendi kendime "İşte Türkiye'nin aradığı lider" demiştim. Şöyle düşünüyordum: Bir bilgisayara halkımızın parametrelerini, bir de lider adayların özelliklerini yazıp en uygun adayı bulmasını istesek sonuç Ekrem İmamoğlu çıkar. Yerli olması, hem özel sektörde hem ilçe ve belediye başkanlığında edindiği deneyim, kendisi ve ailesindeki düzgün yaşam, beş yıl belediye yönettiği halde hakkında en ufak bir şaibenin bulunmaması, sempatik, sevecen bir kişilik, samimi dindarlık, Atatürk'ün laik çizgisini benimsemek, diploma, yabancı dil, hitabet, gençlik, dinamizm, adanmışlık gibi birçok özelliği onu, yıllardır özlemi çekilen bir aday haline getiriyor.

Adaylıktan çok önce bu özelliklerini sayarak "Türkiye'nin aradığı yeni lider sensin" dediğimde büyük bir alçakgönüllülükle bunu bir iltifat saymıştı ama ben bu sözü düşünerek söylemiştim.

Kutuplara ayrılmış bu toplumun barışmaya ihtiyacı var. Halk bu gerçeği iliğinde, kemiğinde hissediyor. Birbirine siyasi açıdan karşıt sayılacak grupların İmamoğlu'na oy vermesinin açıklaması bu derin bilinçtir. Eğer bu toplum barışacaksa, önce kamuoyu önderlerinin sekter görüşlerinden vazgeçip bir noktada ittifak yapmaları gerekir. Hudeybiye Antlaşması bir geri çekilme gibi görünse de aslında Hz. Muhammed'e Mekke yolunu açan ve nihai zaferi sağlayan bir antlaşmadır. Brest Litovsk Antlaşması'nda Lenin de çok eleştirilmişti ama her zaman bir manevra alanı gereklidir.

Bugün, 19 Mayıs'ın 100. Yılı'nda yepyeni bir umut, bir heyecan dalgası yaratan kardeşimin yolu açık olsun. Bizim halk, uçurumun kıyısında, son anda frene basmayı bilir. Bunu birçok kez belirttim. Tarih bu freni ve umudu Ekrem İmamoğlu biçiminde karşımıza çıkardı.

Yolu açık olsun!

Sonsöz

Bir son ozan

Nâzım, insan elinin mağara duvarına ilk kez bizon çizdiği günden beri akan bir ulu ırmaktan söz eder. O ırmak sayesinde bir ömre sığmayacak deneyimlerle, süzülmüş değerlerle, kadim duygularla yıkanıyoruz. Varoluşumuz, yaşadığımız koşullarla ve devraldığımız kültürel mirasla ilişkili biçimde anlamlanıyor.

Yüz binlerce yıldır akan hayatla iletişim kurmak için her dönemde, her kuşakta yaşayan insanların bolca kaynağı olmuştur. Ne de olsa ömrümüz türkülerle, ninnilerle, efsanelerle iç içe geçiyor. Son birkaç yüzyıldır ise, kitaplar var hayatımızda.

20. yüzyılın ikinci yarısından beri Türkiye'de yaşayanlar için, ulu ırmakla iletişimin başlıca olanaklarından biri de Livaneli olgusudur.

Ortaya çıkış

Livaneli, yayıncılıkla ve yazarlıkla uğraşarak kitaplarla dolu bir dünyada yaşamayı planlasa da memleketteki çalkantılardan etkilendi ve kendini sürgünde buldu.

Bir sanatçı sezgisiyle yüreğinde duyumsuyordu; yüz yıl

öncesinin ve yüz yıl sonrasının insanları birbiriyle iletişim kurarak, seslerini birleştirerek, dünyanın en büyük korosu haline gelerek onu çağırıyordu. Yazı çalışmalarını erteleyip müziğe yoğunlaşmaya karar bile vermedi aslında. Bu, kendiliğinden ortaya çıkan bir durumdu. Yaşar Kemal'in ifadesiyle "Büyük kapıdan geçmek" duygusunu hissetti. Anadolu insanının açtığı kapıdan.

Tam zamanında açılan bir kapıydı bu. Toplumların tarihinde minicik bir an kadar sonra, on-on beş yıl kadar sonra, halkların böyle bir iradesi kalmayacaktı.

Bu konuyu biraz açmak için, kültürel dönemleri hızlıca hatırlayalım:

Sözel-yazılı-görsel kültür

İnsanlar binlerce yıl sözel kültürde yaşadı. Matbaanın ne kadar kısa süredir kullanıldığı belli.

Sözel kültürün temel özelliği, bilginin çok yavaş çoğalmasıydı. Teknik ve kültürel gelişmeler yüzlerce yıla yayılırdı. İnsanlar bilmekten çok inanmaya, kavramaktan çok sanmaya, araştırmaktan çok ezberlemeye eğilimliydiler. Buna karşın, binlerce yıllık bilgiler, ahlaki ve estetik değerler hayatın doğal süzgecinden geçerek varlığını sürdürüyordu.

Yazılı kültürde saatlerce kitap okuyabilme ve bir konuya odaklanma yeteneği gelişti. Böylece araştırmak, kör inançlara şüpheyle yaklaşmak, analiz yapabilmek gibi özellikler yaygınlaştı.

1900'lü yılların ortalarından itibaren ise, çok etkili bir görsel kültür yayılmaya başladı. Yüzeysel algılamalara ve magazinel ilgilere neden olan görsel kültür, yazılı kültürün kazanımlarını tehdit ediyordu. Özellikle Türkiye gibi, okuma alışkanlığı yaygınlaşmadan görsel kültüre geçen toplumlarda, bunun tahrip edici etkileri ortaya çıktı.

Dünya genelinde, görsel kültürün ve iletişim teknolojilerinin sağladığı olanaklar, en çok iktidarlara yaradı. Çünkü kitle iletişim araçlarını kontrol altında tutarak insanları kolayca yönlendirme, istediklerine inandırma şansı buldular.

Oysa binlerce yıllık sözel kültür döneminde, tüm olumsuzluklara rağmen, kültür sanat ürünleri tamamen halkın denetimindeydi. En yaygın ürünler en nitelikli olanlardı. Yunus Emre, Karacaoğlan, Pir Sultan, Âşık Veysel yapıtları gibi. Çünkü aracılar yoktu. Üretilen sözleri bir yayıncıya onaylatmak gerekmiyordu. Gündelik hayattaki duygulara, hayallere, insanlık durumlarına karşılık gelen yapıtları üretenler kitleselleşiyordu. Derin düşünceler geliştirenler, başka bölgelerde ve başka zamanlarda da geçerli olacak biçimde hayata dair söz söyleyenler kuşaklar boyunca dilden dile yaşıyordu.

Kaydedilen müzikleri, yazılan kitapları çoğaltıp dağıtmak kolaylaştıkça, halktan önce bir ara kademe ortaya çıktı ve hangi yapıtların insanlara ulaşacağı konusunda belirleyici hale geldi.

Sanat, hayatı anlama ve anlatma yolu olmaktan çok, günlük sıkıntılardan kaçmanın bir yolu gibi kabul görmeye başlandı. Patronlar için çalışan insanların, boş zamanlarında gerçeklikten uzak konularla oyalanmaları, sonra da dönüp gündelik hayatlarına devam etmeleri isteniyordu. Aletlerin şarj edilerek tekrar sahiplerine faydalı hale getirilmeleri gibi.

Son ozan

Bu geçiş döneminin son anında ortaya çıktı Livaneli. Ortaya çıkışında halkın tercihi belirleyici olsa da, aracıların ve kitle iletişim araçlarının etkili olduğu bir dönemde varlığını sürdürecekti.

Yine halk seçecekti her şeyi, ama farkında bile olmadan yönlendirilerek. Basit, hatta yozlaşmayı yansıtan yapıtlar, yönlendirilen halk beğenisi sayesinde toplumda karşılık buluyor, tarihte görülmemiş bir hızla yaygınlaşıyordu.

Bu durum ne yazık ki, birçok muhalif çevrede marjinal tavırları ve hayatın dışında kalmayı sempatik hale getirdi. Hayata dair konuları işlemek küçümsenir oldu.

Yeni ozanların yetişmeyeceği bir dönem yaşanmaya başlayan Anadolu tarihinde, halkın yarattığı ve yaşattığı bir "Son Ozan" sembolüydü artık Livaneli.

Buradaki "son" sözcüğü tam olarak "sonuncu" anlamına gelmediği gibi, "ozan" sözcüğü de müzikten ibaret kabul edilemez. Halkın sanatçısı, diye anlamak gerek "ozan" kelimesini. Medya egemenliğine karşı bir halk direnişidir, Son Ozan!

Hayatın hızına karşı durmak

Artık, internet sayesinde, sözel kültür dönemlerindeki gibi, herkes sözünü insanlara aracısız biçimde ulaştırabiliyor. Fakat günlerin yavaş aktığı ve hayatın çok yavaş değiştiği o dönemlere göre, bir yapıtın ortamda kalabilme şansı çok çok düşük. Yıllarca geçerli olacak bir düşünce de diğerleri gibi birkaç saat ilgi gördükten sonra kaybolabiliyor.

İronik biçimde, kamuya açık söz söyleme kanalları geliştikçe, insanlara sözleri ulaştırmak zorlaşıyor. Bu enflasyon ortamında iyice belirleyici hale gelen hız faktörü, hayatın yüzeysel yaşanmasına neden oluyor.

İletişim teknolojilerinin böylesine gelişmesi, daha önce hayal bile edilemeyecek faydalar, güzellikler yaratıyor. Ama eksik donanımla ve düşünmekten çok inanarak yaşamaya eğilimli kesimler için, yozlaşma tehlikesi de yarattığı inkâr edilemez. İnternetin olumlu ve olumsuz yöndeki güçlü etkisinde, onu kullanan insanların okur niteliği belirleyici oluyor.

Bu dönemde Livaneli, daha çok, romancı olarak halkla iletişimini sürdürüyor. Hızı ve parçalı anlatımları yücelten modaya kapılmadan ortaya çıkardığı romanlarıyla, ülkenin en çok okunan yazarlarından biri haline geliyor. Çünkü koşullarına teslim olmayan milyonlarca insanın derin duygular, sistemli düşünme, doğru odaklanma gibi beklentilerini karşılıyor.

Böylece, çağın hakkını vermenin, ona uyum sağlamaktan çok, direnmekle mümkün olduğunu bir kez daha kanıtlıyor.

Halka güvenen sanatçı

"Halka güvenmek", bütün büyük sanatçıların ortak özelliğidir. Beethoven, Dostoyevski, Charlie Chaplin... Onlar halkın değerlendirmesini referans kabul ederler. Çünkü halkın en iyi müziği seveceğine, en nitelikli şiiri anlayacağına, en derinlikli romanı elden ele dolaştıracağına inanırlar. Tam da bu nedenle, "Halk bunu istiyor" popülizmine kapılmazlar. Tersine, en güzelini hak ettiğine inandıkları insanlar için, en derin, en büyük yapıtları yaratmak üzere çalışmalarına yoğunlaşırlar. Piyasayla, diğer sanatçıların tavırlarıyla ilgilenmeden, sadece kendi çalışmalarıyla uğraşırlar. Çığırtkanlık yapmaz onların eserleri. Dikkat çekmek, ilginçlikler ortaya çıkarmak için uğraşmaz. Bir köşede sessizce anlaşılmayı beklerler. Bazen onu bile beklemezler. Güvenirler. Halka, hayata ve yarattıkları güzelliklere güvenirler.

Bu güvende haksız çıkmış ve bize ulaşmamış sanatçılar kuşkusuz vardır. Sonradan değeri anlaşılmış sanatçıların hikâyelerini biliyoruz elbette, ama bunun gerçekleşmediği durumlardan haberimiz olamaz ki. Belki de tahmin edemeyeceğimiz kadar çok sayıda büyük sanatçı ve büyük yapıt kaybolup gitmiştir.

Sanatçının halkına ve zamana inanmasında haklı çıkıp çıkmaması değil, böyle inanıyor olmasıdır yapıtlarının niteliğini belirleyen.

Karşı açıdan bakarsak, değerden anlamak için değerli olmak gerektiği gerçeği belirginleşiyor. Güzelliğe değer vermek için güzelliği bilmek gerekiyor.

İçten ve inançlı biçimde yaklaşıp insanlara nitelikli ürünler sunulması, diyalektik gerçekliğe uygun olarak, onları "değerden anlayan" kişiler haline getirebiliyor.

Yaratıcı bir inanç

Büyük sanatçılar, insanların değerden anlayacağına duydukları inançla, nitelikli ürünlerin yanı sıra, nitelikli insanlar da yaratırlar.

Fakat büyük bir sanatçının, sadece öne çıkardığı değerleri benimseyen kişilere hitap ettiğini düşünmek pek doğru değil. Örneğin, Livaneli'nin konserlerine gelen insanların etrafta çöp bırakmadıkları, alana giriş çıkışta nazik ve dikkatli davrandıkları hep anlatılır. Tatile gittiğiniz yerin plajında, yanınızdaki şezlongda tanımadığınız kişinin Livaneli kitabı okuduğunu gördüğünüzde, kendinizi daha rahat hissedersiniz.

Ünlü bir komedyenin gösterisine gidenlerin de en basit esprilere kahkahalarla gülmesi gibi bir gerçektir bu. Çünkü oraya gidenler, daha gitmeden gülmeye hazırlamışlardır kendilerini. Çevresinde pek de neşeli olarak tanınmayan kişilerin bile içlerinde mutlaka gülmekten, eğlenmekten hoşlanan bir yön vardır. Ve o gösteriye gitmek, bir süreliğine de olsa içlerindeki uçarı yönü öne çıkarma tercihinin sonucudur.

Livaneli etkinliklerine katılan insanların, halkın uygar, diğerkâm, direnişçi ve donanımlı kesimi olduğunu söylemek elbette doğrudur. Ama daha doğru olanı, insanların Livaneli'yi izlerken içlerindeki bu niteliklerin öne çıkıyor oluşudur. Çünkü Livaneli insanların estetik, entelektüel yönlerine ve vicdanlarına hitap ediyor.

Belki başka zaman yere çöp atıyorlardır. Belki bir işyerinde yönetici olarak işçilerin haklarını kısıtlayan kararları uyguluyorlardır. Hatta belki bazen en yakınındaki insana bile kaba davrandıkları oluyordur. Ama bir Livaneli etkinliğinde karşılaştığınız bu insanların oradaki duyguları, içlerinde ısrarla yaşattıkları o değerler ne güzeldir!

Livaneli'nin belki de en büyük yaratısı, insanların çoğunun içinde yaşattığı bu güzellikleri ortaya çıkarması, onları canlandırarak yeniden yaratmasıdır. Düşüncelerimizin doğruluğuna ve güzelliğine duyduğumuz inancı üretiyor Livaneli. Daha güzel bir dünya kurmak için muhtaç olduğumuz kudret bu inançta gizlidir.

Zafer Köse

Dizin

Ne dediler?

Livaneli, topluma, sanata ve dünyaya dair soruları büyük bir pencereden bakışla cevaplandırıyor.

Burak Abatay, *Birgün*

"Bir Rönesans İnsanının" penceresinden ülkenin sanat ve siyaset portresi.

Ömer Adıgüzel, *Yurt Gazetesi*

Bazen bir mikroskop bazen de bir teleskobun bakışıyla zenginleştiriyor.

Sunay Akın, *Cumhuriyet Kitap*

Bugünün Türkiye'sinden anlattıkları hepimize iyi gelecek.

Ayşe Arman, *Hürriyet*

Gerçek bir düşünürün ışığı ile yenileneceksiniz.

Hande Çiğdemoğlu, *Birgün*

Serin ve ufuklar açan bir düşünce iklimi...

Özlem Gürses, *Sözcü*

Yerelden evrensele uzanan bir kitap.

Melda Onur, *Duvar*

Bir "başucu eseri"...

Nebil Özgentürk, *Duvar*

Bir entelektüel olarak önemli bir soruya cevap aramış kitabında: "Batı'nın kibri ile Doğu'nun cehli arasında Türkiye nereye koşuyor?"

Şirin Payzın , *T24*

Livaneli ile konuşmak isteyen kişilerin okuması gereken bir kitap.

Büşra Sanay, *Duvar*

Livaneli, başlangıçların ve geçitlerin tanrısı gibi bizlere ışık olmaya devam ediyor.

İrem Uzunhasanoğlu, *Duvar*